Fantasy

Herausgegeben von Friedel Wahren

Von der Serie MAGIC. Die Zusammenkunft™
erschienen in der Reihe
HEYNE SCIENCE FICTION & FANTASY:

1. Band: William R. Forstchen, *Die Arena* · 06/6601
2. Band: Clayton Emery, *Flüsterwald* · 06/6602
3. Band: Clayton Emery, *Zerschlagene Ketten* · 06/6603
4. Band: Clayton Emery, *Die letzte Opferung* · 06/6604
5. Band: Teri McLaren, *Das verwunschene Land* · 06/6605
6. Band: Kathy Ice (Hrsg.), *Der Gobelin* · 06/6606
7. Band: Mark Summer, *Der verschwenderische Magier* · 06/6607
8. Band: Hanovi Braddock, *Die Asche der Sonne* · 06/6608
9. Band: Teri McLaren, *Das Lied der Zeit* · 06/6609 (in Vorb.)
10. Band: Sonia Orin Lyris: *Der schlummernde Friede* · 06/6610 (in Vorb.)

Weitere Bände in Vorbereitung

HANOVI BRADDOCK

Die Asche der Sonne

ACHTER BAND

Deutsche Erstausgabe

WILHELM HEYNE VERLAG
MÜNCHEN

HEYNE SCIENCE FICTION & FANTASY
Band 06/6608

Titel der Originalausgabe
MAGIC
THE GATHERING™
ASHES OF THE SUN
Übersetzung aus dem Amerikanischen von
Birgit Oberg
Das Umschlagbild malte Steve Crisp

Umwelthinweis:
Dieses Buch wurde auf chlor- und
säurefreiem Papier gedruckt.

Redaktion: E. Senftbauer
Copyright © 1996 by Wizards of the Coast, Inc.
Erstausgabe bei HarperPaperbacks.
A Division of HarperCollinsPublishers, New York
Copyright © 1997 der deutschen Ausgabe und der Übersetzung
by Wilhelm Heyne Verlag GmbH & Co. KG, München
Printed in Germany 1997
Umschlaggestaltung: Atelier Ingrid Schütz, München
Technische Betreuung: M. Spinola
Satz: Schaber Satz- und Datentechnik, Wels
Druck und Bindung: Presse-Druck, Augsburg

ISBN 3-453-11949-5

Gewidmet

BROOKS CLARK NI FRETT VALES

*und allen anderen,
die Facetten von Diamantengeist
unterrichten*

KAPITEL 1

Mit geschlossenen Augen stand Ayesh eine Weile an der Reling und lauschte den Geräuschen des Schiffes. Die Masten knarrten; die Segel blähten sich. Von Zeit zu Zeit vernahm sie das Klappern der Töpfe unten in der Kombüse. Der Maat rief den Matrosen etwas zu und die Männer brüllten zurück. In der Nähe ertönte Kapitän Raals schrille Pfeife. Er pflegte seine Kommandos immer zu pfeifen.

In der Tat hatte er während der Reise kaum gesprochen. »Ich benutze Worte, wenn ich sie brauche«, hatte er ihr einmal zwischen zwei langen Schweigeperioden gesagt. Und es stimmte; er konnte oftmals ohne Worte auskommen. Er war ein Mann, dessen Gesten und blaue Augen sehr viel aussagten.

Bald würde sie diese Geräusche gegen die Stille des Waldes eintauschen. Und für eine noch tiefere Stille.

Sie umklammerte die Reling. *Es ist nicht meine Bestimmung, dazubleiben,* sagte sie sich.

Ayesh hörte die Schritte des Kapitäns auf dem Deck. Sie öffnete die Augen, wandte sich aber nicht nach ihm um. Statt dessen blickte sie über die Berge, die sich aus dem Meer erhoben. Die Küste war felsig und öde, aber im Hintergrund bedeckten dunkle Kiefernwälder die Abhänge.

»Wir gehen vor Anker«, sagte der Kapitän. Ayesh stieg der süße Rauch des Zunderkrauts seiner Pfeife in die Nase. Sie hörte, wie er daran sog. »Ich frage Euch noch einmal, ob Ihr nicht auf meinen Rat hören möchtet?«

Vom Achterdeck erscholl Gelächter. Ayesh blickte zur Küste hinüber, auf den schweigenden Wald. Die Geräusche des Schiffes waren ihr vertraut geworden. Sie würde sie vermissen.

Die Geräusche? dachte sie. *Ist das alles, was du vermissen wirst?*

Dann dachte sie: *Ich kann nicht bleiben.*

Er wartete auf eine Antwort.

In diesem Land hoch im Norden war der Sommer nur kurz und kühl. Ayesh zog die gesteppte Jacke enger, um den kalten Wind abzuwehren. Die Ärmel rutschten an den Armen empor und enthüllten die Spitzen ihrer Tätowierungen.

»Ich tue, was ich tun muß«, sagte sie.

»Dreht Euch um und seht mich an«, bat er. Er legte seine Hand sanft auf ihre Schulter. »Ayesh.«

Zuerst wollte sie nicht. Sie wollte seinem Blick ausweichen, konnte es aber nicht.

»Geht nicht fort«, sagte er, und sie war kaum in der Lage, die Augen abzuwenden.

»Ich bin die Letzte meines Volkes«, sagte sie. »Ich bat Euch um die Reise zum entlegensten Winkel der Domänen. Wenn wir jetzt angelangt sind ...«

Er nickte und deutete mit dem Pfeifenstiel, ohne jedoch den Blick von ihr zu wenden. »Wir sind da.« Dann schaute er zur Küste hinüber. »Die Mirtiin-Berge. Und dahinter liegt Stahaan.«

»Dann ist es der Ort, an dem ich meine Geschichte erzählen werde.«

»Ihr solltet Eure Geschichte in wärmeren Ländern zum besten geben. Im Meer von Voda gibt es bessere Häfen.«

»Häfen, in denen ich meine Geschichte bereits erzählt habe.«

»Sie muß noch einmal erzählt werden. Sagtet Ihr nicht, daß die, die Euch vor Jahren hörten, sich inzwischen nicht mehr richtig erinnern? Laßt mich Euch von Küste zu Küste bringen, um die Geschichte Oneahs in jedem Land erneut zu verbreiten.«

Er ist ein großherziger Mann, dachte sie. Aber er verstand sie nicht, wenn er glaubte, es reiche aus, die Erinnerungen so lange zu erzählen, bis die Menschen sie richtig im Gedächtnis behielten. Sie sehnte sich nach einem Land, in dem ihre Worte das Unmögliche möglich machen würden. Sie wollte, daß die Erzählungen des mächtigen, gefallenen Oneah ein anderes Volk dazu bringen würden zu sagen: *Oneah, ja, das war wahrer Glanz! Vielleicht können wir es neu aufbauen! Vielleicht ist Oneah nicht tot, wenn wir selbst so werden, wie es die Oneahner einst waren.*

Natürlich war das nur ein verrückter Traum. Je weiter sie reiste, je häufiger sie ihre Geschichten erzählte, um so besser verstand sie, daß es nur ein Oneah gab. Zwanzig Jahre waren seit dem Fall Xa-Ons vergangen. Die letzte der sieben Städte konnte nie mehr wiederaufgebaut werden. Die hinterwäldlerischen Leute, die an dieser öden Küste lebten, konnten sich kaum ein Reich wie Oneah erträumen. *Und doch ...*

»Ich gehe an Land.«

»Wenn Ihr nicht an Bord bleiben wollt, dann nehmt wenigstens meinen Rat an!« Der Kapitän deutete mit der Pfeife auf das Meer. »Laßt uns weitersegeln, bis wir den Handelsschiffen begegnen. Sie werden bei Halbmond kommen.«

»Nein«, erwiderte Ayesh.

Er warf ihr einen verärgerten Blick zu. Dann sah er wieder zur Küste hinüber. Schwer legte sich ihr seine Hand auf die Schulter.

»Ich bin die Letzte«, sagte sie.

»Aye«, nickte er. Seine Stimme klang sanft. »Und Eure Geschichten sind eine kostbare Fracht.«

Ayesh fiel auf, daß ihre Hände zitterten. Sie schloß die Augen. Wo blieb ihre Selbstbeherrschung? War sie ein Kind, daß sie so zitterte? Sie sagte: »Laßt ein Boot für mich bereitmachen, Käp'tn.«

Sein Griff verstärkte sich, dann ließ er ihre Schulter los. »Frau, hört Ihr mir nicht zu?«

»Ich höre alles«, antwortete sie und dachte: *Habe ich schon viele Männer wie ihn getroffen?* Es gab viel, was sie an Kapitän Raal bewunderte. Ehre und Disziplin waren ihm wichtig. Alle orvadischen Kapitäne wurden in Rechenkünsten und Philosophie ausgebildet. Viele Eigenschaften des Mannes erinnerten Ayesh an ihr eigenes Volk, vor dem Goblinkrieg, damals, als Oneah noch mächtig war. Als es Oneah noch gab, denn inzwischen lag der Hof der Tausend Tausende in Trümmern. Von den sieben Sonnenstädten war wenig geblieben, nur Asche und Erinnerungen. *Ihre* Erinnerungen.

Während der Reise hierher hatte der Kapitän dem Klang von Ayesh' Flöte gelauscht und seine ganze Aufmerksamkeit der Melodie und dem Gefühl der Musik von Oneah gewidmet.

Noch wichtiger war, daß er ihren Geschichten gelauscht hatte, ohne sie zu unterbrechen, ohne einmal zu sagen: »Ich habe es aber anders gehört ...« Er wußte, daß er von ihr die wahre Geschichte erfuhr, keine Märchen. Und er wußte den Unterschied zu schätzen.

Seit dem Beginn der Reise hatte Ayesh vermutet, daß er, trotz der Armut und dem Straßenstaub, die an ihrer schwarzen Jacke klebten, Gefallen an ihr fand. Aber orvadische Männer – genau wie die Oneahner – waren zurückhaltend.

»Die Leute hier haben kein Gehör für Eure Musik, geschweige denn für Eure Geschichten«, sagte Raal. »Die sind zurückgeblieben.«

»Die ganze Menschheit ist zurückgeblieben«, erwiderte Ayesh verbittert.

Er senkte den Blick.

»Vielleicht nicht überall«, erklärte sie, da sie ihn nicht beleidigen wollte. Aber im Gegensatz zu Ayesh konnte er nicht wissen, wie bunt die einzig wahre Blume der Zivilisation geblüht hatte. Mochte Orvada hoch über den umliegenden Ländern stehen, aber Oneah hatte alles überragt, was Orvada je erreichen konnte. Obwohl der Kapitän seit Wochen die Geschichten und Wunder von Oneah vernommen hatte, konnte er nicht wirklich wissen, wie Oneah gewesen war. Er war niemals dort gewesen. Die Geschichte von Oneah, wie oft und wie genau sie auch erzählt wurde, spiegelte die Wahrheit nur schwach wieder. Wer kannte das Dach des Lichts, wenn er nicht darunter gestanden hatte?

»Ihr lügt«, sagte er. »Ihr lügt mich und Euch selbst an, wenn es um das geht, was Ihr sucht.«

Sie wandte sich ab, um wieder auf die einsame Küste zu starren.

An der Achterreling angelten ein paar der Seeleute, und einer von ihnen rief aufgeregt: »Ein Butterfisch! Wir werden heute abend gut essen!«

»Aye!« rief ein anderer. »Wenn dir nur die Schnur nicht reißt. Vorsicht! Vorsicht!«

»Wenn Ihr schon nicht an Euch selbst denkt, was ist dann mit Euren Geschichten?« fragte der Kapitän. »Ein ehrlicher Kapitän bringt seine Fracht nicht in Gefahr.« Dann senkte er die Stimme. »In den Hügeln wimmelt es von Goblins. Wie Ameisen kriechen sie überall herum.«

Ayesh richte sich so hoch auf, wie sie nur konnte, was nicht gerade besonders viel war. »Glaubt Ihr, ich hätte Angst vor Goblins?« fragte sie, dem Wasser zugewandt. Als er die Pfeife an der Reling ausklopfte, zuckte sie zusammen.

»Nein«, antwortete er. »Ich denke, Ihr fürchtet sie nicht *genug*.«

»Mein Herz ist von Haß erfüllt«, erklärte sie, »und es ist kein Platz für Angst.«

Er packte ihr Handgelenk. »Angst würde Euch am Leben erhalten!«

»Ich bin noch nie gestorben«, fauchte sie.

»Ayesh! Es gibt noch Dinge, für die es sich lohnt, zu leben!«

Sie schloß die Augen. Er hatte unrecht. Sie war noch

nicht bereit zu sterben. Sie wußte nur, daß, wenn nicht bald etwas geschah, was ihr Hoffnung gab – ein Versprechen, daß die Geschichte Oneahs sie überleben würde – es keinen Grund mehr für sie gab, weiterzuleben.

»Setzt mich an Land.«

Er schüttelte den Kopf.

Sie drehte sich um. »Habe ich Euch denn nicht mit Gold bezahlt, Kapitän Raal?«

Sein Blick wurde härter, alle Farbe wich aus seinem Gesicht. Jäh ließ er ihr Handgelenk los.

Sie blickte wieder zur Küste, als könne sie dort einen Weg entdecken, um die Worte zurückzunehmen. Die erste Wegstunde an Land war von kahlem Fels bedeckt. Dieses Gestein lag in Reichweite der Mondschwimmer. Bei Nacht kamen sie an Land und warfen die großen, weißen Körper herum, um sich den Weg zum Waldrand entlangzuwinden. Sie sagte: »Der Tag geht zur Neige.«

Er antwortete nicht.

Ayesh hatte noch nie einen Mondschwimmer gesehen, der Kapitän dagegen schon. Ein Schiff wie dieses, hatte er erklärt, war nichts als ein Krümel zwischen jenen meerumspülten Kiefern.

»Ich wollte nicht respektlos sein«, sagte sie. Wäre ihr Leben anders verlaufen, dann ...

Er trat einen Schritt zurück und sagte: »Wie Ihr wollt.« Als er sich wieder aufrichtete, blieb sein Blick einen Augenblick lang auf ihr haften. Dann wandte er sich ab und pfiff nach dem Maat, um das Boot bereitstellen zu lassen.

»Die Götter mögen Euch schützen und erhalten, Kapitän Raal.«

»Euch auch.« Sie vernahm die Trauer in seiner Stimme. Als die Mannschaft das Boot hinabließ, stand er nicht an der Reling, um sie zu verabschieden.

Eine Stunde später befand sich Ayesh an Land und hatte die kahlen Weidegründe der Mondschwimmer hinter sich gelassen. Im langen Schatten der Berge drehte sie sich ein letztes Mal um, um das Schiff auf dem Meer von Voda nach Osten segeln zu sehen. Es teilte die schimmernde Wasseroberfläche, und einen Augenblick lang sehnte sie sich danach, mit seinem Kapitän in das Licht und das Leben zu segeln. Dann wandte sie sich den Bergen zu und folgte dem Gebirgsfluß. Irgendwo vor ihr lag die Stadt. Wie weit noch? Der Maat, der sie an Land gerudert hatte, hätte es ihr gesagt, wenn er Bescheid gewußt hätte. Der Kapitän und die Mannschaft hatten diese Küste immer gemieden. »Den brodelnden Fluß hinauf«, war alles, was er ihr sagen konnte.

Während sie durch das aufsteigende Tal schritt, kamen die Abhänge einander näher, und der Fluß rauschte in einem steiler und steiler werdenden Bett dahin. Der schmale Pfad, der dem Strom folgte, war kaum mehr zu erkennen, als er über harten Felsboden führte. Hier und da sah man die Überreste von Steinpyramiden, die als Wegweiser dienten, wo der Pfad schlecht auszumachen war. Die Pyramiden wirkten vernachlässigt, die Steine schienen wahllos aufgeschichtet zu sein.

Sie war noch nicht weit flußaufwärts gegangen, als sie spürte, daß sie nicht länger allein war. Die Anzeichen waren nicht sehr gut getarnt – hier ein raschelnder Busch, dort ein Schatten, den sie aus den Augenwinkeln erspähte.

Bei den Goblins konnte man sich auf die unzureichende Tarnung verlassen. Wie Kinder verfügten sie über keinerlei Disziplin, insbesondere, wenn sie zu mehreren waren. Den Anzeichen nach zu urteilen schätzte sie, daß sich zwanzig oder mehr Goblins zwischen den nahegelegenen Felsen und Bäumen aufhielten.

So bald schon? dachte sie. Sie hatte nicht geglaubt, daß eine Ankunft am frühen Abend ihr einen sofortigen Kampf bescheren würde. Ayesh hatte damit gerechnet, vor Einbruch der Dunkelheit innerhalb der Stadtmauern einzutreffen, denn es handelte sich doch um eine Handelsstadt, nicht wahr? Ganz sicher mußte sie in der Nähe des Meeres liegen. Aber weit und breit war keine Einfriedung zu sehen. Der einzige Hinweis auf eine menschliche Siedlung war eine zerfallene Mauer gewesen, das Überbleibsel eines steinernen Fundaments in der Nähe der Mondschwimmer Weidegründe.

Sie hörte, wie ein Goblin aufgeregt flüsterte und wie ein anderer antwortete. Dann prasselte Geröll den felsigen Abhang herab, und Ayesh drehte sich um. Sie erblickte die rollenden Steinchen und einen Goblin, der den Berg hinaufeilte, sicherlich um die Nachricht ihrer Ankunft den anderen in ihren Höhlen mitzuteilen. Zwanzig gegen einen war nichts für die Goblins. Fünfzig gegen einen würde ihnen besser gefallen.

Sie hatte sich halbwegs mit dem bevorstehenden Kampf abgefunden. Vielleicht hatte Kapitän Raal recht. Vielleicht *war* sie bereit zu sterben.

Aber nein, auch wenn sie zum Sterben bereit war, brauchte sie Zeit, um sich vorzubereiten, um ihren Frieden mit den Erinnerungen an die ehrenwerten Toten zu finden.

Sie beschleunigte ihre Schritte und überlegte, was zu tun sei. Ein nach allen Seiten offenes Gelände war von Nachteil. Wenn sie mit einer Wand im Rücken kämpfen könnte ...

Als sie eine Biegung des Flusses umrundete und in der Lage war, das vor ihr liegende Gelände zu überblicken, murmelte sie einen dumpfen Fluch. Da sich das Tal stetig verengte, hatte sie gehofft, eine schmale Schlucht mit hoch aufragenden Wänden vor sich zu sehen. Statt dessen öffnete sich das Tal wieder. Dies war kein guter Platz, um gegen eine große Horde gieriger Goblins zu kämpfen.

Ayesh blickte nach oben. Die Wolken färbten sich allmählich mit einem rötlich-gelben Schimmer. Nicht lange, und das Tageslicht würde schwinden, und so wie die Sonne sank, stieg der Mut der Goblins an. Wenn es ihr nicht gelang, sie ein wenig zu verunsichern, mußte sie damit rechnen, daß der Angriff beim ersten Sternenlicht stattfand.

Ayesh verlangsamte ihre Schritte. Sie ging unsicher, noch langsamer. Sie hielt an, drehte sich um und schaute suchend umher, als habe sie den Weg verloren. »Verdammt«, murmelte sie und ging ein Stück zurück, hielt wieder inne, drehte sich um.

Sie spürte die Veränderung bei den Goblins. Ein paar von ihnen murmelten mit kaum verhohlener Aufregung. Je verlorener sie wirkte, um so eifriger wurden sie. Dachten sie überhaupt darüber nach, daß es unmöglich war, den Pfad zu verlieren? Ayesh mußte nur dem Fluß folgen, bis sie den Weg wiederfand. Aber sie würden nicht so weit denken, um darauf zu schließen. Das wußte Ayesh. Es würde ihnen nicht auffallen, daß sie an der Nase herumgeführt wurden.

Ayesh drehte sich auf der Stelle und blickte nach allen Seiten. Wann immer sie ihnen den Rücken wandte, huschten die Goblins zum nächsten Versteck.

Jetzt mußte ein Köder in die Falle gelegt werden. Ayesh legte ihr Bündel auf den Boden und rieb sich die Schultern durch die gesteppte schwarze Jacke. Sie trat ein wenig zur Seite.

Ein Goblin heulte auf, ein anderer fauchte. Ayesh drehte sich nach dem Heulen um und versuchte, erschrocken auszusehen. Aber nicht zu erschrocken. Wenn die Goblins helle Angst auf ihrem Gesicht lasen, würden sie alle auf sie losstürmen. Sie mußte schwach wirken, aber nicht völlig hilflos.

Wieder ging sie ein paar Schritte zur Seite, und das Bündel lag scheinbar vergessen auf dem Boden.

Sie spürte die Anspannung. Jeder Goblin schätzte wieder und wieder die Entfernung zwischen Ayesh und dem Bündel ab. Welche Schätze trug sie mit sich? War sie schon weit genug entfernt?

Ayesh ging noch ein wenig weiter.

Die Goblins brachen von verschiedenen Seiten durch die Büsche, hinter denen sie sich versteckt gehalten hatten und rannten auf das Bündel zu. Sie sahen wie grauhäutige Kinder mit spitzen Ohren aus, aber das schwarze Haar des ersten Goblins war von weißen Strähnen durchzogen. »Moinay!« kreischte der Alte. *Meines.* Dieses Wort war also das gleiche wie bei den Goblins der Roten und der Hurloon-Berge.

Der Goblin schien außer dem Bündel und seinen Rivalen nichts wahrzunehmen. Ayesh sprang auf ihn zu und trat ihn gegen das Knie. Diesmal kreischte er vor Schmerz auf und fiel auf den felsigen Boden.

Sein Kumpan packte das Bündel, und andere Goblins, die eine leichte Beute witterten, tauchten aus ihren Verstecken auf. Als sie aber sahen, wie schnell Ayesh die Entfernung zwischen dem ersten und zweiten Goblin überwand, erstarrten sie. Als Ayesh sich bückte und den Knöchel des Goblins packte, flog ihm das Bündel aus den Händen.

Jetzt eilte ein dritter Goblin aus seinem Versteck, um sich die Beute zu greifen.

Ich sollte der Angelegenheit ein schnelles Ende bereiten, dachte Ayesh, *bevor sie mir entgleitet.*

Der zweite Goblin hatte einen Dolch aus dem Lederwams gezogen. Als er nach ihr schlug, faßte ihn Ayesh am Handgelenk und riß es nach vorn. Es brach. Der Goblin kreischte, ließ die Klinge fallen und fiel auf die Knie.

Mit der freien Hand schlug ihm Ayesh ins Gesicht. Benommen fiel das Geschöpf hintenüber. Sie sprang an ihm vorbei, um den dritten Goblin, ein Weibchen, aufzuhalten, als es das Bündel aufhob.

Inzwischen waren alle Goblins in Gekreisch und Geschnatter ausgebrochen. Der Lärm konnte ein gutes oder ein schlechtes Zeichen sein, das wußte Ayesh. Die Gefühle befanden sich auf dem Siedepunkt. Sie würden die Goblins übermannen – entweder mit Furcht, oder mit Mut. Es hing davon ab, wie der Kampf um das Bündel ausging.

Ayesh verschwendete keine Zeit. Der dritte Goblin hatte bereits den Dolch gezogen, schwang die Klinge hoch empor und zielte auf Ayesh' Hals. Ayesh trat vor, genau in die Bewegung hinein, womit ihre Gegnerin keineswegs gerechnet hatte, und wich dem Dolch aus. Dann packte sie die Schulter der Feindin, damit sich diese weiterhin schwungvoll drehte und griff mit der anderen Hand nach dem Kinn. Im passenden Augenblick zog Ayesh den Goblinkopf fest nach hinten.

Das Genick der Kreatur brach.

Alle umstehenden Goblins schwiegen.

Ayesh ging zu dem zweiten Geschöpf zurück, das noch immer benommen am Boden saß; Blut strömte ihm aus der Nase.

»Ich würde dir Gnade erweisen, wenn dein Volk wüßte, was Gnade ist«, sagte Ayesh. Dann sprach sie in der Goblinsprache, die sie kannte: »*Min kli moina tlit ekleyla jla.*« *Niemand, der mich hintergeht, wird am Leben bleiben, um die Morgendämmerung zu sehen.*

Sie tötete ihn, wie sie das Weibchen getötet hatte.

Die Goblins, die aus den Verstecken gekrochen waren, hatten sich wieder verborgen oder rannten die Abhänge hinauf.

Der dritte Goblin humpelte jammernd davon. Ayesh schulterte ihr Bündel und folgte ihm.

»Nicht töten! Nicht töten!« winselte er.

»Und würdest du mir Gnade erweisen, wenn ich verwundet wäre?«

»Nicht töten! Nicht töten!« Seine Hände zitterten, als er versuchte, sich zu entfernen. Er trug rote, fingerlose Handschuhe, ein seltsames Kleidungsstück für einen Goblin. Ganz bestimmt eine Beute, die er einem anderen Reisenden abgenommen hatte. »Nicht töten! *Oufyit!*« Geh weg.

Ayesh kam näher, und der Goblin warf sich kreischend auf den Rücken. Er streckte ihr die geöffneten Hände entgegen. »Gnade! Gnade!«

Sie hielt inne. Die Elfen des Savaen-Waldes hatten ein Sprichwort: *Um Mitgefühl zu kennen, muß dir der Goblin leid tun.*

»Gnade!« bettelte der Goblin und wand sich auf dem Rücken. »Gnade!«

Er mußte das Voda-Wort benutzen. In keiner Goblinsprache gab es ein Wort für *Gnade*.

Die zweite Hälfte des Sprichworts der Savaenelfen lautete: *Um Klugheit zu beweisen, mußt du den Goblin mit Pfeilen spicken.*

»Verdammt sollst du sein«, sagte sie. »Ich sollte dir geben, was du verdienst. *Oufyit tee la!*« Sie spuckte aus, wandte sich von der elenden Kreatur ab und beschritt den Pfad.

Jetzt hatten die Wolken schon einen helleren Rotton angenommen, und der Himmel leuchtete in dunklem Blau. Ayesh wußte, daß sie wenig getan hatte, außer sich ein bißchen Zeit zu erkaufen. Da die Goblins nun wußten, daß sie gefährlich war, würden sie warten, bis sich ihre Zahl vergrößert hatte und sie die ganze Nacht aus der Entfernung beobachten. Sie erwarteten, daß die Müdigkeit sie zu einer leichteren Beute machen würde. Aber vielleicht hatte sie nun die Möglichkeit, die Stadt zu erreichen, bevor die Kreaturen ihren Mut wiederfanden.

Vor ihren Füßen prallte ein faustgroßer Stein zu Boden. Ayesh sah auf und erblickte Rothandschuh, der oben am Abhang stand und ihr mit der Faust drohte.

Sie hob den Stein auf und machte Anstalten, ihn zurückzuwerfen. Er war im Vorteil, da er dort oben stand. Selbst wenn sie den Stein hoch genug warf, konnte er nicht sehr kraftvoll treffen. Aber Rothandschuh heulte auf und verzog sich in die Schatten der Felsen.

Allein waren die Goblins elende Feiglinge. Aber sie waren selten allein anzutreffen.

Sie ließ den Stein fallen.

KAPITEL 2

Als der Bürger Olf in die Flammen blinzelte und sah, wie viele Löcher noch in der Steinmauer gähnten, schleuderte er seine Mütze auf den Boden.

»Nein, zum Henker mit euch!« Er stieß die jungen Männer und Frauen beiseite, die Steine herbeischleppten, um die Mauer zu verstärken. »Sie muß selbst dann stehen, wenn die Goblins versuchen, sie einzureißen!«

Er setzte einen Stiefel gegen die Mauer und stieß grunzend einen Stein herunter. Andere Steinbrocken kollerten hinterher. »Was glaubt ihr, wie lange das hier einem Dutzend Goblins widersteht? Und heute nacht schwirren hier mehr als ein Dutzend Goblins herum.« Er schnüffelte. »Viel mehr.«

In Wahrheit konnte er die Anzahl der Goblins nicht am Geruch erkennen, wenngleich sie von einem Gestank umgeben waren; einem Gestank von verdorbenem Fleisch und Abfall, der an diesem Abend besonders stark war. Aber die Menge der Feinde wurde ihm durch die Geräusche mitgeteilt, die sie verursachten, während sie durch die Nacht huschten. Ein Goblin mochte schleichen können, aber niemals eine ganze Horde. Und schon gar nicht eine derartige Menge wie diese.

»Bürger Olf«, sagte einer der jungen Männer, der ebenfalls an der Mauer gearbeitet hatte, »es ist sehr schwierig, die Mauer richtig aufzubauen, wenn wir kaum sehen können, was wir tun.«

»Bürger Rav und Bürger Tull machen ihre Sache aber gut«, knurrte Olf. Aber die älteren Bürger waren erfahren, wenn es darum ging, eiligst Verteidigungsmauern zu errichten. Sie hatten diese Handelsreisen zwischen der Stadt und der See viele Male unternommen, und die jungen Leute, die auf dieser Seite arbeiteten, waren zum ersten Mal mit dabei. Er sah auf das Feuer, das auf einem Steinpodest brannte, damit es sowohl das Gelände außerhalb wie auch innerhalb der Mauer beleuchtete. Das Feuer war zu klein. »Na gut. Wenn ihr nichts sehen könnt, müssen wir ein helleres Feuer anfachen.«

»Aber wir haben nicht genug Holz, um es die ganze Nacht in Gang zu halten!« jammerte Ilif.

»Dann gehen wir beide und holen noch mehr, nicht wahr?« Er zog Ilif am Ohr. »Hättet ihr von Anfang an genug gebracht, würde es ausreichen. Junge, warum drückst du dich vor den einfachsten Pflichten?« Eigentlich waren die jungen Leute, die mit auf diese Reise gegangen waren, um die Waren zu den Handelsschiffen hinunterzutragen, ernsthafte Menschen. Aber immer gab es Ausnahmen, wie diesen faulen Ilif und dieses Mädchen, Juniper. Sie ging Bürger Olf nicht so sehr auf die Nerven wie Ilif, aber sie war beinahe ebenso nutzlos. Oftmals lag ein träumerischer Ausdruck über ihrem Gesicht, und man mußte ihr manche Dinge zweimal sagen.

Und überhaupt, wo steckte sie?

»Juniper!« brüllte er.

Sekunden später trat sie in den Lichtkreis. Sie trug einen Stein. Einen kleinen. »Die Goblins«, erklärte sie, »ich kann sie hören. Es müssen vierzig oder fünfzig in der Nähe sein.«

»Aye, das weiß ich«, antwortete Olf. »Laß das meine Sorge sein, Mädchen.« Ihre Schätzung beeindruckte ihn – sie kam der seinen gleich. Sie trug einen klugen Kopf auf den Schultern, wenn sie ihn nur aus den Wolken hielt. »Komm schon, Juniper. Wir brauchen größere Steine für die Mauer, und zwar viele.«

Olf warf ein paar Äste ins Feuer, und schon bald

schlugen die Flammen hoch genug, so daß er hier und dort das Leuchten von Goblinaugen im Wald erkennen konnte.

»Also los, Ilif. Gehen wir Holz suchen.«

»Da ... da draußen?«

»Wo würdest du denn sonst vorschlagen?« Olf riß seine Armbrust an sich. »Los jetzt, Junge!« Dann wandte er sich den Männern zu, die auf der anderen Seite an der Mauer arbeiteten. »Rav! Tull! Kommt her und zeigt diesen Kindern, wie man eine Mauer baut!«

Olf kletterte über die Mauer und drehte sich einmal zur Seite, damit alle Goblins seine Armbrust sehen konnten. In Wirklichkeit würde er nicht wagen, den Bolzen abzuschießen, wenn er erst einmal die Einfriedung verlassen hatte. Das einzige, was ihm Sicherheit gab, war die Tatsache, daß die Goblins wußten, daß der erste, der auf ihn zukam, sterben würde. War das geschehen, würden die übrigen über Olf herfallen, bevor er einen neuen Bolzen einlegen, spannen und feuern konnte.

Olf sprang auf den harten Boden und drehte sich um.

»Kommst du, Junge?«

Ilif antwortete nicht. Er hockte oben auf der Mauer und starrte nach rechts und links in den dunklen Wald.

»Je schneller begonnen, desto schneller beendet«, sagte Olf. Er schritt in die Schatten hinein. Ilif sprang von der Mauer und versuchte, sich dicht hinter ihm zu halten.

»Dort.« Olf blieb am Waldrand stehen. »Da liegt haufenweise totes Holz. Heb es auf, während ich Wache halte.«

»Aber ich kann nichts sehen!«

»Dann taste einfach.«

»Und wenn da ein Goblin hockt?«

»Dann leg das Holz hin und erwürg den Mistkerl!«

Ilif schlich zögernd voran, und Olf trat ihm in den Hintern.

»Je schneller begonnen, desto schneller beendet!« sagte Olf noch einmal.

Eine rauhe Stimme aus den Bäumen am Abhang ertönte. »Schneller begonnen, schneller beendet!«

»Sag das noch mal, du Narr«, sagte Olf. »Ich kann auch nach dem Klang deiner Stimme zielen!«

Der erste Goblin schwieg, aber ein anderer begann zu kichern.

Bei Xattas eisigem Atem, diese Goblins waren heute abend aber ziemlich übermütig. Er hatte gehofft, daß die Aussicht, eine Mauer stürmen zu müssen, sie – wie so oft – abschrecken würde, aber nun war er unsicher geworden. Natürlich konnte der Übermut umschlagen, und sie würden genauso schnell fliehen wie angreifen. Aufregung war bei den Goblins üblich. Entweder hatte etwas sie selbstsicher gemacht oder völlig verwirrt. Aber was? Ganz sicher war an dieser kleinen Händlergruppe aus Badstadt nichts Ungewöhnliches – es waren nur drei Bürger und die übliche Anzahl junger, fast volljähriger Leute.

»Schlaft gut«, erklang eine andere Goblinstimme. Dann wurde noch etwas in der verworrenen Sprache der Kreaturen hinzugefügt.

Ein weiterer Goblin, noch näher als der erste, wiederholte: »Schlaft gut«, und lachte.

»Ah, der ist ganz in der Nähe«, sagte Olf und zielte mit der Armbrust. Der Goblin, von seiner Genauigkeit erschreckt, eilte geräuschvoll davon, um tiefer im Wald Deckung zu suchen. Hätte Olf geschossen, hätte er ihn töten können. Aber er wagte keinen Schuß.

»Ich – ich habe das Holz!« verkündete Ilif. Er erschien aus den Büschen, drei armselige Zweige in den Armen haltend.

»Aye. Das ist genug Holz, um eine Rosine zu rösten. Laß es fallen und hol mehr!«

»Aber ich habe Angst!«

»Ich habe Angst!« meckerte eine Goblinstimme und

andere griffen den Satz auf: »Ich habe Angst! Ich habe Angst!«

Olf beachtete sie nicht und sagte zu Ilif: »Denk daran, wieviel mehr Angst du haben wirst, wenn erst das ganze Holz aufgebraucht ist, und du darauf wartest, daß diese kaltblütigen Spitzbuben die Mauern im Dunkeln erklettern! Los jetzt! In dieser Jahreszeit ist die Nacht nicht lang! Hol uns einen oder zwei dicke Äste!«

Olf schüttelte den Kopf, als der Junge wieder in den Wald kroch. Dieser Tag war von Anfang an nicht gut verlaufen. Hätten sie früher aufbrechen können, wäre die Mauer im Tageslicht vollendet und auch das Holz gesammelt gewesen. Und weshalb waren sie so spät dran? Wegen der Ältesten Laik und Alik. Die beiden alten Brüder hatten den Reisenden lange Vorträge gehalten. Der Älteste Laik hatte jedem ein Kraut aufgetragen, das gesammelt werden mußte – eine Arbeit, die wenigstens einen Sinn hatte, da Laik die Pflanzen zum Heilen verwandte. Aber dann hatte der Älteste Alik jedem der jungen Reisenden eine Frage mitgegeben, die sie den Händlern auf dem Schiff stellen sollten.

»Wie wurde die Welt gemacht?«

»Was bedeutet es, wenn ein Mann von Zwillingen träumt?«

»Welches ist der größte Schatz der Welt?«

»Wer war die bedeutendste Frau, die je gelebt hat?«

Wenn die jungen Leute zurückkehrten, schrieb Alik die Antworten in sein dickes Buch. Was war jemals Gutes daraus entstanden? Was hatte der Älteste Alik daraus gelernt, außer, daß alle Seefahrer der Welt unterschiedliche Geschichten erzählen? Es war eine lächerliche Übung: Fragen und Antworten. Märchen und Unsinn.

Aliks Besessenheit in diesen Dingen war harmlos, außer, wenn sie die Abreise einer Handelsgruppe verzögerte. Dann würde Olf rasend.

»Komm schon, Ilif! Wenn ich ein Baum wäre, würde

ich das Holz schneller wachsen lassen, als du es aufsammelst!«

Etwas hatte sich verändert. Olf spannte den Körper an und zog die Armbrust fester heran, bevor er bemerkte, was es war.

Es waren die Geräusche der Goblins. Diejenigen in der Nähe schwiegen, und die anderen, in Richtung des Flusses, schnatterten vor sich hin – ob aus Aufregung oder Angst konnte er unmöglich sagen.

Dann erklang eine weibliche Stimme aus der Dunkelheit.

»Hallo, da drüben in der Stadt!«

Olf zielte auf die Stimme, bevor er es richtig begriff – das war keine krächzende Goblinstimme, sondern eine menschliche.

Innerhalb der Mauer ergriff Bürger Rav seine Armbrust. Er blickte zu Olf hinüber, der kein Zeichen gab, sondern weiterhin in die Dunkelheit starrte, aus der die Stimme erklungen war.

Aus den Schatten tauchte Ilif auf; er hielt Feuerholz in den Armen, das nicht besser als die erste Ladung war.

Rav wandte sich der Stimme zu. »Ihr grüßt keine Stadt! Wer seid Ihr?«

»Dann eben hallo, Lager«, antwortete die Stimme. »Würdet Ihr eine Fremde aufnehmen?«

Rav rief: »Wie viele seid ihr?«

»Ich bin allein.« Sie trat in das Licht. Sie war klein – eine Frau, so groß wie ein Goblin. »Man nennt mich Ayesh.«

Rav sah wieder zu Olf hinüber, der sich auf die Lippe biß. Die Stimme hörte sich durchaus menschlich an, und sein erster Gedanke war, die Reisende willkommen zu heißen. Aber wer sollte diesen Weg allein und bei Nacht gehen? Konnte es ein Goblin sein, der eine menschliche Stimme nachahmen konnte? Manchmal konnten Goblins das. Aus dieser Entfernung sah sie wie ein Mensch aus. Aber das Licht war zu schwach. Konnte er seinen Augen trauen? Und wenn sie ein Mensch war, war dann alles in Ordnung? Konnten die Goblins einen menschlichen Verbündeten haben?

Aber wer wäre so dumm, mit Goblins zusammenzuarbeiten? Sie gingen jederzeit aufeinander los, so daß kein menschlicher Söldner annehmen konnte, zwischen ihnen zu überleben.

Gerade, als Olf die Worte »Komm her, Fremde, und ...« ausstieß, raschelte es neben ihm im Unterholz.

Ilif schrie auf und sprang beiseite, um zu entkommen. Er fiel gegen Olf, dessen Finger noch immer um den Abzug der Armbrust gekrümmt war. Der Bolzen zischte durch die Luft.

Und die Goblins hatten es gehört.

Olf packte Ilif am Handgelenk und zerrte ihn auf die Beine.

»Rav! Tull! Armbrüste! Gebt uns Deckung!«

Olf rannte auf die Mauer zu, wo die Bürger Rav und Tull deutlich sichtbar für die Goblins Aufstellung genommen hatten. Jeder Mann hielt eine gespannte Armbrust bereit.

Die Goblins würden die Mauer nicht stürmen, solange sie sicher waren, daß die Mutigsten von Armbrustbolzen getroffen werden würden. Jeder Goblin wollte dem Anführer folgen, aber keiner war bereit, der erste zu sein.

Jetzt waren die Dinge wieder im Lot, dachte Olf. Als er aber die Mauer erreichte, hörte er ein Kreischen hinter sich. Er drehte sich um.

Ilif war noch keine drei Schritte gelaufen, als er stolperte. Sechs Goblins fielen über ihn her, zwei hielten jeweils ein Bein fest, zwei die Arme. Ein siebter trat gerade aus den Schatten.

»Olf!« schrie der Junge.

»Olf!« wiederholte ein Goblin.

»Ich habe Angst!« sagte der siebte Goblin, ein Weibchen. Sie hatte einen Dolch gezogen und wedelte damit vor Ilifs Gesicht herum.

Die anderen Goblins, die Ilif festhielten, griffen die Worte auf. »Ich habe Angst! Ich habe Angst!« Sie kicherten, während Ilif zappelte.

»Was sollen wir tun?« sagte Rav.

»Was können wir tun?« fragte Tull. Die Lage konnte sich in zwei Richtungen entwickeln. Die Goblins waren sicher, daß die Männer nicht schießen würden. Wenn sie es täten, wäre das eine Einladung an sämtliche Goblins in der Nähe, die Mauer zu stürmen.

Olf machte sich daran, zu dem Jungen zurückzugehen.

»Olf! Nicht!« rief Tull. »Du kannst ihn nicht retten. Du wirst nur noch mehr Goblins heranlocken, und wir verlieren euch beide.«

Olf reichte dem Mann seine Armbrust. »Lade sie. Und gib mir deine.«

Aber Tull zögerte, die geladene Waffe herauszugeben.

Wieder ertönte ein Schrei, diesmal lauter, und zuerst glaubte Olf, daß es sich um Ilifs Todesschrei handelte. Aber als er sich umdrehte, sah er, daß zwei Goblins mit dem Gesicht auf dem Boden lagen, und ein dritter in den Armen der Frau wie wild mit den Beinen zappelte.

Etwas knackte wie eine Walnußschale!

Der Goblin erschlaffte.

Der Goblin mit dem Dolch war einen Schritt zurückgewichen, und Ilif war wieder soweit bei Verstand, daß er nach dem Goblin treten konnte, der noch immer seinen Fuß festhielt. Olf erblickte weitere Goblins in den Schatten, die nicht wußten, ob sie fliehen oder die Fremde bedrängen sollten.

Jetzt konnte ein wenig Wagemut nicht schaden.

»Heb mir einen auf!« schrie Olf. »Ich liebe es, ihre Köpfe wie Melonen zu zerquetschen. Das liebe ich!«

Als er auf die Goblins, die sich in großer Überzahl

befanden, zulief, sah er, wie sie sich in ihre Verstecke zurückzogen. Er grinste.

»Ilif, halt einen fest! Ich möchte sehen, ob ich ihm die Ohren abreißen kann!«

Der letzte Goblin, der Ilifs Arm festhielt, kreischte und rannte davon. Die Goblinfrau mit dem Dolch verstaute die Klinge und rannte in den Wald.

Die Fremde half Ilif auf die Beine, und Olf kam ihnen entgegen.

»Es ist noch nicht alles gerettet«, flüsterte die Fremde außer Atem. »Geht, aber rennt nicht, vorsichtshalber. Wendet ihnen den Rücken zu und stolziert, als könntet ihr die ganze Bande allein besiegen. Und hofft, daß ihr sie lange genug beeindrucken könnt.«

»Das ist ein guter Trick«, sagte Olf. »Ihm so das Genick zu brechen. Wie macht Ihr ...«

»Schweigt und geht«, befahl die Fremde.

Rav und Tull halfen ihnen, über die Mauer zu klettern. Einer der Jüngeren hatte Olfs Armbrust gespannt und geladen. Er bot sie Olf an, aber die Fremde riß sie ihm aus der Hand.

»Ihr solltet einen Stift auf diesem Abzug haben«, sagte sie.

Dann runzelte sie die Stirn. »Aber Ihr habt ja einen! Warum habt Ihr ihn nicht hineingeschoben?«

»Ich wußte nicht, ob Ihr Freund oder Feind seid«, erklärte Olf. Im Licht des Feuers konnte er sie zum ersten Mal richtig sehen. Sie hatte schwarzes Haar, das hier und da von Silber durchzogen war. Sie zählte etwa so viele Sommer wie Olf – bestimmt nicht viel mehr als vierzig. »Außerdem nützt mir die Waffe nichts, wenn ich sie nicht abfeuern kann, wann immer ich will.«

»Und als Ihr gefeuert habt, war es absichtlich? Götter und Dämonen, ein Mann, der eine Waffe trägt, sollte auch die Selbstbeherrschung haben, die sie verlangt.«

Olf fühlte, wie ihm die Hitze ins Gesicht stieg. »Hört zu, Ihr ...«

»Nein, Ihr hört mir zu. Wenn Ihr genug über Goblins wüßtet, dann wüßtet Ihr, daß Euch eine Armbrust nur so lange vor einer Horde schützt, wie sie nicht abgefeuert wird.«

»Das weiß ich!«

»Warum habt Ihr dann geschossen?«

»Himmel noch mal, Frau, es war ein Versehen!«

»Und warum seid Ihr überhaupt draußen herumgeschlichen? Als ich näher kam, war die Mauer hoch genug, um einen Angriff abzuwehren. Wenn eine Mauer erstellt worden ist, sollte man dahinter bleiben!«

»Glaubt Ihr etwa, ich sei völlig unwissend?« brüllte Olf.

Ihre Antwort war Schweigen.

KAPITEL 3

Ayesh nahm an, daß sie sich bei diesen Leuten nicht gerade auf die bestmögliche Art und Weise eingeführt hatte. Nun, das war nichts Neues. Überall in den Domänen waren die Eigenschaften, die sie bei zivilisierten, menschlichen Wesen schätzte, sehr selten. Es hatte nur eine Kultur gegeben, die diesen Namen verdiente, und Oneah gab es nicht mehr.

Der Anführer dieser Städter – sein Name war Olf, und sie mußte sich auf die Zunge beißen, als sie es hörte – saß ihr gegenüber am Feuer und pflegte seinen verletzten Stolz. Die beiden anderen Männer blickten über die Mauerbrüstung, die Waffen in den Händen. Die jungen Reisenden saßen alle mit dem Rücken zur Wand und hielten die angespitzten Stäbe und Messer umklammert, die sie benutzen würden, wenn die Goblins den Kreis aus Steinen stürmen sollten.

Ayesh fühlte Olfs brodelnde Wut. Nun, sollte er ruhig kochen. Wie würde er sich fühlen, wenn irgendein unfähiger Narr eine Armbrust auf *ihn* abgeschossen hätte? Olf. Der Name paßte zu ihm.

Aber es war nicht gut, wenn sie über den Ärger nachgrübelte. Ayesh schloß die Augen und richtete ihre ganze Aufmerksamkeit nach innen. Sie holte tief Luft und vor ihrem inneren Auge erschien ein kleiner, roter Lichtpunkt. Sie ließ den Punkt größer werden, bis er den ganzen Kopf ausfüllte, dann ließ sie das Licht durch ihren Körper strömen, bis er mit der roten Helligkeit erfüllt war.

Sie ließ ihren Geist eine Zeitlang verweilen. Rot war

die Farbe des Ärgers. Zuerst mußte sie sie überwinden, um weiterschweifen zu können.

Als Ayesh die erste Farbe verblassen ließ, stellte sie sich einen anderen Lichtpunkt vor – von orangener Farbe. Er vergrößerte sich, füllte ihren Kopf und Körper aus.

Sie vernahm die Geräusche innerhalb der Mauer und spürte die Blicke der jungen Städter auf sich ruhen. Auch hörte sie die Geräusche der Goblins im Wald. Jemand trat neben sie und blieb stehen, aber in den Schritten lag keine Bedrohung.

Diese Dinge strömten durch Ayesh' Bewußtsein, wie das Wasser eines Baches über einen Stein plätschert. Sie hörte, sie fühlte, aber ihr Verstand stand still.

Farbe auf Farbe ließ sie während der Regenbogen-Besinnung vorübergleiten – leuchtende Helligkeit, durchdrungen von Gelb, Grün, Blau und Indigo. Als sie bis zu Violett gekommen war, fühlte sie sich so ruhig wie die Farbe selbst.

Sie beendete die Besinnung mit der Farbe, die auf Violett folgt, der Farbe des Unbekannten. Zwar konnte sie nicht sehen, was unsichtbar ist, aber dennoch füllte das Bewußtsein der Farbe-die-keinen-Namen-hat ihren Kopf und dann den Körper.

Langsam öffnete sie die Augen.

Der Junge, der Ilif gerufen wurde, stand wartend vor ihr. In den Händen hielt er eine hölzerne Schale.

»Es war beide Male meine Schuld«, sagte er. »Ich habe nicht genug Feuerholz gesammelt. Und als ein Goblin die Hand aus einem Busch streckte und mich berührte, sprang ich beiseite und war schuld, daß Bürger Olf die Armbrust abfeuerte.«

Ayesh blickte ihn an. »Du bist noch jung.«

Sie sah, wie er sich erleichtert entspannte.

»Ich habe nicht gesagt, daß deine Jugend eine Entschuldigung ist«, sagte sie. »Ich kannte Kinder, halb so alt wie du, die über doppelt soviel Körperbeherrschung verfügten. Beherrsche dich selbst und unterlasse weitere Ausflüchte. Soll das für mich sein?«

Er sah auf die Schale, als habe er sie völlig vergessen und streckte sie ihr dann entgegen.

»Es ist gut, daß du deine Fehler kennst«, belehrte ihn Ayesh und nahm die Schüssel entgegen. »Jetzt laß es gut sein. Was geschehen ist, ist geschehen. Denk immer daran, daß du kein Goblin, sondern ein menschliches Wesen bist. Verhalte dich auch so. Das ist alles, was man benötigt, um mutig zu sein.«

Unsicher antwortete der Junge: »Danke ... ich danke Euch.«

Ayesh aß aus der Schale. Das Essen bestand aus einem kalten Bohnenbrei und Getreideflocken, aber es enthielt ein paar Gewürze und schmeckte besser, als sie erwartet hatte. »Würdest du mir Wasser bringen, Ilif?«

Als der Junge zu den Wasserschläuchen hinüberschritt, wagte ein Mädchen, das ihnen zugehört hatte, näher zu rutschen.

Ayesh wandte sich dem Feuer zu, das auf einem Steinpodest brannte.

»Sag mir«, meinte Ayesh, »wie weit deine Stadt von hier entfernt liegt.«

»Einen halben Tagesmarsch«, sagte das Mädchen. Sie riß die Augen weit auf.

»Das ist aber weit von der Küste entfernt – für eine Handelsstadt.«

»Früher war Badstadt, von der See aus gesehen, die zweite Stadt«, erwiderte das Mädchen. »Aber der Handel mit den Wintergewürzen aus Nul Divva ist nicht mehr so stark, wie er einmal war. Die Hälfte aller Städte ist zerstört. Diese Ruinen ... Hier stand einst die erste Stadt. Sie wurde von Goblins niedergemacht. So erzählen die Ältesten.«

Ilif kehrte mit einer Schüssel Wasser wieder.

»An diesem Ort rasten alle Handelsreisenden«, fuhr

das Mädchen fort. »Im Sommer kommen die Städter herbei, um die Schiffe bei Halbmond zu treffen.«

»Sind denn alle Städter so jung?«

»Dies ist die Mittsommerreise«, erklärte Ilif. »Für die meisten von uns die erste Reise. Wenn sie hinter uns liegt, dürfen wir als Gehilfen arbeiten. Und noch später, wenn wir zehnmal an dieser Reise teilgenommen haben, werden wir Bürger.« Er schaute das Mädchen an. »Oder Bürgerinnen. Und sind alt genug, um zu heiraten.«

Das Mädchen zuckte die Achseln. »*Ich* interessiere mich am meisten dafür, die Seeleute und Händler aus anderen Ländern kennenzulernen. Alik, der Älteste, behauptet, daß Menschen alle möglichen Hautfarben haben können. Wußtet Ihr, daß einige schwarz sind? Oder blau?«

»Ich habe unter ihnen gelebt«, antwortete Ayesh. »Es gibt rote, grüne und gelbe. Aber das sind nicht alles natürliche Hautfarben der Menschen. Einige malen sich an. Und andere sind solche Barbaren, daß in ihren Seelen ebensoviel Goblin wie Mensch wohnt.«

»Pst! Leise!« befahl Bürger Tull von der Mauer herab. »Ich kann die Goblins sonst nicht hören.«

Ilif und das Mädchen schoben sich dichter an Ayesh heran. Im Flüsterton fragte das Mädchen: »Woher kommt *Ihr*?«

»Vom Hof der Tausend Tausende und dem Dach des Lichts.«

»Davon habe ich noch nie gehört«, sagte Ilif.

»Ich aber«, meinte das Mädchen. »Das war in Oneah.«

Ayesh starrte sie an. Sie war fast schon eine Frau, beinahe so alt wie Ayesh gewesen war, als die letzte Stadt Oneahs vor zwanzig Jahren gefallen war. »Was weißt du über Oneah, Mädchen?«

»Nur, daß dort ein großer Turm gestanden hat, der so hoch wie der Himmel aufragte. Das war das Dach des

Lichts. Und zwei Prinzen, die beide König werden wollten, mußten auf die Spitze klettern und versuchen, einander hinunterzustoßen. Derjenige, der hinabfiel und getötet wurde, war der König der Toten, und der anderen der König der Lebenden.«

»Das ist«, unterbrach sie Ayesh, »eine der gräßlichsten Entstellungen, die ich je gehört habe.«

»Es klingt seltsam«, mischte sich Ilif ein. »Wer hat schon jemals von einem König der Toten gehört?«

»Ich meine doch die Geschichte!« Ayesh spürte, wie der Ärger zurückkehrte. Sie holte tief Luft und ließ das Gefühl abklingen. »Ehrlich gesagt habe ich auch schon schlimmere Abwandlungen gehört. Hört zu. Das Dach des Lichts war etwas völlig anderes. Es war mehr eine Kuppel als ein Turm, und auf der Spitze haben keine Prinzen gekämpft. Kämpfer wetteiferten miteinander im Ring unterhalb der Kuppel, und Könige sahen ihnen dabei zu. Und diese Sache mit dem König der Lebenden und dem König der Toten... Nun, das war ganz anders. In jedem Jahr rangen die beiden Großmeister miteinander. Der Gewinner wurde zum Großmeister des Sieges gekürt, der Verlierer zum Großmeister der Niederlage. Beide wurden mit gleichen Ehren bedacht, und niemand mußte sterben. Aber auch keiner von ihnen regierte.«

»Pst!« warnte Tull.

»Junipers Geschichte gefällt mir besser«, sagte Ilif leise.

»Es ist nicht meine Geschichte«, erwiderte Juniper. »Alik der Älteste hat sie mir erzählt. Er bewahrt alle Geschichten.«

»Nun, dann muß ich Alik den Ältesten treffen und ihm sagen, daß er es falsch erzählt.«

»Aber es kann nicht *falsch* sein«, sagte Juniper. »Alik sagt, jede Geschichte sei ihre eigene Wahrheit.«

»Tatsächlich?« fragte Ayesh mit zusammengebissenen Zähnen.

Juniper öffnete den Mund, um etwas zu sagen, überlegte es sich aber. Sie schaute zur Mauer und schlang die Arme um den Oberkörper. »Ich hoffe, die Goblins lassen uns jetzt in Ruhe.«

Ayesh bemerkte: »Wohl kaum.«

»Eines Tages«, fuhr Juniper fort, »möchte ich weit weg von den Goblins leben. Und auch von Trollen, Steinriesen, Ogern und Orks.«

»Und Minotauren«, fügte Ilif hinzu.

»Warum solltest du dich vor Minotauren fürchten?« fragte Ayesh. »Ich habe für sie Flöte gespielt und ihnen meine Geschichten erzählt. Sie waren gute Zuhörer. Wenn doch die Menschen so gut zuhören könnten wie die Minotauren!«

»Habt Ihr wirklich mit Minotauren gesprochen?« erkundigte sich Juniper.

»Aye. In den Bergen von Hurloon.«

»Und sie haben Euch nicht getötet?«

»Getötet? Sie lehrten mich ihre Sprache. Sie sind sanftmütig.«

»Vielleicht in den Hurloon-Bergen«, meinte Ilif. »Aber *unsere* Minotauren nicht.«

Juniper fiel ihm ins Wort. »Aber bei Minotauren weiß man wenigstens, daß sie einen in Ruhe lassen, wenn man sie in Ruhe läßt.«

»Das sagt Alik der Älteste«, nickte Ilif, »aber ich bin mir da nicht so sicher. Wenn ich jemals einen Minotaurus nahen sehe, kannst du dich darauf verlassen, daß ich nicht dableibe, um herauszufinden, ob Alik recht hat.«

»Es ist besser, den Minotauren zu begegnen als den Goblins«, widersprach Juniper.

»Nun, ich kenne viele, die einen Goblinangriff überlebt haben«, entgegnete Ilif, »aber ich habe noch nie mit jemandem gesprochen, der sich mit Minotauren zankte und es überlebte.«

»Minotauren sind klug und scheu«, erklärte Ayesh.

»nicht wie Goblins.« Und auch ein wenig geheimnisvoll, dachte sie. Man sagte, daß Hurloon Minotauren Gedanken lesen konnten. Aber vielleicht waren sie nur Meister der unauffälligen Beobachtung. Selbst unter Menschen konnten ein aufmerksamer Blick und blitzschnelles Nachdenken den Eindruck erwecken, daß man Gedanken lesen konnte.

Ilif sah zur Mauer hinüber. »Bürger Olf sagt, daß die Goblins eines Tages so schlau sein werden, die ganzen Steine dieser Ruinen fortzutragen. Er meint, daß eines Tages eine Reisegruppe hierher kommen wird, und es gibt keine Möglichkeit mehr, Schutz zu finden.«

»Nun, das ist ein weiser Gedanke des Bürgers Olf«, sagte Ayesh zu Ilif. »Verlaßt euch nicht darauf, daß Goblins diese Dinge nicht begreifen. Habt ihr schon einmal Goblins gesehen, die mit Steinschlitten angreifen? Nein, bestimmt nicht. Das machen nur die Rundveltgoblins. Also, stellt euch einen Steinschlitten vor, der fast so schnell den Berg hinabschießt wie ein herabfallender Stein. Zwei von ihnen würden diese Mauer hier in Schutt legen. Ein Steinschlitten ist eine widerwärtige Erfindung. Nicht alle Goblins sind dumm. Aber keiner von ihnen ist Herr der eigenen Gedanken. Ihre größte Schwäche, noch mehr als die Dummheit, ist die Angst.«

»Und warum haben sie dann die Steine nicht längst weggetragen?« fragte Juniper und betrachtete die Mauer.

»Ein Goblin könnte es in fünfzig Jahren schaffen«, meinte Ayesh. »Und zwar besser, als fünfzig Goblins in einem Jahr.«

Junipers Gesichtsausdruck verriet, daß ihr die Worte ein Rätsel blieben.

»Selten ist der Goblin, der sich auf Zusammenarbeit versteht«, erklärte Ayesh.

Offensichtlich lag Ilif nichts daran, Goblins besser zu verstehen. Er starrte auf Ayesh' Bündel. »Womit handelt Ihr?«

»Mit nichts«, antwortete sie. »Ich handle nicht.« Sie zog das Bündel näher, öffnete es und zog eine Flöte und ein Zunderkästchen heraus.

»Dann seid Ihr eine Bardin!« rief Juniper. »Der Älteste Alik hat mir davon erzählt. In Badstadt hatten wir noch nie eine Bardin!«

Ilif fragte: »Was ist eine Bardin?«

»Sie tauscht ihre Lieder gegen Gold.«

Ilif schnaubte. »Nun, in Badstadt gibt es herzlich wenig Gold, und ich kann mir nicht vorstellen, daß irgend jemand es für ein Lied hergeben würde. Höchstens der Älteste Alik, aber der hat, soviel ich weiß, gar keines.«

»Bardinnen spielen gar nicht für gewöhnliche Händler«, unterbrach ihn Juniper, »sondern für Könige und Königinnen.«

»Ich habe für Könige und Königinnen gespielt«, antwortete Ayesh, »und für gewöhnliche Leute. Und ich habe es nie für Gold getan.«

»Oh«, meinte Ilif zu Juniper gewandt, »sie ist eine Bettlerin, die Musik macht.«

Ayesh lachte grimmig. »So würden mich einige bezeichnen.«

»Spielt für uns!« bat Juniper.

Ayesh schaute zur Mauer, wo Olf auf und ab ging. »Jetzt nicht.«

»Ein Lied«, bettelte Juniper. »Nur ein Lied!«

»Nun ...«, sagte Ayesh. Sie öffnete das Zunderkästchen und sagte leise etwas hinein. Eine orangefarbene Flamme ohne Rauch erwachte mit einem leisen *Whummp!* zum Leben.

Erschrocken sprangen Ilif und Juniper zurück.

Ayesh lächelte. Sie sagte noch ein Wort zu der Flamme, die daraufhin von Orange zu Grün wechselte. Dann legte sie das eine Ende der Flöte ins Feuer, und eine grüne Flamme wand sich spiralförmig um das Instrument und verschwand.

»Sie leuchtet!« sagte Juniper.

Auf der Mauer drehte sich Bürger Tull um, als wolle er erneut Stille befehlen, starrte dann aber nur schweigend auf die Flöte, die jetzt von innen heraus grün leuchtete. Er war ebenso erstaunt wie die jungen Händler innerhalb der Mauer.

Ayesh verstaute das Zunderkästchen und setzte die Flöte an die Lippen. Sie spielte eine kurze Melodie – fünfzig Noten einer seltsamen, leisen Kadenz.

»Sie ist verstimmt«, meinte Juniper traurig.

»Nein«, erwiderte Ayesh. »Du kennst nur die gewöhnlichen Töne. Ich habe die dreizehn Noten der Mondklänge gespielt. Jetzt kommt etwas Gewöhnliches.«

Sie drehte den Ring am Ende der Flöte. Das bunte Licht im Inneren des Instruments veränderte sich. Jetzt war es ebensosehr blau wie grün.

Ayesh spielte eine feierliche Melodie.

»Aufhören!« befahl Olf.

Ayesh spielte weiter.

»Ich sagte: Aufhören!« Der hochgewachsene Mann sprang von der Mauer und kam auf sie zu. »Wie sollen wir hören, was die Goblins vorhaben, wenn Ihr Musik macht?«

Ayesh setzte die Flöte ab. »Ein Goblin greift leise an. Aber eine ganze Horde kann das nicht. Ein einzelner Goblin wird sich nicht vor Eure Armbrust wagen, und die ganze Gruppe wird nicht ohne Schreie und Kreischen angreifen. Ihr werdet hören, was Ihr hören müßt, ob ich Musik mache oder nicht.«

»In der Tat. Ihr wißt wohl alles über Goblins, wie?«

»Ich habe mehr Goblins umgebracht, als Ihr je gesehen habt.«

»Ach, tatsächlich? Nun, ich habe mehr von diesen Biestern gesehen, als ich zählen kann.«

»Dann ist es ein Pech, daß Ihr das, was Ihr gesehen habt, nicht besser beobachtet habt. Ich kenne sie gut genug, um zu wissen, wann ich sie eine Weile nicht beachten muß. Aber wenn Ihr fortwährend an sie denkt, beraubt Ihr Euch jeden Friedens. Wenn Ihr die Goblins wirklich kennt, wißt Ihr, daß ich die Wahrheit sage. Auf Stille zu bestehen, nur um recht zu behalten, würde Euch als unbeherrschten Mann ausweisen.« Sie hielt Juniper die Flöte hin. »Möchtest du es einmal versuchen?«

»Bah!« stieß Olf hervor. Er wollte sich die Mütze vom Kopf reißen, aber sie war nicht mehr da. Er schaute sich um und sah, daß sie bereits auf dem Boden lag. »Bah!« schnaubte er wieder und ging davon.

Ayesh reichte Juniper die Flöte.

»Aber ich weiß nicht, wie man spielt.«

»Dafür gibt es eine Lösung«, erklärte Ayesh. Sie legte die Finger des Mädchens um das Instrument. »Denk an die Melodie, die du spielen möchtest. Laß sie von Anfang bis Ende in deinem Kopf erklingen.«

Juniper schloß die Augen und schien an ein Musikstück zu denken. Als sie die Augen wieder öffnete, sagte Ayesh: »Blas hier hinein und spiel.«

»Aber ich ...«

»*Spiel* einfach!«

Juniper setzte die Flöte an die Lippen, zögerte und stieß dann einen mißlichen Ton hervor.

»Denk an die Melodie!« befahl Ayesh. »Dein Verstand ist ein einziges Durcheinander, Mädchen. Denk an die Melodie, die du spielen willst.«

Juniper dachte nach, stülpte die Lippen vor und blies erneut.

Diesmal erklangen die ersten drei Takte eines Liedes, nicht ganz richtig, aber dennoch so gut, daß einer der jungen Männer rief: »Das ist ›Roter Phlox von Mirtiin‹!«

»Stimmt!« nickte Juniper. »Das ist es, was ich spielen wollte. Die Flöte hat meine Finger bewegt!«

»Es ist eine lehrende Flöte«, erklärte Ayesh. »Nach

einer Weile, wenn du genügend übst, könntest du jede Melodie auf jeder Flöte spielen.«

»Das ist ein Wunder!« stieß Ilif hervor.

»Sie ist aus Oneah«, entgegnete Ayesh. Sie legte die Flöte in den Schoß. »Ich kann euch noch andere Dinge zeigen.«

Als sie ihr Bündel öffnete, scharte sich die Hälfte der jungen Leute innerhalb der Mauer um sie.

»Schluß jetzt!« sagte Bürger Olf. »Die Musik war schlimm genug, aber ich werde nicht zulassen, daß Ihr diese Kinder von ihren Plätzen lockt. Oder wollt Ihr es den Goblins leichter machen, uns zu überwältigen?«

Die jungen Leute zogen sich beschämt auf ihre Plätze zurück. Ayesh wühlte weiter in ihrem Bündel herum, als sei Olfs Schimpfen nichts weiter als der entfernte Ruf eines Goblins gewesen.

»Hier«, sagte sie und zog etwas, das im Feuerschein glänzte, aus dem Bündel.

»Ein Diamant?« fragte Ilif mit großen Augen.

»Aye, genauso schön und klar, aber es gab noch nie einen so großen Diamanten.« Sie gab ihn Juniper. »Das ist ein Kristall vom Dach des Lichts. Das ganze Dach wurde daraus gebaut. Wenn die Sonne durch dieses Dach schien, wurde der Raum darunter von einer Million winziger Regenbogen durchdrungen. Das ist der Beweis des *wahren* Daches des Lichts.«

»Gewöhnliches Glas«, murmelte Bürger Olf. »Kann von sonst woher stammen.« Er warf das letzte Holzscheit ins Feuer. »Verflucht seist du, Ilif. Wenn ich dir das nächste Mal befehle, Holz zu holen, dann bringst du mir einen ganzen Wald! Die Mistkerle brauchen nur zu warten, bis das Feuer erlischt, um dann loszustürmen.«

»Natürlich werden sie losstürmen, wenn sie vermuten, daß wir müde sind«, bemerkte Ayesh.

»In der Tat, meine Dame. Aber meine Schutzbefohlenen hier sind, wie Ihr seht, grüne Jungen und Mädchen. Bewährte Bürger und Bürgerinnen könnten im Dunkeln gut kämpfen, aber doch nicht diese Lämmer.«

»Dann machen wir Licht«, sagte Ayesh. »Oder habt Ihr mir nicht zugesehen?«

Ayesh blies in das Ende der Flöte. Der blau-grüne Schein brannte aus und erlosch, wie das Licht einer Kerze. Dann zog sie das Zunderkästchen hervor, sagte wieder ein Wort hinein und mit einem *Whummp!* sprang eine orangefarbene Flamme auf.

Ayesh sagte noch ein Wort. Die Flamme wurde weiß.

»Bei Xattas eisigem Atem«, sagte Olf, und er sprach damit für alle Anwesenden. Niemand, nach den Mienen zu urteilen, hatte jemals vorher weißes Feuer gesehen.

Ayesh fuhr mit der Hand durch die Flamme. »Sie strahlt keine Hitze aus«, erklärte sie, »aber ihr Licht reicht für jede Schlacht.«

Der Mond stand hoch am Himmel, und es würde nicht mehr lange bis zur Dämmerung dauern. Ayesh, deren Kopf auf ihrem Bündel ruhte, war hin und wieder ein wenig eingedöst. Das Lagerfeuer war längst erloschen, war aber durch die Flamme des nicht rauchenden Feuers oben auf dem Steinpodest ersetzt worden. Trotz der Helligkeit wirkte das Licht der Flamme einschläfernd, und es war leicht einzudösen, während man sie beobachtete.

Plötzlich war Ayesh hellwach.

Etwas hatte sich verändert.

Sie lauschte.

Stille. Nicht einmal die Flamme verursachte ein Geräusch.

Ihr Körper spannte sich. Als sie anfangs eingeschlummert war, hatte sie das leise Geschnatter und gelegentliche Gemurmel der Goblins gehört. Jetzt war alles still.

Noch bevor ein Ast knackte, sprang Ayesh auf die

Füße. Ein Goblin kreischte, und ein Dutzend andere Goblins wiederholten den kreischenden Kriegsruf. Weitere Stimmen fielen ein.

Ayesh mußte nicht über den Rand der Mauer sehen, um zu erkennen, was geschah. Sie schüttelte Ilif. Juniper und die anderen waren bereits wach.

»Sie kommen!« rief Olf.

Tull hatte innerhalb der Mauer gedöst. Er sprang auf die Beine und drehte sich gerade rechtzeitig um, um einen Bolzen durch den ersten Goblin zu jagen, der die Mauer überwand.

Nicht alle Jugendlichen waren wach und geistesgegenwärtig genug, um klar denken zu können.

»Halte deine Lanze hoch, Mädchen!« rief Olf.

»Bleibt weg von der Mauer«, befahl Ayesh. »Ihr wollt doch nicht, daß euch einer auf den Kopf fällt!«

Zwei Goblins erschienen Seite an Seite oben auf der Mauer. Einen erschoß Olf mit der Armbrust. Der andere wich aus, als einer der Jugendlichen ihn mit seinem Stab aufzuspießen versuchte. An seiner Seite tauchten zwei weitere Goblins auf.

Ayesh riß dem Jungen den Stab aus den Händen und fegte alle vier Goblins von der Mauer.

»Du mußt dich nicht damit aufhalten, sie zu töten«, erklärte sie dem Jungen. »Schlag sie nur herunter oder stich sie ein wenig, wenn es sein muß.«

»Aber wenn ich sie nicht töte ...«

»Junge, wenn du einen richtig aufspießt, hängst du fest. Du kannst mit einem Stab, an dessen Ende ein Goblin zappelt, nicht viel anfangen. Beschäftige sie und laß die Armbrüste das Töten besorgen.«

Ein paar Goblins kletterten seitlich über die Mauer und rannten auf die Mitte des Lagerplatzes zu. Die schwarzen Klingen ihrer Dolche sahen wie lange, schmutzige Krallen aus, als sie auf die Lanzenträger losgingen.

»Lanzen hoch!« kommandierte Ayesh, aber die unerfahrenen Kämpfer wichen vor dieser unmittelbaren Bedrohung zurück.

»Diejenigen mit den Messern«, rief Olf, der die Armbrust spannte, »nach vorn! Verteidigt die Lanzen!«

Aber nur eine junge Frau gehorchte. Es war Juniper. Obwohl sie das Messer ungeschickt hielt, reichte das Glänzen der Klinge aus, den Ansturm der Goblins kurz zu verlangsamen. Ein Junge faßte ebenfalls Mut und stellte sich neben Juniper.

Inzwischen waren die Lanzen so weit zurückgefallen, daß unzählige Goblins über die Mauer kletterten. Wie Ratten schwärmten sie umher.

Ayesh packte eine Lanze. Sie trat zwei Goblins beiseite und sprang vor, um ein ganzes Dutzend von der Mauer zu fegen.

Aus dem Augenwinkel sah sie eine schwarze Klinge auf sich zu kommen. Sie wich aus. Die Klinge verfehlte sie, aber der Goblin hieb noch einmal zu, während ein anderer Goblin angriff.

Ayesh schlug wieder ein paar Goblins von der Mauer, wich erneut dem Dolch aus und trat nach dessen Besitzer. Dadurch geriet sie jedoch genau in den Ansturm des zweiten Goblins.

Die schwarze Dolchklinge sank ihr ins Bein.

Feuer durchzuckte sie.

»Ihr Götter!« schrie sie. Solche Schmerzen hatte sie erst einmal verspürt, als sie von einer Marschviper gebissen worden war.

Und mit der Kraft, die aus solchem Schmerz entspringt, packte sie die Kehle des Goblin, der sie verletzt hatte. Sie drückte ihm die Luftröhre ein.

»Ihre Klingen sind vergiftet!« warnte sie und bereute es sofort, denn diese jungen Menschen waren schon ängstlich genug.

Aber Olf rief: »Natürlich sind die Klingen vergiftet. Goblins vergiften ihre Dolche immer!«

Mit zitterndem Bein trat sie den nächsten Goblin tot.

Goblins vergiften immer ihre Dolche? Niemals, nicht während der Jahre der Goblinkriege in Oneah und nicht in den Jahren, in denen sie auf Reisen war, waren Ayesh jemals Goblins begegnet, die so etwas taten. Goblins vergifteten das Essen in den Höhlen ihresgleichen, und man brachte jungen Goblins bei, das Essen in der Kehle zu halten, bis sie merkten, ob sich ein erstes Prickeln oder Anschwellen als Anzeichen von Gift einstellte, bevor sie schluckten. Aber vergiftete Klingen erforderten fortwährende Pflege, damit sie nicht rosteten. Und welcher Goblin hatte soviel Geduld?

Aber die Goblins waren nicht überall gleich, genausowenig wie Menschen.

Wie das brannte! Was war das für ein Gift?

Waren die Kämpfer zuvor ängstlich gewesen, so hatten sie sich inzwischen ein Herz gefaßt. Aber schließlich hatten sie ja bereits gewußt, daß ein kleiner Kratzer eines Goblindolches Schmerzen verursachen würde.

Und Tod? Würde sie sterben?

Drei weitere Goblins fielen, die an den Bolzen in ihrer Brust zerrten. Juniper und der Junge rannten herbei und mit mehr Glück als Geschick verwundeten sie den nächsten Angreifer. Er kreischte und kroch davon.

Die Lanzenträger rückten soweit vor, daß sie weitere Goblins davon abhalten konnten, über die Mauer zu klettern.

Drei neue Bolzen fanden ihr Ziel.

Ayesh fühlte, wie ihr ganzer Körper zu zittern begann. Sie konnte sich kaum auf den Beinen halten.

Ein Goblin schaffte es, über die Mauer zu klettern. Er trug rote, fingerlose Handschuhe.

Ayesh wurde schwindlig. Sie setzte sich.

Der Goblin mit den roten Handschuhen grinste. Er rannte genau auf sie zu. »*Min kli moina tlit ekleyla jla!*« Das hatte Ayesh gesagt, als sie die beiden Goblins bei Einbruch der Dämmerung getötet hatte. Und diesen verschonte.

Die Welt vernebelte sich.

Laß mich meine Kraft zurückgewinnen, bevor ich sterbe!

Ayesh biß sich auf die Zunge. Sie schmeckte Blut. Der Schmerz half ihr, sich auf etwas außer dem Brennen des Giftes zu konzentrieren. Ihr Verstand klärte sich auf. Sie konnte gut genug sehen, um die Hand mit dem roten Handschuh zu packen, die mit einem Dolch auf ihr Herz zielte.

Sie drehte das Handgelenk um. Ganz einfach.

Etwas schnappte. Ein Aufheulen.

»Ich war ein Narr, einen Goblin am Leben zu lassen«, sagte sie. Und das letzte, was Ayesh tat, bevor sie ohnmächtig wurde, war, das Genick des Goblins zu brechen.

KAPITEL 4

Ayesh träumte von Prinzen und sprechenden Eseln und Pfauen mit brennenden Schwänzen. Sie träumte von Inseln, die auftauchten und versanken, und von Königinnen, die zu schön waren, als daß man sie hätte anschauen können und von Segelschiffen, die fliegen konnten. Sie träumte den Geruch von Schwefel, und während des ganzen Traumes sprach eine Stimme zu ihr.

»In den Tagen, als die Zwerge in den Purpurbergen regierten und die Städte Icatias sich fast in die Wolken erhoben, lebte ein zwergischer Kapitän, der sehr streng mit seinen drei Söhnen verfuhr. Über die ersten beiden Söhne wurde nie gesprochen, aber der dritte war unter den anderen Zwergen als ›Butter-dazwischen‹ bekannt, denn man sagte, er habe nichts als Butter zwischen den Ohren...«

Ayesh träumte von einem Zwerg, der die Hand einer Prinzessin Icatias gewann. Sie träumte von geflügelten Jungfrauen und einem weißen Ritter, der hundert Jahre lang hinter einer Wand aus Eis gefangen war. Sie träumte von einem Wassermann, der sich in eine Bauerstochter verliebte. Ayesh war sehr durstig. Sie sehnte sich danach, aufzuwachen und zu trinken, aber sie konnte es nicht. Sie träumte und träumte, und die Stimme leitete sie in ihren Träumen.

»Pipi-ku war ein schlanker Knabe, dessen Lehrherr, ein Holzschnitzer, ihm kaum zu essen gab. Der Knabe liebte die frische Luft und das Licht, und seine Augen waren so oft zum Himmel erhoben, daß sein Meister erstaunt war, wenn er ihn eine Arbeit verrichten sah.

Eines Tages, als der Junge in den Himmel starrte, sah er nichts anderes als einen Mesa-Pegasus. Pipi-ku hatte noch nie eine so schöne Kreatur erblickt und rief mit lauter Stimme ...«

Auf einen Gobelin gestickte Wölfe sprangen von der Wand herab, um einen bösen Verwalter zu verschlingen. Ein Fischer fing mit seinem Netz drei Kostbarkeiten: einen Krug, eine Nadel und einen Kamm. Ein Greifvogel betrog eine Elfenkönigin und mußte dafür büßen.

»Der weise Yerti-yertees, der ohne Erfolg alles gesagt hatte, was ihm einfiel, um den jungen Mann davon abzubringen, ging heimlich zu einer alten Hexe ...«

Und immer, durch jede Geschichte, drang der Schwefelgeruch nach verdorbenen Eiern ...

»Wasser«, krächzte Ayesh.

»Ah! Sie wacht auf!«

Ayesh öffnete die Augen, aber sie waren wie ausgetrocknet und ein Schleier schien über ihnen zu liegen. Sie nahm verschwommene Umrisse wahr. Sie blinzelte. Ein sehr großer Mann stand über sie geneigt.

Irgend etwas lag in ihrem Mund. Sie wandte den Kopf und spuckte ein Blatt aus.

»Laik, komm her! Sie wacht auf und verlangt nach Wasser! Hol welches!«

»Ich komme«, dröhnte eine andere Stimme.

Ayesh blinzelte noch einmal. Dann richtete sie sich auf.

»Nein! Nein!« sagte die tiefere Stimme. »Legt Euch zurück, Frau. Ihr erwacht nicht vom Schlaf, sondern vom Tode!«

»Laik, du übertreibst mit deinen Fähigkeiten!« rief der erste Mann lachend.

Ayesh rieb sich die Augen. Langsam stellten sich ein paar Tränen ein, da ihr Innerstes wie ausgetrocknet schien. Allmählich konnte sie besser sehen. Vor ihr stand ein rundlicher, weißhaariger Mann, der Besitzer der Traumstimme. Neben ihm, mit einem Wasserschlauch in der Hand stand noch ein alter Mann, der ebenso groß wie der erste war. Aber wo der erste so weich und weiß wie Teig erschien, waren die Hände und das runzlige Gesicht des anderen gebräunt, und die starken Arme waren muskulös, nicht fett.

»Hinlegen! Hinlegen!« mahnte der Muskulöse.

Ayesh nahm den Wasserschlauch entgegen und tat einen tiefen Zug, bevor sie bemerkte, wie bitter es schmeckte. Sie verzog den Mund, hustete und schob den Schlauch fort.

»Ich will Wasser! Was ist das?«

»Käferbalsam mit Aschengrastee. Nehmt noch einen Schluck.«

»Ich will Wasser!«

»Aber dies ist ...«

»Wasser! Ich werde nichts anderes trinken!«

»Schon gut. Schon gut. Ich will doch nur *Euer* Bestes«, beschwichtigte sie der alte Mann. Er brachte ihr einen neuen Wasserschlauch. Diesmal schnüffelte Ayesh daran, bevor sie trank. Das Wasser roch nach Schwefel. Sie rümpfte die Nase, nahm aber einen Schluck. In dieser Gegend mußte sich eine heiße Quelle befinden.

Dann fiel ihr auf, daß ihre Arme nackt waren. Man hatte sie in eine Art Umhang gekleidet, der aus einem einzigen Stück gefertigt war und keine Ärmel hatte. Die Tätowierungen auf ihren Armen zitterten, als sie den Wasserschlauch hielt, um noch ein wenig zu trinken.

»Genug.« Er nahm ihr das Wasser fort. »Noch mehr und Euch wird übel. Jetzt nehmt das frische Blatt auf die Zunge und legt Euch hin.«

Ayesh schob das angebotene Blatt beiseite und blieb sitzen. Ihre wattierte Jacke und die Hose waren über einen Stuhl gehängt. Und dort, auf dem Tisch, lag ihr geöffnetes Bündel, dessen Inhalt ausgebreitet war. Das

Zunderkästchen, die Flöte, der Kristall vom Dach des Lichts, die dünnen Gedichtbände und Meister Hatas Schärpe.

»Meine Sachen!«

Sie schwang sich aus dem Bett und stand auf; die Beine zitterten aufbegehrend. Sie blickte nach unten und sah, inmitten der auf den Beinen eintätowierten Gräser und Pflanzen, eine Wunde, die mit schwarzem Faden genäht worden war.

»Ihr solltet noch nicht aufstehen!«

»Genau, Reisende. Legt Euch hin und ruht Euch aus.«

»Ihr habt meine Sachen durchsucht!«

»Ihr habt geschlafen, Reisende. Wir konnten Euch nicht um Erlaubnis fragen.«

»Das ist eine schöne Entschuldigung!«

»Vergebt uns unsere Neugier. Es kommen kaum jemals Reisende hierher. Und wir erwarteten, daß Ihr sterben würdet ...«

Ayesh setzte sich wieder auf das Bett. »Der Goblin«, erinnerte sie sich. »Die Klinge war vergiftet.«

»Das stimmt«, nickte der Mann, der ihr Wasser gereicht hatte. »Nun, übernehmt Euch nicht gleich sosehr. Legt Euch hin. Wir sollten uns vorstellen. Ich bin der Älteste Laik, und dies ist mein Bruder Alik.«

»Einen guten Morgen wünsche ich Euch«, sagte Alik und verneigte sich ungeschickt.

»Das Mädchen, Juniper«, sagte Ayesh, die sich nun wieder besann. »Sie sprach von Euch.«

»Tatsächlich?« fragte Alik. »Nun, sie sprach auch von Euch. Hat sie Euren Namen richtig behalten? Seid Ihr Ash von Oneah?«

»Ayesh«, berichtigte sie.

Alik klatschte in die Hände. »Dann werdet Ihr mir einige Geschichten erzählen! Ich kenne viele Geschichten aus Oneah, aber keine stammt aus dem Mund einer Oneahnerin! Werdet Ihr mir ein paar erzählen?« Alik deutete auf die Wand hinter Ayesh. »Ich würde sie gern niederschreiben.«

Ayesh drehte sich um und riß die Augen auf.

Die Wand war von Büchern bedeckt. Auf Regalen, übereinander gestapelt und dicht gedrängt standen *Bücher, Bücher, Bücher.* »Eine Bibliothek.«

»Seht Ihr, ich schreibe leidenschaftlich gern Geschichten nieder«, sagte Alik. »Das ist mein Handwerk.«

So matt, wie Ayesh auch war, klopfte ihr Herz doch schneller. Oh, wenn ihre Erinnerungen an Oneah doch in Büchern wie diesen festgehalten würden! Nie zuvor hatte ihr jemand angeboten, ihre Worte niederzuschreiben, genauestens wiederzugeben. Manchmal hatte Ayesh erwogen, selbst alles aufzuschreiben, aber wer sollte das Buch, das sie schrieb, aufbewahren? Wer würde es so hüten, wie es erforderlich war?

Der Älteste Alik vielleicht.

»Übrigens, Juniper interessiert sich sehr für Euch«, sagte Laik. »Sie ist eines von den Mädchen, die immer von fernen Ländern träumen. Wenn sie gekonnt hätte, wäre sie hier geblieben, um bei Eurer Pflege zu helfen. Aber sie ist mit Olf, Tull, Rav und den anderen jungen Leuten gegangen. Sie brachten Euch zu uns, damit Ihr geheilt werdet, dann eilten sie davon, um herauszufinden, ob die Schiffe gewartet haben.«

»In jedem Monat gibt es nur noch zwei Handelstage«, erklärte Alik. »Der Handel hat nachgelassen. Wir lagen nicht einmal auf den großen Handelswegen, als Nul Divva noch groß war. Nur sehr mutige Seefahrer und Abenteurer wagten sich an diese Küste.«

»Wurden auch andere verwundet? Von den Händlern?«

»Nicht durch Gift, sonst würdet Ihr sie hier neben Euch liegen sehen.«

»Olf sagte, Ihr seid eine tapfere Goblin Bezwingerin«, meinte Alik. »Das ist ein hohes Lob aus seinem Mund.«

Ayesh erinnerte sich: Sie hatte Olf gescholten, daß er die Goblins nicht gut genug kennen würde. Aber sie war diejenige gewesen, die nicht gewußt hatte, daß sie Gift erwarten mußte. Sie spürte, wie ihr die Hitze ins Gesicht stieg.

»Hier«, sagte Laik. »Nach einem zweitägigen Schlaf, vermute ich, Ihr habt Hunger.«

Erst als sie zu essen begann fiel ihr auf, wie hungrig sie war. Die Bohnensuppe, die man ihr in einer Kupferschüssel vorsetzte, war reich gewürzt. Der Salat aus Grünzeug, das sie nicht kannte, bot eine willkommene Abwechslung zum Schiffszwieback und dem Brei auf der Seereise.

»Gut, nicht wahr?« fragte der rundliche Alik. »Laik ist ein Meister der Kräuterkunde, und sein Geschick erstreckt sich sowohl auf die Küche als auch auf die Krankenstube.«

»Heilen ist die leichtere Kunst«, warf Laik ein. »Es ist eine Herausforderung, aus den Vorräten, die man in Badstadt findet, eine gute Mahlzeit zu bereiten!«

»Nehmt nur, nehmt nur«, sagte Alik und füllte Ayesh' Schüssel auf.

»Ich hatte nicht erwartet, in Badstadt eine Bibliothek vorzufinden«, erklärte Ayesh.

»Das werdet Ihr auch nicht«, sagte Alik. »In dem anderen Zimmer befindet sich keine Bibliothek. Es sind ein paar Bücher, die wir auf der Flucht gerettet haben. Wir konnten nicht viele mitnehmen.«

»Von wo?«

»Aus Nul Divva«, antwortete Laik. »Wir sind überstürzt geflohen. Wir waren Meister der Zwillingskünste für die Handelsherren von Nul Divva. Dann kamen die Revolutionen. Die Handelsherren wurden enteignet, und der Handel mit Wintergewürzen hatte ein Ende. Jenen, die die Minen übernehmen wollten, gelang es, sie während ihrer Kriege einstürzen zu lassen. Jetzt kommt kaum noch Wintergewürz vorbei an dieser Handelsstraße.«

»Zwillingskünste?« erkundigte sich Ayesh.

»Natürlich«, entgegnete Laik und wedelte mit der fleischigen Hand. »Genau jene, die wir an Euch ausübten. Heilung und Ablenkung. Meine Kräuter heilten Euch von dem Gift, und Alik hielt dunkle Gedanken von Euch fern.«

»Es kann auch dunkle Ablenkung geben«, bemerkte Alik. »Es kommt ganz darauf an.«

»Ablenkung?« fragte Ayesh. »Meint Ihr diese Geschichten, die Ihr mir erzählt habt, während ich schlief?«

»Die Zwillingskünste sind das, wonach sich die Menschen im Herzen sehnen«, erklärte Laik. »Ich heile die Kranken und Verwundeten, damit sie ein Weilchen länger leben.«

»Und ich lenke sie von dem Wissen ab«, mischte sich Alik ein, »daß die Heilung eines Tages versagen wird. Wenn wir über den Tod nachgrübeln, erliegen wir der Verzweiflung. Aber meine Geschichten bewahren die Kranken und Verwundeten vor der Verzweiflung. Die Gesunden und Munteren sterben auch. Ich erzähle Geschichten, damit sie nicht darüber nachdenken.«

Ayesh' Löffel blieb über der Schüssel stehen. »Ist es das, was Ihr mit den Dingen anfangen würdet, die ich Euch von Oneah erzählen soll?«

»Ich fange nichts damit an, sondern lasse sie so, wie sie sind«, sagte Alik. »Geschichten eben.«

Ayesh schüttelte den Kopf. »Ich erzähle von Oneah und spiele die Musik des Hofes, aber nicht damit die Leute abgelenkt werden. Ich erzähle, damit Oneah weiterlebt. Der Hof der Tausend Tausende war kein Märchen und keine Fabel. Er war *wahrhaftig*. Wenn Ihr aufschreibt, was ich erzähle, müßt Ihr es auch als wahre Geschichte bewahren.«

»Wahre Geschichte, ja, ja. Ich schreibe sie so auf, aber

das macht wenig Unterschied, Reisende. Geschichte und Einbildung, Gerede und Gleichnisse, religiöse Visionen und dicke Lügen – ich schreibe sie alle in dasselbe Buch. Ich erzähle sie aus meinem Gedächtnis und verändere sie, während ich sie erzähle. Dadurch werden sie immer besser.«

»Besser!« Ayesh schleuderte den Löffel in die Schüssel. »Verfälscht, meint Ihr wohl! Ich hörte die Geschichte, die Ihr Juniper über das Dach des Lichts erzähltet. Ihr sagtet, es sei ein Turm gewesen, wo sich Prinzen auf den Zinnen prügelten.«

»Aye, und sie meinte, Ihr würdet eine andere Auslegung kennen. Ich möchte hören, was Ihr zu sagen habt, Reisende. Ich möchte Eure Auslegung kennenlernen.«

»Es ist keine Auslegung! Ich kämpfte unter dem Dach des Lichts. Es war ein wirklich vorhandener Ort. Ich will nicht, daß Ihr die Wahrheit niederschreibt, um sie dann beim Erzählen zu verändern. Wenn Ihr meine Worte aufschreiben wollt, müßt Ihr die Wahrheit bewahren!«

Leise und mit einem sanften Lächeln fragte Alik: »Wie lange bewahren?«

»Für immer! Dafür sind doch Bücher gedacht, nicht wahr?«

Alik legte den eigenen Löffel beiseite. »Folgt mir. Ich werde Euch etwas zeigen.«

In dem Raum mit den Bücherregalen nahm Alik einen schweren Band herunter. Der Ledereinband des Buches sah brüchig aus. »Sagt mir, Ayesh, was wißt Ihr von Graf Cedric Camman, dem Premierminister, der Kaiser Henry Joseph in Icatia diente?«

»Was alle wissen. Die Geschichte ist doch überall bekannt.«

»Warum ist sie bekannt?«

»Weil sie lehrreich ist.«

»Erzählt sie mir.«

»Graf Camman wollte lieber in seine eigene Tasche

wirtschaften als der Krone dienen, als Kaiser Henry Joseph in der Schlacht der Hellen Ebene verwundet wurde. Er bemühte sich so sehr, die Macht des Parlaments zu vergrößern, daß er sich nicht gut genug auf den Krieg mit den Orks vorbereitete. Zum Schluß wurde der General, der ihm am besten hätte helfen können, Graf Silbermähne, auf Cammans Befehl hingerichtet. Er behauptete, Silbermähne sei ein Kaisertreuer, was er zweifellos auch war. Aber der Gegner, den Camman töten ließ, war der beste Verteidiger gegen die Orks. Icatia verlor.«

»Und die Moral der Geschichte?«

»Machtgier macht blind.«

»Beinahe die gleiche Geschichte wurde auch in Nul Divva erzählt, aber dort lautete die Moral: ›Gierst du heute nach Kupfer, verlierst du morgen das Silber.‹ Nun, das war vor der Revolution. Die Rebellen bedeutete es: ›Soll der Skorpion die Natter stechen.‹ Das heißt: Töte deine Feinde nicht, sondern laß sie gegeneinander kämpfen. Von orvadischen Seeleuten hörte ich die Geschichte mit dem Sinn, daß die göttlichen Rechte der Könige beibehalten werden müssen.«

»Verschiedene Ohren hören verschiedene Geschichten«, sagte Ayesh. Tatsächlich wußte sie das sehr gut, denn schon oft hatte sie Falsches über Oneah gehört. »Aber wie auch immer die Bedeutung für die Leute sei, die geschichtliche Begebenheit bleibt gleich.«

»In der Tat.« Der Buchrücken knarrte, als der Älteste Alik die mittleren Seiten aufschlug. Kleine Stücke braunen Papiers fielen wie winzige Blätter zu Boden. »Dies ist die Geschichte Sarpadias. Wie Ihr seht, handelt es sich um ein sehr altes Buch, ein Buch, das jedesmal mehr zerfällt, wenn ich es öffne. Ein Schreiber aus Windeby hat es verfaßt, der den Fall der Fünf Reiche miterlebt hat.«

Vorsichtig blätterte Alik die braunen Seiten um.

»Hier«, sagte er. Der weiße Finger ruhte mitten auf der Seite. »Welchen Namen lest Ihr hier?«

Ayesh kniff die Augen zusammen. Die Tinte war verblaßt und das braune Papier so dunkel, daß sie die kunstvollen Buchstaben kaum erkennen konnte. »Dame ... Dame Margaret Ellsworth, Premierministerin.«

»Dame Margaret Ellsworth, die Premierministerin von Icatia. Wie aus diesen Seiten hervorgeht, diente *sie* Kaiser Henry Joseph aufs beste und treueste und nicht Camman. Außerdem war das Machtverhältnis zwischen der Krone und dem Parlament gut ausgewogen. Es herrschten keine bedeutenden Unstimmigkeiten.«

»Aber die Geschichte, die man mich lehrte ...«

»War erfunden. Graf Cedric Camman und Silbermähne sind ausgedachte Gestalten. Aber ist es nicht trotzdem eine schöne Geschichte, die man wieder und wieder als Wahrheit erzählen kann?«

Ayesh starrte auf die Seite. »Also wird auch das geschriebene Wort betrogen.«

Alik lächelte. »Und warum auch nicht? Schaut Euch diese brüchige Seite an. Pustet darauf, und sie wird zu Staub. Bücher brennen, und ganze Bibliotheken gehen im Laufe der Zeit verloren. Wo, auf dem wirren Kontinent Sarpadias, würdet Ihr nach einer Bibliothek suchen, in der die Fortsetzung dieses Buches steht? Nein, auch wahre Geschichte vergeht. Aber die Leute glauben die Geschichte, die spannender ist. Keine Geschichte kann falsch sein, höchstens mehr oder weniger einprägsam.«

»Nein!« Ayesh humpelte zu dem Tisch, auf dem ihr Bündel und ihre Besitztümer lagen. »Die Fünf Reiche Sarpadias sind nur noch Staub und Sand, aber seht Euch das an!« Sie hielt den Kristall hoch. »Das ist ein Teil des Daches des Lichts!« Sie zeigte ihm den Gedichtband. »Reime und Sprüche berühmter Poeten vom Hof der Tausend Tausende!« Sie hielt ihm die Schärpe entgegen. »Der Meister meiner Schule hat dies getragen! Und was sagt Ihr zu der Flöte, zu den Melodien, die ich spiele? Das alles gehört zu Oneah. Das ist alles wahrhaftig! Kann denn niemand diese Dinge bewahren? Kann denn niemand die wahre Geschichte aufschreiben, die erhalten bleibt?«

»Diese Dinge sind mehr Zugaben als Beweise. Sie können eine gute Geschichte unterstützen, ob sie wahr oder erfunden ist. Die Wahrheit hat kein immerwährendes Heim.«

»Und was ist mit *mir?*« fragte Ayesh. Sie warf den Umhang ab. Nackt stand sie vor ihm und deutete auf die tätowierten Gräser und Pflanzen auf ihren Beinen. »Da steht die Wahrheit Oneahs!« Sie riß ihre Kleidung an sich. »Die Tätowierungen auf meinem Körper sind mehr als Zugaben. Ich lebte dort. Ich stamme aus Oneah!«

»Habe ich daran gezweifelt?«

»Aber Ihr bestreitet die Wichtigkeit der Geschichte, der Wahrheit!«

»Ich sage nur, daß sie nicht fortbesteht. Auch Eure Tätowierungen werden nicht von ewiger Dauer sein. Aber laßt uns nicht darüber streiten. Ich sehe Pflanzen auf Euren Beinen, die mir die Frage aufdrängen, ob Ihr je die Geschichte vom Ried und der Eiche gehört habt.«

Ayesh zog die gefütterten Beinkleider über die Pflanzenbilder, bedeckte die Sonnenstrahlen auf den Armen und den Mond und die Sterne auf dem Oberkörper mit der Jacke. »Oneah war *Wirklichkeit!* Ich war eine Ringerin am Hof der Tausend Tausende! Ich kämpfte unter dem Dach des Lichts!« Sie schlüpfte in die Schuhe mit den geschmeidigen Ledersohlen. »Ich kämpfte mit dem ›Tanz, der Knochen bricht‹ gegen Goblins! Ich bin Istini Ayesh ni Hata Kan. Aber wenn Ihr meine Geschichte nicht so erzählen wollt, wie sie wirklich war, dann werde ich sie Euch nicht mitteilen. Was soll's? Ihr habt recht. Alles wird zu Staub, sogar die Geschichten selbst.«

Und es gibt nichts mehr, wofür ich leben kann.

Die Erkenntnis festigte sich wie ein Eisklumpen in ihrem Bauch.

Der alte Mann beschwichtigte sie. »Ruhig, ruhig, Oneahnerin. Ich zweifle nicht an Euch. Ich sage nur, daß die Einzelheiten nicht wichtig sind, nur der Kern einer Geschichte.«

»Ihr würdet Oneah in ein Märchen verwandeln!«

»Und als ein Märchen könnte es vielleicht überleben.«

»Nein! Oneah war kein Märchen und wird auch nie eines sein! Wenn es nicht so erhalten bleibt, *wie es war*, dann soll es sterben!« Ayesh stopfte ihre Habseligkeiten in das Bündel.

»Alles Lebendige verändert sich mit der Zeit ...«

»Ich weiß«, sagte sie bitter. »Jahr für Jahr erkenne ich das mehr. Erinnerungen sterben. Sogar Bücher sterben.«

Ayesh überprüfte ihre Börse mit den Münzen. Es waren zwar nur wenige, aber keine fehlte.

Laik erschien im Türrahmen. »Alik, sieh, wie du sie aufgebracht hast! Sie muß ruhen!«

Ayesh warf sich das Bündel auf den Rücken und trat humpelnd durch den schmalen Spalt zwischen dem Rahmen und Laiks ausgebreiteten Armen. »Laik, was schulde ich Euch für die Heilung?«

»Nichts«, antwortete Alik hinter ihr. »Wir dachten, Ihr würdet uns mit Euren Geschichten bezahlen. Eurer *Geschichte*.«

Unter den Kupfermünzen befand sich ein Silberstück. Ayesh legte es auf den Tisch. »Oneah ist nicht zu verkaufen. Sollen die ehrenwerten Toten in Frieden ruhen.«

Neben der Vordertür stand eine geladene und gespannte Armbrust. Vorsichtig trat sie darüber hinweg und öffnete die Haustür.

»Das Gift steckt Euch noch immer im Blut«, erklärte

Laik. »Bleibt und ruht aus. Laßt mich Euch pflegen, bis Ihr ...«

Ayesh schloß die schwere Tür hinter sich, so daß sie die letzten Worte nicht hörte. Auf die Außenseite der Tür waren zwei Hände gemalt – eine schwarze, eine weiße. Sie nahm an, daß sie für die Zwillingskünste standen.

Ayesh blickte die enge Gasse hinunter und auf die hohen Häuser, die dringend geweißt werden mußten. Die Läden einiger Häuser hingen schief in den Angeln und ein Drittel der Fenster war zerbrochen und mit Brettern vernagelt. Im Kopfsteinpflaster der Straße fehlten etliche Steine. Das helle Licht der Mittagssonne hob diese Einzelheiten besonders deutlich hervor. Einst war dies eine große Handelsstadt gewesen. Nun verfiel sie allmählich.

Verdammt, Alik hatte recht. Dinge verrotteten. Alles wird früher oder später zu Staub. Selbst Oneah, die Sieben Städte mit den Tausenden von Sonnenschreinen, den Sonnenwarten, dem großen Hof und dem Dach des Lichts ... alles lag in Trümmern, und sogar die Traditionen der Ringer von Oneah würden mit der Zeit verschwinden. Sie war eine Närrin gewesen, als sie gelobte, es in der Erinnerung lebendig zu halten.

Die Erinnerungen lebendig zu halten – für diese Lüge hatte sie gelebt. Und sie verfügte noch immer über die Macht, Ayesh zu überlisten, zu verführen.

So lautete die Wahrheit: Sie mußte sterben. Das schuldete sie den Ringern, die gestorben waren, als sie das Dach des Lichts verteidigt hatten.

Es gibt noch Dinge, für die es sich zu leben lohnt! rief eine innere Stimme.

Nein, dachte sie. *Sei still. Es ist Zeit, zu sterben.*

Lebe, um die Erinnerungen lebendig zu halten!

Nein, dachte sie wieder. *Das ist eine Lüge. Ich will keine Lüge leben.*

Und wenn die Stimme der Lüge nicht schweigen würde, wußte sie einen Weg, sie zu ersticken.

KAPITEL 5

Ayesh spürte die neugierigen Blicke der Menschen ringsumher. Badstadt, das einst viele Fremde und Sommerkarawanen auf der Durchreise angelockt hatte, war nun eine Stadt, die nicht mehr an Fremde gewöhnt war.

Sie wanderte die Straßen entlang und hielt nach einem Tavernenschild Ausschau. Schließlich fragte sie nach dem Weg und fand heraus, daß sie schon dreimal an dem Gasthaus vorbei gelaufen war. Hatte es jemals ein Schild gegeben, so war es lange her.

Als sie eintrat, verstummten die drei Männer, die um einen Tisch herum saßen. Es dauerte eine Weile, bis sich Ayesh' Augen an die Dunkelheit gewöhnten.

»Ja?« fragte eine Frauenstimme aus den Schatten.

»Wer ist der Besitzer dieser Taverne?«

»Kein Besitzer«, antwortete die Frau. »Aber ich bin die Besitzerin.«

Ayesh sagte: »Ich möchte etwas Wein und einen Weinschlauch.«

»Das kostet sieben Kupfertaler.«

Ayesh blickte in ihre Börse. Fünf Taler. Sie schüttelte den Kopf.

»Das ist viel.« Eigentlich war der Preis durchaus annehmbar. Anscheinend war die Frau aus der Übung, wenn es darum ging, Reisende zu schröpfen.

»Weinschläuche sind teuer«, sagte die Tavernenwirtin. »Ich kann Euch statt dessen einen Krug geben. Da paßt sogar mehr Wein hinein. Das macht dann fünf Taler.«

Wahrscheinlich war das kein besonders guter Handel, aber es gab keinen Grund, jetzt sparsam zu sein. Ayesh erklärte sich mit dem Preis einverstanden.

Der rundliche Krug war nicht leicht zu tragen. Der Hals war so kurz, daß eine Hand ihn nicht umfassen konnte. Ayesh kletterte den Berghang hinauf, den Krug in beiden Armen haltend. Hier und da lagen noch Schneereste, und nur in den Bergspalten wuchsen verwachsene Bäume, die dort vor dem Wind Schutz fanden.

Nach einer Weile blieb sie stehen und betrachtete die unter ihr liegende Stadt. Es hieß, daß Nul Divva, auf der anderen Bergseite, das Ende der Welt war, die am entferntesten gelegene menschliche Siedlung, die es gab. Ayesh hatte Nul Divva nie gesehen und würde es nun auch nicht mehr zu Gesicht bekommen.

Aber Badstadt konnte sehr gut als letzte menschliche Ansiedlung gelten. Es sah unbeschreiblich verloren aus. Ayesh bemerkte, daß die Hausdächer ausgebessert werden mußten. Ein paar waren so kahl und ohne Reet, daß sie schon vor Jahren verlassen worden sein mußten. Nur die Einfriedung rings um die Stadt, die aus angespitzten Pfählen bestand, war gut erhalten. Alles, außer den nötigsten Verteidigungsanlagen, verfiel allmählich.

Die Stadt lag am Ufer des Brodelnden Sees. Die eine Seite des Gewässers war noch immer eisbedeckt. Am Ufer, das der Stadt am nächsten lag, stiegen riesige Dampfwolken von den heißen Quellen auf.

Feuer und Eis am Ende der Welt. Feuer und Eis und Verfall.

Ayesh zog den Korken aus dem Hals des Kruges und nahm einen Schluck Wein. Der Prophet Eziir war kein Oneahner, aber Ayesh hatte seine Sprüche während ihrer Reisen so oft gehört, daß sie sie manchmal mit den Lehren ihres Meisters Hata verwechselte. In vielen Dingen dachten die beiden ähnlich.

Wein ist der Bann der Vernunft. So lauteten die Worte

des Propheten Eziir. Und Meister Hata hatte gelehrt, daß die erste der sieben Tugenden die Vernunft war.

Nun, es gab keinen Grund, den sieben Tugenden länger zu huldigen. Alles, was ehrenhaft war, war mit Oneah untergegangen. Ayesh selbst hätte damals, vor zwanzig Jahren, als sie kaum mehr als ein Mädchen gewesen war, auch sterben sollen.

Sie nahm noch einen tiefen Schluck. Der Wein war herb und schmeckte, wie alles in Badstadt, nach Gewürzen und Schwefel. Diese Geschmacksarten paßten nicht zueinander. Aber sie trank weiter.

Trink, bis du nicht mehr kannst, sagte sie sich. Schon bald würde Ayesh nur noch Staub sein, so wie die ganze Pracht, derer sie sich entsann, schon längst zu Staub geworden war.

All diese Jahre, in denen sie Oneahs Geschichte erzählt hatte, hatte sie eine Lüge gelebt. Sie hatte Oneah in der Erinnerung wachhalten wollen. Warum? Weil sie Oneah, der Tradition der Ringer und sich selbst gegenüber versagt hatte. Das Wachhalten der Erinnerung hatte ihr einen Grund zum Leben gegeben, sagte sie sich. Aber nun sah sie die Wahrheit. Sie hatte nicht das Recht zu leben. Sie hatte zwanzig Jahre zu lange gelebt.

Keine Frucht schmeckt so bitter oder so süß wie die Wahrheit. Das hatte Meister Hata gesagt. Sie kannte die Bitterkeit gut genug. Aber sie hatte nichts Süßes geschmeckt.

Ein letztes Mal sah sie auf die Stadt hinab. Dann verschloß sie den Krug wieder und stand auf. Jetzt war die innere Stimme leiser geworden. Bald würde sie völlig verstummt sein. Das Bein schmerzte, aber auch dafür war der Wein gut. Die Schmerzen wurden betäubt.

Sie stieg ziellos den Berg hinauf. Irgendwo in diesen Bergen würde sie viele Goblinhöhlen finden. Sie würde Hälse umdrehen und Wein trinken, bis kein Wein mehr da war. Und sie würde Hälse umdrehen, einen nach dem anderen, bis die grauhäutigen Biester sie schließlich in großer Überzahl anfielen.

Das würde den Kreis schließen. Das würde alles zu einem rechten Ende bringen.

Der Tag war lang. Die Sonne sah aus, als zöge sie gleichzeitig nach Norden und nach Westen. In diesen nördlichen Gebieten schienen die Sommertage ewig anzudauern. Ayesh, die noch immer den Weinkrug umklammert hielt, legte eine weite Strecke zurück. Es gab keinen Pfad, dem sie die steilen Hänge hinauf- und hinabfolgen konnte, aber auch keine Hindernisse, bis auf die herumliegenden Felsbrocken. Während sie wanderte, überquerte sie immer häufiger Flächen, die mit herabgefallenen Steinen bedeckt waren.

Von Zeit zu Zeit stieg ihr der Geruch von Goblinhöhlen in die Nase – der Gestank nach Aas und Abfall. Allmählich nahm der Geruch zu, und sie fühlte, wie ihr das Herz in der Brust schneller schlug.

Ayesh, du kannst noch umkehren.

Sei still! antwortete sie. *Wohin umkehren? Seit langer Zeit ist dies meine Bestimmung.*

Schließlich stieg sie in eine Schlucht hinab, wo der Gestank kaum erträglich war.

»Na gut, ihr Schurken, ihr stinkenden Mörder«, sagte sie halblaut. »Ich komme.«

Sie folgte der Schlucht bis zu einer Stelle, wo der Boden eben wurde und auf einen kleinen See zuführte. Goblingestank schwebte über dem schwarzen Wasser. Ein paar Bäume, denen die ringsumher aufragenden Felswände und riesigen Steinbrocken, die hier ihren Ruheplatz gefunden hatten, Schutz vor dem Wind boten, umstanden den See.

Ayesh blieb stehen, um zu lauschen, hörte aber nur den Wind in den Baumkronen rauschen. Ganz in der Nähe lebten Goblins. Warum spürte sie die Kreaturen nicht auf einem der Felsen oder zwischen den Bäumen lauern? Dem Geruch nach zu urteilen mußte das ganze Seeufer von ihnen wimmeln.

Sie trat ans Ufer. Der Gestank ließ Übelkeit in ihr aufsteigen. Aber wo steckten die Goblins?

Als sie ein Stück weit um den See herum gegangen war, blickte sie nach oben. Der Abhang wies an dieser Stelle beinahe senkrecht in die Höhe und war von oben bis unten von goblingroßen Löchern durchsetzt.

Der Anblick ließ sie erschauern. Trotz all ihrer Entschlossenheit, dem alten Feind gegenüberzutreten, ließ der Gedanke daran, daß eine Flut der grauhäutigen Körper aus diesen Löchern strömen würde, ihr den Atem in der Kehle stocken.

Siehst du? Du willst doch leben!

Sie entkorkte den Krug und trank einen Schluck Wein. Dann benetzte sie die Finger damit und rieb sich die Flüssigkeit unter die Nase. Der Wein roch nicht sehr angenehm, war aber bedeutend besser als der erstickende Schlachthausgeruch der Höhlen.

Warum kamen sie nicht? Sie mußten wissen, daß sie hier war. Selbst von den Höhlen aus hatten sie sie ganz sicher gesehen.

Ayesh nahm noch einen Schluck, stellte den Krug zu Boden und setzte ihr Bündel ab. Sie würde keine Sachen mehr brauchen. Es war besser, völlig unbelastet zu kämpfen.

Unter den Bäumen bewegte sich etwas.

Ayesh drehte sich um.

Sie spähte angestrengt in die Schatten. Es war nichts zu sehen. Sie wartete lange Zeit, aber es regte sich nichts mehr.

Wieder blickte sie zu den Höhlen auf. Wenn sie nicht herunterkamen, würde sie hinaufklettern. Sie hob den Krug auf, um einen letzten Schluck Wein zu trinken.

»Wenn ich zu euch kommen muß, dann zeige ich euch schon, mit wem ihr es zu tun habt!« sagte sie. Sie nahm die Grundhaltung ein, schloß die Augen und stemmte sich gegen den Erdboden. Dann, völlig im Gleichgewicht auf dem unebenen Boden, führte sie die ersten Schritte und Drehungen aus, näherte sich den Höhlen und tanzte den ›Tanz, der Knochen bricht‹.

»*Eehey! Ayeen Istini Ayesh ni Hata Kan, e na aihana mey aililla nawli e aifoi li nassa ni kraleen!*« rief sie auf Oneahnisch. »Ich bin Istini Ayesh ni Hata Kan, und ich komme, um Hälse zu brechen und den Atem aus den Kehlen zu pressen! Ich komme, um Herzen mit einem Schlag zum Stillstand zu bringen!« Sie schlug in die Luft. »Ich bin der Tod! Kommt her, ihr Goblins, die ihr sterben wollt! Kommt, damit ich den Schlund der nie endenden Leere öffnen und euch hineinwerfen kann! Kommt, damit ihr sterben und sterben und sterben könnt!«

Sie wiederholte die tödliche Einladung in dem Goblindialekt, den sie kannte. »*Ounyit, da teyey ekmigyla kofk ke kofk ke kofk!*« *Kommt heraus, damit ihr alle sterben und sterben und sterben könnt!*

Aus den Höhlen drang das Geschnatter von Goblinstimmen, aber noch immer zeigte sich niemand.

Aber sie würden kommen, teilte Ayesh' bebendes Herz ihr mit. Jeden Augenblick würden sie kommen.

Sie tanzte näher und näher.

Als sie anhielt, war sie nahe genug, um in der nächstgelegenen Höhle schwarze Augen glänzen zu sehen.

Sie ballte die Fäuste. Ihre Arme waren steif vor Angst und gerechtem Zorn. Sie bemühte sich, ihre Gedanken beisammen zu halten. Sie mußte ihre Gefühle bezähmen, wenn sie gut kämpfen wollte, mit Schnelligkeit und überraschend, wie sie es immer getan hatte.

Ihr Herz klopfte wild. Der Wein erschwerte es ihr, sich zu sammeln.

»Kommt heraus!« brüllte sie. »*Ounyit!*«

Die Goblins tuschelten miteinander. Dann sagte jemand: »*Mi. Ounyahk.*« *Nein. Komm du doch.*

Goblingelächter erklang. Es hörte sich an, als müsse jemand ersticken. Andere Goblins griffen die Einladung auf. »*Ounyahk! Ounyahk!*«

Die Höhleneingänge waren rauchgeschwärzt. Nur wenige Schritte von den Eingängen entfernt waren die Schatten so dunkel wie die leeren Stellen zwischen den Sternen.

»Nein, vielen Dank«, erwiderte Ayesh. »Ich ermorde euch bei Tageslicht. Kommt heraus. Los, ihr Abfallfresser, kommt heraus!«

Zwischen den Bäumen hinter Ayesh bewegte sich etwas. Sie drehte sich blitzschnell um.

Nichts.

Hinter ihr lachten die Goblins. »Komm herein, komm herein«, lud sie einer von ihnen in der Vodasprache ein. »Komm herein und du bist in Sicherheit. Ja, in Sicherheit. Komm!«

Ayesh hob einen Stein auf, wandte sich den Höhlen zu und warf ihn mit aller Kraft. Ein Goblin kreischte auf, die anderen lachten. »*Ounyahk!*«

»Kommt zu mir.« Sie sah auf das Bündel und den Weinkrug hinab. Normalerweise wären die Goblins längst herausgekommen, um ihr die Sachen zu entreißen. »Kommt zu mir, denn ich habe Schätze. Viele schöne Sachen. Aber einige von euch, viele von euch, werden dafür sterben müssen.« Sie wiederholte alles in der Goblinsprache.

Dann drehte sie sich um und schritt zu ihren Habseligkeiten zurück. Die Goblins tuschelten und einige schrien: »*Ounyahk!*«, folgten ihr aber nicht. Niemand versuchte, aus den Höhlen zu stürmen, um das Bündel zu packen, bevor sie es erreicht hatte.

»Steine vom Himmel!« fluchte Ayesh. Sie setzte sich. Nie zuvor hatte sie so scheue Goblins erlebt. Irgend etwas hatte sie sehr verschreckt.

Sie blickte noch einmal zu den Bäumen hinüber. Ein Bär? So viele Goblins würden sich doch nicht vor einem Bären fürchten. Viel wahrscheinlicher wäre es, daß sie ihn angreifen und töten würden. Außerdem, würde ein Bär sich so lange versteckt halten?

Nein, kein Bär. Vielleicht ein Steinriese.

Sie spähte zu den Bäumen hinüber. Sie war bereit, zu sterben, aber wenn sie zu Tode kam, ohne gegen die Goblins gekämpft zu haben, bliebe auch diese letzte Geste bedeutungslos.

»Geh weg«, murmelte sie. »Was auch immer du bist, verschwinde. Diese Sache geht nur mich und sie an.«

Als die Sonne den südwestlichen Horizont berührte, schlüpfte Ayesh zwischen die Bäume, um Feuerholz zu suchen. Sie hörte nichts Verdächtiges und sah auf dem Teppich aus Fichtennadeln keine Spuren.

Was sich dort aufgehalten hatte war anscheinend verschwunden. In einem Ring aus Steinen entfachte sie ein Feuer. Dazu schichtete sie das Holz so auf, daß die Flammen hoch ausschlugen. Dies war mehr als ein Lagerfeuer. Es war eine Herausforderung für die Goblins. Hier saß Ayesh, genau vor ihren Eingängen. *Kommt und holt mich*, dachte sie. *Kommt und sterbt, ihr Madenfresser, ihr Widerlinge.*

Sie öffnete das Zunderkästchen, entfachte das nicht rauchende Feuer und nahm die Flöte. Dann drehte sie sich um, um die Höhlen zu betrachten. Aber als sich der Himmel verdunkelte, konnte sie schon bald nichts mehr erkennen außer dem Schein des Feuers.

Es war nicht wichtig. Sie wußte, wenn sie kamen, erkannte sie den Geruch, die Geräusche.

Dann spielte sie ein Lied, eines, das auch Worte hatte. Ayesh wünschte, sie könnte gleichzeitig singen und spielen. So wundersam die Flöte auch war, sie ermöglichte es ihr leider nicht, beides zur gleichen Zeit zu tun.

Sie spielte ein Lied der Ringer, das nach Kraft, Anmut und Schönheit im Ring rief. Sieg oder Niederlage waren nicht das Wichtigste, sondern der Kampf der Kräfte, der Fluß der Zeit, das Ertragen des Jetzt.

Sie brach ihr Spiel ab.

Außerhalb des Ringes war es von Bedeutung, wer

gewann und wer verlor. Oneah war, trotz seiner Schönheit, trotz der Kraft und Anmut seiner Verteidiger, unter der Goblinschwemme untergegangen. Die Einheit von Sieg und Niederlage war keine Lüge. Das eine war notwendig für das andere. Aber die Niederlage Oneahs hatte nichts Schönes mit sich gebracht. Auch im Sieg der Goblins war keine Schönheit enthalten.

Was unter dem Dach des Lichts wahrhaftig war, was in Oneah wahrhaftig war, galt nicht für den Rest der Welt.

Mehr als nur eine Zivilisation war in den Goblinkriegen untergegangen. Eine Wahrheit war geprüft und zerstört worden.

Ayesh legte die Flöte beiseite, machte sich aber nicht die Mühe, die Flamme des nicht rauchenden Feuers neu zu entfachen. Statt dessen trank sie Wein und beobachtete, wie das Lagerfeuer immer schwächer glühte. Dann, mit schwer gewordenen Lidern, starrte sie in die ersterbende Glut und trank den letzten Schluck.

Ayesh schlief ein.

Sie erwachte ganz plötzlich, mit heftig pochendem Herzen, wußte aber nicht, was sie geweckt hatte. Ein Geräusch?

Die Sterne am Himmel leuchteten hell. Der Glitzermond stand genau über ihr, aber der Nebelmond war noch nicht aufgegangen. Ringsumher herrschte tiefe Dunkelheit.

Fünf oder sechs große Gestalten versperrten den Blick auf die Sterne. Die Kreaturen waren zu groß für Goblins. Viel zu groß.

Eine Gestalt beugte sich zu ihr herab. »*Maynoonzhanrax*«, sagte sie. Und kam noch näher. Finger schlossen sich um ihr Handgelenk.

»Eeyeh!« schrie Ayesh. Der Schrei ließ das Wesen zusammenzucken. Ayesh sprang auf, duckte sich und warf sich aus dem Kreis der Wesen heraus.

»*Maynoonnaen*«, brummte eine andere Stimme. Leises Gelächter erklang.

Ayesh stand wieder. Das verwundete Bein schmerzte, die Muskeln waren steif vom Schlaf. Und vom Wein, dachte sie reuig.

Jetzt, da die Umrisse der Kreaturen nicht mehr gegen das Sternenlicht zu sehen waren, konnte sie wenig erkennen. Schwarze Schatten waren vor schwarzen Bergen unsichtbar. Ayesh mußte sich auf ihr Gehör und das Gefühl verlassen.

Aus der Nähe der Feuerstelle drang kein Laut. Sie hatten sich nicht bewegt. Sie standen still vor ihr. Vielleicht konnte sie sich leise zurückziehen ...

Hinter ihr ertönte ein dröhnendes Lachen. »*Qurraxpoylannaenpayanayeennartoonstase!*« Der Dialekt war fremd, und ihr schlaf- und weintrunkener Verstand brauchte eine Weile, um die Laute zu erfassen und zu verstehen. »*Qurrax, poylan naen payanayeen nartoon stasee!*« Sie kannte die Sprache. *Qurrax, so habe ich dich noch nie springen sehen!*

Das verriet ihr drei Dinge: Es handelte sich um Minotauren; es waren mehr als nur jene am Feuer; und alle konnten im Dunklen sehen. In Hurloon hatte sie vermutet, daß Minotauren nachts sehen konnten. Jetzt war sie sich dessen sicher.

»Nun, sie ist schlüpfrig wie ein Otter«, sagte ein anderer in der seltsamen Sprache. »Wer weiß, vielleicht hat sie auch Zähne wie ein Otter!«

Wieder erscholl das Lachen.

»Belustigt euch nicht so, daß sie euch entkommt«, sagte eine sehr leise Stimme. »Tiaraya, leg deinen Dreizack weg. Ich möchte, daß sie gefangen, nicht getötet wird.«

»Ich denke nur daran, was Qurrax gesagt hat. Sie könnte Zähne haben.«

Wieder lachte die erste Stimme.

Beinahe hätte Ayesh in der Sprache der Minotauren

geredet, besann sich aber. Auf Voda sagte sie: »Wer seid ihr? Was wollt ihr von mir?«

»Eine gute Frage«, antwortete der, der gelacht hatte. Er sprach ebenfalls Voda. »Zhanrax, was wollen wir von ihr?«

»Meine Neigungen«, entgegnete die leise Stimme in der fremdem Sprache, »sind wissenschaftlicher Art.«

Neues Gelächter. »Das eine Wort sagt schon alles, Zhanrax. Ich wußte gar nicht, daß du dergleichen Neigungen hast!«

Zwei Minotauren schnaubten. Zum Spaß? Aus Ungeduld?

Ayesh fühlte einen heißen Atem im Nacken. Der Atem roch nach nassem Gras und dem Duft der Blumen.

Sie duckte sich und sprang nach vorn. Mit der Schulter prallte sie gegen einen Felsen, den sie nicht sehen konnte. Unter Schmerzen stand sie auf.

»Hatte sie beinahe«, erklärte eine neue Stimme.

Wie konnten Minotauren, diese Kreaturen mit den großen Hufen, so leise gehen?

Eine Hand packte Ayesh bei der Schulter. »Hab sie.«

Das glaubst du wohl, dachte Ayesh. Sie legte die Hand auf das dicke Handgelenk, drehte es herum ...

Das erwartete Knacken und der Schrei blieben aus. Das Gelenk des Minotaurus drehte sich zwar, aber sein Griff wurde fester.

Nun, sie hatte noch nie die Anatomie der Minotauren studiert. Und sie hatte nie vorgehabt, mit ihnen zu ringen.

Jetzt zog das Wesen sie mit beiden Händen an sich heran. Ayesh ließ sich von ihrem Gegner dicht an den Körper ziehen, dann ...

»Eeyeh!« rief sie und trat, so fest sie konnte, mit dem Absatz zu. Sie versuchte, die empfindlichen Knochen über dem Huf zu treffen.

Sie verfehlte die Stelle.

Der Griff der Hände ließ nicht nach, aber ein heftiger Schmerz durchzuckte Ayesh' Bein. Sie hatte sich die Ferse gestoßen. Der Huf war steinhart.

Der nächste Tritt zielte auf das Knie des Minotaurus.

Ihr Bezwinger grunzte und lockerte den Zugriff. Aber das Knie hatte zu leicht nachgegeben. Minotaurenknie trafen, wie bei Tieren, hinten zusammen. Die Gestalt fiel zwar nicht hin, aber trotzdem gelang es Ayesh, sich zu befreien.

Wieder lachte der erste, der gesprochen hatte.

»Phyrrax, hör auf«, brummte die tiefe Stimme. »Ich kann kaum denken, wenn du soviel lachst. Wellyraya, nimm das Netz.«

Das hörte Ayesh nicht gern.

Sie streckte die Hände aus und rannte los.

Sie stolperte. Sie stand wieder auf.

Dann lief sie geradewegs in ein Paar wollige Arme, riß sich los und rannte weiter.

Wieder stolperte sie in der Dunkelheit.

Das Netz fiel auf sie herab, als sie aufstehen wollte.

Ayesh wurde von vielen Händen gehalten. Sie versuchte, zu treten und zu schlagen. Aber sie war gefangen. Man legte feste Seile um sie. Auch die Füße wurden locker gefesselt. Starke Arme rissen sie hoch.

Sie konnte gehen, aber nicht um sich treten. Ayesh wurde von drei Seilen geführt: Eines von vorn und zwei an den Seiten.

»Zu den Hallen«, sagte die tiefe Stimme. »Und paßt auf, daß sie nicht fällt. Ich glaube, sie kann nicht im Dunkeln sehen.«

Dann wanderten sie durch die Finsternis.

KAPITEL 6

Ayesh wurde von ihren Häschern durch das Tal und an einem Abgrund entlanggezerrt. Dort, wo sich die Farbe des Himmels von schwarz zu tiefem Violett wandelte, konnte sie die Umrisse deutlich genug sehen, um zu erkennen, daß diese Minotauren nicht wie jene waren, die sie in Hurloon kennengelernt hatte. Sie waren auch bedeutend größer.

Ihre Ferse schmerzte sehr. Das kam davon, wenn man schlecht zielte. Mit aller Kraft hatte sie gegen einen Huf getreten, der hart und gefühllos wie ein Stein war.

Als der Himmel gegen Morgen grau wurde, bemerkte Ayesh die großen Atemwolken, die vor den schweren Köpfen der Minotauren aufstiegen.

Wenn sie die Härte der Hufe bedachte, begriff Ayesh nicht, wieso sich diese Minotauren so lautlos bewegen konnten. Als sie bei den Hurloon Minotauren gelebt hatte, hallten die Huftritte in den Felsenkammern im Berg wieder. Und draußen, auf den Gebirgspfaden, waren die Wesen so laut wie Pferde gewesen. Nein, sogar *lauter* als jedes Pferd, da die Hufe der Minotauren so groß wie Soldatenhelme waren. Wie also sollte eine solche Kreatur schleichen können?

Bald war es hell genug, daß Ayesh die Antwort auf diese Frage sehen konnte. Die Minotauren trugen Schuhe.

Besser gesagt, sie trugen Kornsäcke an den Füßen – so jedenfalls erschienen Ayesh diese Schuhe. Sie waren aus einem grobgewebten Stoff wie Sackleinen und wurden von Lederschnallen zusammengehalten. Die Sohlen waren mit Fell bedeckt, das alle Geräusche dämpfte.

Im Dunkeln hatte sie nicht sagen können, wie viele Minotauren es waren. Jetzt erkannte sie, daß sie mitten in einer langen Reihe einher schritt. Vor und hinter ihr gingen jeweils ein Dutzend der Wesen, dazu kamen noch die beiden an ihrer Seite, die die Seile hielten.

Je mehr sie erkennen konnte, um so sicherer wurde sie, daß sich diese Kreaturen von den Hurloon Minotauren sehr unterschieden. Ihre Kleidung war feiner und unterschiedlicher als die roten Wollkilts der Hurloon. Ein paar Minotauren trugen Kilts und Hemden, die aus Stoffen wie Seide oder Baumwolle gefertigt waren. Also trieben diese Minotauren Handel, denn weder Seide noch Baumwolle gab es in diesem nördlichen Klima. Aber womit handelten sie? Und mit wem? Nicht mit den Leuten von Badstadt, und vermutlich auch nicht mit Nul Divva.

Hurloon Minotauren waren mit großen Äxten bewaffnet. Einige dieser Wesen trugen ebenfalls Äxte – mit Klingen so groß wie Schaufeln. Andere wiederum hielten Dreizacke in den Händen. An der Hüfte jedes Minotauren hing ein Lederriemen. Eine Schlinge. Und der daneben baumelnde Beutel mußte Steine enthalten. Wenn sie richtig vermutete, dann waren diese Minotauren gute Soldaten. Jeder Barbar konnte eine Schleuder handhaben und irgendwelche Steine benutzen, die gerade zur Hand waren. Aber ein Soldat, der auf Genauigkeit Wert legte, würde Steine mit sich tragen, die allesamt von einer Größe waren, damit jeder Schuß dem nächsten glich.

Die Hurloon Minotauren waren gute Kämpfer, aber ihre Traditionen legten mehr Wert auf Gesänge und Erzählungen als auf militärische Übungen und Taktiken. Diese Wesen waren völlig anders.

In mancher Beziehung jedoch ähnelten sie den Minotauren, die Ayesh kannte. Rituelle Narben hatten verworrene Muster in die Gesichter und Hörner der Kreaturen gezogen. Die Hornspitzen wurden von Metallschmuck geziert – in Gold oder in Silber.

Irgend etwas an den Händen dieser Minotauren war seltsam – es dauerte eine Weile, bis Ayesh erkannte, was es war. Wie die Hurloon hatten auch diese Wesen kurze Finger mit schwarzen Spitzen und keine Daumen. Besser gesagt, nur Daumen und keine Finger. Die Daumen waren alle verkehrt herum angeordnet. Kein Wunder, daß es Ayesh nicht gelungen war, diese Hände zu brechen. Die Anordnung der Knochen war ihr ein Rätsel. Die Handgelenke der Menschen und Goblins brachen, wenn man sie zu weit nach innen bog. Die beweglichen Gelenke der Minotauren dagegen nicht.

Aber die Handgelenke stellten nicht den einzigen anatomischen Vorteil beim Kampf dar. Wie Vögel und Vieh besaßen die Minotauren Knie, die sich nach hinten bogen. Ein Tritt, und die Knie gaben nach, brachen aber nicht. Aber was war denn nun mit diesen Händen? Endlich erkannte sie es. Diese Minotauren hatten nur vier Finger. Bei den Hurloon gab es Wesen mit vier Fingern, aber sie bildeten die Ausnahme. Die meisten Hurloon hatten fünf Finger.

Ein Ruck ließ Ayesh stehenbleiben.

Ohne Vorankündigung hatte die Reihe angehalten.

»Was ...«

Der Minotaurus, der das Führseil hielt, bedeutete ihr, zu schweigen. Lange Zeit stand die Gruppe reglos.

Ayesh fiel auf, daß die Nüstern gebläht waren.

Sie schnüffelte, roch aber nichts als den feuchten Geruch der Tundra und leichten Fichtenduft.

Der breitschultrige Minotaurus an der Spitze war einen guten Kopf größer als die übrigen. Sie nahm an, daß es sich um ein männliches Wesen handelte, aber bei Minotauren konnte man das so lange schlecht feststellen, bis sie einander anredeten. Ein Satz in ihrer Sprache enthüllte sowohl das Geschlecht des Sprechenden als auch des Angesprochenen.

Der große Minotaurus schritt leise an der Reihe entlang und gab jedem Gefährten Zeichen. Hin und wieder deutete er auf die vor ihnen liegende Landschaft. Dann machte er ein seltsames Zeichen: Er malte einen Kreis in die Luft, dann riß er die Hand ruckartig nach unten. Die Bewegung erinnerte Ayesh an das Legen und Zuziehen einer Schlinge.

Ohne einen Laut verteilte sich die Gruppe und breitete sich entlang des Bergrückens aus. Nur Ayesh und die drei Wesen, die ihre Seile hielten, blieben zurück.

Einige der Kreaturen verschwanden hinter dem Bergrücken, aber Ayesh konnte die übrigen sehen, die sich duckten und ihre Schleudern bereit hielten.

Ein paar Atemzüge lang warteten alle auf ein Zeichen.

Ayesh konnte den Anführer nicht sehen, aber sie merkte, als er sein stilles Zeichen gab. Alle Minotauren standen auf und schossen die Schleudern ab.

Die Steine flogen davon.

Nichts war zu hören. Die Minotauren rückten lautlos vor.

Wenn ich fliehen will, dachte Ayesh, *ist dies die beste Gelegenheit.* Sie schaute das Wesen zur Rechten an, das ihren Blick erwiderte. *Kannst du meine Gedanken lesen?* fragte sie sich. Wenn es das konnte, bestand keine Möglichkeit für eine Überraschung.

Aber hatte sie die Minotauren nicht doch überrascht, in der Nacht, als sie gedacht hatten, sie schlafe? Wenn sie Gedanken lesen konnten, hätten sie dann nicht wissen müssen, daß sie wach war, als sie nach ihr griffen? *Maynoon,* hatte einer gesagt. *Sie schläft.*

Ein Fluchtversuch würde ihr wenigstens verraten, ob sie wußten, was sie dachte.

Der Anführer erschien wieder auf dem Bergrücken. Er winkte und drehte sich dann um.

Der Minotaurus mit dem Führseil zog einmal, um Ayesh anzutreiben. Sie entspannte sich. Sie durfte keine Erregung, keine Gewichtsverlagerung zeigen, die ihnen verriet, daß sie sprungbereit war.

Die drei Kreaturen hatten die Augen nach vorn gerichtet. Die Seile hingen locker in den Händen.

Sie sprang nach rechts.

Es war ein unbeholfener Sprung, da ihre Beine noch immer gefesselt waren. Ayesh trat mit beiden Füßen gegen das Knie des Minotaurus.

Er brüllte. Das Seil entglitt seinen Fingern.

Die anderen beiden Wesen zerrten an den Stricken. Damit taten sie Ayesh einen Gefallen, denn mit gefesselten Armen hatte sie keine Möglichkeit, sich im Fall abzufangen.

Sie stand wieder auf den Beinen, aber mehr konnte sie nicht tun. Die beiden Seile lagen straff in den Händen der Häscher. Sie konnte sich keinem von beiden nähern.

»*Oomaam mayinoyaa maya naryaal?*« ertönte eine Stimme hinter ihr. *Sie kämpft ja noch immer!* Ayesh erkannte die Stimme, die während ihres Kampfes im Dunkeln gelacht hatte. Sie schaute über die Schulter. Der Minotaurus trug eine grüne Tunika mit goldener Borte. Es war schwierig, in den Zügen eines Minotaurus zu lesen. Wenn sie lächelten oder eine Grimasse zogen, bewegten sie die Lippen auf dieselbe Weise. Aber die Augen des Wesens waren weit geöffnet. Ayesh zweifelte nicht daran, daß dieser Minotaurus lächelte.

»Warum kommst du nicht her und hältst den Strick, wenn du meinst, daß sie so lustig ist, Phyrrax?« sagte der Minotaurus, den Ayesh getreten hatte. Er humpelte an die Stelle, an der das Seil lag.

»Eine großzügige Einladung, Qurrax«, antwortete Phyrrax. »Ich danke dir. Vielleicht später.«

Ich danke dir. Poystiiliin payd. Beide Sprecher waren männlich.

Qurrax schnaubte. Phyrrax lachte, was ebenfalls wie ein Schnauben klang. Die anderen Minotauren sagten nichts, zerrten Ayesh aber weiter.

Nun, wenigsten wußte Ayesh etwas mit Bestimmtheit. Welche Kräfte die Hurloon Minotauren auch besitzen mochten, *diese* hier konnten keineswegs Gedanken lesen.

Wieder hielten sie am Rande des Abgrunds. In dem unter ihnen liegenden Tal erblickte Ayesh eine kleine Gruppe struppiger Kiefern. Minotauren wanderten zwischen den Bäumen umher und traten über die herumliegenden Goblinkörper. Außer diesen Körper gab es keine Anzeichen für einen Kampf. Anscheinend waren die Goblins umgekommen, bevor sie die Minotauren überhaupt bemerkt hatten.

Die Wesen bückten sich, um Steine für die Schleudern aufzuheben. Die Geschosse ließen sich leicht von den übrigen Steinen unterscheiden. Sie waren poliert und glänzten wie aus Metall.

»Stahlstein«, sagte Ayesh auf Voda.

»Was hat sie gesagt?« fragte Qrrax.

»Stahlstein«, wiederholte Phyrrax auf Voda. Dann bleckte er die Zähne und riß die Augen auf – ein erneutes Lächeln. Hätte Ayesh nicht gewußt, daß diese Miene ein Lächeln bedeutete, wäre sie eingeschüchtert. »*Boondaloonseylaan*«, sagte er in seiner eigenen Sprache. *Schleudersteine.*

Qurrax zerrte am Seil. »Stimmt«, grunzte er. »Wenn du noch einen Fluchtversuch wagst, werde ich dir damit den Schädel spalten.«

»Würdest du das wirklich tun?« fragte Phyrrax, der neben ihm schritt. »Womit hat sie das verdient?«

Aye, dachte Ayesh, *womit?*

Qurrax zuckte die Schultern. »Die Menschen sind *flakkach*.«

Das Wort war Ayesh unbekannt, aber Qurrax' Tonfall ließ sie erraten, was gemeint war. Menschen waren *unrein*.

»Und deshalb würdest du sie umbringen?«

»Wir bringen doch auch die Goblins deswegen um.«

»Aber Menschen dürfen nicht getötet werden, es sei denn, sie verletzen *purrah*.«

»So lautet die Tradition«, sagte Qurrax. »Aber um uns herum zerbrechen die Traditionen täglich ein wenig mehr. Ich weiß nicht, was richtig ist. Wir erdulden die Versuche von Eisen-in-Granit in den Hallen von Mirtiin.« Qurrax schüttelte den Kopf.

»Also ist es besser, sie zu töten und dadurch einen Fehler zu begehen?« fragte Phyrrax. »Ein empfindungsfähiges Wesen, eine Kreatur, die des Sprechens mächtig ist, umzubringen, obwohl sie nichts getan hat, außer einen Fluchtversuch zu unternehmen?«

»Ich sagte, daß ich nicht mehr weiß, was richtig ist«, erklärte Qurrax ärgerlich. »Mach dich nicht darüber lustig, Phyrrax. Wir leben in schwierigen Zeiten.«

»Die Zeiten *sind* schwierig«, sagte Phyrrax und strich über den Ärmel seiner grünen Tunika. »Nein, ich mache mich nicht lustig.«

Die Minotauren schlossen sich wieder zu einer Reihe zusammen. Die Hälfte der Gruppe schritt vor Ayesh, die andere Hälfte hinter ihr. Der Anführer ging neben dem humpelnden Qurrax her. Er senkte das mächtige Haupt und sagte: »*Paydsaen ma?*« *Geht es dir gut?*

»Sie tritt wie ein Troll«, antwortete Qurrax.

Ayesh lächelte, verbarg ihre Erheiterung aber sofort, als sie merkte, daß Phyrrax sie beobachtete.

Phyrrax sprach: »Vielleicht steckt mehr in dieser Kreatur, als du glaubst, Zhanrax.« Er wandte den Satz in der Form an, die unter männlichen Minotauren üblich war.

Zhanrax schnaubte. Ayesh hatte keine Ahnung, was das bedeutete.

»Zhanrax«, fuhr Phyrrax fort, »du solltest bedenken, was du hier tust. Diesen Menschen in die Hallen zu bringen ...«

»Ich habe es bedacht.«

»Du hast deine eigenen Interessen berücksichtigt. Aber was ist mit ihren? Sie ist *flakkach*, aber sie ist unschuldig. Sie in die Hallen zu bringen ... Nun, alles ist sehr ungewiß. Es könnte ihren Tod bedeuten.«

»Wovon sprecht ihr?« fragte Ayesh auf Voda. Sie blieb stehen, aber die Minotauren zerrten sie weiter. Die Fußfesseln machten es ihr nicht leicht, auf den Beinen zu bleiben. »Was habt ihr mit mir vor?«

Zhanrax redete über ihren Kopf hinweg weiter. »Sie ist interessant«, meinte er.

»Du hast dich für eine Seite entschieden«, bemerkte Phyrrax. »Und zwar, um Vorteile zu erringen. Ah, Zahnrax, deine Mutter wird nicht erfreut sein.« Phyrrax lachte. »Ich möchte ihr Gesicht sehen, wenn du ihr einen Menschen bringst!«

Der große Zhanrax schwieg.

»In Wahrheit«, fuhr Phyrrax fort, »hast du es getan, um zweifache Gunst zu erringen.« Er lachte wieder. »Was wird Myrrax' Tochter wohl mit diesem Menschen anstellen? Ein bemerkenswerter Ersatz für Blumen, mein Freund.«

Mit bedrohlichem Unterton sagte Zhanrax: »Hüte dich vor Unverschämtheiten.«

»Das ist das einzige, was Phyrrax kann«, mischte sich Qurrax ein.

Phyrrax lachte, wurde dann aber ernst. »Ich sage die nackte Wahrheit. Zhanrax, du spielst mit dem Feuer. Auf diese Weise kannst du den politischen Streit nicht beilegen.«

»Ich erwarte gar nicht, etwas beilegen zu können. Ich handele aus persönlichen Gründen.«

»Aber du *wirst* Ärger heraufbeschwören. Wenn wir diesen Menschen in die Hallen bringen, steigen wir in einen Fluß, der nur in eine Richtung fließt. Was du tust, kann nicht ungeschehen gemacht werden.«

Zhanrax hielt den Blick nach vorn gerichtet. Im hellen Licht des Tages erkannte Ayesh, daß seine Tunika, die anfangs schwarz ausgesehen hatte, ein verwobenes Muster in Schwarz und Dunkelblau zeigte.

»Myrrax könnte dich begünstigen. Aber was ist mit Betalem?« fragte Phyrrax. »Die Priesterin wird ihre Anhänger drängen, diesen Menschen zu töten. Und du wirst neue Feinde haben.«

Ayesh gab sich Mühe, sich die neuen Namen einzuprägen. In was wurde sie hineingezogen?

»Betalem ist Stahaan«, sagte Zhanrax. »In Mirtiin hat sie keine Anhänger. Wir sind unabhängig.«

Stahaan, dachte Ayesh, dankbar für den Hinweis. Das war der nächste Gebirgszug, der nordwestlich lag. Und *Mirtiin* hießen die Berge, die sie zur Zeit überquerten.

»Zhanrax«, sagte Phyrrax, »wenn du schon nicht die Mauer sehen möchtest, in die du hineinrennst, wie können dir deine Freunde da helfen?«

»Meine Freunde«, sagte Zhanrax leise, »können mir mit Äxten und Dreizacken beistehen, wenn die Zeit gekommen ist.«

Phyrrax riß die Augen weit auf und schüttelte den zottigen Kopf. »Du überraschst mich schon wieder. Oh, deine Mutter wird das nicht gutheißen.«

»Meine Mutter führt den Stamm«, antwortete Zhanrax. »Aber sie regiert nicht mein Herz. Und warum sorgst du dich so sehr? Du warst es, der mir den Menschen gezeigt hat. Du warst es, der mir sagte, wie Scaraya diese Kreatur benutzen könnte.«

Diese Kreatur benützen könnte? Ayesh hätte die Minotauren gern in ihrer eigenen Sprache angebrüllt und *verlangt,* daß sie ihr sagten, worum es ging. Aber gefesselt und gebunden hatte sie nur eine Möglichkeit: Unverständnis zu heucheln. Sie würde erst in der Sprache der Wesen reden, wenn sie sich einen Vorteil davon versprach.

»Ich?« fragte Phyrrax. »Ich habe dir den Menschen gezeigt? Oh, das stimmt aber nicht.«

»In der Tat«, entgegnete Zhanrax. »Anscheinend erinnere ich mich oftmals falsch, wenn es dich betrifft.«

»Aber dies *betrifft* mich überhaupt nicht!« wehrte Phyrrax ab. Dann sah er Ayesh an. »Mensch«, sagte er, »du steckst in größeren Schwierigkeiten als du ahnst.« Sorgfältig beobachtete er ihre Miene. Ayesh starrte ihn ausdruckslos an.

Dann schritten Phyrrax und Zhanrax gemeinsam zur Spitze der Gruppe.

»Worüber haben sie gesprochen?« fragte Ayesh auf Voda. Aber der Minotaurus zu ihrer Linken wollte ihren Blick nicht erwidern, und der vor ihr schreitende drehte sich nicht um.

Aber Qurrax zerrte an dem Seil. »Deine Worte klingen wie Goblingeschnatter. Mach mir keinen Ärger mehr, sonst ...« Er beendete den Satz nicht. Ayesh humpelte an seiner Seite weiter und grübelte. Wollte man sie versklaven? Sie jemandem als Haustier schenken? Oder steckte noch Dunkleres dahinter?

Schließlich kamen sie zu einem riesigen Felsen. Ein schmaler Vorsprung wand sich in die Höhe. Langsam kletterten sie hinauf, während die Fichten weit hinter ihnen zurückblieben. Am Ende des Pfades befand sich eine Öffnung, die gerade breit genug für Zhanrax' gewaltigen Kopf und seine Schultern war. Einer nach dem anderen ging hinein.

Phyrrax wartete am Eingang. Er packte eines der Seile, als Ayesh' Führer vorüberging. »Warte«, sagte er auf Voda.

Sie blieb stehen, und als die übrigen Minotauren die Seile losließen und im Berg verschwanden, unternahm sie keinen Versuch, Phyrrax zu treten. Er schien der einzige zu sein, der sich Gedanken um sie machte.

Außerdem war sie weit vom Erdboden entfernt.

Vor Stunden hatte Ayesh geplant, die Nacht nicht zu überleben. Jetzt suchte sie nach einem Weg, lange genug zu leben, um wenigstens ihr Schicksal selbst bestimmen zu können. Es bedeutete ein ehrenhaftes Ende, im Kampf gegen die Goblins zu sterben. Aber als Gefangene, das war ihrer nicht würdig.

»Zhanrax!« rief Phyrrax.

Der große Minotaurus erschien wieder im Eingang.

»Worauf wartest du noch? Bring sie herein!«

»Warte. Schau sie an«, sagte Phyrrax. »Schau ihr in die Augen. Es ist wichtig, was mit ihr geschieht.«

Zhanrax sah Ayesh an, aber seine Worte galten dem anderen Minotaurus. »Was soll ich denn sehen?«

»Sieh ihr in die Augen. Sie ist ein halber Minotaurus.«

»Das ist eine Verhöhnung!«

»Du weißt, wie ich es meine.«

Zhanrax' schwarze Augen verengten sich. Er packte das Seil und blickte versonnen darauf.

»Ich habe es mir überlegt«, sagte er schließlich.

Er zerrte an dem Strick und zog Ayesh in das Innere des Berges.

Es war dunkel, aber nicht stockfinster. Niedrige Flammen brannten an den Fackeln, die in die polierten Wände eingelassen waren, und die Decke wölbte sich vom Eingang aus immer höher und höher, so daß sie weit außerhalb des Lichtscheins lag. Die anderen Minotauren zogen sich die Schuhe aus.

Ayesh bemerkte, daß der Fußboden mit Teppichen ausgelegt war, ganz anders als in den Labyrinthen der Hurloon.

Zhanrax band Ayesh' Füße los, ließ die Arme aber gefesselt.

»Zhanrax!« rief ein Minotaurus, der einen roten Umhang trug. Ein weiterer, ähnlich gekleideter Minotaurus stand hinter ihm. Beide schwenkten ihre Dreizacke. »Diese Kreatur ist *flakkach!* Was denkst du dir dabei, sie hierher zu bringen, in die Hallen von Mirtiin?«

Zhanrax richtete sich zu voller Höhe auf. Er war

einen Kopf größer als die Wachen. »Dies ist eine Mitiin Angelegenheit und hat nichts mit dem Tempel zu tun. Laßt uns vorbei. Oder ist es wahr, daß es Betalem nach Krieg verlangt?«

Die Wachen blickten einander an. »Zhanrax«, sagte einer der beiden, »man wird im Tempel erfahren, was du getan hast.«

»Von mir aus«, nickte Zhanrax, schob sich an ihnen vorbei und zerrte Ayesh am Seil hinter sich her.

KAPITEL 7

Deoraya stand im Gang vor dem Wandteppich und hielt das Fläschchen, das um ihren Hals hing, umfaßt.

Der Wandbehang zeigte die Göttin Lemeya, die die Welt gebar. Auf den Hörnern der Göttin standen ein Blitzstrahl und ein schwarzer Stein: Die regen und die ruhenden Kräfte.

Das Fläschchen enthielt die vermischten Aschen von Deorayas Vorfahren, unzählige Generationen von weiblichen Minotauren, die den Stamm geführt hatten.

Helft mir, Mütter, betete Deoraya. *Jetzt, da mein Sohn dies getan hat, zeigt mir einen sicheren Weg. Schenkt mir weise Worte.*

Aber die Toten flüsterten Deoraya nichts ins Ohr. Sie fühlte nicht einmal die Gegenwart ihrer Ahnmütter, als seien auch die Toten von Zhanrax' Tat verblüfft. Sie konnten ihr keine Weisheiten mitteilen.

Betalem erwartete sie, aber Deoraya konnte sich nicht aufraffen, den Teppich anzuheben und den Tempel zu betreten. Deoraya hatte für den Fels-im-Wasser Stamm viel mit Schweigen erreicht. Eine Rede verzögern, dann noch ein wenig länger zögern, um nicht Partei ergreifen zu müssen ... das war die Stärke von Fels-im-Wasser unter ihrer Herrschaft gewesen. Aber nun war ein Schweigen unmöglich geworden.

»Mein Sohn«, flüsterte sie vor sich hin, »du warst schon immer eine harte Prüfung.« Aber diesmal war nicht Zhanrax der Schwierige. Diesmal waren es die Priesterin, Betalem, und Myrrax, der Häuptling. Deoraya war zwischen ihren durchdringenden Blicken gefangen. Betalems Augen wirkten wie spitze Steine.

Myrrax' Blick war wie ein Sturm, der nicht hereinbricht ... noch nicht.

Deoraya hob den Vorhang.

»Gesegnet seien die Mütter«, grüßten die Tempelwachen, zwei riesige männliche Minotauren, bewaffnet mit Äxten.

»Die Mütter sollen gesegnet sein«, erwiderte Deoraya. »Ich bin gekommen, um mit Mutter Betalem zu sprechen.«

»Sie erwartet dich im Hinterzimmer, Fels-im-Wasser«, sprach einer der Wächter.

Deoraya nickte, und die Wachen hielten einen zweiten Wandteppich zur Seite. Während sie durch den Tempel schritt, blieb Deoraya am Rande des Brunnens der Asche stehen. Sie spähte in den schwarzen Schacht, der die Asche der Mirtiin Minotauren zum Herz der Welt trug, damit sie für immer in den Steinen ruhen konnte. *Helft mir, Mütter,* dachte sie noch einmal. Dann küßte sie den Brunnenrand.

Anschließend verneigte sie sich vor der Lampe der vergänglichen Flammen. Sie betrachtete die uhrwerkförmige Anordnung von Metallscheiben. Während sich die Scheiben drehten, wurden die darauf befestigten Lampendochte von anderen Dochten angezündet oder ausgelöscht. Kein Docht brannte eine ganze Umdrehung lang, aber mindestens drei Dochte leuchteten gleichzeitig.

Siehe da! Die Flamme geht vorüber. Sie ist erloschen, geht aber niemals aus. Erscheinungen verändern sich. Das Feuer brennt ewig.

Deoraya schloß die Augen vor der Lampe und wiederholte die Namen der Mütter und Großmütter aus neun Generationen.

Im Inneren des Hinterzimmers saß Betalem und las eine Schriftrolle, die auf einem Steinpult ruhte. Als sie Deoraya erblickte, erhob sie sich, um einen Zopf aus Süßgras zu entzünden, der von einer in die Wand gelassenen Lampe herabhing. Dann blies die Priesterin die Flamme wieder aus, und das Ende des Zopfes fuhr fort, rot zu leuchten. Wortlos schwenkte Betalem den Zopf kreisförmig um Deorayas Hörner, und ›reinigte‹ sich dann auf die gleiche Weise. Anschließend wies sie auf eine steinerne Bank. Deoraya setzte sich.

»Es ist etwas geschehen«, begann Betalem.

»Ja«, nickte Deoraya und war dankbar, daß die Feststellung keine Verdammnis enthielt. Betalem hatte nicht gesagt: ›Dein Sohn hat etwas getan‹, oder etwa: ›Dein Sohn hat etwas Närrisches getan.‹

»Du bist besorgt«, sagte Betalem. Das Lampenlicht spiegelte sich in ihren Augen.

»Das bin ich«, stimmte Deoraya zu. Wieder faßte sie nach dem Fläschchen. »Ich wollte den Tempel nicht erzürnen.«

»Hast du den Rand des Brunnens der Asche geküßt?«

»Ja, Mutter.«

»Hast du deinen Müttern bei der Flamme gehuldigt, dreimal Dreien?«

»Natürlich, Mutter.«

»Dann ist der Tempel nicht erzürnt, Deoraya. Du kennst die Regeln, und du hast sie befolgt.« Sie winkte abwehrend. »Du kannst gehen.«

»Gehen? Aber ich ...«

»Auf jede Frage, die du mir in dieser Angelegenheit stellen möchtest, habe ich dir bereits eine Antwort gegeben«, sagte Betalem.

Deoraya schüttelte den Kopf. »Ich verstehe nicht ...«

Betalem schnaubte ungeduldig. Sofort sah Deoraya ihren Fehler ein. Sie hätte Betalems Verabschiedung annehmen sollen. Über die Feinheiten konnte sie hinterher nachdenken, wenn sie allein war. So ging man einem Urteil nicht aus dem Wege.

»Dein Sohn hat eine Kreatur in die Hallen von Mirtiin gebracht«, sagte Betalem langsam, als spräche sie mit einem Kind. »Eine *flakkach*-Kreatur. Würdest du in den Brunnen der Asche spucken?«

»Nein, Mutter.«

»Nun, deshalb wirst du auch nicht darunter leiden müssen, daß sich diese *flakkach*-Kreatur in den Wänden deines Stammes aufhält.«

»Mutter Betalem, die Umstände sind sehr ungewöhnlich, nicht wahr? Dieser Mensch drang nicht in die Hallen ein. Er wurde gegen seinen Willen hergebracht. Wie kann ich dann sagen, daß er *purrah* gelästert hat? Und die Goblins ...«

Betalem deutete auf die Schriftrollen. »Wo steht das geschrieben? Zeige mir, wo die Rollen sagen: ›So lauten die Worte der Ahnen. Ehre sie, es sei denn, die Umstände sind ungewöhnlich.‹« Betalem verschränkte die Arme. »Und was die Goblins betrifft, so würde ich erwarten, daß du sie tötest, wenn sie sich deinem Stamm nähern. Hast du nicht die Mütter geehrt? Hegst du irgendwelche sanften Gefühle für diesen Menschen?«

Sollte Deoraya ihr erzählen, was der Mensch getan hatte? Nein. Natürlich nicht. Betalem war aus Stahaan. Die Ehre eines Mirtiin-Stammes bedeutete ihr wenig, verglichen mit den orthodoxen Ansichten von Stahaan. Deoraya schwieg still und sagte nur noch: »Es tut mir leid, daß dieser Mensch hier ist.«

»In Stahaan hätte er nicht einmal drei Atemzüge innerhalb der Hallen tun können.« Sie sah Deoraya fest in die Augen. »Du mußt ihn sofort töten. Dein Sohn ist vom rechten Weg abgekommen. Bring ihn zur Vernunft.«

Deoraya sagte: »Ich lasse mein Herz zu dir sprechen, Mutter Betalem. Ich ehre meine Vorfahren, und ich ehre Stahaan. Die Knochen meiner Ahnen liegen sowohl in Mirtiin wie in Stahaan. Aber um beiden Gruppen gerecht zu werden ...«

»Gruppen?« Betalem sprang auf. »Bedeuten dir die Stimmen deiner Ahnen nichts anderes? *Gruppen?*«

»Natürlich nicht, Mutter Betalem. Aber so wie die Welt in Stahaan begonnen hat, wird sie in Mirtiin fortgesetzt. Meine Treue gehört beiden. Ich sage das nicht, um Ärger zu erregen. Es ist die Wahrheit – ich weiß nicht, was ich tun soll.«

Betalem schloß die Augen. »Ich verurteile dich nicht«, sagte sie. »Ich rate dir, und ich halte die wahren Regeln des Tempels aufrecht, wie es nur Stahaan vermag.« Sie öffnete die Augen, und ihr Blick war durchdringender als zuvor. »Aber wenn du diesen Menschen am Leben läßt, Deoraya, hast du gewählt. Und die Mütter sehen, daß du gewählt hast.« Ihre Stimme klang drohend, als sie hinzufügte: »Ja, die Mütter sehen dich, und *mehr* als die Mütter.«

Von seinem Granitthron aus beobachtete Myrrax, wie die Wachen Deoraya in sein Audienzzimmer führten. Die Wächter verneigten sich, und Myrrax bedeutete ihnen, zu gehen.

Der Thron mit seinem runden Sitz war ein ungewöhnliches Möbelstück. Er war mehr zum Hocken als zum Sitzen geschaffen, und Myrrax saß darauf wie ein Vogel mit buntem Gefieder. Hinter ihm hingen die Banner der elf Stämme, und er trug einen Umhang in den elf Farben.

Deoraya legte eine Hand an die Stirnlocke.

»Ich sehe sie, Fels-im-Wasser«, sagte Myrrax. »Was möchte sie sagen?« Seine Stimme klang noch tiefer als die ihres Sohnes Zhanrax.

»Ihr wißt, weshalb ich gekommen bin, Myrrax-der-Mirtiin-ist«, antwortete Deoraya.

Myrrax schwieg. Er starrte sie einfach nur an, während die Sturmwolken in seinen Augen langsam dunkler wurden.

Endlich beugte er sich vor, wobei die Hufe über das Steinpodest des Thrones kratzten. »Zhanrax hat mir keinen Gefallen getan.«

»Mein Sohn hat es gut gemeint«, sagte Deoraya.

Wieder schwieg Myrrax eine Weile. »Meint es gut«, murmelte er.

Nach einer Pause erklärte Deoraya: »Ich weiß nicht, was er sich dabei gedacht hat.«

»Ich kann es mir auch nicht vorstellen«, nickte Myrrax.

»Der Mensch ist *flakkach*.«

»Sie hat recht.« Wieder nickte Myrrax.

»Betalem trug mir auf, ihn zu töten.«

»Schon bald«, sagte Myrrax, »wird sie ihr *befehlen*, ihn zu töten. Was wird sie dann tun, Deoraya? Sie wendet ihren Blick doch immer in beide Richtungen.«

»Beide Richtungen?« Unruhig griff Deoraya nach dem Fläschchen.

»In Stahaan blickt man in die Vergangenheit, Deoraya. Aber die Blicke Mirtiins schweifen in die Zukunft.« Er holte tief Luft. »Wenn sie diesen Menschen tötet, gehört Fels-im-Wasser zu Stahaan. Weiß sie, wie nah wir uns in unseren eigenen Hallen am Rande eines Krieges bewegen, Deoraya?«

»Wenn ich den Menschen am Leben lasse«, erklärte Deoraya, »hat Betalem einen neuen Groll zu hegen.«

»Zhanrax bringt uns dem Krieg einen Schritt näher. Das ist das Geschenk ihres Sohnes.« Myrrax schüttelte den Kopf. »Töte sie ihn nicht, Deoraya. Solange er lebt, können wir noch eine Entscheidung treffen. Stirbt er, dann ist der Stein geworfen, und wir können ihn nicht zurückholen.«

»Ich werde den Menschen nicht töten«, sagte Deoraya. Sie offenbarte ihm nicht, daß es andere Gründe, weitere Schwierigkeiten gab, die es ihr beinahe unmöglich machten, den Menschen umzubringen.

Myrrax saß lange Zeit schweigend und blickte sie an. Die Lampen an den Wänden zischten sanft. Deoraya konnte ihr Herz klopfen hören. Und noch immer sah Myrrax sie an. Dann beugte er sich vor, stand vom

Thron auf, und der dunkle Sturm seiner Augen zeigte einen Hauch von Licht.

Er schritt vom Podest herab.

»Sage sie mir«, meinte er, »wie ist der Mensch?«

»Nicht jung. Noch nicht alt. Ihr Gesicht ist nicht tätowiert, aber die Haut des Körpers ...«

»Das habe ich schon gehört. Aber wie *ist* sie?«

Wie ist der Mensch?

Ein Wort fiel Deoraya ein.

Verschlagen. Der Mensch war verschlagen. Aber das hatte sie Myrrax nicht erzählt. Sie wollte nicht, daß irgend jemand außerhalb ihres Haushaltes die Einzelheiten der Ankunft der Frau bei ihrem Stamm erfuhr. Aber als sie sich jetzt, nach den Audienzen bei der Priesterin und dem Häuptling, auf den Heimweg machte, dachte sie erneut daran.

Sie hatte den Docht der Herdlampe des Stammes gereinigt, als Zhanrax heimgekehrt war. Jener grinsende Phyrrax hatte ihn begleitet, sie vernahm sein Gelächter im Vorraum.

»Ich bin in der Herdkammer!« hatte sie Zhanrax zugerufen. Sie hatte gehofft, Phyrrax würde im Vorraum bleiben. Sie mochte Phyrrax nicht. Er machte sich über alles lustig.

Gerade war sie mit der Lampe fertig geworden und rief ihren jüngeren Sohn, der die Herdflamme im inneren Raum bewachte. »Tana! Bring die Flamme!«

Dann hatte sie sich umgedreht, um Zhanrax zu begrüßen. »Mein Sohn, wie ist es dir ...«

Sie hielt inne. Ihr Sohn hielt ein Seil in der Hand, und am Ende des Seils befand sich ...

»Barmherzige Göttin!« rief Deoraya. »Zhanrax, im Namen deiner Mütter, was hast du getan?«

»Ich habe einen Preis errungen«, erklärte Zhanrax. Er verbeugte sich vor der Herdlampe, wenngleich keine Flamme darin brannte. Auch Phyrrax verneigte sich leicht, obwohl das Grinsen in seinen Maulwinkeln die Geste zugleich verspotteten.

»Es ist *flakkach!*« sagte Deoraya. »Du wirst Schande über unser Haus bringen, Zhanrax! Schande und Verderben! Und wer weiß, in was es getreten sein mag? Ich habe die Teppiche gerade gereinigt!«

»Es ist kein Goblin«, meinte Zhanrax. »Es ist ein Mensch.«

»Es ist ein Tier!« rief Deoraya. »Und das in der Herdkammer!«

Der Mensch verbeugte sich und sagte etwas Erstaunliches.

»Ich bin Istini Ayesh ni Hata Kan. Meine Mutter war Istini Oriah, und ihre Mutter war Istini Elicia. Ich grüße dich im Namen meiner mütterlichen Linie.«

Deorayas Hand fuhr zum Fläschchen, und sie starrte die Kreatur schweigend an.

Zhanrax wirkte nicht weniger erstaunt über die Worte des Wesens. Dieses Menschentier beherrschte die Sprache der Minotauren! Deoraya fühlte sich, als sei sie am Boden festgefroren. Es gelang ihr erst, den Mund zu schließen, als ihre Zunge gegen die Lippen stieß.

Phyrrax lachte. »Ein Tier mit Manieren. Anscheinend mit besseren Manieren, als sie der Stamm Fels-im-Wasser hat.«

»Ich ... ich bin Deoraya, und ich spreche für Fels-im-Wasser«, sagte sie. »Meine Mutter war Cleyaraya, und ihre Mutter war ...« Sie senkte den Kopf. »Was tue ich denn, daß ich eine solche Kreatur grüße?«

Dann war Tana hereingekommen, der die Flamme für die Herdlampe trug, aber er achtete nicht darauf, wohin er trat. Nein, seine Augen waren weit aufgerissen, als er den Menschen anstarrte. In seinem Blick lag so viel Erstaunen, daß man hätte meinen können, er sehe eine Traumkreatur und kein Tier. Deshalb stolperte er über den Teppichsaum und verschüttete einen Tropfen brennendes Öl auf den Boden. Tana stampfte mit dem Huf darauf, verschüttete aber sofort wieder einen Tropfen.

»Tana!« schimpfte Deoraya. »Paß auf, was du tust!«

Der junge Minotaurus senkte den Kopf. Leider befand er sich in einem Alter, in dem ihm sein Körper zu groß schien, als daß er mit ihm umgehen könnte. Er machte sich daran, die Herdlampe zu entzünden, warf aber noch einen Blick über die Schulter auf den Menschen. Dann löschte er die kleinere Lampe und begab sich in eine Ecke des Raumes und schloß die Augen. »Mögen die Mütter des Herdfeuers mich hören«, sagte er. Dann entschuldigte er sich – zum Stammesbrunnen der Asche gewandt – für seine Ungeschicklichkeit. Der Brunnen war kleiner, als der Brunnen im Tempel, aber seine Steine waren nicht weniger kunstvoll verziert. Anschließend zog er sich zurück, verneigte sich vor der Herdlampe und ging rückwärts aus der Kammer, wobei er den Menschen beobachtete.

Deoraya legte die Hände an die Schläfen. »Zhanrax, du hast schon früher verrückte Sachen gemacht. Aber dies ist eine Schande wie keine zuvor. Dies ist der Herd deiner Vorfahren, und du bringst dieses, dieses ...«

Der Mensch wartete nicht, bis er beschrieben wurde. Er sprang in die Ecke, so hurtig wie ein Goblin. Er spähte in den Brunnen der Asche.

Herrin der Steine! Würde es den heiligen Schrein des Stammes entweihen?

Zhanrax schien vor Überraschung wie erstarrt. Das Seil war ihm aus der Hand geglitten. Deoraya sah sich nach einer Waffe um. Sie haßte es, in diesem Raum Blut zu vergießen, aber die Dinge entglitten ihr. Sie ergriff die eiserne Schere, die sie benötigt hatte, um die Lampe zu säubern.

»Mögen die Mütter des Herdes mich hören«, sagte der Mensch.

Das war eine Lästerung! Deoraya ging auf den Menschen zu und hob die Eisenschere.

»Ich erbitte den Schutz dieses Herdes, bei der Ehre aller Mütter und im Namen von Sie-die-die-Erste-war.«

Deoraya blieb stehen.

»Sagt man denn nicht«, fragte der Mensch und sah von dem Brunnen auf, »daß Minotauren und Menschen eine gemeinsame Mutter haben?«

Deoraya blinzelte.

»In ihrem Namen«, fuhr der Mensch fort, »erflehe ich den Schutz dieses Herdes. Ich bitte im Namen unserer Verwandtschaft darum. Wenn er auch uralt ist, gibt es ihn denn nicht, den gemeinsamen Stamm unserer Völker?«

Phyrrax lachte. »Sie kennt sich mit den ketzerischen Hurloon Lehren aus!«

Zhanrax fragte: »Mensch, hast du bei den Hurloon gelebt?«

»Das habe ich.«

Deoraya runzelte die Stirn. »Dann ist sie zweifach unrein! Einmal, weil sie ein Mensch ist, und zum anderen, weil sie bei den fünffingrigen Ketzern gelebt hat!«

»Aber diese Art der Ketzerei wurde hier in Mirtiin niemals geklärt«, stellte Phyrrax fest. »Wenn Menschen und Minotauren tatsächlich eine gemeinsame Mutter haben, dann sind Menschen vielleicht gar nicht wirklich *flakkach*. Und außerdem hat sie Schutz im Namen der Mütter gesucht. Wirst du ihr den verwehren?«

Deoraya sah ihren Sohn an. Er war durch die Entwicklung der Dinge ebenso verwirrt wie sie.

Sie fuchtelte mit der Schere herum. »Wenn doch die Schriftrollen eindeutig wären! Wenn die Götter nur verständlicher reden würden!«

»Dann wäre unser Leben viel zu friedlich«, sagte Phyrrax lachend, »und die Götter würden uns nicht so unterhaltsam finden.«

Deoraya wandte sich dem Menschen zu. »Selbst mit deiner Bitte bringst du Schande über diesen Stamm!«

rief sie. Unvorstellbar! Ein *Mensch,* der bei den Müttern von Fels-im-Wasser Schutz suchte!

Sie umklammerte die Schere mit beiden Händen. »Du wirst nicht die Farben dieses Hauses tragen«, sagte sie. »Niemand wird von deiner Zuflucht wissen.«

»Ich werde euch dienen«, sagte der Mensch und verbeugte sich.

»Ganz sicher nicht. Unreine Hände werden die Schätze dieses Stammes nicht besudeln, oder gar seine Nachterde berühren.« Sie spürte, wie sich ihre Kiefermuskeln spannten. »Zhanrax, binde sie los.«

»Aber ...«

»Binde sie los! Sie ruft eine gemeinsame Ahnin an und sucht Schutz beim Stamm!«

Ihr Sohn, der durch die Geschehnisse völlig durcheinander war, durchtrennte die Stricke, die die Arme des Menschen hielten.

»Bei der Ehre meiner Mütter«, sagte der Mensch, »ich werde dir gehorchen, Mutter von Zhanrax.«

»Das erscheint mir recht sicher«, bemerkte Phyrrax. »Betalem und Myrrax können nicht um deine Treue streiten, Deoraya, wenn du keine Wahl hast.«

Deoraya sah ihn an und kniff die Augen zusammen. »Und aus diesem Grund kann ich ihnen nicht erzählen, was geschehen ist. Denn wenn Fels-im-Wasser keine Wahl hat, haben wir auch keine Macht. Beim Atem deiner Mütter, Phyrrax, du wirst niemandem davon erzählen!«

»Beim Atem meiner Mütter«, antwortete Phyrrax, »wird es meine ganz persönliche Belustigung bleiben.«

Deoraya warf die Schere nach ihm. Phyrrax wich aus und lachte.

KAPITEL 8

»Wohin bringt ihr mich?«

Zhanrax grunzte nur und schob Ayesh eilig durch die steinernen Gänge, aber Phyrrax lächelte.

»An keinen bestimmten Ort, glaube ich. Wir wollen nur dafür sorgen, daß man dich oft genug sieht, um dich unwiderstehlich zu machen.«

Sie kamen an einer Gruppe junger Minotauren vorüber, die ihr Spiel mit polierten Steinen und einem hölzernen Spielbrett unterbrachen. Die Jugendlichen starrten Ayesh an.

»Unwiderstehlich für wen?«

»Sei ruhig!« befahl Zhanrax. Er bog plötzlich um eine Ecke und zerrte Ayesh hinter sich her. Wenigstens hatte er sie nicht mehr am Strick geführt, seitdem sie Schutz an Deorayas Herd gesucht hatte.

Phyrrax sagte: »Wenn du sie lange genug herumführst, Zhanrax, wird sie die Hallen bald genausogut kennen wie wir!«

Ayesh hegte die schwache Hoffnung, daß Phyrrax recht hatte. Die einzige Möglichkeit zu entfliehen bestand darin, die Gänge gut genug zu kennen. Leider bestanden die Höhlen aus einem Gewirr von verschlungenen Fluren, kantigen Säulen und dunklen Vorhängen, die weite Teile der Felswände bedeckten. Selten stießen die Gänge im rechten Winkel aufeinander, daher war es schwer, sich im Kopf eine Karte vorzustellen. Irgendwo hinter den langen Vorhängen lagen Türen, aber Ayesh begriff nicht, wie die Minotauren wußten, wo sie die Vorhänge teilen mußten, um die gesuchten Eingänge zu finden. Hier und da erhoben sich

Steinblöcke aus dem Boden, die mit der Minotaurenschrift verziert waren. Vielleicht handelte es sich um Karten, aber Ayesh konnte sie nicht lesen. Einerseits war ihr die Schrift unbekannt, andererseits lagen auch die Öllampen viel zu weit auseinander. Das Licht reichte den Minotauren zum Lesen, nicht aber Ayesh.

Waren schon die Gänge verwirrend und seltsam, so wurden sie darin von dem unsichtbaren Machtgefüge innerhalb Mirtiins übertroffen. Sogar die Machtverhältnisse des Haushalts waren geheimnisvoll. Deoraya war die Anführerin des Stammes. Ihr Gemahl, Teorax, lebte im Haushalt, schien aber keine Befehlsgewalt zu besitzen. Außerdem gehörte er nicht dem Fels-im-Wasser Stamm an, sondern Über-dem-Gras-Stamm, wie Phyrrax. Befand sich Zhanrax außerhalb der Hallen, erteilte er Befehle, aber seine Stellung im Haushalt seiner Mutter schien untergeordnet zu sein – Deoraya führte die Gemeinschaft, aber Zhanrax schien über ihr zu stehen, wenn Entscheidungen über Ayesh gefällt wurden. Es mußte mit Ayesh' Nützlichkeit für die unausgesprochenen Pläne Zhanrax' zu tun haben, die noch vor den Wünschen seiner Mutter standen.

Waren schon die Haushaltsverhältnisse unklar, so stellte ganz Mirtiin ein einziges Rätsel dar. Während der ersten Tage ihrer Gefangenschaft stellte Ayesh fest, daß sich unter den Mirtiin-Bergen zwei verschiedene Gruppen anfeindeten. Die eine Gruppe stand hinter Myrrax, dem Häuptling, die andere hinter der Priesterin von Stahaan, Betalem. Es fielen auch andere Namen von Stammesführerinnen und ihren Herden: Dzeanaraya von Fallende-Steine, Ceoloraya von Flammen-in-Leere, Neshiearaya von Über-dem-Gras. Manchmal redete Deoraya von den Elf, daher vermutete Ayesh, daß es sich um elf Stämme handelte. Aber wer zu wem stand und aus welchem Grund, war kaum zu erraten. Zhanrax und seine Mutter beantworteten keine direkte Frage.

Ein Name jedoch erweckte immer starke Gefühle: *Scaraya*. In Deorayas Haushalt und in den Hallen von Mirtiin wurde der Name manchmal mit Verachtung, manchmal mit Bewunderung, manchmal mit Furcht, aber niemals sachlich ausgesprochen.

»Komm schon«, sagte Zhanrax, »hier entlang.« Sie betraten einen Gang, der mit weißen und ockerfarbenen Vorhängen verhängt war. Wieder waren die einzig sichtbaren Minotauren Kinder, die ihr Spiel unterbrachen, um zu starren. Zhanrax nickte ihnen zu, bleckte die Zähne und riß die Augen freundlich auf.

»Genauer unter ihrer Nase, was?« Phyrrax lachte. »Das ist waghalsig, Zhanrax. Wenn sie den Gang betritt, während du hier bist, verdirbst du dir dein Spiel.«

»Wenn ich so nahe bin und den Menschen nicht zu ihr bringe«, antwortete Zhanrax, »dann weiß sie, daß ich nicht den ersten Zug mache. Dann muß sie kommen und fragen.« Er zog Ayesh am Arm. »Geh schneller!«

Ayesh blieb stehen und stemmte die Absätze in den Teppich. Zhanrax hob sie mit Leichtigkeit hoch.

»Wenn du meine Mitarbeit wünschst, Zhanrax, dann kannst du mir wenigstens sagen, was hier vor sich geht!«

»Rede nicht so laut!« zischte Zhanrax und stellte sie wieder auf die Beine. »Wir kommen an ihrer Tür vorüber.«

»Wessen Tür?« fragte Ayesh.

»Still, sage ich!« Dann, mit leiser Stimme, als sei außer Phyrrax noch jemand da, der sie hätte hören können, fügte Zhanrax hinzu: »Tu, was ich dir sage. Bist du denn nicht Gast unseres Haushaltes?«

»Ich werde kaum wie ein Gast behandelt!« sagte Ayesh laut.

Ein Geräusch ertönte ganz in der Nähe, das wie das Aufsperren einer Tür klang. Ayesh sah Furcht in Zhanrax' Augen aufkeimen. Er faßte sie beim Handgelenk und drehte sich um, als wolle er den Gang hinunterrennen. Aber die Türangeln knarrten bereits. Es war zu spät. Zhanrax ließ sie los, richtete sich auf und wandte sich gelassen um.

Licht, so hell wie Sonnenschein, leuchtete hinter dem Vorhang auf, und ein Minotaurus in ockerfarbenen Gewändern betrat den Gang.

»Eisen-in-Granit!« sagte Zhanrax blinzelnd. »Was für eine Überraschung!«

Der weibliche Minotaurus riß die Augen auf und entblößte die Zähne. Sie war anders als alle Minotauren, die Ayesh je gesehen hatte, denn ihre Augen waren blau wie der Sommerhimmel. Sie trug golden eingefaßte Augengläser.

»Eine Überraschung?« fragte sie. Sie strich sich mit den Fingern über die tätowierte Schnauze. »Eine Überraschung, die Matriarchin von Eisen-in-Granit in ihrem eigenen Gang zu finden? Eine Überraschung, meine Neugier zu spüren, wenn ich eine menschliche Stimme vor meiner Tür höre? Aber Zhanrax, das ist doch kein Zufall. Hast du diese Kreatur denn nicht hergebracht, damit ich sie sehe?«

»Ich wollte nur... Das heißt, eigentlich wollte ich nicht absichtlich...«

»Sohn der Deoraya, du wolltest sie nicht hierher bringen und mich bitten, sie zu untersuchen?«

Eine weitere Tür wurde geöffnet, und ein anderer, ebenfalls mit ockerfarbenen Gewändern bekleideter Minotaurus spähte hinaus, um zu sehen, was vor sich ging.

Ayesh sah, wie zwischen Zhanrax und der Matriarchin von Eisen-in-Granit ein geheimer Austausch stattfand. Zhanrax hatte um einen Vorteil gespielt. Und er hatte verloren. Er neigte den Kopf. »Ich weiß von deinem Interesse an sprechenden *flakkach*-Kreaturen. Diese gehört dazu.«

»Es ist klug, daß du zu mir gekommen bist.« Der Minotaurus sah auf Ayesh hinab und fragte auf Voda: »Mensch, wie nennt man dich?«

Ayesh betrachtete sie einen Augenblick, dann verneigte sie sich, wie sie es auch vor Deoraya getan hatte. »*Moysaen cassadalaam* Istini Ayesh ni Hata Kan«, antwortete sie.

Der Minotaurus sah sie erstaunt an.

»*Moyin maamaan saenyi* Istini Oriah, *eyen mayin maamaan nartoon may saenyi* Istini Elicia«, fuhr Ayesh fort. »Im Namen meiner Mütter grüße ich dich.«

Der blauäugige Minotaurus lächelte. »Und ich bin Scaraya. Ich spreche für Eisen-in-Granit«, sagte sie. »Meine Mutter war ...«

Aber Ayesh hörte den Rest der Vorstellung nicht. Sie dachte: *Scaraya!* Hier war der Minotaurus, dessen Name der Ursprung aller Dinge zu sein schien, die in Mirtiin geschahen.

»*Heute* habe ich keine Zeit für sie«, wandte sich Scaraya an Zhanrax. »Aber bring sie morgen wieder her, ja?« Damit zog sie sich in die Helligkeit ihrer Kammer zurück und schloß die Tür.

Phyrrax bedeckte das Maul mit dem Ärmel.

»Oh, sei ruhig!« sagte Zhanrax. Er stapfte den Korridor entlang und zog Ayesh hinter sich her.

»Habe ich denn etwas gesagt?« erkundigte sich Phyrrax, der die Zähne zeigte, aber schielte, um ein Grinsen zu verbergen. »Siehst du, Zhanrax, es macht wenig Unterschied, ob sie zu dir kommt oder du zu ihr. Es ist nur eine Frage des Formats.«

Zhanrax blieb stehen. »Format ist das Wichtigste!«

»Aber du hast doch erreicht, was du wolltest!«

Zhanrax entblößte die Zähne und schloß die Augen halb. Das bedeutete eine Grimasse. »Wahrscheinlich. Vielleicht aber auch nicht. Wenn Scaraya zu mir gekommen wäre ... Es ist nicht das gleiche, Phyrrax! Jetzt gibt sie mir etwas, nicht ich ihr!« Er packte Ayesh am Handgelenk und hob sie hoch.

»Laß mich los!«

Er hielt sie eine Armlänge entfernt und sah ihr in die Augen. »Du hättest besser getan, deinen Mund zu halten!«

»Wenn du mir nur ein paar Fragen beantwortet hättest...«

»Minotauren-Angelegenheiten gehen dich nichts an«, sagte Zhanrax. »Wir beschäftigen uns mit großen Dingen. In deinem kleinen Kopf ist nicht genug Platz dafür.«

Ayesh zog die Beine hoch und antwortete ihm mit einem Tritt auf die Schnauze. Zhanrax zuckte zusammen und ließ sie los. Sie sprang weg und rannte den Gang entlang. Als sie um eine Ecke in einen dunklen Korridor bog, spürte sie hinter sich das heftige Stampfen der Hufe.

An einer Wegkreuzung bog sie ab und wich zur Seite, als Finger sie an der Schulter berührten. Als sie erneut abbog, erblickte sie einen Gang, in dem violette Vorhänge hingen. In der Mitte des Ganges standen zwei Minotauren in violetten Gewändern, die mit blinkenden Äxten bewaffnet waren. Sie wandten sich Ayesh zu, als sie ihnen entgegenstürmte. Einer der Wächter bleckte die Zähne und hob die Waffe.

»Halt!« sagte die Stimme ihres Verfolgers. Ayesh erkannte, daß es sich nicht um Zhanrax, sondern um Phyrrax handelte.

Sie blieb stehen. Inzwischen trotteten die bewaffneten Minotauren auf sie zu.

»Komm mit!« Phyrrax zog sie am Handgelenk. »Sie bringen dich um, wenn sie die Möglichkeit haben.«

Ayesh zögerte.

»Ayesh, komm! Auch ich bin hier nicht willkommen, und ich möchte nicht schuld an einem Kampf zwischen ihrem und meinem Stamm sein. Komm!«

Der Boden erzitterte unter den Hufen der sich nähernden Wachen.

»Ayesh!« bat Phyrrax.

»Ja doch, ja doch.« Sie drehte sich um und folgte Phyrrax, der in die Richtung lief, aus der sie gekommen waren. Ayesh sah über die Schulter. Die Wachen folgten ihnen nur im Bereich der violetten Vorhänge. Halb leitete, halb zerrte Phyrrax Ayesh zurück in den weißen und ockerfarbenen Korridor von Eisen-in-Granit. Dort wartete Zhanrax, der sich Blut von der großen Nase wischte.

»Violett ist Schatten-in-Eis«, erklärte Phyrrax keuchend. Er hielt sich die Hand vor die Brust. »Sie sind ungewöhnlich orthodox. In ihren Gängen benehmen sie sich, wie sie es für richtig halten, gleichgültig was Myrrax sagt.« Er ließ sich auf den Teppich nieder und lehnte sich gegen die Wand. »Seit vielen Wintern bin ich nicht mehr so gerannt!«

»Aye«, wunderte sich Zhanrax. »Du bist aber sehr an diesem *flakkach* interessiert, Phyrrax! Direkt in die Hallen deiner Feinde zu laufen...«

»Ich habe keine Feinde«, sagte Phyrrax. »Darauf lege ich großen Wert.«

Zhanrax schüttelte den großen Kopf. »Und welches Haus freut sich schon, dich zu sehen?«

»Ich hätte ihnen ausweichen können«, unterbrach ihn Ayesh. »Ich kann an zwei Wachen vorbeischlüpfen.«

»Nicht, wenn sie den Alarmruf des Stammes brüllen und sich der Gang mit Schatten-in-Eis füllt«, sagte Phyrrax. »Zhanrax hat viel gewagt, um dich hierher zu bringen. Du solltest so höflich sein und am Leben bleiben.«

»Ob ich lebe oder sterbe ist meine Sache«, entgegnete Ayesh.

Phyrrax lachte. »Hörst du das, Zhanrax?« sagte er. »Ich riskiere eine Axt im Kopf, und so singt sie mir ein Dankeslied!«

»Sie ist zwar in der Lage, so zu tun, als habe sie Manieren«, sagte Zhanrax, »aber erwarte nur kein Mitgefühl von einer solchen Kreatur.«

»Ah, ruhig, Zhanrax. Ruhig. Sie ist eine Gefangene.«

»Wenn sie es nur wäre. Wenn ich dich bloß wieder fesseln könnte, Mensch«, seufzte Zhanrax. Er schnaubte, und Blut lief ihm über die Nase. »Du hältst dich für schlau.«

»Sie *ist* schlau, Zhanrax. Sie wußte, wie sie an deinem Herd Schutz suchen konnte, ohne viele Hinweise erhalten zu haben.«

Zhanrax runzelte die Stirn und sagte zu Ayesh: »Sei so schlau, wie du möchtest, Mensch, aber vernichte meine Hoffnungen nicht. Ohne Hoffnungen wäre ich ohne Ehre, und ohne Ehre wäre es mir gleichgültig, ob dein Schutz eingehalten wird oder nicht.« Dann ergriff er sie beim Handgelenk und zerrte sie zurück in die Gänge seines Stammes.

KAPITEL 9

Nach so vielen Tagen unter der Erde, nach Tagen, in denen sie die Sonne nicht erblickt hatte, war das Licht weiß und grell und überraschend. Seine Lebendigkeit und die Lebendigkeit des Raumes, in dem es strahlte, verblüfften Ayesh. Aye, der Raum lebte, und auch die Gänge, die dahinter lagen. Die Hallen lagen tief unter der Erde, aber in ihrem Inneren strahlte helles Sonnenlicht, zwitscherten Vögel und summten Insekten.

Sie blinzelte. Scaraya, der Minotaurus, beugte sich zu ihr, und sie konnte den Blütenduft des Atems riechen. »Hast du gedacht, alle Hallen in Mirtiin seien dunkel und tot?« fragte Scaraya. »Wie sollten wir dann im Winter frisches Gras speisen oder Blüten im Herbst?«

Sie lächelte ein wenig. Das Licht spiegelte sich in den Augengläsern und den blauen Augen. Hinter ihr erstreckten sich von diesem Raum aus Gänge wie Sonnenstrahlen, mit blühenden Bäumen, grünen Hecken und eben keimenden Reihen von Süßgras und Bienenbalsam. Ganz in der Nähe klammerte sich Efeu an die Bücherregale, violette Blüten wechselten sich mit Buchrücken ab, die Ayesh nicht entziffern konnte. Das Efeu raschelte, wenn Spatzen aus den Verstecken im Blattwerk flogen. Von irgendwoher ertönte das sanfte Plätschern von fließendem Wasser. Ayesh hörte sogar das Summen der Bienen.

Sie konnte nichts sagen, nur: »Wie? Durch Zauberei?«

Scaraya schüttelte den Kopf. »Bei den Minotauren gibt es selten Zauberer, und außerdem sind sie bei allen Rassen unzuverlässig. Nein, diese Gärten entstanden nicht mittels Magie, sondern durch Wissenschaft. Kennst du den Unterschied?«

»Auch Oneah bestand durch das Wissen«, antwortete Ayesh. »Ich weiß, was Wissenschaft ist.« Sie blinzelte, als sie in einen der baumbestandenen Gänge spähte. »Sind das Maulbeeren?« Sie mußte das Voda-Wort anwenden. In den Hurloons hatte es keine Maulbeerbäume gegeben.

»Wie sollten wir sonst unsere Seidenraupen füttern?«

»Seide? Ihr stellt sie selbst her?«

»Wir pflanzen oder stellen alles, was wir brauchen, selbst her. Hoch oben in den Bergen stehen, versteckt zwischen Eis und Felsen, große Spiegel. Sie schicken das Licht nach innen, brechen und bündeln es. Deshalb scheint auch hier die Sonne, tief unter den hohen Berggipfeln. Minotauren machen das seit langer Zeit. In der Heimat unserer Ahnen, in Stahaan, lebten die Minotauren einst über der Erde und bauten Labyrinthe, nur um das Winterheu darin zu lagern. Aber als die erste Eiszeit kam, lernten wir, die Sonne unter die Erde zu leiten, sonst wären wir verhungert.«

Der andere Minotaurus, Scarayas Gehilfin, fragte: »Soll ich den Menschen an den Stuhl binden, Scaraya?« *Moysayenya ... Soll ich ...* Die Formulierung verriet, daß es sich um einen weiblichen Minotaurus handelte, der ein Seil in Händen hielt.

»Nein!« entgegnete Scaraya.

»Aber wir binden die anderen doch auch immer an«, meinte die junge Gehilfin. Sie trug eine seidene Tunika – türkis und rosa mit vier schwarzen Kreisen auf der Vorderseite.

»Die anderen?« fragte Ayesh.

Aber Scaraya beachtete die Frage nicht. »Das ist etwas ganz anderes, Cimmaraya. Ayesh ist ein Mensch und unser Gast. Und merke dir bitte, daß ihr bewußt ist, daß sie eine Tochter von Müttern ist. Daher sollst du ihr den Respekt entgegenbringen, den sie verdient.«

Damit wies sie auf einen Stuhl. »Möchtest du dich nicht setzen?«

Es handelte sich um das erste Möbelstück in den Hallen, das auf Ayesh' Größe zugeschnitten war. War es für Minotaurenkinder gedacht? Aber nein, das konnte nicht sein. Mit ihren nach hinten gebogenen Knien konnten Minotauren nicht bequem auf einem Stuhl sitzen, der für Menschen gemacht worden war. Sämtliche Minotaurenmöbel, die Ayesh gesehen hatte, waren Hocker zum Sitzen und Bänke zum Hinlegen.

Sie nahm Platz. Scaraya goß Tee in zwei riesige Tassen. Eine davon bot sie Ayesh an, die andere führte sie selbst an die Lippen. Ayesh schnupperte an dem Gebräu. Es roch blumig und lieblich, ein wenig wie der Erntewein in Oneah, der aus Frühlingsnektar hergestellt wurde. Sie kostete ein wenig, und die Wärme breitete sich in Mund und Kehle aus.

Der junge Minotaurus, Cimmaraya, hatte sich an einen Tisch gesetzt und ein dickes Buch aufgeschlagen. »Wenn du nichts dagegen hast«, sagte Scaraya, »würde ich dir gern einige Fragen stellen und unser Gespräch von Cimmaraya aufschreiben lassen.«

»Um des Streitens willen«, bemerkte Ayesh, »möchte ich wissen, was geschieht, wenn ich mich weigere. Ich bin nicht sehr glücklich über meinen Aufenthalt in den Hallen von Mirtiin. Ich bin eine Gefangene.«

»Innerhalb von Mirtiin. Aber nicht an meinem Herd, in meinen Gärten«, antwortete Scaraya. »Du bist mein Gast und frei, solange dir die Wände von Eisen-in-Granit Schutz bieten.«

»Wenn das so ist«, sagte Ayesh und setzte sich gerade hin, »dann möchte ich nicht mehr mit Zhanrax gehen, wenn er mich holen kommt.«

»Zhanrax?« fragte Cimmaraya. »Was hat er mit diesem Menschen zu schaffen? Fels-im-Wasser war doch immer ein unparteiischer Stamm.«

Scaraya antwortete: »Der junge Zhanrax brachte den

Menschen in die Hallen und heute auch zu uns. Ich dachte, dein Vater hätte dir das gesagt.«

»Er langweilt mich nie mit Politik«, entgegnete Cimmaraya.

»Aber liebst du denn nicht die Wissenschaft, Cimmaraya?«

»Du weißt, daß ich sie liebe!«

»Politik, meine Liebe, ist mehr eine Wissenschaft als nur bloße Formalität und Gerede. In ihren Berechnungen ist sie geradezu mathematisch. Du könntest aus der Tätigkeit deines Vaters lernen.« Scaraya wandte sich wieder an Ayesh. »Du verlangst mehr, als ich dir geben kann, wenn du willst, daß ich dich von Zhanrax fernhalte. Er glaubt, daß er Vorteile hat, wenn er dich zu mir bringt, daher mußt du zu ihm zurück. Wenigstens zur Zeit.«

Die letzten Worte weckten Hoffnung in Ayesh. Ihr Leben in Deorayas Haushalt glich dem eines Hundes, hätten Minotauren Hunde gehalten.

»Vorteile für Zhanrax?« erkundigte sich Cimmaraya. »Ich wußte gar nicht, daß sich Zhanrax für die Wissenschaft interessiert. Welche Vorteile hat er denn?«

»Du bist noch so jung«, lächelte Scaraya. »Die Antwort liegt näher als deine Nase.« Dann wandte sie sich an Ayesh. »Wirst du meine Fragen beantworten?«

Ayesh trank, dann nickte sie. Warum sollte sie Widerstand leisten, nur um des Widerstands willen? Außerdem konnte sie eine Verbündete gebrauchen. Phyrrax machte sich zwar Sorgen um sie, aber nicht ausreichend, um ihr bei der Flucht aus den Hallen zu helfen. Vielleicht würde sich Scaraya irgendwann hilfsbereiter zeigen.

»Was soll ich dir erzählen?«

»Zuerst sollst du mir vom Land deiner Geburt berichten.«

»Oneah«, sagte Ayesh. Sie holte tief Luft, um sie langsam entweichen zu lassen. »Einst konnte ich gar nicht genug von Oneah erzählen«, sagte sie. »Oneah ist gefallen. Sieben große Städte wurden zu Staub.«

»Aber die Erinnerung lebt weiter.«

»Nicht für ewig. Jahre um Jahre des Erzählens haben mich das gelehrt. Leute verzerren das Gehörte, oder verlieren die Wahrheit, selbst wenn sie sie behalten wollen. Nichts währt ewig, und warum sollte ich noch über zerstörte Herrlichkeit berichten?«

»Ah«, sagte Scaraya, »aber es handelte sich doch um *Herrlichkeit*, wie du sagst.«

Cimmaraya schnaubte. Ayesh lebte schon lange genug unter den Mirtiin Minotauren, um zu erkennen, daß es ein verächtliches Schnauben war.

»Menschliche Pracht«, meinte Cimmaraya. »Ist das so wie bei den Goblins? Denn was sind Menschen anderes als Goblins, die über der Erde leben?«

Ayesh ballte die Fäuste.

»Frieden, Ayesh«, mahnte Scaraya. »Trink deinen Tee, und wenn du Cimmaraya berichtigen willst, dann tu das durch Wissen. Sie kennt nur die Menschen, die sie in den hiesigen Städten gesehen hat.«

»Menschen«, erzählte Ayesh, »haben Zivilisationen aufgebaut, die größer als alles unter den Mirtiin-Bergen waren! Kennt ihr ...« Sie hatte vor, mit der Geschichte Oneahs zu beginnen, entschied sich dann aber, das Beste bis zum Schluß aufzuheben. »Habt ihr schon vom alten Icatia gehört, dem Reich, das in den fernen, südlichen Ländern erblühte?«

Ayesh erzählte ihnen die Geschichte des Königreiches in der Ebene. Sie berichtete von der Entstehung der Bündnisse, dem An- und Abschwellen der großen Kriege und ließ die Tatsache aus, daß das meiste, was sie von der sarpadischen Geschichte wußte, von dem Ältesten Alik aus Badstadt als falsch bezeichnet wurde. Die Minotauren, besonders diese Cimmaraya, mußten erfahren, was ein Mensch war, und davon handelten diese Geschichten im Grunde. Während Ayesh sprach, erwärmte sie sich mehr und mehr für die Erzählung. Lange Zeit redete sie ohne Unterbrechung.

»Sie hätten sich der Orkflut allein entgegenstellen können«, sagte Ayesh, als die Geschichte dem Ende nahte. »Sie hätten sich zurückziehen und ihre Ländereien retten können. Aber am Ende, wenngleich es ihre Kräfte verzehrte, standen sie treu zu ihren Verbündeten – den Bergzwergen, dem Meervolk von Vodalia und den Elfen von Havenwald. Sogar ihren Feinden seit Urzeiten, dem menschlichen Orden der Schwarzen Hand, boten sie Unterstützung an. Sie litten aus Treue. Sie starben um der Ehre willen.« Sie warf Cimmaraya einen bösen Blick zu. »Halte ihre Größe für Dummheit, wenn das die Art der Minotauren ist. Aber verwechsele sie niemals mit Goblins. Woran haben Goblins je gedacht, außer an sich selbst?«

Cimmaraya hatte zu schreiben aufgehört. »Sind die Menschen wirklich so?« fragte sie.

»Einige«, antwortete Scaraya. »Sie sind ebensowenig überall gleich, wie wir den Hurloon oder Stahaan gleichen. Zweifele nicht daran, daß die Menschen sich edel verhalten können.«

»Dann habe ich ja noch Hoffnung für diese Angelegenheit«, sagte Cimmaraya und begann wieder zu schreiben.

»Wovon spricht sie?«

Scaraya winkte ab. »Erzähl mir mehr«, sagte sie. »Von den anderen Zivilisationen, die du gekannt hast.«

Ayesh bemerkte, daß sie Freude am Erzählen empfand. Mit Leichtigkeit flossen ihr die Geschichten über die Zunge: Über das Inselreich von Orvada, von Gerüchten über Kriege der roten und blauen Barbaren, vom langen Frieden in den bäuerlichen Gebieten von Varnalca und dem Bündnis mit den Elfen, das den Frieden noch verlängerte ...

Während sie sprach, wurden ihr die Augenlider und

Gliedmaßen schwer, aber sie fuhr trotzdem fort und erzählte von östlichen Ländern, wo nur die Frauen Besitztümer haben, von der Wüste Tivan, wo dies nur für die Männer gilt und die Frauen Besitztümer *sind*, von den Inseln, wo jeder Mensch einen Hauch von Zauberei in sich trägt.

Dann schien es, daß sie aufhörte zu sprechen. Ihr war, als träume sie jetzt von Kriegen zwischen Menschen und Kriegen zwischen Menschen und anderen empfindungsfähigen Kreaturen. Es gab auch Magierkriege, aber gewöhnlich handelte es sich um Kämpfe mit Pfeil und Klinge, um Belagerungen und große Kriegsgeräte: Katapulte und Rammböcke, Molochs und Minen, Unterwasserschiffe und Festungen am Meer. Diese Geschichten hatte sie in den Domänen erzählt. Dominaria, die Erde, die tatsächliche Welt, erschien ihr im Traum wie ein großer, ewiger Krieg.

Sie dachte an Oneah. Sie träumte von Königen und Königinnen und wie die Städte sie erwählten. Sie träumte von der großen Bibliothek in Onirrah, dem Sonnenobservatorium in Onlish, dem Palast der Handwerker in Onmarakhent, der Schule der Sonne in Onnilla, wo man die Weisheit um ihrer selbst willen liebte. Sie blickte auf die Sonnengalerie in Onvia, wo man die Schönheit noch mehr liebte als in den anderen Städten. Und in Xa-On, ihrer Geburtsstadt, erblickte sie wieder das Dach des Lichts und die Ringerschule. Jede Stadt besaß eine Meisterschule oder ein Museum, aber überall gab es Studenten aller Bereiche. Und von dem besten Ringer von Xa-On wurde erwartet, daß er auch gut zeichnen konnte ... *und der geschickteste Jongleur von Onmarakhent konnte die Konstellationen der Sterne benennen ... e llefawli keskedi jungudeen ni Onmarakhent ved lemen brillinef e tend brilli ...*

»Sprich in deiner Muttersprache«, ertönte Scarayas Stimme im Traum. »Oder in Voda. Du schweifst in eine Sprache ab, die ich nicht kenne.«

Dort, auf den Ebenen von Oneah, erhob sich die größte Zivilisation, die es je gegeben hatte. Und Ayesh hatte zu den Besten der jungen Ringer ihrer Klasse gehört. Sie war geschmeidig und schnell. Sie konnte sich, wenn erforderlich, biegen, deshalb trug sie auch die Tätowierungen der Gräser auf den Beinen. Und doch wartete die grüne Schlange zwischen den Gräsern. So kämpfte sie: Sie wich aus, bog sich und floh, bis der rechte Augenblick gekommen war, und sich der Gegner zu sicher fühlte.

Dann schlug sie zu, gleich der tätowierten Schlange. Dann siegte sie.

Ayesh hatte unter dem Dach des Lichts gestanden, das vom Sonnenschein erhellt wurde. Sie hatte als Meisterin vor dem Thron gestanden. Da sie klein, aber gefährlich war, hatte man ihr den Spitznamen ›Goblin‹ gegeben. Vor den Kriegen und dem Fall der Städte hatte sie den Namen sogar gemocht.

Die Oneahner hatten die Goblins von jeher in Schach gehalten. Obwohl die Ebenen von Bergen umgeben waren, hatten die grauhäutigen Horden sich fern gehalten. Aber in jenem finsteren Jahr war eine solche Flut von Zähnen, Dolchen und übelriechenden, heulenden Wesen aus den Höhlen gespült worden ...

Sie erinnerte sich, wie sie mit Meister Hata vor dem Dach des Lichts gestanden hatte. Die Stadt stand in Flammen, und die graue Woge der Goblins strömte durch die Alleen, raubte und mordete.

»Wir sind die Ringer des Hofes!« mahnte Meister Hata. »Wir sind die Ehre der Tausend Tausende. Goblins werden uns nicht besiegen. Wir kennen Furcht, aber wir werden nicht bezwungen. Wir halten stand! Auf diesen Steinen hier werden wir standhalten!«

Und als die Goblins die tätowierten Ringer sahen, die das Dach des Lichts umringten, hielten sie inne. Für einen Augenblick. Nur für einen Augenblick erstarrten sie beim Anblick der Ringer – Männer und Frauen, die zu rein waren, um Waffen zu benutzen, die des ewigen Augenblicks zu sicher waren, um den nächsten Moment zu fürchten. Sieg und Niederlage waren ihnen eins. Es gab nur den Kampf und wie immer die Aussichten auch standen: Es war sicher, daß die angreifenden Goblins sterben und sterben und sterben würden.

»*Oun*«, forderte Großmeister Khairt die Feinde in der Goblinsprache heraus, »*da teyey ekmigyla kofk ke kofk ke kofk!*«

Die Goblinhorden zögerten kurz. Ayesh, deren Augen weit geöffnet waren, beherrschte sich durch Meditation. Sie war bereit. Sie hatte Furcht und Wut beiseitegelegt. So war sie die unfehlbare Kriegerin.

Und dann ...

Nein. Daran wollte sie sich nicht erinnern. Was dann geschah, in der Verwirrung, unter dem Geheule der Goblins und der kurz während Triumphschreie der Ringer ... was dann geschah, wollte Ayesh nicht mehr wissen.

Das Dach des Lichts war ... Nein. Denke nicht mehr daran. Finsternis. Keine Erinnerung. Sie würde *nicht* erzählen, was unter dem Dach des Lichts geschehen war.

Es gab andere Dinge, an die sie sich erinnern konnte. Es gab Schöneres. Da war Onyikhairt mit der Schule für Sonnenmusik. Da waren die Lieder im Mondklang, im Herzklang, im Glanzklang und die großen Töne des Sonnenklangs. Es gab die ›Hymne der Sonne‹, das Lied der Erneuerung, das Ayesh auch in traurigsten Augenblicken bis ins Herz traf. Sie dachte daran. Mit den anderen hatte sie es gesungen, als die Flut der Goblins auf sie zuströmte. Es hatte sie größer und stärker gemacht. In diesem Lied war alles enthalten, was Oneah groß gemacht hatte: Sonnenbewußtsein, Verstand, Beherrschung.

Sie hatte das Sonnenlied seit Jahren nicht gesungen.

Jetzt hörte sie es, in ihrer eigenen Stimme.

Heiße Tränen liefen ihr über die Wangen. Ihre Stimme versagte.

Ayesh blinzelte. Blaue Augen starrten sie an. Blaue Augen, die durch polierte Gläser vergrößert wurden.

Sie schluckte und wischte sich das Gesicht mit den Händen ab. Ihr wurde bewußt, daß sie die ganze Zeit über laut gedacht hatte. Sie hatte sogar gesungen. Sie sagte: »Ihr habt mich betäubt.«

»Nicht mehr, als ich mich selbst betäubte«, entgegnete Scaraya. »Der Tee wird aus Kräutern gebraut, die sowohl das Erzählen als auch das Zuhören leichter machen.« Sanft ergriff sie Ayesh' Hand. »Was lauert im Schatten des Daches des Lichts? Was geschah dort, daß du es nicht mehr wissen willst?«

Ayesh zog die Hand weg und sah Scaraya wütend an. »Du hast mich betäubt. Du hast meine Gedanken *gestohlen*.«

»Du hast mir nichts erzählt, was du nicht mit der Zeit freiwillig berichtet hättest«, sagte Scaraya. »Und dennoch birgt das Dach des Lichts ein Geheimnis. Es ist etwas, das du tief in deinem Inneren verbirgst.«

Spatzen zwitscherten in einer Ecke des Raumes. Es war eigentümlich, unter der Erde aus einem Traum zu erwachen und Vögel zu hören.

»Zuerst wurde ich gefangengenommen. Jetzt machst du dich daran, meine Geheimnisse zu stehlen«, sagte Ayesh und wandte das Gesicht ab.

»Der Spähtrupp, der dich gefangen hat, erzählte, daß du vor den Goblinhöhlen den Tod herausgefordert hast. Du hast die Goblins eingeladen, herauszukommen und dich zu töten, als ob du nicht länger zu leben wünschtest. Ich frage mich, ob das Verrücktheit oder Tapferkeit war?«

»Was geht es dich an?« fragte Ayesh. »Was *willst* du von mir?«

»Nach den Berichten der Späher«, fuhr Scaraya fort, »folgere ich: Selbst als du vor den Goblinhöhlen standest und sie reiztest, bist du nicht in die Höhlen gegangen. Du hast den letzten Schritt zur sicheren Vernichtung nicht getan. Du hast gewartet, daß sie zu dir kommen würden. Du bist draußen geblieben, wo noch Hoffnung war.«

Ayesh griff das Wort auf. »Hoffnung! Die Götter sollen mich vor Hoffnung bewahren!«

Scaraya nahm Ayesh beim Kinn und drehte das Gesicht sanft um. Die blauen Augen des Minotaurus begegneten ihrem finsteren Blick. »Das Leben geht weiter«, sagte Scaraya. »Schau dich in diesem Raum um. Das Efeu rankt sich der Sonne entgegen. Es gibt ein Sprichwort: *Die Vögel singen nicht, weil sie eine Antwort wissen. Die Vögel singen, weil sie ein Lied kennen.*«

Ayesh' Lippen zitterten. »Das ist ein oneahnisches Sprichwort.«

»Es gilt auch in Mirtiin«, erklärte Scaraya. »Ich möchte dir einen Grund zum Leben anbieten.«

Dann sprach sie: »Was ist, wenn Oneah nicht tot ist? Was, wenn es einen Weg gibt, der Musik lebendig macht, Poesie erhält und die Wissenschaft des Verstandes an neue Generationen weitergibt, die sie heilig halten? Wenn ich etwas von Oneah für spätere Generationen bewahren kann, so wie es ohne den Goblinkrieg erhalten worden wäre, würdest du dann das Angebot annehmen?«

»Oneah liegt in Asche.«

»Aber wenn es leben könnte, durch deine Lehren wahrhaftig leben könnte, würdest du zustimmen?«

Ayesh schwieg.

»Sag, daß du es willst«, bat Scaraya. »Sag, daß du einen Grund zum Leben willst.«

KAPITEL 10

»Richte dich hoch auf«, riet ihr Phyrrax. »Du mußt auf dem Weg und später die ganze Zeit selbstbewußt wirken.«

»Niemand kann uns sehen«, widersprach Ayesh. Die Hallen von Mirtiin waren leer, leerer als sie es je erlebt hatte. In den Gemeinschaftsgängen spielten keine Kinder, und sie sah auch in den Fluren der einzelnen Häuser keine Wachen.

»Es ist noch früh, und die meisten sind mit Vorbereitungen beschäftigt«, erklärte Zhanrax, der ein in Öltuch gewickeltes Bündel bei sich trug. »Aber es gibt Gucklöcher. Laß dich nicht von der Leere in den Gängen irreführen. Während wir vorübergehen, beobachtet man uns. Dessen kannst du sicher sein.«

Zhanrax blieb vor einem schmalen Seitengang stehen, dann schaute er den Korridor hinauf und hinunter. »Nur jetzt darf uns niemand sehen«, flüsterte er. Dann betrat er den Gang und winkte Ayesh, ihm zu folgen.

Es war dunkel. Phyrrax leitete Ayesh von hinten und flüsterte ihr dann zu, sie möge warten.

Mit jeweils einem scharfen *Klack* blitzten Funken auf – zweimal, dreimal. Beim Licht der Funken stellte Ayesh fest, daß die Minotauren versuchten, eine Fackel zu entzünden.

»Zhanrax«, sagte sie, »jemand wird uns hören. Gib mir mein Bündel.«

»Warum?«

»Um besseres Licht als das einer Fackel zu erhalten«, antwortete Ayesh. »Auch läßt es sich lautlos entzünden.«

»Kein falsches Spiel?« fragte der große Minotaurus. »Du wirst nicht fliehen?«

»Als wenn ich hier allein hinausfinden könnte!«

Zhanrax grunzte. Ayesh fühlte, wie er ihr das Bündel in die Hände schob. Durch Tasten fand sie das Zunderkästchen des rauchlosen Feuers. Sie öffnete es, sprach zwei Worte und schon sprang eine orangefarbene Flamme auf, die kurz drauf weiß leuchtete.

»Wie hell!« sagte Zhanrax und blinzelte.

»Endlich einmal kann *ich* sehen!« stellte Ayesh fest.

Die beiden Minotauren führten sie durch einen Gang, den sie nie zuvor gesehen hatte. Auf dem Boden lagen keine Teppiche, und Zhanrax' und Phyrrax' Hufe wirbelten Staub auf. Je weiter sie gingen, um so mehr Geröll bedeckte den Boden. Die Wände und die Decke des Ganges waren durch schwere Balken abgestützt. Risse durchzogen die Wände; Pfützen hatten sich auf dem Boden gebildet.

»Lebt hier jemand?«

»Niemand, nur hungernde Spinnen und magere Ratten«, sagte Phyrrax. »Dieser Fels ist zu weich. Die Gänge entstanden bei der Suche nach festerem Gestein. Niemand kommt hierher, aber wir können auf diese Weise zum Versammlungsraum gelangen.«

»Aye«, stimmte Zhanrax zu. »Es würde alles verderben, wenn man dich auf dem Weg dorthin noch töten würde, Mensch.«

Sie bahnten sich einen Weg über Steinhaufen. Schließlich machten die bröckelnden Wände festem Felsen Platz.

»Lösch das Licht«, befahl Zhanrax. Ayesh befolgte seine Anordnung, und die Minotauren leiteten sie blind voran, bis sie in der Ferne Lampenlicht erblickte.

Der Raum, den sie betraten, bestand aus einem Gewirr kantiger Säulen. Es sah aus, als hätte jemand das Innere des Berges zerbrochen und die Teile durcheinandergeschüttelt.

»Wisch dir die Füße ab«, sagte Phyrrax. Der Boden war, trotz der unübersehbaren Unordnung, mit Teppichen ausgelegt. Die Drei kletterten über die herumliegenden Steine.

»Woher wißt ihr, welchen Weg wir nehmen müssen?« fragte Ayesh.

»Still!« flüsterte Zhanrax. Er hielt die Axt vor sich, während er vorsichtig um die Säulen herumschlich und sich nach allen Seiten umsah.

Säule für Säule arbeiteten sie sich vor – immerhin kam es Ayesh so vor, als kämen sie voran. Genausogut hätten sie aber auch im Kreis herumlaufen können. Plötzlich packte Zhanrax sie bei der Hand und zerrte sie durch eine Öffnung in eine der Säulen hinein. Sie stiegen dunkle Stufen hinab, die in einem runden Gang endeten. Vor ihnen, von brennenden Fackeln gesäumt, lag ein offener Durchgang.

»Der Versammlungsraum«, sagte Phyrrax.

Der Raum war so prächtig wie die Räume in den Sieben Städten gewesen waren. Wahrhaftig, die kreisförmig angeordneten Reihen von Steinhockern, die stufenweise zu einer Art Bühne in der Mitte des Raumes führten, erinnerten Ayesh an das Dach des Lichts.

Entlang der gebogenen Wand des Versammlungsraumes hingen die Vorhänge der elf Stämme – Grün und Gold für Über-dem-Gras, Violett für Schatten-in-Eis, Rot auf Schwarz für Flammen-in-Leere... Phyrrax zählte sie für Ayesh auf.

Zhanrax führte sie zu einer Reihe Hocker, die vor den dunkelblauen und schwarzen Vorhängen seines Stammes standen. Dort befanden sie sich hoch über der Bühne, konnten aber den ganzen Raum überblicken. Zhanrax ließ sich auf einem der Hocker nieder.

»Warum ist noch niemand hier?«

»Wir sind so früh gekommen, damit niemand versuchen kann, dich auszuschließen«, erklärte Zhanrax. »Wir stellen sie vor vollendete Tatsachen.«

Noch während Zhanrax sprach, traten die ersten violett gekleideten Minotauren ein. Ihnen folgten weitere Minotauren, deren Gewänder weiß und ockerfarben waren. Die violett Gewandeten des Stammes Schatten-in-Eis blieben stehen, als sie Ayesh erblickten. Zwei der Wesen griffen nach den Äxten, die an ihren Gürteln hingen.

Aber die Minotauren des anderen Stammes lächelten und einer von ihnen mahnte: »Schatten-in-Eis, ich möchte euch daran erinnern, daß ihr euch im Versammlungsraum befindet.«

»Wußtet ihr von dieser Unverschämtheit?« fragte ein Violetter. Trotz der Warnung zog er die Axt. »Diese Kreatur schändet *purrah,* und das in der Versammlung! Es ist eine geringere Entweihung, sie in der Versammlung zu töten, als sie hierher zu bringen!«

Zhanrax zog einen Streifen des schwarz-blauen Tuches aus dem Gürtel und legte ihn über Ayesh' Schultern. »Dieser Mensch, Istini Ayesh ni Hata Kan, erbat und erhielt den Schutz des Hauses meiner Mutter«, sagte er. »Wer ihr ein Leid zufügt, greift Fels-im-Wasser an.«

Phyrrax verzog die Lippen zu einem Minotaurengrinsen. »Ich dachte, das sollte geheim bleiben.«

Zhanrax antwortete nicht. Die Geste zeigte ein Ergebnis: Der Minotaurus von Schatten-in-Eis steckte die Axt zurück in den Gürtel und sagte: »Finstere Tage, wenn das heilige Gesetz mißachtet wird.«

Phyrrax setzte sich auf einen Hocker inmitten seines Stammes nieder. Ayesh beobachtete, wie die Stämme nach und nach eintraten und vor den Vorhängen mit ihren Farben Platz nahmen. Von den Gesichtsausdrücken der Minotauren, die sie nicht aus den Augen ließen, konnte sie schließen, welche Stämme hinter Scaraya standen und welche gegen sie waren. Anscheinend wurde sie von drei Stämmen unterstützt, drei waren gegen sie und die übrigen fünf waren unparteiisch oder gemischt. Schon bald war der Raum von leisem Stimmengewirr erfüllt, und viele Blicke streiften Ayesh. Reihe um Reihe füllten sich die Sitze. Ayesh hatte noch nie so viele Minotauren auf einmal gesehen.

Als Deoraya mit Teorax, dem jungen Tana und dem Rest des Haushalts im Gefolge eintrat, kniff sie die Augen beim Anblick des Tuches um Ayesh' Schultern zusammen. Dann erstarrte ihr Gesicht zu einer ausdruckslosen Maske.

Erfahrene Politikerin, dachte Ayesh.

»Dafür wird sie dir oder mir die Haut abziehen«, flüsterte Zhanrax.

Ayesh fiel auf, daß Teorax nicht beim Stamm seiner Frau saß, sondern sich zu den roten und schwarzen Farben von Flammen-in-Leere gesellte. Anscheinend behielten Männer die eigenen Farben bei, auch wenn sie verheiratet waren und im Haushalt der angeheirateten Familie lebten.

Flammen-in-Leere schien unparteiisch zu sein. Keiner der Minotauren in diesen Reihen tastete an den Waffen herum, wie es die meisten Angehörigen von Schatten-in-Eis, Ameisen-darunter oder Zerbrochene-Becher taten.

Ein weiblicher Minotaurus in einem rot-weißen Gewand trat ein. An den Wänden hingen keine Vorhänge in ihren Farben, und der drohende Blick, den sie Ayesh zuwarf, erklärte, um wen es sich handelte, noch bevor Zhanrax flüsterte: »Betalem.«

Ich bin von Feinden umgeben, dachte Ayesh. *Was mache ich eigentlich hier?*

Natürlich, sie *wußte* ja auch gar nicht, was sie hier sollte.

Ihre ganze Hoffnung hatte sie in Scaraya gesetzt, die gesagt hatte: »Du willst leben, aber du weißt nicht, ob du etwas hast, für das es sich zu leben lohnt. Vertraue mir, daß ich dir einen Grund zum Leben geben werde. Oneah wird sich erheben. Du mußt tun, was ich dir sage.«

Jetzt erschien Myrrax. Er war so groß und schritt so selbstsicher einher, daß Ayesh erraten hätte, wer er war, auch wenn er nicht die Farben aller elf Stämme in seinem Gewand getragen hätte. In der Mitte der Bühne stieg er auf einen großen Thron, der dem Eingang zugewandt stand.

Scaraya trat als eine der letzten ein. Hinter ihr schritten vier Minotauren, die riesige, seltsam geformte Kästen trugen. Sie brachten sie in die Mitte des Raumes und stellten sie dort ab, während Scaraya sich zu ihrem Hocker begab.

Myrrax hielt die Hand hoch, und der Thron drehte sich langsam auf einer Drehscheibe. Als er diesem und jenem Stamm einen Blick zuwarf, versiegten die Gespräche. Schatten-in-Eis, die links von der Tür saßen, schwiegen als letzte. Ayesh merkte es den Gesichtern vieler der violett Gekleideten an, daß sie am liebsten aufgesprungen wären, um sie herauszufordern, aber noch verhielten sie sich ruhig. Zhanrax stieß sie an, als wolle er sagen: *Siehst du? Es klappt, weil wir dich zuerst hierher gebracht haben.*

Myrrax sprach. »Wir haben uns zur Versammlung eingefunden.«

Alle Minotaurenstimmen dröhnten einstimmig: »Wir sind versammelt.«

»Wir haben«, sagte Myrrax, »eine Besucherin in unserer Mitte.«

Ein Murren lief durch die Reihen.

Der Thron drehte sich Ayesh zu. Sie blickte in ein Paar graue Augen, die so drohend wie eine Sturmwolke aussahen. »Wer ist sie?« polterte Myrrax.

Er war eine eindrucksvolle Erscheinung, aber Ayesh blickte ihn durch die Augen der ›Kühler-Strahl‹ Meditation an. Sie war eins mit dem Augenblick und den

Geschehnissen. Was geschah, das geschah, als tauchten die kühlen Strahlen des Mondlichts in Wasser ein. Sie meisterte jede Besorgnis.

»Man nennt mich Istini Ayesh ni Hata Kan von Oneah«, sagte sie und teilte ihm die Namen ihrer Mutter und Großmutter mit.

Lange Zeit schwieg Myrrax, dann sagte er: »Sie trägt die Farben von Fels-im-Wasser.«

»Ich bat um den Schutz des Hauses.«

Unwilliges Gemurmel erhob sich, und Myrrax hob die Hand. Stille senkte sich über den Raum.

»Mensch, im Namen welcher Mutter suchte sie Schutz bei einem Haus von Mirtiin? Ich sehe fünf Finger an ihrer Hand, nicht die vier der ersten Mutter. Ich sehe sie auf fleischigen Füßen laufen, nicht auf den Hufen von Sie-die-zuerst-da-war.«

Ayesh richtete sich auf. »Ich ersuchte um Schutz im Namen unserer ersten Mutter.« Erneutes Murren. »Ich bat um Schutz, um der Ehre der Linie willen, die alle hier Versammelten mit mir teilen.«

Betalem sprang auf. »Lästerung!«

»Ich spreche, wie man es mich in Hurloon lehrte«, erklärte Ayesh. »Dort erinnert man sich der Namen der Mütter, auch ihrer, Sie-die-zuerst-da-war. Von euren Vettern in den weit entfernt liegenden Bergen lernte ich, wer ich bin: Base der Minotauren, Tochter von Lemeya, die den Hurloon als Licht-Mutter ...«

»Wir, die wir sie ehren«, unterbrach sie Betalem zitternd vor Wut, »sprechen ihren Namen nicht laut aus! Was die Hurloon betrifft: Sie sind Ausgestoßene! Es wäre besser, wenn solche wie sie schon vor vielen Generationen ausgestorben wären! Dann würden sie sich nicht überall vermehren können.«

»Ich spreche, wie man es mich lehrte«, sagte Ayesh und verneigte sich leicht. *Und wie man es mir einprägte*, dachte sie, denn Scaraya hatte ihr den genauen Wortlaut der Rede beigebracht.

»Willst du bestreiten«, fragte Betalem, »daß solche wie du *flakkach* sind?«

Diesmal verneigte sich Ayesh respektvoller. »Nein, Mutter. Denn im ersten Kapitel der Wissenden Reinheit steht geschrieben: ›Hierbei sollt ihr den Unterschied erkennen: Der fünfte Finger ist *flakkach*.‹«

Betalem öffnete den Mund, schloß ihn aber wieder. Sie war äußerst überrascht, daß ein Mensch die Schriften der Minotauren wiedergeben konnte. Sie kniff die Augen zusammen und sah Scaraya an, die lächelte.

Betalem riß sich zusammen. »Hurloon Lügen haben hier keine Gültigkeit«, sagte sie.

»Die Hurloon-Ketzerei wurde in Mirtiin nie entschieden«, sagte Myrrax leise.

»Das war auch nicht nötig«, antwortete Betalem. »Die Ketzer wurden aus Stahaan vertrieben, nicht von hier! Ich muß nur einen Brief an die Heilige Bibliothek schreiben, um die Unterdrückung ...«

»Mirtiin ersucht nicht um eine Beurteilung der Frage, und ich werde auch keine erlauben«, sagte Myrrax. »Die sogenannte Ketzerei steht hier nicht zur Debatte.«

»Die Hurloon wurden wegen ihrer Meinung, daß Minotauren und Menschen verwandt sind, vertrieben«, erklärte Betalem. »Seid vorsichtig, Myrrax. Ihr bewegt Euch auf einer dünnen Schicht über einen tiefen Abgrund.«

Myrrax erwiderte: »Mirtiin geht seinen eigenen Weg ...«

Sowohl zustimmendes wie auch abfälliges Gemurmel wurde laut.

»... und dennoch huldigen wir der Ersten Mutter. Wir haben noch nicht entschieden, was mit diesem Menschen geschehen soll. Der Mensch, wenngleich *flakkach,* wurde gegen seinen Willen nach Mirtiin gebracht. Daher hat er *purrah* nicht verletzt. Die Frau steht unter dem Schutz eines Hauses. Daher mag sie bei diesem Haus sitzen. Wir fahren fort.«

»Aber ...«

»Betalem, Schwester aus Stahaan«, sagte Myrrax mit gespielter Geduld, »sie stammt nicht aus Mirtiin. Im Tempel kann sie reden, soviel sie mag, aber in diesem Raum ist sie unser Gast.« Betalem runzelte die Stirn und setzte sich.

Myrrax winkte, und die Minotauren, die die vier seltsamen Kästen herbeigeschleppt hatten, traten vor und öffneten die Verschlüsse.

Ayesh beugte sich vor. Was mochte darinnen sein? Eine Kiste war wie eine große Glocke geformt. Eine andere bestand aus zwei, miteinander verbundenen Dreiecken. Die beiden letzten Kisten sahen wie große Zylinder aus. Jeder Deckel wurde von einem Minotaurus geöffnet.

Betalem sprang auf. »Halt!«

Langsam drehte Myrrax ihr den Thron zu.

Die Priesterin verneigte sich tief. »Ich ersuche um Eure Geduld, Mirtiin. Ich kann nicht schweigen, während dies geschieht.«

Sie hob den Kopf, um Myrrax' Blick zu begegnen. »Noch einmal frage ich Euch, Myrrax, und alle, die unter diesem Berg leben. Ich fragte es schon einmal und muß es jetzt wieder tun, bevor es zu spät ist. Ist der Anblick unserer heiligen Instrumente für *flakkach*-Augen bestimmt? Sollen die heiligen Klänge unserer Musik an *flakkach*-Ohren dringen?« Sie wandte sich Scaraya zu. »Möchtest du die Wege entweihen, die wir seit dem Ersten Morgen gingen?«

Scaraya erhob sich und breitete die Arme aus.

»Mirtiin, darf ich sprechen?«

Der Häuptling nickte.

»Betalem«, sagte Scaraya, »du hast recht. Minotauren-Musik ist nicht für *flakkach*-Ohren bestimmt und darf nicht von *flakkach*-Händen gespielt werden.«

Wieder wallte Stimmengewirr auf, und Betalem sah verblüfft drein. Wie auch immer dieses Gespräch weitergehen sollte – anscheinend hatte Scaraya gerade ihre Vorgehensweise geändert. »Du stimmst zu?« fragte Betalem. Sie hob die Augen zur Decke. »Haben die Mütter dein widerspenstiges Herz berührt? Bist du nun bereit, die Kehlen durchzuschneiden, die durchtrennt werden müssen?«

Scaraya wand sich. »Kein Grund für einen Mord wird mich umstimmen«, antwortete sie. »Vernunft, nichts als Vernunft überzeugt mich. Es hat viele Unstimmigkeiten wegen der Musik gegeben. Nun gut. Sie sind beseitigt. Wir stimmen überein, daß Mirtiin-Musik den *flakkach*-Kreaturen verboten ist.«

Betalem sagte: »Und wirst du dann dein ganzes, lästerliches Vorhaben vergessen?«

»Nein. Ich vergesse bestimmt nicht, was mir weise erscheint.«

Betalem lächelte. »Aber Scaraya, wie oft haben wir sagen hören, daß Musik das Werkzeug ist, auf das es am meisten ankommt? Daß Musik sowohl Prüfung als auch Mittel sein kann?«

Sie verschränkte die Arme. »Du mußt deinen Ehrgeiz vergessen.«

»O nein«, entgegnete Scaraya. Sie wandte sich wieder an Myrrax. »Mit Eurer Erlaubnis, Mirtiin, würde ich gerne etwas vorführen.«

Der Häuptling nickte.

»Jetzt«, sagte Zhanrax zu Ayesh.

Ayesh nahm das Zunderkästchen mit der rauchlosen Flamme und die oneahnische Flöte. Mit hocherhobenem Haupt und unter Nichtbeachtung der Stimmen, die immer lauter wurden, stieg sie die Stufen hinab, die ihre widerwilligen Fels-im-Wasser Verbündeten von den böse aussehenden Ameisen-darunter Feinden trennten.

Scaraya trug einen hölzernen Stuhl in die Mitte der Bühne und stellte ihn zwischen die noch ungeöffneten Kästen mit den heiligen Musikinstrumenten.

Die Luft im Raum war heiß und abgestanden. Ayesh krempelte die Ärmel hoch.

Die Minotauren, die zum ersten Mal ihre Tätowierungen sahen, murmelten erneut. Obwohl ihre eigenen Gesichter mit kunstvollen Tätowierungen übersät waren, hatten sie anscheinend noch keinen Menschen mit diesen Zeichen gesehen.

Ayesh entzündete die Flamme. Dann ließ sie die Flöte davon ergreifen und setzte sie an die Lippen.

Etwas Beruhigendes, hatte ihr Scaraya vorher empfohlen.

Mit den Herzklängen stimmte Ayesh das ›Wiegenlied der Serraflügel‹ an. Nach den ersten Tönen verstummten die Stimmen. Ayesh schloß die Augen und konzentrierte sich darauf, von ganzem Herzen nur zu spielen und die tiefe Sanftheit des Liedes erklingen zu lassen. *Beruhigen*, ermahnte sie sich. *Spiele sie in den Schlaf.*

Als sie geendet hatte und die Augen öffnete, sah nur noch Betalem wütend aus. Die anderen Minotauren blickten, so weit sie es beurteilen konnte, sanftmütig drein. Einige lächelten ihr zu.

»*Flakkach* soll *flakkach* lehren«, sagte Scaraya. »Was uns heilig und geheim ist, soll es auch bleiben. Dieser Mensch kennt Musik und mehr. Wissenschaft des Verstandes. Meditation. Es gibt viel, das uns der Mensch beibringen kann.«

Zhanrax schritt die Stufen hinab, um Ayesh zu holen. Sie verließen den Raum, während Scaraya über die Geschichte Oneahs und die Kultur zu sprechen begann.

»Das hast du gut gemacht«, sagte Zhanrax, während sie durch die leeren Korridore zu Fels-im-Wasser zurückgingen.

»Was genau habe ich getan?«

Er lächelte. »Schon bald, Mensch«, antwortete er, »wirst du alles erfahren. Nachdem du Gur getroffen hast.«

Ayesh vermutete, daß dies der Name eines Kindes war, da die Namen der Erwachsenen Weibchen mit -aya, und die der Männchen mit -rax endeten. Aber warum sollte ein Kind den Schlüssel halten, den sie brauchte, um das Netz aus Intrigen, in dem sie gefangen war, zu entwirren?

KAPITEL 11

Zhanrax klopfte mit dem Huf gegen das Türschild, und sein kleiner Bruder Tana öffnete ihnen die Tür.

»Du warst so gut«, sagte Zhanrax zu Ayesh, »daß du hier im Vorraum bleiben kannst, bis Deoraya zurückkehrt.« Er versuchte, ihr das Bündel wegzunehmen, aber sie hielt es fest.

»Wenn ich so gut war, dann laß mich meine Sachen behalten.«

Daraufhin zerrte Zhanrax um so mehr, bis er ihr das Bündel entrissen hatte. »Würde ich einem gefangenen Goblin den Dolch lassen? Nun, genausowenig lasse ich dir deine Magie.«

»Die Magie, die sich in meinem Besitz befindet, kann dir nicht schaden, Zhanrax. Und gerade hast du ganz Mirtiin gezeigt, daß ich keine Gefangene, sondern ein Gast bin.«

»Ja, in den Gemeinschaftsräumen«, antwortete Zhanrax. »Hier, bei Fels-im-Wasser, bleibst du eine Gefangene.« Er warf Tana das Bündel zu, der es fallen ließ.

»Vorsichtig!« rief Ayesh.

Tana hob unterwürfig die Schultern. »Entschuldigung.«

Zhanrax schüttelte die Faust gegen seinen Bruder. »Entschuldige dich nicht! Du gehörst zu Fels-im-Wasser, und Ayesh ist *flakkach!* Würdest du dich bei einem Tier entschuldigen?«

»Zhanrax«, sagte Ayesh, »es gibt Zeiten, in denen ich dich für beinahe zivilisiert halte. Aber dann öffnest du deinen Mund.«

»Ich biete dir eine Belohnung für gut erledigte Dienste. Du hast getan, was Scaraya dir gesagt hat, und verdienst eine Belohnung. Wenn du aber mit mir streitest, schicke ich dich auf die kalten Steine, auf die du gehörst!«

Ayesh verschränkte die Arme und ging zu der Wand hinüber, an der die Lampe brannte. Sie zog diesen, mit Teppichen ausgelegten Raum der Küchenecke vor, die Deoraya ihr zugewiesen hatte. Es war bequemer, auf einem Teppich als auf polierten Steinen zu sitzen oder zu liegen. Aber wo sie auch schlief, sie war Zhanrax' Hund. Verwöhnter Schoßhund oder Gefangene – sie war unzufrieden mit ihrem Aufenthaltsort.

Jemand klopfte.

»Tana!« brüllte Zhanrax. »Die Tür!« Tana eilte aus dem Zimmer, in dem er Ayesh' Bündel versteckt hatte.

Der Besucher war Cimmaraya, Scarayas Gehilfin.

»Sei gegrüßt, Juwelen-in-Hand«, sagte Tana und verbeugte sich. Dann blieb er unbeholfen stehen, unsicher, was er tun sollte.

»Willst du mich nicht hineinbitten?« fragte Cimmaraya.

»Nun«, sagte Tana, »es ist niemand hier, nur mein Bruder und ich ...«

Zhanrax ging zur Tür. »Cimmaraya, verehrte Tochter von Juwelen-in-Hand! Sei gegrüßt!« Er machte eine unsichere Geste. »Ich bin sehr glücklich, dich begrüßen zu können! Allerdings hat mein kleiner Bruder recht. Meine Mutter und meine Tanten sind noch in der Versammlung, sonst würde ich dich gern ...«

Cimmaraya verzog das Gesicht. »Ich komme nicht, um dir den Hof zu machen, Zhanrax.«

Die Freude wich aus seinem Gesicht, als habe man ihn mit einer Keule geschlagen.

»Ich bin gekommen, um den Menschen zu sehen.«

Zhanrax strahlte erneut. »Den Menschen! Natürlich!«

Ayesh hielt sich die Hand vor den Mund. Sonne und

Sterne, war es *das,* wofür Zhanrax sie gefangen hatte? Als ein Lockmittel für die wissenschaftlich interessierte Cimmaraya, die ihm gefiel?

»Ja, der Mensch«, fuhr Zhanrax fort. »Wenn du wiederkommen möchtest, wenn meine Mutter da ist ...«

Cimmaraya schob sich an Tana vorbei. »Ich mache mir nichts aus den alten Sitten und Förmlichkeiten.«

»Ja, ja«, sagte Zhanrax, der so durcheinander war, daß es sogar Ayesh peinlich war. »Aber wenn meine Mutter zurückkehrt und dich hier findet, könnte sie denken ... ich meine, wenn du ein anderes Mal kommen möchtest, weil ich ... das heißt, wenn du mich *später* für würdig erachtest ...«

»Götter und Kerben, Zhanrax, hör auf zu stottern«, unterbrach ihn Ayesh. »Ich mag *flakkach* sein, aber ich bin alt genug, um als Anstandsdame zu gelten.« Sie verneigte sich vor Cimmaraya. »Im Namen von Felsim-Wasser, deren Schutz ich genieße, heiße ich dich willkommen, Juwelen-in-Hand. Tana, schließe die Tür.«

Tana blickte seinen Bruder an, der die Schultern zuckte. Tana schloß die Tür.

Ayesh deutete auf einen der gepolsterten Stühle. »Möchtest du dich nicht setzen?«

»O ja, setz dich, Cimmaraya!« sagte Zhanrax.

»Möchtest du eine Erfrischung?« fragte Ayesh. »Tee?«

»Ja bitte, und vielen Dank.« Cimmaraya hockte sich auf den Stuhl.

»Tana«, sagte Ayesh, »kümmre dich darum.«

Der junge Minotaurus sah Zhanrax an, der ungeduldig auf die Küche wies.

»Deine Gegenwart hat die Dinge in Mirtiin verändert«, sagte Cimmaraya zu Ayesh. Dann runzelte sie die Stirn, als sich Ayesh auf den Boden setzte. »Aber nein«, sagte sie und wies auf einen zweiten Hocker. »Komm her, damit ich dich sehen kann, wenn ich mit dir spreche.«

Ayesh blickte zu Zhanrax hinüber. »Ich darf nicht auf die Möbel.«

»Du darfst nicht?« Cimmarayas Stimme klang ungläubig.

»Bist du nicht der gleiche Minotaurus, der mich anbinden wollte, bevor Scaraya mit ihrer Befragung begann?«

»Aber das ist etwas anderes!« Cimmaraya sah Zhanrax an. »Deine Mutter nimmt sie als Gast in den Schutz des Hauses und erlaubt ihr nicht, sich zu setzen?«

»Oh, ich muß nicht die ganze Zeit stehen. Ich kann, soviel ich will, auf dem Boden herumliegen. Mit den Ratten.«

Zhanrax fuchtelte mit den Händen und lachte unsicher. »Es ist meine Mutter, weißt du. Deoraya ist nicht ganz glücklich, einen Menschen unter unserem Schutz zu haben.« Er zwang sich zu einem weiteren Lachen. »Nun, du kennst meine Mutter. Nicht ganz orthodox, aber, nun, sagen wir – *altmodisch*.« Durch die zusammengebissenen Zähne zischte er: »Setz dich auf den Hocker, Ayesh.«

Ayesh lächelte und kletterte auf den übergroßen Sitz.

Cimmaraya sagte: »In den Räumen von Juwelen-in-Hand würde man dir größere Ehrerbietung entgegenbringen, Ayesh von Oneah. Deine Gegenwart hat die Zeit verändert.«

»Erzähl mir davon«, bat Ayesh. »Vieles ist mir noch immer ein Rätsel.«

»Morgen«, sagte Cimmaraya.

»Wenn ich Gur treffe?«

Cimmaraya warf Zhanrax einen wütenden Blick zu. »Was hast du ihr alles erzählt?«

»Nichts. Fast nichts.«

»Das kann ich bezeugen«, stimmte Ayesh grimmig zu.

»Bald, schon bald wird dir alles erklärt«, beschwichtigte Cimmaraya. »Aber ich kann dir jetzt schon sagen, daß es vor deinem Kommen einen Kampf in Mirtiin gab. Eine Meinungsverschiedenheit.«

»Es scheint mir, als sei *ich* die Meinungsverschiedenheit.«

»Nein«, entgegnete Cimmaraya. »Du bist nur eine neue Entwicklung. Weißt du, ich hatte Angst, daß es zu einem Krieg zwischen denen, die Betalem unterstützen und den Anhängern meines Vaters kommen würde.«

»Deines Vaters?«

»Cimmaraya ist die Tochter von Myrrax«, erklärte Zhanrax. »Er, der für Mirtiin spricht, lebt bei Juwelen-in-Hand, dem Haus von Cimmarayas Mutter.«

»Aber er stammt nicht aus unserem Haus«, sagte Cimmaraya.

»Soviel habe ich bereits begriffen«, nickte Ayesh. »Teorax ist der Gemahl von Deoraya, aber er trägt rot und schwarz von Flammen-in-Leere, und heute saß er bei der Versammlung inmitten seines Geburtsstammes.« Sie blickte Cimmaraya an. »Welchem Stamm gehört dein Vater an?«

»Er wurde bei Schatten-in-Eis geboren.«

Das erregte Ayesh' Aufmerksamkeit. Schatten-in-Eis hatte eindeutig einen Eifer gezeigt, sie tot zu sehen. Aber sie ahnte, daß Myrrax auf ihrer Seite stand.

»Schatten-in-Eis?« Ayesh fragte nach, um sicher zu gehen. »Violett?«

Cimmaraya nickte. »Mein Vater wurde als Violetter geboren, und das wäre er auch geblieben, wenn man ihn nicht erwählt hätte, für die Elf zu sprechen.«

»Erwählt?«

»In einer Sitzung, die Tage andauern kann, erwählen unsere Matriarchen zwei Männer. Diese beiden müssen zwischen sich ausmachen, wer regieren soll.«

»Wenn sie keine friedliche Entscheidung treffen können«, sagte Zhanrax, »dann gibt es einen Kampf.«

»Jetzt sind nur mein Vater und seine Leibwachen die

einzigen Minotauren in Mirtiin, die keinem Stamm angehören. Er *ist* die Elf. Er ist Mirtiin. Aber wenn er nicht immer noch ein wenig Treue von den Violetten verlangen könnte, wäre es in diesen Hallen längst zum Krieg gekommen. Nur ein Häuptling, der einem orthodoxen Haus entstammt, hätte Scaraya unterstützen und trotzdem solange leben können.«

»Aber warum wird Scaraya angefeindet?«

»Von einigen angefeindet, von anderen bewundert«, erklärte Cimmaraya. »Du weißt doch, daß sie eine Wissenschaftlerin ist, Ayesh. Sie würde uns durch Vernunft regieren, nicht nur durch Traditionen.«

»Und?«

Cimmaraya lächelte. »Morgen wirst du mehr erfahren. Jetzt möchte ich dich noch etwas fragen. Zum Glauben der Menschen.«

»Warum fragst du nicht Scaraya? Sie gibt vor, soviel wie ich zu wissen. Hast du gehört, wie sie die Geschichte von Oneah erzählt hat? Als wäre sie dort gewesen!«

»Sie weiß nur, was du ihr erzählt hast. Und das Kraut bringt dich nicht dazu, Dinge zu sagen, die du nicht freiwillig sagen würdest. Du hast ihre Fragen, viele Fragen, beantwortet, Ayesh, und ich schrieb deine Antworten auf. Aber noch vieles blieb ungefragt.«

Tana brachte den Tee, nur eine Tasse, für Cimmaraya.

Zhanrax rieb sich die Stirn. »Bruder, bist du denn genauso dumm wie ungeschickt?«

Tana warf ihm einen verständnislosen Blick zu.

»Du hast keinen Tee für mich gebracht!« donnerte Zhanrax.

»Auch nicht für Ayesh«, sagte Cimmaraya.

Zhanrax sah sie mit leicht geöffnetem Mund an, dann sagte er: »Ja, ja! Tee für alle!«

»Du kannst dir auch einen Tee brauen, Tana«, sagte Ayesh. »Du kannst ihn in der Küche trinken, denn dort wird dich niemand anschreien.«

»Weil du ihn zweifellos verschütten wirst!« fügte Zhanrax hinzu.

»Warst du in seinem Alter weniger ungeschickt?« fragte Ayesh. »Menschliche Männer sind auch so, wenn sie vierzehn oder fünfzehn Jahre zählen.«

»Ah, die *Menschen*«, warf Cimmaraya ein. »Ist es wirklich der Glaube der Menschen, daß sie und die Minotauren eine gemeinsame Mutter haben?«

Ayesh biß sich auf die Lippe. »Läßt nicht die Tatsache, daß mir der Schutz dieses Hauses und von Mirtiin gewährt wurde, diese Annahme zu?« Sie sah Cimmaraya prüfend an.

»Ich weiß, was du gesagt hast, und ich verstehe deine Gründe dafür«, antwortete Cimmaraya. »Aber woran glauben Menschen wirklich?«

»An verschiedene Dinge«, sagte Ayesh. »Einige behaupten, daß der erste Minotaurus von einer Menschenkönigin und einem weißen Stier abstammt. Der Stier war ein Geschenk des Meeresgottes, der ihn ihrem Gemahl, dem König schenkte, als jener noch ein Prinz war. Als er den Thron bestieg, erwartete der Meeresgott die Wiedergabe des Stieres als Opfer. Aber der Stier war wunderschön. Der König schätzte ihn so sehr, daß er ein anderes Tier an seiner Stelle opferte. Seine Königin fand den Stier so schön, daß sie ... Nun, man sagt, daß die Rasse der Minotauren aus dieser Vereinigung zwischen Königin und Stier entstand.«

»Als Strafe«, warf Cimmaraya ein, »für ein versprochenes, aber nicht vollbrachtes Opfer.«

Ayesh nickte.

Cimmaraya bleckte die Zähne und bemerkte spöttisch: »Wir sind die Monster, die ob der menschlichen Sünde geboren wurden, Zhanrax. So glauben es die Menschen.«

»Was für eine widerliche Lüge!« knurrte Zhanrax. »Selbst die Hurloon sagen nur, daß Menschen und Vieh die Nachkommen entarteter Minotauren sind. Sie ehrten ihre Vorfahren nicht und fielen so in Ungnade! Das kann ich glauben, aber die andere Widerwärtigkeit ...«

»Die wahren Anfänge«, meinte Cimmaraya, »gingen mit der Zeit verloren, Zhanrax. Die Welt ist uralt. Die Generationen, an die wir uns erinnern, sind wahrscheinlich nicht alle Generationen, die es je gegeben hat. Und gibt es denn nicht Gerüchte, daß die Hurloon nicht wegen der Ketzerei, sondern wegen der fünf Finger ausgestoßen wurden? Vielleicht entstammt die Ketzerei dem fünften Finger. Ist nicht vielleicht die Tatsache, daß einige unserer Vettern mit fünf Fingern geboren werden, ein Zeichen, daß in uralter Vergangenheit Menschen und Minotauren eine gemeinsame Mutter hatten?«

»Nimm dich in acht«, mahnte Zhanrax. »Ich halte viel von dir, Juwelen-in-Hand. Aber was du jetzt sagst, ist lästerlich.«

»Du bist nicht sicher, wo du stehst, nicht wahr, Zhanrax?«

»Ich weiß, daß – wenn du diese Worte in Stahaan sagen würdest – sie dir den Tod bringen würden. Auch hier gilt es als ketzerisch, wenn man behauptet, daß es Generationen gibt, deren sich niemand erinnert.«

»Wir sind nicht in Stahaan«, sagte Cimmaraya. »Das ist es, was wir ein für allemal in diesen Tagen entscheiden werden. Wären wir in Stahaan, hätte Betalem dir befohlen, mich zu töten, Zhanrax, weil ich wage, eigene Gedanken zu denken. Und wenn du aus Stahaan wärest, hättest du ihr gehorcht.«

»Betalem scheint eine Menge Leute töten zu wollen«, bemerkte Ayesh.

Cimmaraya meinte: »Nicht mehr als du, Mensch.«

Tana kam herein und brachte den Tee für seinen Bruder und Ayesh. Außerdem eine Tasse für sich selbst, die er tapfer auf dem Teppich stehend trank. Und anfangs verschüttete er auch nichts.

Deoraya erschien.

Als sie in der Tür stand, öffnete sie den Mund – zuerst fehlten ihr die Worte.

»Kommt zu mir, meine Schwestern!« rief sie.

Zhanrax' Tanten, die ebenfalls von der Versammlung zurückgekehrt waren, drängten sich im Türrahmen, um nachzusehen, was geschehen war. Zweifellos erwarteten sie einen Mord.

»Ich kehre von der Versammlung zurück«, grollte Deoraya, »und was finde ich?« Ihre Hände zitterten. »Mein ältester Sohn, zusammen mit einer heiratsfähigen Tochter eines anderen Hauses, ohne Beaufsichtigung in der Traulichkeit meines Herdes!«

»Mutter«, unterbrach sie Zhanrax, »Cimmaraya wollte nur ...«

»Während ein Tier, das die Farben dieses Hauses trägt, Farben, die ich meinen Sohn verboten habe, ihm zu gewähren, zusieht ...«

»Entschuldigung, Fels-im-Wasser«, mischte sich Cimmaraya ein. »Ich wollte keinen ...«

»... und das *Tier*«, brüllte Deoraya, »sitzt auf den *Möbeln!*«

Das letzte Wort schrie sie so laut, daß alle Anwesenden zusammenzuckten.

Erst *dann* ließ Tana die Tasse fallen.

KAPITEL 12

Dunkelheit.

Die Flamme der Fackel tanzte vor Scaraya, aber im Schatten des Minotaurus', wo Ayesh ging, war es dunkel. Die Steinstufen wanden sich in die Tiefe. Tiefer, tiefer und tiefer fraßen sie sich gleich einer Spirale in den Berg.

Je weiter nach unten sie gelangten, um so enger wurde der Gang, und Luft flog wie ein unablässig angehaltener Atem an ihnen vorüber. Eisiger Atem. Einsamer Atem.

Scaraya und Cimmaraya hätten den Abstieg für Ayesh nicht schlimmer gestalten können, selbst wenn sie es gewollt hätten. Denn der schmaler werdende Gang, die vorbeiströmende Luft und die bedrohliche Dunkelheit erinnerten sie an ...

Aber sie wollte nicht daran denken.

Ayesh' Beine zitterten. Wie weit waren sie gekommen? Schlimm genug, daß sie auf diese Weise so verunsichert wurde, aber der lange Abstieg bescherte ihr weiche Knie. Die Stufen, die entsprechend den nach hinten gebogenen Knien der Minotauren geformt waren, waren flach. Aber sie waren auch für Wesen geschaffen worden, die bedeutend längere Beine hatten. Ayesh fand keinen angenehmen Rhythmus für ihre Schritte.

Der Stein umschloß sie von allen Seiten. Die Luft war dick.

Sei vernünftig, ermahnte sie sich. *Dieser Gang wurde für Minotauren gebaut.* Er würde nie so schmal werden, daß er sie einquetschen konnte. Allerdings entging ihr nicht, daß Scaraya die Schultern einzog und sich tiefer und tiefer bückte, da sie die Decke und Wände dazu zwangen.

Ayesh verspürte ein Würgen in der Kehle; ihr Atem kam stoßweise.

Entspanne dich! Jetzt ist nicht damals! Ich sitze nicht in der Falle und bin nicht allein.

Aber sie war eine Gefangene und befand sich allein unter Minotauren.

Es schien, als würde der Luftzug stärker, je tiefer sie hinabkletterten.

Einen Augenblick lang blieb Ayesh stehen. Sie konnte keinen Schritt weiter. Cimmaraya prallte von hinten gegen sie.

»Was gibt es?« fragte der Minotaurus.

Ayesh schloß die Augen und konzentrierte sich auf das Atmen.

»Stimmt etwas nicht?«

Ayesh öffnete die Augen. »Es ist nichts.« Sie ging weiter, aber das Herz klopfte ihr wie wild im Leibe. »Das ist ein Luftschacht«, sagte sie und versuchte, sich gleichmütig anzuhören.

»Einer von vielen«, antwortete Scaraya von vorne. »Die Luft wird durch eine Strömung getragen. Tief unten in diesen Schächten befinden sich Schmelzöfen. Ihre Feuer ziehen die Luft an.«

»Das war in Oneah genauso«, sagte Ayesh. »In einigen Gebäuden.« Sie schluckte schwer und versuchte, Erinnerungen zu verbannen.

»Deine Leute waren geschickte Handwerker, genau wie wir«, bemerkte Cimmaraya.

»Handwerker, Philosophen, Wissenschaftler, Ringer, Künstler«, zählte Ayesh auf. »Wir studierten, uns von Licht und Vernunft leiten zu lassen. Wir studierten Beherrschung.« *Und einmal in meinen Leben hat mich die Beherrschung völlig verlassen.*

Ayesh fühlte die Steinstufen unter den Füßen beben

und hörte ein dumpfes, andauerndes Grollen. Ihr fiel auf, daß es schon geraume Zeit währte, ihr aber erst jetzt bewußt wurde. Schon bald kamen sie an einer Öffnung in der Wand vorbei, einem Durchgang, der in einen kleinen Raum führte, in dem das Grollen lauter war. Ayesh konnte im Licht von Scarayas Fackel einen flüchtigen Blick hineinwerfen und sah einen riesigen Steinschaft, der sich zwischen Decke und Boden drehte.

»Ein Mühlschaft«, erklärte Cimmaraya. »Wir nutzen die Kräfte der Flüsse, die unter diesem Berg fließen.«

Ayesh nickte und bemühte sich, interessiert auszusehen. »Wird Myrrax' Thron im Versammlungsraum auf diese Weise bewegt?«

»Ja«, nickte Cimmaraya. »Das, und noch wichtigere Dinge. Die Schäfte drehen die Rollen, die unser Erz walzen.«

»Ihr fördert Erz?« Aber ja, hatte denn Scaraya nicht gerade von Schmelzöfen gesprochen? Trotzdem, es war ungewöhnlich. Ayesh hatte immer von Zwergen und Menschen als Bergwerksbetreibern gehört, aber nie von Minotauren. Soweit sie wußte, gruben die Hurloon ihre Stollen nur als Unterschlupf. Sie handelten mit nichts, außer mit Geschichten.

»Ja, wir fördern Erz«, antwortete Scaraya. »Wir wurden aus Stein geboren, und Stein schenkt uns unsere Reichtümer.«

Sie erreichten einen anderen Durchgang. Die Treppe wand sich nun ohne sie in die Tiefe. Wie tief? Ayesh stellte sich vor, daß sie tiefer hinabführte und sich unendlich verengte, bis sie schmal genug wäre, um sie zu ersticken.

Scaraya führte sie in einen Gang mit vielen Durchgängen. Einen davon, der sich nicht von den anderen unterschied, durchschritten sie und wandten sich dann nach rechts und links, wie in dem Labyrinth oben in den Hallen, bis Ayesh schließlich das Licht einer anderen Fackel erblickte.

Sie betraten einen Gang, der von Minotauren mit Äxten und Dreizacken bewacht wurde. Sie trugen die weiß und ockerfarbenen Gewänder von Scarayas Stamm, aber auch die grünen, goldenen, rosanen und türkisen Farben der Verbündeten.

»Sie sehen aber nicht gerade wie Bergarbeiter aus«, stellte Ayesh fest.

»Das sind wir aber«, antwortete einer der Wächter.

»In der Tat?« fragte Cimmaraya. »Was förderst du denn, Cianarax?«

»Vor langer Zeit«, antwortete der Minotaurus und schaute den Gang hinauf und hinab, »förderten wir Gold und Silber. Aber jetzt...« Er lächelte. »Jetzt fördern wir die Zukunft.«

Als Scaraya sie in den langen, schmalen Raum führte, fühlte sich Ayesh noch immer mitgenommen, sowohl von dem langen Abstieg wie auch von den Erinnerungen, die sie nicht länger haben wollte.

»Setz dich«, forderte Scaraya sie auf. Sie deutete auf einen Steinhocker.

Ayesh setzte sich. Sie schloß die Augen und versuchte, sich zusammenzureißen.

»Geht es dir nicht gut?« fragte Scaraya.

»O doch«, nickte Ayesh. »Es ist nichts weiter. Bring mich zu Gur. Ich will endlich wissen, was los ist.«

»Gur ist bereits hier«, flüsterte Scaraya.

Ayesh sah sich um. »Wo?« In der Reichweite des Fackellichts war niemand zu sehen, aber das andere Ende des Raumes lag im Dunklen.

»Sie ist da«, sagte Scaraya. Sie befestigte die Fackel an der Wand. »Und ich werde euch jetzt allein lassen, damit ihr euch kennenlernen könnt.«

Scaraya ging davon. Ayesh hörte, wie die Tür geschlossen wurde.

Sie spähte in die Dunkelheit. »Hallo?« fragte sie.

Keine Antwort.

Sie erhob sich und ging zur Fackel.

»Nein«, sagte eine Stimme. »Laß das. So ist es am besten.« Die Worte waren in der Sprache der Minotauren gesprochen, aber der Tonfall wirkte fremdartig.

Ayesh zögerte. »Aber ich sehe dich nicht.«

»Du darfst mich auch nicht sehen«, sagte die Stimme. »Setz dich und sei still. Warte. Warte.«

Ayesh schüttelte den Kopf. »In Mirtiin muß alles geheim und verborgen und versteckt gehalten werden. Das ist verrückt!«

»Wie du meinst. Aber ich sage dir: Setz dich hin. Warte.«

Ayesh erwog Ungehorsam. Statt dessen holte sie Luft. *Geduld. Lassen wir das Spiel weiter gehen. Und dann entscheide ich, was zu tun ist.* Sie setzte sich auf den Hocker. Sie wartete und nutzte die Zeit, um sich von der langen, dunklen Kletterei zu erholen.

»Du bist also Oneah«, sagte Gur schließlich. »Du bist die versprochene Rettung. ›Wenn du dieses Oneah bauen kannst, wenn du leben kannst, wie diese verschwundenen Leute lebten, dann wird der Traum wahr werden. Unser Traum. Alle Hoffnungen ruhen auf Oneah.‹«

Ayesh wußte nicht, wovon Gur sprach, aber ihr fielen zwei Dinge auf. Zum einen war die Stimme nicht die eines Minotauren. Sie war nicht tief oder klangvoll genug. Zum anderen bemerkte sie, welche Wirkung die Worte auf sie hatten. *Wenn du dieses Oneah bauen kannst ...*

Sie war nicht gestorben, diese Hoffnung, die sie seit zwanzig Jahren nährte, um Oneah irgendwann zu erwecken. So viele Jahre hatte sie nun gearbeitet, damit Oneah nicht vergessen wurde. Das war ihre Pflicht und ihre Strafe.

Aber die Erinnerung war dabei, zu zerschmelzen, und je häufiger sie der Welt die Geschichte der Sieben Städte der Sonne erzählte, um so schneller vergaß die Welt. Sie hatte gehofft, daß ihre Erinnerungen mehr sein würden als nur das.

Wenn du dieses Oneah bauen kannst... Aber das war unmöglich. Oneah war nur noch Staub. Ganze Städte konnten nicht einfach auferstehen, was immer sie geglaubt hatte.

Aber die kleine Stimme im Inneren, der Teil ihrer selbst, der nie hatte sterben wollen, dieser Teil rief: *Oneah kann aus der Asche auferstehen!*

So schnell wurden Ayesh' Hoffnungen belebt.

»Ich muß sagen«, meinte Gur, »du enttäuschst mich.«

»Wieso denn das?« fragte Ayesh. »Du kennst mich doch gar nicht.«

»Ich weiß alles, was Scaraya mir erzählt hat«, erklärte Gurs Stimme. »Deine Kultur brachte wundervolle Musik hervor, anspruchsvolle Kunst und ... die Wissenschaft der Vernunft.«

»Das, und vieles mehr«, nickte Ayesh.

»Aber wenn ich dich jetzt beobachte, wie sehe ich diese Wissenschaft des Verstandes sich auf deinen Körper auswirken? Hat denn nicht deine Hand gezittert, als du hereinkamst? Furcht stand dir im Gesicht geschrieben. Und als ich dich warten hieß, warst du doch beunruhigt, nicht wahr? Warten ist die schwierigste Kunst. Was du lernen mußt, ist, dich selbst zu beruhigen, wenn du von Gefühlen bestürmt wirst, aber du bist – wie ich sehe – nicht die Herrin deiner Gefühle. Sie beherrschen dich.«

»Nicht ganz«, wehrte sich Ayesh. »Jetzt bin ich ruhig.« Und sie griff auf ihre Reserven zurück, um der Behauptung Gewicht zu verleihen. Sie achtete auf ihre Atmung und vertrieb alle Gedanken. Aufmerksam betrachtete sie meditierend den Raum. Das Flackern der Fackel, die Härte des steinernen Sitzes, die schwarzen Schatten, aus denen Gurs Stimme erklang – all das wurde Teil der Meditation. Sie sah es und ließ es durch sich hindurchströmen, so wie der Atem durch den Körper fuhr.

»Aye«, gab Gur zu, »das ist auch eine Kunst, wie ich

sehe. Aber als du hereingekommen bist, war dein Verstand völlig durcheinander. Das war offensichtlich.«

»Beherrschung heißt nicht, keine Gefühle mehr zu haben«, sagte Ayesh. »Es bedeutet Gefühle, aber man kann die rechte Handlung auswählen, trotz der Gefühle. Beherrschung bedeutet auch nicht die Abwesenheit von Furcht. Sie wird nur überwunden, indem man sie beiseite legt.«

»Und doch kämpfe ich stetig gegen die Flamme der Furcht. Wenn ich sie nicht ersticke, befürchte ich, daß sie immer höher lodert. Und auf deinem Gesicht, Ayesh von Oneah, stand Schrecken geschrieben, als du eintratest. Bin ich so schrecklich, daß du mich derartig fürchtest?«

»Ich kenne dich nicht«, sagte Ayesh. »Aber was du in meinem Gesicht und meinen Händen gesehen hast, hatte nichts mit dir zu tun.«

»Wovor hattest du dann Angst?«

Zuerst antwortete Ayesh nicht. Sie starrte in die Dunkelheit. »Über viele Jahre habe ich mich beherrscht. Aber vor langer Zeit gab es einen Moment, als mich meine Fähigkeiten verließen.«

»Siehst du? Ich kann keine Fähigkeiten gebrauchen, die versagen. Die meinen müssen meisterhaft sein und fortbestehen.«

»So soll es auch sein, denn mit der Zeit habe ich meine Schwäche überwunden.«

»Mit der Zeit? Langsame Lösungen helfen nicht.«

»Und du hast mir gesagt, ich solle warten. Du wolltest *meine* Geduld erproben.« Ayesh spähte in die Dunkelheit. »Auf dem Weg zu dir wurde ich an die Zeit erinnert, als ich versagte. Das ist meine größte Schwäche. Aber hat sie mich übermannt? Du hast die Angst in meinem Gesicht gesehen, im Zittern meiner Hände, aber du hast nicht gesehen, ob mein Wille schwächer wurde. Ich versagte nur einmal, Gur, wenngleich es ein völliges Versagen war.«

»Erzähle mir von deiner Beherrschung. Erzähle mir,

wovor du Angst hattest, sonst erscheint es mir wie die Beherrschung eines Kindes, das nur Angst vor dem Wind hat und schließlich doch einschläft. Das ist keine Beherrschung. Ich muß ein solches Grauen beherrschen, wie du es nicht erahnen kannst.«

O nein? dachte Ayesh. Aber sie sagte: »Warum sollte ich dich überzeugen müssen?«

»Du mußt es nicht. Ich werde nur zu den Minotauren sagen: ›Ihr habt euch geirrt. Oneah verfügte über keine nennenswerten Geisteskräfte. All jene Lehren, die Ayesh versprach, waren eine Lüge. Oneah entstand aus gemeinem Staub, war gewöhnlich, solange es existierte und wurde wieder zu gemeinem Staub.‹ Und ich *werde* es ihnen sagen, wenn du nicht beweisen kannst, daß du wertvolles Wissen und kostbare Gedanken hast, die du mich lehren kannst.«

»Und wenn ich das tue«, sagte Ayesh, »welche Hoffnung gibt es dann, daß du mir schenkst, wonach ich verlange? Wenn ich dir die Wege Oneahs nahebringe und alle Geschichten meines Volkes, wirst du dann die Sieben Städte wieder aufbauen? Wird ein neues Dach des Lichts entstehen? Werden sich wieder Ringer erproben, um die Vollkommenheit von Körper und Geist zu erlangen?« Als sie es aussprach wußte Ayesh, daß diese Hoffnung vergebens war. Und doch ...

»Wenn du tust, was Scaraya sagt, wenn du lehrst, was sie versprochen hat, dann bekommst du deine Städte. Es wird eine Zeit dauern. Aber alles, was du übermittelst, wird erhalten und geehrt werden. Eines Tages wird ein zweites Oneah entstehen. Hier in den Bergen von Mirtiin wird es leben.«

Ayesh schüttelte traurig den Kopf. »Es wird nur ein Echo sein.«

»Ein Echo, das fortbesteht, Generation auf Generation. *Wenn* du wahre Meisterschaft lehrst.«

Ayesh blinzelte in die Dunkelheit. »Komm her, Gur. Zeige dich mir.«

»Bald«, sagte Gur. »Jetzt mußt du dich mit diesem Wissen zufrieden geben: Wir sind uns recht ähnlich, du und ich. Jeden von uns brachten die Mirtiin gegen seinen Willen hierher. Uns beiden bieten sie etwas an, nach dem wir verlangen.«

»Ich möchte Oneah wiederauferstehen sehen«, meinte Ayesh, »aber ich begreife nicht, was du willst.«

Gur schwieg, dann sagte er: »Wir haben noch etwas gemeinsam. Beide hassen wir die Goblins.«

Ayesh ballte die Fäuste. »Und wie ich sie hasse.«

»Sie sind Parasiten«, stimmte Gur zu. »Und verloren!«

Ayesh lachte. »Verloren? Sie überschwemmen die Welt!«

»Und während sie sich ausbreiten, bedrohen sie alles. Goblins vermehren sich so stark, daß sie das Gleichgewicht gefährden. Wenn die Parasiten den Gast überwältigen, werden alle vernichtet. Alle sterben.«

Dann fügte er leise hinzu: »Erzähl mir von der großen Angst, die dich beherrscht hat. Erzähl mir, wie es dir dann gelungen ist, *sie* zu überwinden. Und wenn du mich überzeugst, werden wir deine Sieben Städte aufbauen.«

Ayesh brauchte eine gewisse Zeit, um einen Weg in die Erzählung zu finden. Sie hatte die Geschichte der Sieben Städte erzählt, aber noch nie hatte sie die ganze Wahrheit über sich selbst berichtet. Niemals.

Und doch war sie vor wenigen Tagen bereit gewesen, zu sterben. Wäre Zhanrax nicht gewesen, hätten die Minotauren sie nicht gefangengenommen, dann *wäre* sie gestorben. Und deshalb, dachte sie, war sie vielleicht frei, die Geschichte zu erzählen. Denn es schien, als sei dies ihr zweites Leben. Diejenige, die sie gewesen war, bevor sie gegen ihren Willen gerettet wurde, das war eine andere Ayesh gewesen.

Sie holte tief Luft und ließ den Worten freien Lauf.

Und in diesen Worten lag die Wahrheit von Istini Ayesh ni Hata Kan, einer jungen Ringerin am Hof der Tausend Tausende. In Oneah. Vor langer Zeit. Vor sehr langer Zeit.

Eine nach dem anderen waren die Städte gefallen. Zuletzt stand nur noch Xa-On, mit dem Dach des Lichts und dem Hof der Tausend Tausende unversehrt. Es bestand die Hoffnung, daß die Ringer, die in Xa-On zahlreicher waren als in den anderen Städten, ausreichten, um die Goblins abzuhalten. Aber die grauen Horden waren so zahlreich, daß es wenig gab, vor dem sie sich gemeinsam fürchteten.

Ein Goblin ist immer feige. Aber viele Tausende, die durch die vorhergehenden Plünderungen zusammengeschweißt wurden, so viele Goblins waren einfach furchtlos. Die große Anzahl brachte sie zur Raserei.

Und so geschah es, daß die Mauern von Xa-On gestürmt wurden. Die Stadt stand in Flammen. Goblins strömten die breiten Straßen entlang – eine schmutzige Flut. Gute Menschen, weise Menschen und sanfte Menschen starben unter dem Ansturm der spitzen Goblinzähne und scharfen Goblindolche.

Goblins warteten nicht, bis die Verwundeten starben, bevor sie Finger wegen der Ringe abhackten. Sie beachteten keine Rufe um Gnade. Sie gaben auch nichts für die Versprechen, alles haben zu können, wenn sie nur die Kinder verschonen würden.

Sie waren der unsinnige, schnatternde, gefühllose Tod. Und sie rückten immer weiter vor.

Ayesh und die anderen Ringer von Meister Hatas Schule umringten das Dach des Lichts. »Wir sind die Ringer des Hofes!« erinnerte sie Hata. »Wir sind die Ehre der Tausend Tausende. Goblins werden uns nicht besiegen. Wir kennen Furcht, aber wir lassen uns nicht überwinden. Wir kämpfen! Wir kämpfen an diesem Ort!«

»Und wie wir kämpften«, sagte Ayesh und starrte in die Dunkelheit, die Gur verbarg. »Ich brach so viele Hälse, daß meine Arme durch die Anstrengung schmerzten. Wir wateten durch die grauen Körper, während wir kämpften, aber sie stürmten weiter voran. Mit meinen Brüdern und Schwestern an meiner Seite überwand ich meine Angst. Aye, ich würde vielleicht sterben, aber nicht allein. Nicht allein. Von Zeit zu Zeit stießen die Goblins vor, und ein Ringer nach dem anderen fiel unter einem Dolchstoß oder versank in der Flut der grauen Leiber. Unser Kreis um das Dach des Lichts wurde immer kleiner, als immer mehr Ringer fielen. Ich sah Yusha und Raikha fallen. Mashala starb, und Khairt, der Großmeister, wurde von einem Hieb auf den Kopf zu Boden geworfen.«

In der Erinnerung sah sie die großen Portale des Dach des Lichts, die weit offen standen.

»Und Meister Hata rief mir zu: ›Ayesh! Hole die Fahne der Schule und halte sie hoch, damit sie wissen, wer sie tötet!‹«

Ayesh stand in dem vom Fackellicht erhellten Raum und sah alles wieder vor sich. »Ich lief hinein. Dort stand die Fahne, inmitten der Flaggen der übrigen Schulen. In anderen Stadtteilen kämpften die Studenten anderer Meister, so wie wir. Und sie starben auch – so wie wir.«

Ayesh biß sich auf die Lippe. So wie damals stiegen ihr auch jetzt Tränen in die Augen. Sie ließ ihnen freien Lauf.

»Im Inneren, ganz allein, versagte ich. Ich hörte die Schreie der Goblins, und ich wollte nicht sterben. Ich beherrschte die Furcht nicht, sah mich aber im Raum um – wie ein wildes Tier – und fragte mich, wie ich weiterleben könnte. Und dort, in der Mauer hinter dem Thron erblickte ich das Metallgitter.«

Sie blinzelte die Tränen fort. »Wie die Minotauren waren auch wir gute Handwerker. Das Dach des Lichts wäre im Sommer unerträglich heiß gewesen, wäre nicht die Kühle hereingeströmt, die durch die Gänge unter der Erde kam.

Ich bin klein. Ich öffnete das Gitter. Mit den Füßen zuerst stieg ich hinein, um es hinter mir zu verschließen. Und dann hockte ich dort, während meine Brüder und Schwestern starben, während Meister Hata starb und die Goblins das Dach des Lichts stürmten. Ich hörte ihre freudigen Siegesschreie, hörte sie miteinander um Beute streiten, hörte, wie sie alles zerbrachen und zerstörten, was sie nicht für wertvoll hielten.

In meiner Angst zog ich mich immer tiefer in den Gang zurück, der immer enger wurde, obwohl meine Schultern schon schmerzten. Und als sie fort waren, als das Schnattern verstummte, konnte ich mich nicht bewegen. Ich war gefangen.«

Sie starrte in die Dunkelheit, wo Gur hockte und lauschte.

»Lange Tage und Nächte saß ich dort gefangen. Ich wurde von vielen Gefühlen überwältigt. Scham, daß ich verdursten mußte, anstelle eines Heldentodes. Schmerz, daß ich den Ringer verraten hatte, der zuletzt allein gestorben war.«

Sie hielt inne.

»Ja?« fragte Gur. »Und?«

»Du siehst, ich bin nicht gestorben. Nach vielen Tagen des Durstens schrumpfte ich, so wie es Leder tut. Ich kroch hinaus und fand die Aasfresser, die stinkenden Leichen, die Überreste einer großen Stadt. Ich blieb lange genug, um ein paar Erinnerungsstücke mitzunehmen, versteckte Schätze, von denen ich wußte. Und dann wurde aus mir Oneahs Bardin, die in jedem Land, wo die Leute es hören wollten, über dem Grab sang.«

»Zur Strafe«, bemerkte Gur.

Ayesh zuckte die Achseln. »Bisher hat noch niemand diese Geschichte gehört. Bisher gab es keinen Grund, sie zu erzählen. Aber wenn es wahr ist, daß ein wenig von Oneah wieder erweckt werden kann, wenn einige der alten Sitten wieder zum Leben erwachen ...«

»Ich glaube nicht, daß du von der Angst bezwungen wurdest«, unterbrach sie Gur. »Sondern vom *Leben*. Welches Wesen, wenn es zwischen Leben und Tod wählen müßte, würde denn nicht das Leben wählen?«

»Die anderen Ringer entschieden sich für die Beherrschung«, entgegnete Ayesh bitter.

»Und starben.«

Ayesh senkte den Kopf. »Es wäre besser gewesen, wenn ich mit ihnen gestorben wäre. Ich habe zwanzig Jahre zu lange gelebt.« Sie hob den Blick. »Gib mir nur die Hoffnung, daß ich Grund zum Leben habe. Sage mir, daß du lernen willst, was ich dich lehren kann und daß auch andere es lernen. Sage mir, daß Oneah weiterlebt.«

Gur bewegte sich; sie hörte das Geräusch von Leder über den Stein schaben. »Ich werde dein Student sein«, erklärte Gur. »Ich, und die ganz Jungen. Wir werden die Beherrschung deiner Ringer lernen. Und auch deine Musik, da mir Scaraya sagte, daß sie sehr beruhigend wirkt.«

Gur trat näher zum Licht.

Nahe genug, daß Ayesh sehen konnte, wer Gur war.

Spitze Ohren.

Graue Haut.

Verrat! Ein falsches Spiel Scarayas, eine Maskerade. Und Ayesh hatte sich alles vom Herzen geredet und das Geheimnis der finsteren Kammer ihrer Seele preisgegeben – dieser Gur.

Diesem weiblichen Goblin.

Ayesh überlegte nicht, wie seltsam sich Gur benahm, wie wenig goblinhaft und wie vernünftig sie sprach. Sie bemerkte auch kaum das eigentümliche Zucken und Zittern von Gurs Händen und Kopf.

Spitze Ohren.

Graue Haut.

Ayesh sprang vor und schrie: »Stirb!«

Anstatt sich einem Kampf zu stellen, drehte sich Gur um und rannte in die tiefen Schatten des Raumes. Ayesh vernahm ein Klatschen. Dann herrschte Stille.

Der Goblin stöhnte. Ayesh folgte dem Laut.

»*Kofk, geglack*«, sagte sie. *Stirb, Goblin.*

Die Tür öffnete ich. Fackellicht erhellte den Raum.

»Aufhören, Ayesh!« befahl Scaraya.

Ayesh schnellte herum. »Verräterin! Du hast mich betrogen! Ich habe mein Herz einem *Goblin* geöffnet!« Sie drehte sich um und spähte in die Dunkelheit. »Wo steckst du, Gur? Bist du verletzt? Ich werde deinem Schmerz ein Ende bereiten, du Biest! *Ekmigyla kofk!*«

Scaraya durchquerte den Raum und packte Ayesh beim Arm. Zwei weitere Minotauren traten mit erhobenen Fackeln ein.

Im zusätzlichen Licht erblickte Ayesh Gur auf dem Boden liegend, das Gesicht mit den Händen bedeckend. Sie war geradewegs mit dem Kopf gegen die blanke Steinwand gerannt.

»Laß mich los!« schrie Ayesh. Sie trat Scaraya, die sie losließ. Ayesh rannte durch den Raum und zog Gur an den Haaren in die Höhe.

Der Goblin war benommen. Die Augen schienen verschwommen zu blicken. Ayesh legte die Hand um die Kehle des Goblins, zögerte aber noch. Und in diesem Augenblick erreichten sie die Wachen und zerrten sie fort.

KAPITEL 13

»Mirtiin«, sagte der junge Minotaurus, ein Über-dem-Gras mit Namen Journaraya. Sie verneigte sich, zusammen mit den anderen Dreien. »Wir danken Euch, daß Ihr uns eine Audienz gewährt.«

Als wenn ich jemals etwas anderes tun würde, dachte Myrrax, *als zuzuhören und zu richten*. Aber er nickte – kein so freundliches Nicken, wie es diese Jungen vielleicht erwartet hatten. Myrrax hatte keine Lust, sie zu ermutigen, denn noch bevor sie etwas sagten, wußte er, weshalb sie gekommen waren. Er hatte ihnen schon einmal eine Audienz gewährt. »Sagen sie, was sie sagen möchten«, forderte Myrrax sie auf. »Mirtiin hört zu.«

Sie blickten einander an, unsicher, wer zuerst sprechen sollte. Schließlich trat Keerax, der zu Schatten-in-Eis gehörte, vor. »Mirtiin muß Stellung nehmen«, sagte er, »für *Mirtiin*. Wir haben genug von den Stahaansitten. Wir haben unsere eigene Geschichte und unsere eigenen Herzen, aber Stahaan gibt vor, uns in allen Dingen zu beherrschen.«

Myrrax starrte so lange schweigend vor sich hin, bis der junge Minotaurus unruhig wurde. »Und er spricht für Schatten-in-Eis?« fragte er endlich.

Der Junge neigte den Kopf mit der weißen Mähne. »Ihr wißt, daß dies nicht der Fall ist, Mirtiin. Aber Schatten-in-Eis ist geteilter Meinung.«

Er hob den Blick. »Ihr seid von Schatten-in-Eis aufgestiegen, um an mehr zu glauben als Stahaansitten. Ihr seid uns nicht unähnlich, Mirtiin. Aber trotzdem handelt Ihr nicht! Warum? Warum werft Ihr Betalem nicht hinaus?«

»Sie ... hinaus ... werfen«, sagte Myrrax, als müsse er die Worte kauen. »Was meint er damit? Was für eine Tat, die Priesterin aus Stahaan aus Mirtiin hinauszuwerfen. Wenn ich das tun wollte, warum sollte ich dann nicht einfach Gynnalem einladen, eine Stahaanarmee gegen uns auszuschicken? Weiß er nichts von Geschichte, Schatten-in-Eis? Weiß er nicht, daß Mirtiin schon viermal von Stahaan besiegt wurde?«

»Aber wir könnten uns auf sie vorbereiten!« mischte sich Robaraya ein. Sie gehörte zu Eisen-in-Granit und war eine Nichte Scarayas, wenngleich ohne deren Umsichtigkeit. »Wir könnten Futtervorräte für eine Belagerung anlegen. Wir könnten große Mauern bauen, um die Berggipfel zu schützen, auf denen die Spiegel ruhen! Aye, wir könnten Sonnenlicht für die Ernten sammeln und bequem jahrelang aushalten, während Stahaan durch die Belagerung ermüdet.«

Myrrax schüttelte den Kopf. »Wer will Krieg, wenn der Frieden da ist?«

Vedayrax, von Juwelen-in-Hand, sagte: »Wir wollen Frieden, aber den Frieden von Mirtiin. Wir wollen Frieden mit der Freiheit, unsere eigenen Gedanken zu denken und eigene Wege zu gehen. In Stahaan ernten sie die Früchte der Wissenschaft von Mirtiin, mißtrauen aber unseren Gedanken. Sie fesseln uns, Mirtiin. Von dieser Generation an soll Mirtiin frei sein!«

»Ich möchte sie nicht beleidigen«, erklärte Myrrax, »wenn ich sage, daß hier mehr die Jugend als die Vernunft spricht. So war es schon immer in Mirtiin. Seit ewiger Zeit verlangten die Jungen, Mirtiin solle es selbst sein, und nicht nur ein Schatten Stahaans.« Er wandte sich an den Jungen von Schatten-in-Eis. »Keerax, die Mutter seiner Mutter war genau wie er. Sie trat sogar vor den damaligen Mirtiin und verlangte, was er verlangt. ›Wirf Stahaan ab‹, sagte sie. Und nun sieh er sich an, wie streng sie am Herd und am Brunnen ist, und wie sehr sie die Wege Stahaans beschreitet.«

Keerax grinste. »Der Verstand weicht im Alter auf, Mirtiin.«

»Vielleicht, Schatten-in-Eis. Vielleicht lautet die Antwort auch so: Irgendwann bemerkt jede Generation, die sich nach Freiheit sehnt, daß Mirtiin längst frei *ist*.«

Die vier jungen Minotauren schnaubten.

»Wieso frei?« fragte Journaraya. »Betalem richtet über alles, was wir tun. Fortwährend arbeitet sie hinterlistig gegen Scarayas Experimente, die doch die Höhe der Weisheit darstellen.«

Myrrax biß sich bei dem Gedanken an Scarayas Versuche auf die Zunge. Oh, in was für einen Korridor der Blindheit rannten Scaraya und er! Verdammt sei dieser Mensch, der zu einer Zeit wie eine Lösung ausgesehen hatte, jetzt aber eine große Schwierigkeit darstellte.

Er meinte: »Und doch handelt Mirtiin, wie es will. Bedenke sie es einmal, Journaraya. Mirtiin steht es frei, sich für Krieg oder Frieden zu entscheiden. Gehört das nicht auch zur Freiheit?« Er beugte sich auf dem Thron nach vorn, wie ein Adler, der bereit zum Abheben ist. »Verwechsle sie den Drang der Jugend nicht mit einer Änderung im Herzen Mirtiins«, warnte er. »Die Orthodoxen leben in allen Häusern. Glaubt nicht, daß die Trennung von Mirtiin und Stahaan nur diese Völker teilt. Sie wird auch Mirtiin teilen.«

Myrrax deutete auf die Axt in Vedayrax' Gürtel. »Würde sie ihre Axt ziehen, Juwelen-in-Hand ...« – Myrrax wies auf seine Stirn – »... um meinen Schädel zu spalten?«

»Bei den Müttern, niemals!«

»So wie sie den einen Mirtiinkörper nicht verwunden würde, so soll es auch mit jedem anderen sein.« Er senkte die Stimme und fügte hinzu: »Politik ist eine Kunst, die man mit zunehmendem Alter erlernt. Seien Sie geduldig. Sehen Sie zu, wie sie sich entwickelt und zwingen Sie die Älteren nicht zu Taten.« Damit entließ er sie.

Er zweifelte, daß sie seinen Rat befolgen würden. Mutter der Mütter, dachte er, nachdem sie gegangen waren, laß diese Vier nur dem Wort nach Rebellen sein. Aye, sie, und viele andere, die zu vorsichtig waren, um ihn um Gehör zu bitten. In der Geschichte hat es viele Rebellionen der Jugend von Mirtiin gegeben, aber laß diese Generation ohne Aufruhr sein. Es gibt genügend wichtige Angelegenheiten, die mich beschäftigt halten.

In der Tat, die nächste wichtige Sache wartete bereits, empfangen zu werden.

»Nun?« fragte Myrrax.

Das Lampenlicht tanzte auf den Scheiben von Scarayas Augengläsern, während sie den Raum durchquerte. Myrrax fiel auf, daß sie eigenartig ging – so, als müsse sie hinken und versuchte, es zu verbergen. »Ich fürchte, nicht gut. Nicht das Schlechteste, aber auch nicht gut.«

»Erzähle sie mir von Gur.«

»Sie ruht. Sie wird wieder auf die Beine kommen.«

»Und der Mensch?«

»Wütend. Sie schimpft mich Namen von Wesen, von denen ich nie gehört habe. Was, frage ich mich, ist ein Ork?«

»Es war unklug, sie zu überraschen.«

»Und es wäre auch nicht weiser gewesen, ihr von Anfang an die Wahrheit zu sagen. Sobald sie gewußt hätte, daß es um Goblins geht, hätte sie sich geweigert.«

»Hat sie ihr alles gesagt? Alles über unsere Absichten, unsere Arbeit? Hat sie ihr deutlich gemacht, wie wir uns bemühen, Goblins zu zivilisieren?«

»So gut ich konnte, Myrrax. Ihr jetzt etwas zu erklären ist so, als spräche man sanft gegen einen Sturm an. Ihr Donnern kracht so sehr, daß ich kaum selbst hören kann, was ich sage.«

Myrrax erhob sich von seinem Thron und schritt auf und ab. »Nur, weil sie Goblins so sehr haßt?«

Scarayas Lippe zuckte, als hielte sie den Atem an, um nicht zu seufzen.

»Sie ist zu durchschauen, Eisen-in-Granit«, sagte Myrrax. »Also sage sie mir, was sie zurückhält.«

»Ihre Wut ...« Sie hielt inne, um die Lampe zu betrachten, an der aber nichts Ungewöhnliches zu sehen war.

»Sprich. Ich muß alles wissen.«

»Ihre Wut ist dreifach groß. Zuerst erzürnte es sie, daß wir sie bitten, Goblins zu unterrichten. Aber da sie ein vernünftiges Wesen ist, könnte sie überredet erden. Nicht leicht, aber das hatte ich erwartet.«

»Weiter.«

»Zweitens erleichterte sie ihr Herz von Dingen, die sie nie zuvor jemandem erzählte. Sie gab die Geheimnisse an einen Goblin preis.«

Wieder beobachtete Scaraya die Lampe voller Interesse.

»Und der dritte Grund ihres Zorns?« erkundigte sich Myrrax.

Scaraya wandte sich ab. Ja, sie belastete das linke Bein deutlich mehr. »Meine größte Schwäche«, fuhr Scaraya fort, »war schon immer meine Neugier. Sie war auch meine Stärke. Ich versuche nicht, mich zu entschuldigen.«

»Wie hat sie den Menschen erzürnt, Scaraya?«

»Indem ich so schnell zur Stelle war, um Gur zu retten. So hat sie gewußt, daß ich mich nicht, wie ich vorgetäuscht habe, zurückzog, um ihnen Ungestörtheit zu gewähren. Ich habe gelauscht und hörte alles, was Ayesh sich vom Herzen redete. Ich glaube, sie hat mir vertraut.«

»Geht sie immer so humpelnd?«

Scaraya schnaubte. »Sie hat mich getreten. Für eine so kleine Person tritt sie wie ein Troll.«

»Für eine so kleine Person schleppt sie viel auf ihren Schultern herum. Einen Berg. Wenn sie uns nicht hilft, ist viel für Mirtiin verloren.« Er sah Scaraya in die Augen. »Sie hat mir gesagt, dieser Mensch sei der Weg zur frischen Luft. Jetzt haben wir den Tunnel hinter uns einstürzen lassen, und ich sehe kein Licht vor uns.«

»Mit der Zeit ...«

»Mit der Zeit werden Berge zu Staub. Aber zu viel Geduld dient uns nicht. Fühlt sie nicht die Strömungen, die Mirtiin durchdringen, Scaraya? Ich rede nicht von Flüssen, ich rede von Hoffnung und Furcht. Wenn Ayesh uns bald genug hilft, wenn ihr Versuch Früchte trägt, wird die Hoffnung gewinnen und Mirtiin sich zu deiner Unterstützung vereinen. Aber in der Verzögerung wächst die Furcht. Und Betalem neigt dazu, die Furcht zu schüren, wo immer sie kann. Ayesh muß dazu gebracht werden, uns zu helfen, und zwar schnell.«

Myrrax legte die Hand auf Scarayas Schulter und stand dicht vor ihr. »Bringe sie Ayesh zu mir«, sagte er.

»Hierher? Nein, Myrrax! Man wird sie sehen! Kommt in die Minen, in Verkleidung ...«

»Ich bin Mirtiin«, sagte Myrrax, »und was Mirtiin tut, wird von allen gesehen. Natürlich ist es gefährlich für unsere zukünftigen Pläne, Ayesh hierher zu bringen, um mich allein im Versammlungsraum zu treffen. Es deutet auf soviel hin, was ich nicht offenbaren möchte. Aber viel schlimmer wäre es, wenn Mirtiin heimlich herumschleichen und sich verkleiden würde. Nein, das wäre eine Schande für Mirtiin. Der Pfad hinter uns ist, wie ich bereits sagte, durch herabgefallene Steine versperrt. Uns bleibt nur der Weg nach vorn. Laß uns handeln, als sei es der Pfad, den wir aus vielen ausgewählt haben.« Er strich sich über die Kinnhaare. »Erzähle sie mir das Geheimnis, das sie so gut gehütet hat. Dann bringe sie den Menschen hierher.«

Die Wachen mußten sie halb hereintragen. Myrrax schickte sie fort.

Die Augen des Menschen brannten wie Kohlen. Jeden Augenblick konnte die lodernde Wut darin in Flammen ausbrechen. Das Gesicht wirkte hart wie Stein, und sie hielt die Schultern steif. Was auch immer Myrrax sagen würde, er war sicher, daß sie ablehnen würde. Sage ihr, sie soll sich setzen, und sie wird stehen. Sage ihr, sie soll stehen, und sie wird sich setzen ... oder Purzelbäume schlagen, wenn sie annahm, daß ihn das am meisten ärgern würde.

Also sagte er nichts und beobachte sie nur.

Sie schien das Spiel zu erahnen, bevor es begonnen hatte. Sie wandte sich ihm zu und betrachtete ihn ebenfalls. Wenn er geduldig sein wollte, so würde sie noch geduldiger sein.

Er starrte. Sie starrte. Er sah zu, wie sie ihn anstarrte.

Schließlich wurde aus dem Beobachten eine Meditation. Alles, was geschah, würde an ihr vorübergehen. Myrrax bemerkte, daß der Zorn in ihren Augen mehr ein Zorn war, den sie trug, als ein Zorn, der in ihr war. Sie beherrschte ihn, und nicht umgekehrt, denn sie fand sich zu leicht damit ab, in seiner Gegenwart zu warten.

»Ihre Beherrschung ist sichtbar«, sagte Myrrax endlich. »Ich sehe sie in ihren Augen stehen.«

Sie antwortete nicht.

»Es tut mir leid, daß sie betrogen wurde. Und auch Scaraya trauert. Sie wollte sie nicht beleidigen.«

Das Licht in den Augen schien ein wenig heißer zu brennen.

»Ich habe viel gewagt, indem ich sie hierher bringen ließ, Ayesh. Vorher war sie einer von Scarayas Versuchen. Aber nun spricht Mirtiin mit ihr, und es gibt keinen Zweifel, daß ich mehr tue, als Scaraya gewähren zu lassen. Ich unterstütze sie.«

Ayesh starrte ihn bloß an.

»Vorher ließ ich Raum für Zweifel. Ich konnte mich so bewegen, wie ich wollte. Aber sie hierher bringen zu lassen läßt mir keinen Rückzug offen. Aber ich werde ihr die Wahrheit sagen, nämlich daß die Späher, die Scaraya ausschickte, um junge Goblins zu fangen, mit meinem Einverständnis gingen. Ich wollte es geheimhalten, damit es so aussah, als sei es nur Scarayas Werk.«

Hörte sie überhaupt zu? Kein Hauch der Abwesenheit lag in ihren Augen. Aye, sie hörte zu.

»Bevor sie kam, hatten wir einen Plan für diese Goblins. Scaraya selbst lehrte sie, so gut sie konnte, Beherrschung. Wenn wir sie erst einmal ausreichend ... zivilisiert hätten, wollten wir unsere Musik und andere heiligen Mittel benützen, um das Werk zu vollenden, das Scarayas Kräuter begonnen haben. Jetzt haben wir jenen Weg verlassen. Wir können nicht wieder zurück. Sie ist unsere einzige Hoffnung.«

Sie blinzelte nicht einmal. Noch immer glühten die Augen zornig.

»Wenn wir alles, was wir getan haben, verwerfen müssen, verlieren wir mehr, als sie sich vorstellen kann. Und wir müßten die Goblins opfern. Nach allem, was erreicht wurde, wäre es schade, sie zu töten!«

Sie senkte den Blick. »Möchtet Ihr meine Entscheidung ändern, indem Ihr mir sagt, daß so die Goblinleben gerettet werden könnten? Wenn ich nur eine Million Gelegenheiten hätte, nein zu sagen, damit alle Goblins der Welt sterben würden!«

»So habe ich auch einmal gedacht«, nickte Myrrax. »Aber dieser Pfad, von dem ich hoffe, daß sie ihn einschlagen wird, führt zu einem Ende, das wenig anders aussieht. Wenn wir erreichen, was wir erhoffen, wird es sein, als wären alle Goblins von Mirtiin tot. Und danach vielleicht die Goblins auf der ganzen Welt.«

»Was Scaraya versucht, ist närrisch. Goblins können nicht so vernünftig gemacht werden wie Menschen.«

»Närrisch! Aber sie hat es doch gesehen und gehört.

Hat sie denn nicht gedacht, Gur wäre ein Mensch? Hat sie nicht vernünftig gesprochen und gedacht?«

»Ein Goblin allein, der sich durch einen Trick menschlich anhört. So ändert man keinen Stamm grauhäutiger Mörder. Ein Goblin allein kann schaffen, was zehn nicht schaffen.«

»Ich würde ihr zehn solcher Goblins zeigen. Scarayas Zöglinge sind unter dem Einfluß von Kräutern den Goblins, die sie kennt, so unähnlich wie nur möglich.«

Ayesh hob die Hände. »Mit diesen Händen würde ich Goblinhälse umdrehen, aber ihnen gewiß nicht beibringen, wie sie die Oneahner nachahmen sollen, deren Städte sie zerstörten. Bringt mich lieber um, als daß Ihr mich zum Lehrer für Goblins macht.«

Schweigend betrachtete Myrrax sie eine Weile.

Die Härte wich nicht aus ihrem Gesicht. »Sie hat kein Mitleid«, stellte er fest.

»Mitleid mit Goblins?« Sie schnaubte. Soweit er es beurteilen konnte, handelte es sich nicht um ein bedeutungsvolles Schnauben, wie ein Minotaurus es ausstoßen würde, sondern um einen bloßen tierischen Laut. »›Gnade und Pfeile‹ heißt es in einem Sprichwort der Savaenelfen.«

»Sie verdienen die Gnade mehr als die Pfeile, Mensch.« Wie sollte er es ihr nur beibringen? »Was weiß sie von der Geschichte der Goblins?«

»Geschichte?« Ayesh schüttelte den Kopf. »Was können Goblins schon für eine Geschichte haben? Sie vermehren sich, sie greifen an, sie stehlen und vermehren sich wieder. Was ändert sich außer der Geschichte derer, von denen sie stehlen? Sie haben keine eigene Geschichte. Sie haben gar nichts. Alles ist gestohlen.«

»Das *ist* die Geschichte der Goblins«, sagte Myrrax. »Ohne Geschichte zu sein, immer im Durcheinander zu leben. Furcht regiert sie. Sie greifen an, weil sie Angst haben, zu verhungern. Sie schlagen sich, weil sie fürchten, der andere würde als erster zuschlagen. Sie machen nichts

Eigenes, weil sie wegen ihrer Angst keine Zeit haben, über etwas anderes als Verfolgungen nachzudenken. Durch Scarayas Kräuter verringern sich die Ängste wie von einem Lagerfeuer zu einem Funken. Durch Musik und die Art von Beherrschung, die du kennst, könnten sie genug lernen, um auch diesen Funken zu ersticken.«

»Macht so viele Versuche wie Ihr wollt«, sagte Ayesh, »verlaßt Euch aber nicht auf mich. Alles, was ich in Oneah liebte, wurde von diesen Kreaturen zerstört. Laßt mich gehen, Myrrax. Laßt mich gehen, Mirtiin, um zu leben oder zu sterben wie ich möchte.«

»Ich dachte, sie liebt Oneah.«

»Ihr macht Euch lustig über diese Dinge.«

»Liebten denn die Könige von Oneah den Krieg?«

»Nein! Oneah bestand aus Vernunft. Die Goblins zogen gegen uns in den Krieg.«

»Und so würde auch ich Frieden und Vernunft dem Krieg vorziehen. Die Goblins, die unser Land bewohnen, vergiften die Gewässer und die Luft mit ihrem Gestank. Wenn sie ihre Höhlen vergrößern, graben sie sich manchmal in unsere Labyrinthe. Dann strömen Hunderte in die Hallen. Seit der Zeit des ersten Großen Eises, vor vielen Generationen, als die Minotauren zum ersten Mal Höhlen in die Erde gruben, hat unser Volk gegen sie gekämpft. Minotauren, die besser in den Minen arbeiten, Gedichte lesen oder Sternkunde studieren sollten, müssen sich damit beschäftigen, die Feinde zu jagen. Wäre es nicht besser, vernünftig mit den Goblins umzugehen, als sie zu töten? Wäre es nicht besser, aus ihnen Kreaturen zu machen, die ebenfalls Gedichte schreiben und den Himmel studieren wollen?«

»Oneah war helle Sonne und Verstand. Wie Ihr bereits gesagt habt, Myrrax, sind Goblins dunkle Höhlen und Angst. Der Abstand ist zu groß.«

Myrrax beobachtete sie. Was konnte er sagen, damit sie ihre Meinung änderte? Denn wenn sie es *nicht* tat ...

»Mirtiin wird fallen, wie Oneah gefallen ist«, sagte er.

»Denn wenn diese ganze Mühe umsonst war, die ganze Arbeit vergebens, dann werden die Gruppen, die zu Mirtiin stehen, geschwächt, und die Gruppen, die hinter Stahaan stehen, werden stärker. Und bald wird es nur noch eine Gruppe geben: Die Stahaaner in Stahaan, und die Stahaaner in Mirtiin.«

»Warum sollte mir das Schicksal von Mirtiin etwas bedeuten?«

»Du und ich, wir werden dann gleich sein.«

Ayesh lächelte und spottete: »Ihr habt vergessen, hochtrabend zu sprechen.«

»Wenn ich zu ihr als Herrscher rede, bin ich Mirtiin. Aber jetzt sage ich dir – von Myrrax zu Ayesh – daß alles, was in Mirtiin Oneah ähnelt, zerstört werden wird. Wissenschaft und Vernunft liegen Stahaan nicht.«

Ayesh zuckte die Schultern.

»Wir werden dann beide alles verloren haben. Aber bedenke, wenn du versuchen würdest, um was dich Scaraya bittet, und wenn du Erfolg hast, was dann?«

»Mirtiin würde fortbestehen«, antwortete Ayesh gleichgültig.

»Und die letzte Ringerin aus Xa-On hätte alles zunichte gemacht, was in den Goblins goblinhaft ist. Sie hätte Oneah auf den Knochen dessen errichtet, was einst Goblin war. Und die Sieben Städte der Sonne hätten – nach langer Verzögerung – im Goblinkrieg gesiegt.«

»Es kann nicht sein«, erwiderte Ayesh. Aber selbst als sie es als unmöglich bezeichnete, dachte sie darüber nach. Ihr Blick veränderte sich ein wenig, der Ärger zog sich zusammen.

Jetzt war der Moment gekommen, sie heranzuziehen, indem man sie fortschob.

»Dann geh sie«, sagte Myrrax. »Entferne sie sich aus meinen Augen, Ayesh von Oneah. Verlasse sie die Hallen von Mirtiin und erfahre sie niemals, was hätte sein können.«

KAPITEL 14

Kühles Denken. Ruhiges Denken. Vernunft.

Am zehnten Tage des Unterrichts saß Gur inmitten der jungen Goblins. Sie beobachtete, wie der Mensch Ayesh die Kiste der Feuermagie öffnete, die das Spiel der Flöte leitete. Und während Gur beobachtete, hielt sie ihren Geist ruhig – wie ein Blatt, das auf einem windstillen See treibt.

Aber an der Tür standen die vier Minotauren, die immer Wache hielten, während Ayesh lehrte.

Gur lernte. Sie saß mit verschränkten Beinen, die Hände im Schoß gefaltet, wie Ayesh es sie gelehrt hatte. Um sie herum saßen die zehn jungen Goblins in der gleichen Stellung, und an der Haltung der Schultern und Köpfe sah Gur die gleiche reglose Stille, die sie in sich selbst spürte. Ihr Atem ging ruhig. Sie fühlte beinahe völligen Frieden.

Beinahe, denn selbst in der Ruhe, die sie jetzt spürte, wußte sie, daß sie immer am Rande der Angst stand. Wie der Wind aus einem endlosen Abgrund unter ihren Füßen blies, so erinnerte sie die Angst an das, in was sie hineinfallen konnte, wenn sie nicht alles lernte, was es zu lernen gab.

Selbst dann, dachte sie, *wird mich die Angst vor der Angst je verlassen?*

Sei still, ermahnte sie sich. Ayesh hatte mit dem Flötenspiel begonnen, und die Klänge der Flöte waren so süß, daß auch der schwarze Wind eine Weile zu blasen aufhörte. Gur schloß die Augen.

Soviel kann sich in zehn Tagen ändern, dachte sie. Sie lernte. Die jungen Goblins lernten ...

Die Musik verstummte. Gur öffnete die Augen und erblickte Tlik, einen der Jungen, der die Hand hob. Er zitterte überhaupt nicht, und Gur wunderte sich darüber. In zehn Tagen waren sie weit gekommen.

Ayesh' Gesicht blieb ausdruckslos. »Was will er wissen, Student Tlik?«

»Lehrerin Ayesh, könnt Ihr mir sagen, wie die Flöte spielt? Und wie sie gemacht wird?«

»Komm er her, Student Tlik.«

Der Junge verneigte sich zweimal, wie man es ihn gelehrt hatte, erhob sich graziös und verneigte sich erneut zweimal. Über seinen Bewegungen lag nur ein leises Beben. Er näherte sich der Lehrerin, verneigte sich wieder und kniete nieder, um Anweisungen entgegenzunehmen. Die übrigen Goblins sahen zu, wie der Mensch Ayesh, die *Lehrerin* Ayesh, die Eigenart der Flöte erklärte.

»Was die Machart der Flöte angeht«, sagte Ayesh, »kann ich ihnen nur wenig sagen. Es handelt sich um eine magische Flöte, die lehren kann, und ich weiß nicht, wie diese Instrumente gebaut werden. Aber wenn es die Töne einer *gewöhnlichen* Flöte betrifft ...«

Sie fuhr fort zu erklären, wie die Luft hindurchströmen mußte, wie die Veränderungen der Abmessungen und der Fingeröffnungen den Klang ändern konnten. Ayesh ließ Tlik sogar die Flöte halten, um sie zu untersuchen.

Als die Erklärungen beendet waren, verbeugte sich Ayesh. Sie hielt die Hände aus, um das Instrument zurückzunehmen. Auch Tlik verneigte sich. Er hielt ihr die Flöte entgegen, um seine Bereitwilligkeit, sie zurückzugeben, zu zeigen, sagte aber: »Lehrerin Ayesh, kann ich sie ausborgen, um sie zu betrachten?«

Die Schultern des Menschen Ayesh versteiften sich.

So viel kann *sich in zehn Tagen ändern,* dachte Gur, *aber wieviel* hat *sich geändert?*

»Kann ich sie ausborgen?« fragte Tlik noch einmal. Und Gur wußte, daß die Antwort viel enthüllen würde. Der Mensch Ayesh hatte sich nicht aus ganzem Herzen entschlossen, Gur und die anderen Goblins zu unterrichten. Über allem, was sie tat, lag etwas Hölzernes, eine Art Widerstand.

»Das ist Mok«, hatte Gur am ersten Tag gesagt. »Und das sind Tlik, Murl, Rip und Kraw.«

Der Mensch Ayesh hatte die Namen der Jungen wiederholt, als ließen sie einen schlechten Geschmack in ihrem Mund zurück. Genauso war es mit den Mädchen: *Bler, Nuwr, Kler, Styr, Wlur.* Der Mund des Menschen verzog sich, während sie sprach, als könne den Namen oder den Genannten nichts Schönes anhängen.

Auch beim Unterricht war der Mensch Ayesh hölzern und hart. Sie hielt die Klasse in strengster Ordnung, als diene ihr das als Maske und Rüstung. Vielleicht war dies auch die Art der Lehre Oneahs. Gur konnte die Lehrerin nicht von der Tradition trennen. Natürlich gab sich Ayesh damit zufrieden, beim Unterricht Abstand zu den Schülern zu halten. Sie redete sogar in der noblen Sprechweise. »Wie er lernen will, so muß er den Willen freigeben«, hatte sie am ersten Tag gesagt. »Der Kopf und das Herz, die von starkem Willen überfließen, haben keinen Platz für Lehren.«

Streng wie sie war, so hielt der Mensch Ayesh anscheinend nicht zurück bei ihren Lehren. Vom ersten Tag an hatte sie ihnen Dinge beigebracht, die sie hervorragend nutzen konnten.

»Der Name der Stellung lautet Steinbank«, erklärte Ayesh, die mit Beinen, die ein wenig breiter gespreizt waren als die Entfernung von einer Schulter zur anderen, dastand. Sie beugte die Knie. »Wenn sie Steinbank einnehmen« – sie beugte die Knie noch weiter –, »kann man einen Schuh auf den Oberschenkel stellen, und er fällt nicht herab, wenn die Stellung richtig ausgeführt wurde. Sehen sie alle her, wie ich meine Arme halte. Beachten sie, daß die Unterarme gleich den Beinen liegen.« Zu dem ihr am nächsten stehenden Goblin sagte sie: »Kann er es nachmachen, Student Murl?«

Murl grinste. »Natürlich. Es ist einfach.«

Zitternd – durch die Wirkung der Minotaurenkräuter – aber grinsend nahm er ein, was wie die Stellung *aussah*, aber Ayesh schubste ihn mit Leichtigkeit um. »Wenn Steinbank richtig ausgeführt wird, steht er fest. Er muß sich tiefer beugen.«

»Ich *habe* mich tief gebeugt!« schimpfte Murl. »Ich wußte nicht, daß Ihr mich stoßen würdet!«

Ayesh ließ es ihn noch einmal versuchen. Wieder fiel er um.

»Er kann murren, wenn ich ihn berichtige, Student Murl«, sagte Ayesh, »oder er kann lernen. Wähle er, was er möchte.« Sie ließ es Tlik versuchen. Als auch er fiel, schimpfte er nicht, sondern befolgte ihre Anweisungen und verbesserte die Stellung. Wieder fiel er zu Boden, aber Ayesh mußte mehr Kraft in den Stoß legen.

»Guter Anfang«, lobte sie und ließ alle Goblins die Haltung einnehmen. Nachdem sie eine Weile geübt hatten, legte sie ihnen Schuhe auf die Beine. Dann stellte sie sich in die Mitte des Raumes und nahm ebenfalls die Stellung ein.

»Steht, solange die Beine sie tragen«, befahl sie. »Wenn der Schuh fällt, muß man sich setzen und denen zusehen, die es besser gelernt haben.«

Anfangs hatte sich die Haltung beinahe bequem angefühlt. Aber schon bald schmerzten Gurs Beine vor Anstrengung. Die Kräuter, die ihren Geist beruhigten, ließen sie zittern, aber nach kurzer Zeit zitterte sie auch ob der Erschöpfung. Die Schuhe fielen herab. Ein Goblin nach dem anderen versagte. Nuwr setzte sich, dann Rip und Styr. Dann Murl. Mok stöhnte und sank zu Boden, sich die Beine reibend.

Zum Schluß standen nur noch Ayesh und Tlik. Der Körper des jungen Goblins schwankte leicht, als ihn die schmerzenden Beine zwangen, das Gewicht zu verlagern. Ayesh stand so reglos wie die Felswand hinter ihr.

Dann fielen Tliks Schuhe.

»Noch einmal«, sagte Ayesh. »Die Stellung einnehmen und die Schuhe auf die Schenkel legen. Zeigen sie ihrer Lehrerin, wieviel Goblins aushalten können.«

Voller Stolz erhoben sich die Goblins und nahmen erneut die Haltung ein, bogen die Knie und hielten die Arme ruhig. In der Zwischenzeit hatte sich Ayesh weder bewegt, noch eine Miene verzogen. Sie erschien konzentriert, aber völlig gelassen.

»Stehen, ohne zu fallen«, befahl Gur, denn sie wollte dem Menschen beweisen, daß Goblins, gleich den Menschen, einer Prüfung ihres Willens standhalten konnten. Gewöhnliche Goblins, die von Furcht und Mißtrauen gequält wurden, konnten eine solche Probe nicht bestehen. Aber Gur konnte es. Gurs junge Goblins konnten es.

Gur beruhigte ihren Geist so gut sie vermochte und kämpfte gegen die Schmerzen, die ihr erneut in die Beine schossen. Doch bald schon ging ihr Atem stoßweise. Sie biß die Zähne zusammen. Die Anspannung breitete sich von den Beinen durch den Körper aus. Schweiß lief ihr über das Gesicht.

»Arme hoch, Student Gur«, befahl Ayesh. Sie sah den Goblin nicht an, als würde sie der Anblick des verbundenen Kopfes verärgern. Bereute der Mensch, daß es nicht gelungen war, Gur zu töten?

Gur biß die Zähne noch fester zusammen und hob die Arme in die richtige Höhe. Der Mensch sollte sehen, wie ein Goblin sein *konnte!*

Kraws Schuhe fielen zu Boden. Dann Nuwrs.

Bler und Wlur sanken auf den Boden.

»Bleibt stehen, ihr anderen!« brüllte Gur. Noch während sie rief, schied auch Rip aus.

Nach kurzer Zeit standen nur noch Gur und Tlik der Lehrerin gegenüber. Tlik zitterte so stark, daß die Schuhe ihm beinahe von den Schenkeln sprangen.

Auch Gur bebte. *Aufhören!* dachte sie. *Wenn dies die Probe für unseren Willen ist, müssen wir sie bestehen! Soll dieser Mensch merken, daß wir etwas wert sind!*

Ihre Beine brannten. *Denk nicht an den Schmerz!*

Sie kämpfte darum, an etwas anderes zu denken, als an das Feuer in den Beinen. Sie mußte sich nur fallenlassen, um es zu löschen.

Nein! Sie mußte die Schuhe auf den Schenkeln behalten! Wie sehr sie sich auch nach Ruhe sehnte.

Gurs Kiefer waren so fest zusammengebissen, daß ihre Zähne schmerzten.

Sie mußte es aushalten! Wenn sie versagte ...

In diesem Augenblick ergriff sie der schwarze Wind der Angst. Der Schuh fiel herab.

»Noch einmal«, sagte Ayesh, die sich nicht gerührt hatte.

Als alle Goblins standen, versuchten sie es erneut. Nachdem sie zum dritten Mal gefallen waren, sagte Ayesh: »Jetzt werde ich ihnen einen Schritt der Beherrschung beibringen.«

Zum vierten Mal nahmen die Goblins Steinbank ein. Nun stellte sich der Schmerz augenblicklich ein.

»Styr, fühlt sie den Schmerz in den Schenkeln? Mok, merkt er, wie es brennt? Kraw? Gur?«

Alle nickten.

»Schmerz hat eine Farbe. Seht sie.«

»Es gibt keine Farbe des Schmerzes!« heulte Wlur. »Es tut einfach *weh!*«

»Tlik«, sprach Ayesh, »sieht er die Farbe des Schmerzes?«

Der Junge zögerte, dann nickte er.

»Welche Farbe?«

»Orange.«

»Er hat auch eine Form«, erklärte Ayesh. »Nicke er, wenn er sie sieht, Tlik.«

Tlik nickte nach einem Augenblick des Denkens.

Rips Schuh fiel. Er setzte sich. Nuwr folgte.

»Sieht er die Größe seines Schmerzes, Tlik? Styr?«

Sie nickten. Auch Gur konnte es erkennen, das orangefarbene Feuer in der Form und Größe ihrer Schenkel.

»Verändere sie die Form«, sagte Ayesh. »Mit dem geistigen Auge soll sie es verändern, Gur.«

Gur bemerkte, daß es ihr gelang. Nun hatte der Schmerz der Beine die Gestalt eines Heckendachses angenommen, war rund und stachlig. Als Ayesh es befahl, gelang es Gur, auch die Farbe zu verändern, den Schmerz zu den Knien hinab- oder den Schultern hinaufzuschicken, ihn zu drehen, heller, dunkler, größer oder kleiner zu machen.

»Jetzt schiebe sie ihn aus dem Körper«, ordnete Ayesh an. »Halte sie den Schmerz in der Luft zwischen ihren Armen. Es ist noch immer Schmerz. Es ist noch immer ihrer. Aber nun liegt er vor ihr in der Luft.«

Kein weiterer Schuh fiel zu Boden. Kein Goblin schied aus. Gur spürte, wie sich die Gesichtsmuskeln entspannten. Tatsächlich, nur die Muskeln, die sie in der Stellung hielten, waren noch angespannt.

»Wache!« rief Ayesh, und einer der Minotauren, die an der Tür standen, nahm Haltung an.

»Aye«, sagte er, »stimmt etwas nicht?«

»Nein«, antwortete der Mensch. »Ich möchte meine Flöte und das Zunderkästchen haben. Bringe sie mir, damit ich meine Haltung nicht aufgeben muß.«

Und als die Flöte durch die magische Flamme entzündet wurde, spielte Ayesh für die Goblins, die um sie herumstanden.

Als das Lied endete, sagte sie: »Die Goblins dürfen tun, was sie wollen. Der Unterricht ist beendet.«

Gur und die anderen fielen zu Boden und rieben sich die Beine. Ayesh dagegen erhob sich geschmeidig und richtete sich auf. Sie verstaute die Flöte und das Zunderkästchen und sprach: »Das war mehr, als ich dem Goblinverstand zugetraut habe. Daher will ich heute nicht noch mehr versuchen.«

Gur war klug genug, das nicht als Kompliment aufzufassen. Aber dennoch war sie stolz. Und dankbar. Nach dieser Art Lehren hatte sie sich gesehnt.

Am zweiten Tag erhielten sie eine Lektion in Grazie. Die Goblins lernten, so langsam zu gehen, daß ein einziger Schritt die Arbeit von hundert Herzschlägen erforderte. An diesem Tag erschien der junge Minotaurus Zhanrax, um dem Unterricht zuzusehen, begleitet von einem jungen Minotaurus, den Gur nie zuvor gesehen hatte.

»An den Unterseiten ihrer Füße wachsen Wurzeln, Gur«, belehrte sie Ayesh. »Sie halten sie fest. Dann werden sie größer und stützen den Fuß, wenn er erhoben ist. Niemals muß sie zittern und wanken.«

»Die Kräuter lassen mich zittern«, erwiderte Gur.

»Nein, nur ihr Verstand.«

Gur starrte den Menschen an. Wieviel begriff Ayesh? Es war der Verstand, der die Goblins zittern ließ, wenngleich der Minotaurus Scaraya dachte, es würde durch die ›Nebenwirkungen der Kräuter‹ hervorgerufen. Aber nein. Scarayas Kräuter beruhigten die Goblins, indem sie ihnen die eigene Furcht nahmen, die aber trotzdem im Verstand herumgeisterte und von dem bodenlosen Abgrund der tief verborgenen Gedanken aufstieg. Die Angst, die durch die Kräuter ferngehalten wurde, war trotzdem schuld, daß die Glieder und Köpfe der Goblins zitterten.

»Sie denken nicht daran, sich zu bewegen«, sprach Ayesh. »Sie sehen nur die Wurzeln wachsen und sich bewegen. Die Wurzeln unter ihren Füßen bewegen sich über den Boden. Wenn sie durch die Wurzeln bewegt werden, hören sie auf zu zittern.«

Und so war es! Nach kurzer Zeit konnte jeder Goblin den Raum durchqueren – schnell oder langsam – ohne zu zittern und mit der Grazie eines schwimmenden Schwans. Aye, im nächsten Moment mochten sie wie Blätter im Wind beben, aber während sie mit den Wurzeln gingen, blieben sie ruhig.

Der junge Minotaurus war so beeindruckt, daß er bat, zusammen mit den Goblins zu lernen.

»Tana!« sagte Zhanrax. »Bedenke, worum du bittest, kleiner Bruder. Mit diesen ...«

»Wenn ich nichts fallen lasse, stolpere ich, und wenn ich nicht stolpere, zerbreche ich etwas.« Dann wandte er sich an Ayesh. »Wirst du mich lehren, weniger ungeschickt zu sein?«

Der Mensch lächelte. »Wenn ich dich als Studenten nehme, muß ich mit dir auf die gehobene Art reden, und du mußt respektvoll antworten – sowohl im Klassenzimmer als auch daheim.«

Der junge Minotaurus nickte, und Zhanrax rollte die großen Augen. »Mutter wird uns beiden das Fell gerben, Tana!«

»Wo soll ich mich hinstellen?« erkundigte sich Tana.

»Student Tana«, sagte Ayesh, »er muß fragen: ›Wo möchtet Ihr, daß ich stehe, Lehrerin Ayesh?‹ Aber diesmal werde ich ihm auch so antworten. Stehe er hinter Nuwr. Da er der Neuankömmling ist, wird er unten zu lernen anfangen, in der letzten Reihe.«

Zhanrax stöhnte. »Mein eigener Bruder, Letzter unter Goblins!«

»Das ist mir gleichgültig!« entgegnete Tana, als er sich nach hinten begab. »Ich werde nicht mehr ungeschickt sein!« Und vor lauter Begeisterung stolperte er und fiel auf die Nase.

Aber auch er lernte den Wurzelgang und seine Bewegungen wurden flüssig und sicher.

Tag für Tag schritten die Unterrichtsstunden fort. Immer wurde am Ende musiziert, und in Gurs Augen war das das beste.

Bevor sie während eines Kampfes gefangen genommen worden war, lange Zeit, bevor sie dem Minotaurus namens Scaraya begegnet war, hatte Gur das Dröhnen der Goblinkriegstrommeln vernommen. Auch das, hatte Scaraya gesagt, war Musik. Aber Ayesh' Musik war das Gegenteil der Trommeln. Das Trommeln verstärkte die Furcht. Die schwarzen Winde der Angst, die immer durch ein Goblinherz fuhren, wurden durch die Trommeln kälter und beißender. Aber die Flöte konnte diesen Wind fast ersticken.

Am fünften oder sechsten Tag fragte Ayesh, mit einer Mischung aus Neugier und Spott in der Stimme: »Was hört sie, Studentin Gur, wenn ich spiele? Ich sehe, wie sich ihr Gesicht verändert, aber sage sie mir wahrhaftig: Wie regt sich ihr Herz bei der Musik?«

»Mein Herz regt sich kaum«, antwortete Gur. Wie sollte sie dem Menschen erklären, wie es war, ein Goblin zu sein, betäubt von Kräutern, menschliche Musik hörend? »Bevor mich Scaraya die Kräuter trinken hieß, fiel ich immerzu in den Brunnen der Angst«, sagte sie. »Mit den Kräutern fand ich mich auf dem Brunnenrand stehend wieder. Der Rand war schmal. Ich stand auf den Fersen. Die Zehen ragten noch über den Rand hinaus in die Tiefe, und ich hätte fallen können. Aber Eure Lehren verbreiterten den Rand, Lehrerin Ayesh. Und Eure Musik läßt den Rand so breit werden, daß ich mich frage, ob er sich nicht eines Tages über dem Brunnen schließen wird, so daß ich in Sicherheit gehen kann, ohne die Furcht, hineinzufallen.«

Ayesh wirkte überrascht, als enthielte die Antwort Bedeutsameres, als sie erwartet hatte.

Jetzt, am zehnten Tag, hielt Tlik die Flöte vor sich und fragte ein drittes Mal: »Darf ich sie borgen, Lehrerin Ayesh?«

Der Mensch schaute Gur an, die den Blick erwiderte.

So viel kann sich in zehn Tagen ändern, aber wieviel hat sich wirklich verändert?

Ayesh verbeugte sich. »Es ist ein wertvolles Stück«, erklärte sie Tlik. »Paß er gut bis morgen darauf auf, dann muß er es mir zurückgeben.«

So endete die Lektion dieses Tages.

KAPITEL 15

Der Steinstab war so lang wie Ayesh' Arm und ebenso kunstvoll verziert. Ein rotgewandeter Wächter brachte ihn zu Deorayas Haushalt, verkündete an der Tür, daß er für Ayesh bestimmt sei und wurde vorgelassen, um ihn ihr in der Küche zu übergeben.

»Was ist das?« fragte Ayesh. Sie drehte den Stab in den Händen, als könne sie die verworrene Schrift lesen, die sich über die steinerne Oberfläche wand.

Sowohl Deoraya als auch Zhanrax sahen ernst drein. »Ein Befehl«, erklärte Zhanrax. »Betalem befiehlt dir, zwecks einer Audienz in den Tempel zu kommen.«

Tana betrat die Küche, blieb in einiger Entfernung stehen und starrte mit großen Augen auf den Stab.

»Was geschieht, wenn ich nicht erscheine?«

Deoraya rief: »Nicht erscheinen? Die Priesterin des Tempels, Vertreterin von Sie-die-in-Stahaan-regiert, befiehlt dir und du erscheinst nicht? Ich glaube kaum, Mensch! Nicht, solange du unter dem Schutz dieses Hauses stehst!«

»Nein«, warf Zhanrax ein. »Ayesh hat recht. Sie muß dem Befehl nicht folgen. Oder hast du vergessen, Mutter, daß der Boden des Tempels mit Platten aus Stahaan belegt ist? Seit langer Tradition gehört er zu gleichen Teilen zu Stahaan und Mirtiin. Betalem kann dort mit Ayesh verfahren, wie sie möchte, und keiner in diesem Hause oder in Mirtiin hätte Grund, zu widersprechen!«

»Aber einen Befehl nicht zu befolgen!« sagte Deoraya.

»Nun, wir werden ihn nicht unbeachtet lassen«, meinte Zhanrax. »Wir antworten mit Vernunft. Kinder brauchen Befehle nicht zu beantworten, da sie keinen Namen haben. Wie ein Kind ist auch Ayesh ohne Namen. Betalem wird ihr einen geben ...«

»Einen Namen?« fragte Ayesh.

»Sie wird dich Ayeshaya nennen«, erklärte Zhanrax, »oder sogar Ayeshalem, nach Stahaansitte.« Er lachte.

»Das würde sie niemals tun!« warf Deoraya ein. »Ein Name gibt das Recht, an der Versammlung teilzunehmen! Das Recht der Vermählung! Möchtest du das dieser Kreatur gewähren?«

»Natürlich nicht«, beschwichtigte sie Zhanrax. »Aber wenn Betalem sie nicht benennt, muß Ayesh keinen Befehl befolgen!«

»Du spielst mit Betalem, mein Sohn. Wenn du den Tempel verspottest, verringerst du meine Beweglichkeit. Betalem wird glauben, dieses Haus sei ihr verlorengegangen und so fest zu Myrrax übergelaufen, wie Eisen-in-Granit oder Über-dem-Gras. So wie Juwelen-in-Hand.«

»Ich tue nur, was ich tun muß, und du weißt, warum«, erwiderte Zhanrax.

Deoraya verdrehte die Augen. »Oh, die Balzrechte der Söhne! Welche Qual für die Mütter! Und dennoch hoffe ich, du würdest weise handeln, Zhanrax. Hätte ich nur geahnt, daß deine Lenden deinen Verstand lenken ...«

»Nicht meine Lenden, sondern mein Herz lenkt mich«, antwortete Zhanrax leise.

Tana war ein wenig näher gekommen. Er wandte sich an Ayesh. »Darf ich den Befehl halten?«

»Wird er ihn voller Bewußtsein halten, Student Tana?«

Er verbeugte sich. »Voller Bewußtsein, Lehrerin Ayesh.«

»Mutter der Steine«, stöhnte Deoraya, »schau auf meine Söhne und weine! Einer von ihnen denkt nur an gefährliche Liebeleien, und der andere spricht mit einem Menschen, als wäre sie Mirtiin selbst! Wo habe ich als Mutter versagt? Was habe ich Schlimmes getan, um das zu erleiden?«

Während Deoraya jammerte und zu Sie-die-alles-hört flehte, verbeugten sich Tana und Ayesh noch einmal, bevor sie ihm den Stab reichte. Tana war sich des Gegenstandes ganz bewußt, als er ihn ehrfürchtig untersuchte.

»Er ist aus Stahaangestein geschnitten«, erklärte Zhanrax. »Aus der Nähe des Brunnens des Ursprungs. Ein heiliger Stab von einem heiligen Ort.«

»Würde Tana Schlechtes widerfahren, wenn er ihn zu Betalem zurückbringen würde?« fragte Ayesh. »Würde sie es gegen ihn verwenden?«

»Tana hat keinen Namen, und ist daher zu jung für ernsthafte Schuld«, teilte ihr Zhanrax mit.

»Tana soll ihn tragen?« fragte Deoraya. »Zhanrax, bist du verrückt? Er wird ihn fallenlassen!«

»Nein, das wird er nicht!« mischte sich Ayesh ein und fügte an Tana gewandt hinzu: »Er wird ihn voller Bewußtsein tragen, seine Beine werden bei jedem Schritt verwurzelt sein und er wird alles bemerken, was ihn umgibt. Stimmt das, Student Tana?«

Tana nickte ihr zu, sah dann seine Mutter an. »Ich werde ihn nicht fallen lassen. Ich bin nicht mehr ungeschickt. Ich stecke nicht mehr voller Goblingeist.«

»Goblingeist?« fragte Deoraya. »Welche Ketzerei lehrt der Mensch?«

»Das ist nur eine Redensart«, erklärte Ayesh. »Der Verstand, der voller Furcht und Ablenkungen ist, wird Goblingeist genannt. Aber Tana hat, wenn er will, die Kraft des Diamantengeistes. Er wird den Befehl besser hüten als Betalems Wächter, der ihn hierher brachte.«

»Geh«, befahl Zhanrax dem kleinen Bruder. »Bringe Mutter Betalem den Befehl und sage ihr, daß Ayesh nicht antwortet, da sie ohne Namen ist.«

Tana bleckte die Zähne zu dem schiefen Minotaurengrinsen und verschwand, bevor seine Mutter ihn daran hindern konnte.

In den folgenden Tagen traf keine Antwort von Betalem ein, auch der Befehl wurde nicht wiederholt.

Die Lektionen der Goblins schritten voran. Ayesh lehrte sie – und auch Tana – die ersten Schritte eines Ringers von Oneah.

»Wenn sie mit einer Waffe kämpfen«, erläuterte sie, »kann man sie entwaffnen oder unvorbereitet treffen. Aber wenn ihre Waffe der Körper ist, wie sie atmen, dann können sie kämpfen.«

Aber, wie sie ebenfalls lehrte, war das Erlernen des Ringens viel mehr als nur Kämpfen. Am wichtigsten war die Beherrschung. Körper, Geist und das Ich mußten geleitet und beherrscht werden. »Wichtiger als Gewinnen oder Verlieren ist es, gegenwärtig zu sein.«

Tana in den Unterricht einzuschließen erwies sich sowohl als Fluch wie auch als Segen. Zusammen mit Gur und dem jungen Goblin Tlik gehörte Tana zu den eifrigsten Studenten. Er nahm Anweisungen begierig auf. Schwierigkeiten bereitete nicht seine Einstellung, sondern sein Körperbau.

Ayesh mußte das Ringen von Grund auf neu überdenken. Wenn es um die Techniken ging – treten und boxen – konnte Tana nicht so handeln, wie Ayesh und die Goblins. Seine Knie knickten nach hinten, daher mußten ihm die Tritte von vorn wie Hammerschläge von hinten beigebracht werden, aber dadurch mußte auch die gesamte Gleichgewichtslehre verändert werden, da ein Tritt mehr nach *oben* ging, der nächste aber mehr nach *außen*. Außerdem bildeten Tanas Finger, die sich alle vier zum Handinneren bogen, eine nutzlose Faust. Sie konnte einen Aufprall besser auffangen als Schläge austeilen. Ayesh entschied sich, ihn zu lehren, mit geöffneten Händen zu schlagen.

Der Segen bestand darin, daß Tana auf der anderen

Seite beim Überdenken des Ringens stand. Wie Ayesh gelernt hatte, konnte man einen Minotaurus nicht mit den üblichen Griffen halten. Tana ließ sie an ihm Übungen vorführen.

»Wir haben gelernt, die Hand nach innen zu biegen, um einen Goblin zu halten«, sagte Ayesh. »Jetzt etwas Ähnliches, um den Minotaurus zu packen.« Sie ergriff Tanas Hand mit den schwarzen Fingern, drehte sie nach links und rechts, spreizte die Finger, drückte sie zusammen, zog die Hand zur Seite und fragte die ganze Zeit: »Tut das weh? Das? Wie ist es ...«

»Au!« Tana fiel auf die Knie. »Oh! Aufhören!« schrie er, als Ayesh einen Weg suchte, um ihn völlig zu Boden zu werfen.

»Ich danke ihm, Student Tana! Bitte aufstehen.« Dann lehrte sie die Bewegung. Anschließend, um sicherzugehen, daß alle Goblins es verstanden hatten, mußten sie an Tana üben, da sich weder Zhanrax noch Cimmaraya noch irgendein Wächter zu dieser Demütigung hergeben wollten.

Er beschwerte sich nie. »Junger Tana, er befindet sich auf dem Weg zu wahrer Meisterschaft«, erklärte sie ihm. Falls Tana die Behandlung widerstrebte, ließ er es sich nicht anmerken. Oftmals träumte Ayesh jedoch, daß der junge Minotaurus sie hierhin und dorthin zerrte, an den Haaren zog, ihr auf die Füße trat und die ganze Zeit über ruhig fragte: »Tut das weh, Lehrerin Ayesh? Das? Wie ist es hier mit ...«

Eines Morgens, als Ayesh, Zhanrax und Tana sich bereitmachten, die Hallen von Fels-im-Wasser zu verlassen, geleitete Deoraya sie in den vorderen Raum. Ihre Schwestern begleiteten sie – ein halbes Dutzend weibliche Minotauren. Mühelos versperrten sie die Tür.

Zhanrax legte die Hände auf die Hüften. »Meine Mutter«, sagte er, »ich möchte an diesem Morgen den Hof machen gehen, und mein Weg ist versperrt. Ist das die Art von Fels-im-Wasser, die Rechte der Söhne zu verweigern?«

»Ich werde dich nur kurze Zeit zurückhalten«, antwortete Deoraya. »Aber wenn du gehen willst, dann geh. Nur der Mensch bleibt hier.«

»Warum?«

»Weil sich ein Besuch nähert.«

»Wer?«

Deoraya lächelte. »Aber ich möchte dich nicht von deinem Liebestreffen abhalten«, sagte sie. »Ist es wichtig, wer den Menschen besucht? Geh nur. Ich stehe dir nicht im Weg.«

Sie trat beiseite, aber Zhanrax bleib stehen.

»Was hast du vor, Mutter?«

»Wenn es recht ist, versuche ich, Fels-im-Wasser weitere Peinlichkeiten zu ersparen.«

»Student Tana«, sagte Ayesh, »eile er zu Scaraya und berichte er ihr, was hier vorgeht.«

Aber Deoraya ergriff Tanas Handgelenk. »*Du* befindest dich noch nicht in diesem unmöglichen Balzalter, also befehle ich dir noch immer. Du wirst nicht tun, was der Mensch sagt. Bei der Ehre der Mütter, begreifst du das?«

Tana sah von seiner Mutter zu Ayesh und wieder zurück.

»Ich verstehe«, antwortete er.

»Schwöre.«

»Bei der Ehre meiner Mütter werde ich nicht handeln, wie mir Lehrerin Ayesh befiehlt.« Ein ernsthafter Schwur.

Soviel zur Hilfe von Scaraya, dachte Ayesh.

Hufe klopften gegen den Türrahmen.

»Ich gehe«, bot Tana an, und seine Mutter ließ ihn los.

Tana öffnete die Tür und sah sich der Tempelwache gegenüber – sämtlichen zehn Wächtern. In ihrer Mitte stand Betalem. Drohend blickte sie Ayesh an.

»Mutter Betalem! Komm herein«, sagte Deoraya. »Und bringe deine Begleitung mit.«

Tana mußte in den Gang treten, um die breitschultrigen, mit Äxten bewaffneten Wachen in den Raum zu lassen. Zuerst schritten fünf Wächter in die Halle, ihnen folgte Betalem, den Schluß bildeten die restlichen fünf Wächter. Alle drängten sich im Vorzimmer, und die Tür schloß sich hinter ihnen.

Alle Augen ruhten auf Betalem. Wenn außer Ayesh noch jemand bemerkt hatte, daß Tana fort war, so sagte es niemand.

»Du wolltest nicht kommen, als ich es befahl«, knurrte Betalem.

»Aus gutem, dir bekannten Grund, Mutter Betalem«, antwortete Ayesh und verneigte sich tief.

»Nenne mich nicht Mutter!« grollte Betalem. »Zwischen deinen und meinen Ahnen besteht keine Verbindung.«

»In Hurloon lehrte man mich anderes«, entgegnete Ayesh.

Betalem schnaubte. »Hurloon! Aber das haben wir bereits gehört. Wir wollen keine stillgelegte Mine betreten. Ich will dir ein Angebot machen, Mensch. Nimmst du es an, wirst du leben. Ansonsten kann ich für deine Sicherheit nichts versprechen.«

»Ist das eine Drohung?« fragte Ayesh. »Ich bat um den Schutz dieses Hauses, der mir gewährt wurde.«

»Aber gegen meinen Willen«, warf Deoraya ein. »Sie kannte die rechte Form der Bitte. Zweifellos von den Hurloon gelernt.«

»Dies ist ein starkes Haus und ein wichtiges«, erklärte Betalem. »Dich zu töten, würde die Ehre von Fels-im-Wasser beflecken. Ich bin die Priesterin von ganz Mirtiin. Ich würde mir dieses Haus ungern zum Feind machen. Die Zeiten in Mirtiin sind ungewiß, aber ich möchte, wenn möglich, Frieden bewahren.«

»Mutter Betalem, ich schulde dem Tempel allen Respekt«, sagte Zhanrax. »Alles, was mit dem Menschen geschieht, ist begründet darauf, daß ich freie. Sagen denn die Schriften nicht: ›Unverheiratet und mit Namen, wird er eine Verbindung mit einem anderen Stamm suchen. Versage ihm nichts, was du auf Grund der Ehre deiner Herkunft gewähren solltest.‹ Also tretet beiseite und laßt uns vorbei. Ich mache jemandem den Hof und Ayesh ist das Geschenk, das ich meiner Auserkorenen bringe. So wie Blumen.«

Selbst unter Menschen wäre das erniedrigend, dachte Ayesh. *Aber Minotauren essen Blumen!* Trotzdem gelang es ihr, keine Miene zu verziehen.

»Der Tempel ist wichtiger als deine Bedürfnisse«, sagte Betalem.

Deoraya warf ein: »Cimmaraya ist eine schlechte Wahl, mein Sohn. Ihr Stamm ist klein, und ihre Linie enthält nicht so viele Helden wie die unsere. Du solltest bei Zerbrochene-Becher oder Fallende-Steine freien. Sogar Flammen-in-Leere können dir eine bessere Heirat bieten.«

»Wenn du sie freist, um die Gunst ihres Vaters zu erringen«, sagte Betalem, »dann denke daran, daß Myrrax nicht ewig für Mirtiin sprechen wird.«

Zhanrax richtete sich unwillig auf. »Ich freie nicht, um Myrrax' Gunst zu erringen. Drohst du ihm, Betalem? Ihm, der für diese Steine spricht?« Er stampfte mit dem Fuß auf den Boden. Die Geste wäre bedeutsamer gewesen, wenn der Teppich nicht gewesen wäre.

»Es ist wahr«, warf eine von Zhanrax' Tanten ein. »Myrrax wird nicht ewig in Mirtiin regieren.«

»Das *ist* eine Drohung«, bekräftigte Zhanrax.

»Nur Weisheit«, meinte Betalem. »Verglichen mit Stahaan ist Mirtiin klein. Welche Ketzereien auch immer in Mirtiin aufkeimten, sie endeten schrecklich für ihn, der für Mirtiin spricht.«

Sie deutete auf Ayesh. »Die Gedanken, die *flakkach* in Mirtiin leben lassen, sind Ketzereien. Kriegsgewinne.«

»Du hast ein Angebot erwähnt«, mischte sich Ayesh ein. »Ich möchte es hören.«

»Sie hat nur falsches Spiel zu bieten«, unterbrach Zhanrax.

»O nein«, sagte Betalem. »Ayesh, du bist eine Gefangene hier. Aber meine Wachen und ich würden dich bis an die Grenzen Mirtiins bringen. Bis zur See würden wir dich geleiten und freilassen.«

»Du kannst ihr nicht trauen«, sagte Zhanrax. »Was soll das heißen? Wird sie dich an die Grenze zu Stahaan bringen und dort freilassen? Dann könnte sie die Stahaanwachen dazu bringen, dich zu töten.«

»Wenn du willst, bis an die Grenzen des Voda-Meeres, Ayesh«, erklärte Betalem.

»Und doch darfst du ihr nicht trauen. Hat sie nicht geschworen, dich zu töten? Du bist *flakkach*. Daher gilt ihr Wort nichts.«

»Stimmt«, nickte Betalem, »daher würde ich dir mein Wort geben, Zhanrax, sowie deiner Mutter und deinen Tanten. Ayesh steht unter eurem Schutz. Wenn sie einwilligt, mich zu begleiten, gewähre ich ihr den Schutz des Tempels. Sie darf ihn aber nicht betreten. Aber ich schwöre, daß sie nicht getötet wird. Wenn sie einwilligt.«

»Du darfst nicht gehen!« rief Zhanrax. »Cimmaraya braucht dich!«

»Du wendest dich gegen den Tempel, Zhanrax«, sagte Betalem warnend.

Er verneigte sich. »Ich verlange nur das Recht, das die Schrift mir gewährt.«

»Wir werden dich schon verheiraten«, erklärte Betalem. »Gut verheiraten. Vielleicht mit Schatten-in-Eis? Das Haus hat viele fromme junge Mädchen.«

»Ich will mein Recht!« brüllte Zhanrax.

Betalems Wachen zuckten zusammen und legten die Hände auf die Waffen.

»Und ich will das meine«, sagte Betalem. »Ich werde

Mirtiin auf den wahren und heiligen Weg führen. Wie auch immer. Aber ich würde den unblutigen Weg vorziehen, Zhanrax. Stellst du dich gegen mich, dann sollst du wissen, daß deine Cimmaraya einen so verräterischen Pfad beschreitet, daß sie – wie sehr du auch um sie wirbst – vielleicht nicht lange genug lebt, um dich zu heiraten.«

»Unverschämtheit!« brüllte Zhanrax. Er griff nach der Axt.

»Reine Wahrheit«, entgegnete Betalem. »Mensch, was sagst du?«

Ayesh blickte die Priesterin lange und durchdringend an. Schließlich sagte sie: »Du fürchtest mich, weil ich Erfolg haben könnte.«

»Ich bin gegen dich, weil du das Werkzeug der Ketzer bist«, widersprach Betalem. »Weder fürchte noch hasse ich *flakkach*. Ich tue nur, was die Schrift befiehlt. Ich würde aber eine Ausnahme machen und dir das Leben schenken, selbst jetzt, nachdem du *purrah* verletzt und die inneren Hallen von Mirtiin gesehen hast.«

»Nein«, sagte Ayesh und schüttelte den Kopf. »Ich kenne dich. Deine Art habe ich unter Menschen und allen anderen Rassen kennengelernt. Hast du erst einmal deinen Weg beschritten, deinen engen Weg, wirst du daran festhalten und andere zwingen, es dir gleich zu tun. Aber was ist, wenn sich dir ein besserer Weg öffnet? Du würdest lieber die Augen verschließen, als ihn zu sehen.« Sie lächelte. »Ich mache Fortschritte, Betalem. Die Goblins lernen. Bald schon gibt es eine neue Rasse in Dominaria – die Goblins des Diamantgeistes! Und in Mirtiin wird Frieden herrschen, während die Minotauren und Goblins in Stahaan zum Krieg verdammt sind.«

»Goblins sind *flakkach!* Wir *müssen* mit ihnen kämpfen. Wir *werden* mit ihnen kämpfen! Wenn Mirtiin die Goblins belehrt, werden sie nur zu noch gefährlicheren Feinden.« Betalem wandte sich an Deoraya. »Ziehe den

Schutz deines Hauses zurück! Laß mich den Menschen nehmen und mit ihm machen, was ich will!«

Deoraya blickte ihre Schwestern und ihren Sohn an. »Die Bitte um Schutz wurde richtig gestellt«, meinte sie.

»Beruht aber auf Hurloon Ketzerei!«

»Wenn du mir die Schriftrolle zeigst, Mutter Betalem, wo klar geschrieben steht ...«

»Narren!« schrie Betalem. »Ich spreche für Stahaan. Das ist genauso bedeutend wie eine Schrift.« Dann befahl sie den Wachen: »Tötet den Menschen.«

»Bei unserer Ehre, das tut ihr nicht!« rief Zhanrax und stellte sich vor Ayesh. Er zog die Axt aus dem Gürtel, während die zehn Wachen seinem Beispiel folgten.

Unsicher packten auch die zahlenmäßig unterlegenen Tanten ihre Waffen.

»Im Namen von Sie-die-die-Erste-war«, sagte Deoraya, »möchtest du Krieg mit unserem Haus, Betalem? Wir werden uns wehren. Es geht um unsere Ehre!«

Betalem wiederholte: »Tötet den Menschen.«

KAPITEL 16

Lange Zeit bewegte sich niemand in den Räumen von Fels-im-Wasser. Ayesh hatte beinahe erwartet, daß eine der Tanten die Axt fortwerfen, sich umdrehen, sie packen und Betalems Wachen übergeben würde. Fels-im-Wasser war ihr nicht wohlgesonnen.

Aber die wenigen Matriarchen standen kampfbereit. Es ging um die Ehre.

Dort draußen ging es auch um Tanas Ehre. Was tat er in den Hallen von Mirtiin? Durch einen Schwur an seine Mutter gebunden, konnte er Ayesh' Befehl, Scaraya Bericht zu erstatten, nicht befolgen. Sogar wenn er die Anweisung seiner Mutter wörtlich befolgte, sie aber auf Umwegen zu umgehen versuchte, brachte ihm das Unehre ein. Also konnte er nicht zu Cimmaraya gehen, hoffen, daß sie es Scaraya weitersagte, oder aber Cimmaraya so laut davon erzählen, daß Scaraya es mithörte.

Selbst wenn Tana Schande über sich brachte und selbst zu Scaraya ging, welche Hilfe konnte die kurzsichtige Wissenschaftlerin jetzt leisten, da die Dinge unangenehm zu werden drohten?

Ayesh ängstigte sich, ob es Tana gelingen würde, Hilfe zu holen, während im Vorzimmer von Fels-im-Wasser Betalems Wachen mit dem Schrei: »Stahaan!« losstürmten.

Äxte prallten aufeinander.

Die Matriarchen von Fels-im-Wasser befanden sich doppelt im Nachteil. Ayesh las es ihnen von den Augen ab: Sie konnten kaum glauben, daß sie kämpften, um einen Menschen zu schützen. Und sie waren in der

Minderheit. Daher kämpften sie halbherzig, und nur um zu zeigen, daß sie Widerstand leisten konnten. Sie erwarteten, daß Betalem aufgab.

»Liefert den Menschen aus!« schrie Betalem. Die Wachen griffen mit voller Gewalt an. Wieder und wieder schlugen die Waffen zu. Eine Fels-im-Wasser Kämpferin schrie vor Schmerz, als sich ihr eine Axt in die Schulter bohrte. Zwei der Wächter drangen auf sie ein, während Ayesh versuchte, mit dem Hintergrund des Raumes zu verschmelzen.

»Djenaraya!« rief Zhanrax seiner Tante zu. Sterbend sank sie in die Knie. Zhanrax brüllte. Seine Axt fand den Nacken des ihm am nächsten stehenden Wächters. Seine Mutter und die Tanten waren wie benommen, als könnten sie nicht fassen, daß die Tempelwache ihre Schwester getötet hatte. Ihr Zögern eröffnete neue Angriffspunkte. Wieder fand die Axt eines Wächters ein Opfer.

»Kheshiraya!« bellte Zhanrax verzweifelt. Dann brüllte er wutentbrannt: »Mutter! *Kämpfe!*« Der Ruf entzündete Flammen in den Augen seiner Mutter.

»Betalem!« schrie sie. »Für diesen Frevel wirst du sterben!«

»Der Überlebende schreibt Geschichte«, bemerkte Betalem. »Man wird sich erinnern, daß Fels-im-Wasser, ein verfluchtes Haus, eine Priesterin des Tempel herbeilockte und sie angriff.«

Jetzt hatte Fels-im-Wasser eigene Gründe, um zu kämpfen, und sie kämpften voller Wut. Nun konnte auch Ayesh eingreifen, ohne Angst haben zu müssen, daß *beide* Seiten auf sie einschlagen würden. Aber von Fels-im-Wasser standen nur noch Zhanrax, Deoraya und drei der Tanten den acht Wächtern gegenüber. Nur die Enge des Raumes ließ den Verteidigern die Hoffnung, ein wenig länger auszuhalten.

Ayesh flitzte durch den Wald aus haarigen Beinen. Sie trat jeden Feind, an den sie herankam und zielte auf die Punkte, die ihr Tana durch seine schmerzlichen Grunzlaute angegeben hatte. Aber jetzt trat sie mit voller Kraft zu.

Ein Wächter stöhnte. Ein anderer fiel zu Boden.

Aus den Augenwinkeln bemerkte Ayesh, wie Zhanrax auf das Bein des am Boden Liegenden hieb. Neues Gebrüll ertönte. Ayesh hastete weiter, als ein scharfer Huf dicht an ihrem Kopf vorbeiflog.

Sie duckte sich. Noch einer. Sie rollte beiseite, trat erneut zu und schlug einen Purzelbaum – weg von dem Gewimmel, in Betalems Reichweite.

»Glaubst du, ich könne nicht selbst mit dir fertig werden?« höhnte Betalem. Sie griff nach Ayesh.

Es schien fast, als hätte sich Betalem unbeschreiblich langsam bewegt. Sie hätte sich kaum einladender, kaum ungeschickter vorbeugen können.

Ayesh packte die Hand, die nach ihr griff. Sie drehte das Gelenk weder vor noch zurück, sondern nach *außen*.

Knack.

Betalem heulte vor Schmerz und Wut. Ayesh zerrte weiterhin an dem Arm, bis die Priesterin auf dem Boden zusammenbrach. Dann drehte Ayesh den Arm noch einmal und benutzte die Schulter als Hebel. Sie zog, bis sie ein lauteres *Knack!* hörte. Dann versetzte sie Betalem noch einen Tritt auf die Nase. Bei einem kleineren Lebewesen wäre der Tritt tödlich gewesen, aber Betalem holte sich nur eine blutende Nase.

Die Priesterin heulte noch einmal auf. Sie konnte sich nicht erheben. Ayesh umklammerte den verletzten Arm noch immer.

Haßerfüllt schrie Betalem: »Der Mensch! Tötet zuerst den Menschen!«

Es war unwahrscheinlich, daß alle Wachen gleichzeitig den Überlebenden von Fels-im-Wasser den Rücken zuwenden würden. Aber einer von ihnen wandte sich um und zielte mit der Axt auf Ayesh' Kopf. Sie duckte sich und sprang davon.

Betalem versuchte, sich mit Hilfe eines Armes aufzurichten.

»Tötet sie!«

Der Wächter stürmte los, änderte aber dann die Richtung. Götter und Wunden, diese Minotauren waren stark! Die Bewegung kam überraschend für Ayesh. Die Klinge streifte ihre Hand, und sie fiel hintenüber, in Betalems Nähe.

Eine Wunde klaffte in ihrer Hand. Blut schoß heraus. Der Wächter kam näher.

Ayesh sprang fort. Aus den Augenwinkeln sah sie etwas Schwarzes herabsinken. Sie bewegte sich, aber nicht schnell genug. Mit knochenzerschmetternder Kraft sauste Betalems Huf herab. Ayesh zuckte zusammen.

»Jetzt!« rief Betalem. Sitzend legte sie ihr ganzes Gewicht in den Huf, der Ayesh' zerschmetterten Finger hielt. »Sie hängt fest! Töte sie!«

Die Axt senkte sich. Ayesh dachte nicht nach. Sie zerrte. Sie spürte Schmerzen und Widerstand. Sie zog noch einmal. Fleisch und Sehnen rissen, und sie rollte sich weg. Die Axt teilte den Teppich und die darunter liegenden Steine.

Die Tür öffnete sich. Eine tiefe Minotaurenstimme brüllte: »Aufhören! Im Namen von Mirtiin und allen Stämmen: Wer auch immer den nächsten Schlag austeilt, stirbt!«

Der Kampf hörte auf.

Der Raum war erfüllt von Keuchen und dem Geruch von Blut.

Der Wächter, dessen Axt Ayesh gerade verfehlt hatte, warf seiner Herrin einen Blick zu. Sie nickte kaum merklich.

Er riß die Axt aus dem Boden und hob sie, um Ayesh einen Hieb zu versetzen. Sie wollte zur Seite springen.

Der Schlag wurde nicht ausgeführt. Eine Lanze durchbohrte den Wächter so plötzlich, daß sie aus dem Nichts zu stammen schien.

Die Axt entglitt seinen Fingern. Er sank in die Knie, griff nach dem Schaft und fiel auf die Seite.

Der Minotaurus mit der tiefen Stimme betrat den Raum. Er trug eine graue Tunika und die Schärpe der Elf. Er überblickte die Lage und schüttelte den Kopf. »Blut zwischen dem Stamm und dem Tempel! Mütter, rettet mich, so etwas habe ich noch nie gesehen!«

»Wir wurden angegriffen, Hauptmann Tekrax«, sagte eine von Deorayas Schwestern.

Der Hauptmann schüttelte nur den Kopf.

Weitere Wächter drängten herein. Im Gang stand Tana, dessen Augen vor Angst weit aufgerissen waren. Aus anderen Fels-im-Wasser Türen spähten Minotauren in den Gang mit den schwarz-blauen Vorhängen.

Ayesh lief zu dem verwirrten Jungen. »Tana«, sagte sie. Sie hielt ihm die Hand entgegen und ergriff seinen Arm. »Es war klug, zu Myrrax zu gehen!«

Er starrte an ihr vorbei. Sie folgte seinem Blick.

Zwei der Tanten lagen tot in ihrem Blut. Seine Mutter und der ältere Bruder waren blutbesudelt. Eine dritte Tante hielt sich den Stumpf ihrer abgetrennten Hand.

Wieder sah Ayesh Tana an. Jetzt ruhte sein Blick auf ihrer verletzten Hand. Helles Blut lief über sein Fell, wo sie ihn berührte. Der kleine Finger war verschwunden, und rings um die Wunde herum hingen Fleischfetzen.

»Diamantgeist«, sagte sie. »Jetzt ist es Zeit zu prüfen, ob du ihn hast oder nicht.«

»Diamantgeist«, wiederholte er. »Folge deinem Atem.«

Er schloß die Augen und nickte.

»Fühle, was du fühlst«, erklärte sie ihm. »Laß dich aber nicht davon beherrschen. Gefühle verfliegen, wie der Atem.«

Er öffnete die Augen und folgte ihr. Als sie den Raum betraten, rief Deoraya: »Siehst du, was du getan hast, Zhanrax? Deine Tanten, die dich bereits liebten, als du noch in der Wiege lagst und dich heute morgen dein Leben lang liebten, sie starben für dich! Sie starben für dich und die fruchtlose Werbung, die du durchführst!« Dann weinte sie. »Meine Schwestern, meine Schwestern!«

Zhanrax kniete über seiner Tante Keshiraya. Mit den Fingern schloß er ihr die Augen. Dann hob er den Kopf und stieß einen Laut aus, der halb ein Brüllen, halb ein Stöhnen war.

Tana kniete sich neben seinen Bruder und weinte.

Ayesh erwartete, daß sich die Klagen und Rufe der Minotauren zu den ruhigen, bebenden Lauten der Lieder wandelten, die sie gehört hatte, wenn die Hurloon für ihre Gefallenen sangen. Aber bei Fels-im-Wasser sangen die Minotauren nicht.

Natürlich, fiel es Ayesh ein, die Minotauren von Zhanrax' Spähtruppe hatten auch nicht für die Goblins gesungen, die sie getötet hatten. So gab es also wieder einen Unterschied bei den Gebräuchen der Mirtiin und der Hurloon.

Eine Stunde später, während Scaraya das nutzlose Fleisch abschnitt und Ayesh' Wunde vernähte, leitete Tana die Klasse der Goblins. Ayesh hatte ihm gesagt, er solle bei seiner trauernden Familie bleiben, aber Tana hatte die Tränen fortgewischt und mit gebrochener Stimme gesagt: »Jemand muß die Klasse leiten. Diamantgeist, Lehrerin Ayesh.«

»Du mußt trauern«, antwortete sie.

Tana hatte die Lippen vorgestülpt und sie so streng angesehen, wie er nur konnte. »Ich trauere. Ich fühle, was ich fühle, aber ich lasse mich nicht davon beherrschen.«

Sie öffnete den Mund, um zu widersprechen, erinnerte sich dann aber an eine Redensart Meister Hatas: *Wie Vögel im Herbst, so weiß auch das wunde Herz, wohin es fliegen muß.* Also nickte sie und ließ Tana zu den Goblins gehen.

»Ich hoffe, er wirft sie nicht zurück«, bemerkte Scaraya, während sie Ayesh' Hand bearbeitete.
»Er wird einen guten Lehrer abgeben.«
Scaraya verwechselte ihre Ehrlichkeit mit Spott. »Nun, es wird ihm Spaß machen und er kann nicht viel Schaden anrichten. Kinder müssen Abenteuer erleben.«
»Er ist kein Kind, Scaraya. Er ist mein bester Schüler.«
Über Scarayas Kopf summten Bienen im gespiegelten Sonnenlicht. Überall in den unterirdischen Gängen von Eisen-in-Granit sangen Vögel. Früchte hingen schwer an einigen Bäumen.
»Kinder müssen Abenteuer erleben«, wiederholte Scaraya, als sie das Blut aus der Wunde spülte. »Wenn er nur die Goblins nicht zurückwirft. Sie machen Fortschritte, nicht wahr? Werden sie bald für die Versammlung bereit sein? Ich denke schon. Ja.«
So sehr wie Scaraya Tana unterschätzte, so überschätzte sie die Goblins, wenn sie annahm, sie wären für öffentliche Vorführungen und Auftritte bereit. Wieviel Selbstbeherrschung ein Goblin auch meisterte, so war sich Ayesh doch sicher, daß es besser sei, sie so wenig wie möglich sehen zu lassen. Die Minotauren mancher Stämme murrten, wenn sie einen durch und durch beherrschten Menschen sahen. Würden sie glücklicher sein, wenn sie vernünftige Goblin erblickten? Außerdem wäre es völlig verrückt, die Kampffähigkeiten der Kreaturen zu zeigen! Ringen erforderte Selbstbeherrschung, aber alle versammelten Minotauren würden nur bemerken, daß ein gefährlicher Feind jetzt noch gefährlicher war.
Und schufen sie denn nicht genau *das?* Trotzdem hatte Scaraya in letzter Zeit immer wieder gefragt: »Was ist mit einer Vorführung? Was können wir zeigen? Schon bald, ja?«
Scaraya nahm ein Skalpell von dem Tablett.
Gäbe es eine Vorführung, was sollte gezeigt werden? Oneahnische Tugenden?

Ayesh hatte seit langem das Trugbild beiseite geschoben, daß sie wahre oneahnische Kultur an die Goblins unterrichtete. In Wahrheit trug sie zu einem Gemisch bei. Was sie lehrte, hörten die Schüler mit Goblinohren. Tana veränderte alles, was er weitergab, ein wenig auf Minotaurenart. Wenn Ayesh von ›dem Unsichtbaren‹ sprach, nannte Tana es ›das Versteckte‹. Ayesh fand heraus, daß es sich um den Unterschied der Kulturen der offenen Landschaft und der Labyrinthe handelte.

Scarayas Skalpell traf einen Nerv. Ayesh zuckte zusammen.

»Fast fertig«, beruhigte sie Scaraya.

Ayesh sah auf das Tablett mit den Instrumenten, auf die sauberen Nadeln und Klingen, die im unterirdischen Sonnenlicht funkelten.

»Du mußt den anderen noch behandeln«, sagte sie und streckte die linke Hand aus.

Scaraya schaute sie verständnislos an.

»Schneide den kleinen Finger der linken Hand ab«, erklärte Ayesh. »Dann bin ich nicht länger *flakkach*.«

Scarayas blaue Augen starrten sie an. »Nein. Das stimmt nicht.«

»Du hast kein politisches Gespür, Scaraya«, stellte Ayesh unumwunden fest. Vor einigen Tagen hatte sie von Tana gelernt, daß nicht alle Matriarchen wegen ihres politischen Geschicks erwählt wurden. Jeder Stamm wählte eine Anführerin durch Mehrheitsbeschluß. Wahlversammlungen konnten Tage dauern, hatte Tana erzählt. Wenn eine Erwachsene des Stammes etwas gegen eine Kandidatin einzuwenden hatte, war die Auswahl ungültig. Es gab Besprechungen und entweder wurde die Kandidatin oder der Einwand zurückgenommen. Die Versammlung währte Tag um Tag, bis endlich jemand genannt wurde, gegen den es keine Einwände gab.

Scaraya war ob ihrer wissenschaftlichen Kenntnisse erwählt worden, nicht wegen politischer Weisheit. Sie kannte ihre Kräuter und deren Wirkung. Ihre Gärten waren echte Wunder. Aber Scaraya war nicht in der Lage, die wahren Zustände im Klassenraum der Goblins zu beurteilen.

Zuerst behandelte sie Tana, Ayesh' besten Schüler, wie ein Klassenmaskottchen. Tana wußte mehr als die Goblins, denn er lebte in einem Haushalt mit der Lehrerin. Es gab Zeiten, da er so viele Fragen stellte, daß ihn Ayesh bat, die Küche zu verlassen, damit sie eine Weile allein sein konnte. War er aber zu lange fort, vermißte sie ihn. Er allein hatte sie in den Hallen von Mirtiin mit echtem Respekt behandelt.

Wenn Scaraya schon Tanas wahrer Platz in der Klasse verborgen blieb, wie sollte sie da die bedeutend feineren Schwingungen der Politik von Mirtiin wahrnehmen?

»Schneid den Finger ab«, wiederholte Ayesh. »Schneid, und wir werden den Boden unter Betalems Füßen wegschneiden.«

Der Minotaurus schüttelte den zottigen Kopf.

»Wenn du es nicht tust, frage ich Zhanrax. Er wird verstehen, warum es nützlich ist, Scaraya. Aber er wird nicht sauber schneiden können.«

Scaraya starrte sie unsicher an.

»Erstes Kapitel der Wissenden Reinheit. ›So sollst du den Unterschied erkennen: Der fünfte Finger ist *flakkach*.‹«

»Nur ein ausgesprochener Narr würde bestätigen, daß durch Abschneiden des fünften Fingers ...«

»Schneide. Schneide gut, oder ich muß Zhanrax schlecht schneiden lassen.«

Scaraya sah sie lange schweigend an, dann wandte sie sich dem Tablett mit den funkelnden Klingen zu. Sie wählte eine aus, die wie ein winziges Hackebeil aussah.

KAPITEL 17

Cimmaraya saß zwischen den Wachen unter einer Lampe und beobachtete den Unterrichtsbeginn. Die Nachricht über den Fels-im-Wasser Kampf hatte sie verwirrt. Und noch überraschter war sie, als Tana erschien, um die Klasse zu leiten, während seine Familie trauerte. Aye, die Klasse zu leiten, und zwar sehr gut. Mit einer Sicherheit, die weit über seine Jahre hinausging, lehrte Tana die Dehnübungen und die Herzschlagproben. Dann führte er die Klasse durch Fragen zu den Sieben Tugenden. Bisher hatte Ayesh fünf Tugenden unterrichtet. Nach diesen konnte Tana die Schüler befragen. Mehr kannte er nicht.

Cimmarayas Herz wog schwer. Zuerst machte sie sich Sorgen, daß Tana, der nicht viel mehr als die Goblins wußte, ein schlechter Lehrer sein würde. Zweitens sorgte sie sich um Ayesh, da Scaraya gesagt hatte, sie habe viel Blut verloren.

Drittens sorgte sie sich um Zhanrax.

Zhanrax stand in einer Ecke im Schatten. Mit Augen, die nichts zu sehen schienen, starrte er vor sich hin. Er blinzelte nicht einmal. Hin und wieder fuhren seine Hände durch die Luft, als wollten sie das Leben aus den unsichtbaren Feinden pressen. Manchmal sackte sein Körper traurig in sich zusammen.

Der große Zhanrax, Anführer der Patrouillen, ältester Sohn einer Stammesmutter, war überwältigt von einer Wut, die er nicht auszuleben wagte, und mit Trauer, die er nicht freigab. Aber wenn sein kleiner Bruder anscheinend ungerührt zur Klasse eilte, dann wollte auch Zhanrax nicht zurückstehen.

Cimmaraya hatte Zhanrax immer sehr von sich eingenommen gefunden. Als Scaraya ihr erklärt hatte, daß er Ayesh nur gefangen hatte, um sie freien zu können, hatte Cimmaraya ihn für einen Narren gehalten. Für einen nützlichen Narren. Sie war ihm dankbar, daß er Ayesh gebracht hatte. Aber trotzdem war er ein Narr. Und so hatte sie ihn auch behandelt.

Aber ihn jetzt so untröstlich zu sehen, erweichte ihr Herz. Aye, er war ein Narr. Aber einer, der an den Folgen des Todes litt. Einer, mit dem sie sanft umgehen mußte. Wenigstens konnte sie aufhören, seine Werbung nicht zu beachten, wie sie es bisher getan hatte. Der Gedanke schmerzte sie, daß ihre Gleichgültigkeit eine Qual war, die noch zu den anderen Betrübnissen hinzukam. Sie hielt ihn nicht für einen geeigneten Gefährten – seine Familie war viel zu förmlich und altmodisch. Aber lieber wollte sie ihm das Herz leichter machen, als es zu brechen.

Tana unterrichtete jetzt etwas, das er die Regenbogen-Meditation nannte. Cimmaraya hatte davon noch nicht gehört und nahm an, daß es sich um eine Lehre handelte, die Ayesh Tana in den Hallen von Fels-im-Wasser beigebracht hatte. »Mit geschlossenen Augen werdet ihr zuerst die Farbe rot sehen ...« begann er.

Die Goblins schienen alle ein wenig ruhelos zu sein, was unter diesen Umständen nicht überraschend war. Allerdings hatte Cimmaraya damit gerechnet, bei zwei oder drei Goblins noch größere Ruhelosigkeit zu bemerken. Und das war die vierte Sache, die ihr Sorgen bereitete.

Die Wachen am Eingang rührten sich. Scaraya war eingetreten, begleitet von Ayesh. Das Gesicht des Menschen wirkte blaß und verschlossen. Sie stützte sich auf Scaraya.

»Mensch Ayesh!« sagte Rip, und Nur meinte: »Lehrerin Ayesh!« Die Hälfte der Goblins wandte den Kopf.

»Seid ihr Tiere, daß ihr euch bei der geringsten Ablenkung umdreht?« sagte sie streng. »Tana unterrichtet, und während er das tut, müßt ihr ihm soviel Aufmerksamkeit wie mir widmen!«

Die Goblins drehten sich wieder um und schlossen die Augen. Cimmaraya glaubte, ein winziges Lächeln auf ein paar der grauen Gesichter zu sehen. Durch diesen Ausbruch hatte Ayesh bewiesen, daß sie immer noch die Alte war.

»Wie läuft die Stunde?« fragte Scaraya.

»Sehr gut«, antwortete Cimmaraya. Dann fügte sie leise hinzu: »Aber es gibt eine Schwierigkeit.«

Ayesh blickte in die dunklere Ecke des Raumes. »Armer Zhanrax«, flüsterte sie.

»Aye, er leidet«, nickte Cimmaraya. »Aber die Wunden des Herzens heilen. Derzeit haben wir es mit willkürlichem Ungehorsam zu tun. Ich fürchte...« Sie senkte die Stimme zu einem Wispern. »Ich fürchte, daß sich unter den Goblins eine Rebellion ankündigt.«

Scaraya wirkte erstaunt. »Wie kommst du...«

»Es wäre besser, wenn wir uns im Gang unterhalten«, meinte Cimmaraya. Sie erhob sich und bedeutete den Wachen, die Goblins aufmerksam zu beobachten, während Scaraya und sie fort waren.

Auch Ayesh kam mit, auf Scaraya gestützt.

»So«, begann Scaraya, »wieso glaubst du, daß ein Aufstand bevorsteht? Sollten die Goblins denn nicht aufgeregt sein ob der Ereignisse des heutigen Tages und dem, was beinahe geschehen wäre?«

»Du weißt, daß ich sie frei herumlaufen lasse, nachdem sie die Kräuter geschluckt haben. Solange sie nicht zu weit fortgehen und die Wächter sicher sind, daß unsere Feinde keinen Hinterhalt vorbereiten, lasse ich sie gehen.«

»Je weniger sie sich eingesperrt fühlen, um so besser ist es. Eines Tages werden sie völlig frei sein.«

»So sagst du es, und so halte ich es auch. Heute befahl ich ihnen, die Kräuter einzunehmen. Ich beobachtete sie dabei. Nach ein paar Minuten ließ ich sie durch die Mine streifen. Später, als Ayesh nicht kam, rief ich sie in den Raum zurück. Dann geschahen all diese Dinge – ein solches Durcheinander, daß ich durch diesen Gang schritt, um meine Gedanken zu ordnen.« Sie zog eine Fackel aus der Wand.

»Ja«, nickte Scaraya, »aber du hast noch nicht ...«

»Hier«, unterbrach sie die Jüngere. Sie senkte die Fackel, damit das Licht den staubigen Boden erhellte. Ein dunkler Fleck war zu sehen.

»Kannst du einen Augenblick alleine stehen?« fragte Scaraya Ayesh. Dann hockte sie sich neben den Fleck auf den Boden. Das Licht spiegelte sich in den Augengläsern.

»Schlamm?« erkundigte sich Ayesh.

Scaraya schnüffelte. »Aye, aber kein gewöhnlicher Schlamm. Ich rieche Carlinall und bitteren Hexenbalsam. Dann die Süße von Zunderblüten ...« Sie erhob sich. »Das ist der Trank, den wir den Goblins geben, um sie zu beruhigen.«

»Jetzt weißt du, warum ich Aufruhr ahne.«

»Warum?« fragte Scaraya. »Erbrochenes hat einen bestimmten Geruch, aber er ist nicht wahrzunehmen.«

»Du meinst, du weißt es nicht?« fragte der Mensch. »In ihren Bauten sind die Goblins geschickte Giftmischer. Junge Goblins lernen schon früh, Essen und Trinken ohne zu schlucken in der Kehle zu halten.«

»Aber sie liefen danach herum!« ereiferte sich Cimmaraya. »Sie redeten!«

»Das ist ihre Kunst«, erklärte Ayesh. »Sie beobachten einander ob der ersten Anzeichen einer Vergiftung und schlucken erst, wenn sie sich sicher fühlen.«

»Aber wie haben sie dann die ersten Portionen der Kräuter geschluckt, die wir ihnen gaben?«

»Sie wurden beobachtet, oder nicht? Sie konnten nicht ungesehen ausspucken. Außerdem ist es leicht, einen Goblin im Normalzustand zum Schlucken zu bringen. Wie wir wissen, können sie sich nicht beherrschen. Und ich glaube, daß die Giftmischer in den Höhlen ihre Opfer erschrecken, damit sie schlucken. Wenn die Gifte nicht oft wirken würden, warum würden sie dann wohl angewandt?«

Scaraya fragte. »Wie viele, Cimmaraya?«

»Ich habe drei dieser Plätze gefunden. Ich kann nur annehmen, daß es noch mehr gibt.«

»Böse Entwicklungen«, stöhnte Scaraya. »Diese Tage sind voller böser Überraschungen.« Sie blickte auf Ayesh' verbundene Hände.

»Ich habe dem Unterricht zugesehen«, erklärte Cimmaraya, »und auf den Augenblick gewartet, wenn drei oder mehr Goblins ihren Widerstand frei herausschreien und die Wachen angreifen. Daher habe ich doppelte Wachsamkeit angeordnet. Die Hände der Wachen ruhen auf den Axtschäften.«

»Als hätten wir heute nicht genug Äxte gesehen«, sagte Ayesh. Sie ließ sich an der Wand hinuntergleiten, um sich hinzusetzen. »Wir müssen die Rebellen herausfinden, bevor sie sich erheben. Jeder Vorteil, den sie erringen können, mag den Restlichen eine falsche Ermunterung geben, wie streng wir sie auch bestrafen.« Sie schüttelte den Kopf. »Fast hatten sie mich überzeugt, daß sie sich ändern *wollten*.«

»Vielleicht möchten es einige der Goblins«, meinte Cimmaraya.

Ayesh schüttelte den Kopf. »Vielleicht, aber ein Goblin bleibt immer ein Goblin.« Sie schloß die Augen. »Ich sehe einen Weg, wie wir den Feind ausräuchern können. Dafür brauche ich einige Dinge.« Sie öffnete die Augen wieder. Dunkle Ringe lagen darunter, was Cimmaraya vorher nicht aufgefallen war. War das ein Zeichen für Mattigkeit oder Erschöpfung bei Menschen?

»Cimmaraya, wer ist der beste Krieger unter den Wachen?«

»Zhanrax«, antwortete Scaraya.

»Aber wir können ihn nach allem, was er heute mitgemacht hat, nicht nehmen. Nein. Ein anderer. Mehr als bloße Kraft möchte ich Beherrschung.«

»Yaharaya?« schlug Cimmaraya vor, und Scaraya nickte zustimmend.

»Gut«, meinte Ayesh. »Hört, was wir tun werden.«

Als Scaraya alle Sachen, die Ayesh benötigte, geholt und Ayesh Yaharaya Anweisungen erteilt hatte, hatte sich Cimmaraya für einen verdächtigen Goblin entschieden. »Kraw«, berichtete sie, »ist ruhelos. Während Tana lehrt, schweift sein Blick umher, und während er kniet, zappelt er dauernd mit dem Fuß.«

»Gut«, meinte Ayesh. »Wir werden Kraw zuerst prüfen. Wenn er versagt, wird das helfen, seine Kumpane zu beunruhigen.« Sie befestigte die Bänder, die ihr Scaraya reichte, am Schaft der Axt. Die Bänder waren aus Gleithaut gefertigt, einem Material so dünn wie feinstes Pergament, aber so fest wie dickes Leder. Die Minotauren kauften es den Meervölkern ab, und Cimmaraya wußte nicht, wie es hergestellt wurde. Ayesh hatte einen Streifen durch die Luft gezogen und behauptet, es sei vollkommen für ihre Zwecke.

Während Scaraya einen Holzklotz bereit stellte und eine Melone darauf legte, dankte Ayesh Tana für seine Hilfe und übernahm die Leitung der Klasse. Tana verbeugte sich vor ihr und nahm seinen Platz inmitten der anderen Studenten ein.

Cimmaraya bemerkte, daß Zhanrax irgendwann aus dem Raum geschlüpft war. Sie beschloß, zu ihm zu gehen und ihm ihr Beileid zu bekunden, sobald die Angelegenheit mit den ungehorsamen Goblins beendet war.

»Die ganze Zeit über habe ich sie geprüft«, verkündete Ayesh. »Immer war ich sehr beeindruckt, wieviel Selbstbeherrschung bei Goblins vorherrscht. Murl, er hat den Tanz der wirbelnden Nadeln gut gelernt. Bler, sie ist eine Meisterin der Aufmerksamkeit und kann Lektionen in allen Einzelheiten wiederholen. Tatsächlich glaube ich, sie nimmt sie sich zu Herzen. Stimmt's?«

»Jawohl, Lehrerin Ayesh«, antwortete Bler. »Es stimmt.«

»Aber das sind leichte Proben. Wahre Beherrschung wird in der Ruhe gezeigt, die im Angesicht des Todes herrscht. Daher kommt heute der Tod in Gestalt des Minotaurus Yaharaya zu uns.«

»Lehrerin Ayesh, geht es Euch gut?« erkundigte sich Gur. »Eure Hände ...«

»Student Gur, habe ich ihr erlaubt, zu sprechen?«

»Nein«, erwiderte Gur. »Ich sorge mich nur ...«

»Der Tod schleicht herum, Student Gur. In ihrem Geist darf kein Platz für Ablenkungen sein. Meistere sie ihre Neugier. Sie soll schweigen und zusehen.«

Auf ein Zeichen hin trat Yaharaya an den Holzklotz.

»Eins«, befahl Ayesh und die Axt schnellte herab und schlug ein Ende der Melone ab.

»Zwei«, zählte Ayesh und ein leichter Hieb entfernte auch das andere Ende.

»Drei.« Der dritte Schlag teilte den Rest der Frucht in zwei Hälften. Die Stücke fielen zu Boden. Cimmaraya fühlte Neid. Wenngleich sie Wissenschaft immer für bedeutend wichtiger als Kriegskunst gehalten hatte, wünschte sie sich, sie könnte eine Axt so geschickt handhaben wie Yaharaya. Aber derartige Fähigkeiten waren ihr nicht gegeben.

»Eine scharfe Klinge«, stellte Ayesh fest, als Yaharaya roten Saft von der Schneide wischte. Die Kriegerin nickte.

Ayesh kniete nieder und legte die verbundenen Hände in den Schoß. Yaharaya stellte sich hinter sie, die Axt in der Hand haltend.

»Obwohl sie mir ihre Treue zu Scaraya versichert«, verkündete Ayesh, »gehört Yaharaya zu Über-dem-

Gras. Da ich die Verwicklungen der Mirtiin-Politik nicht kenne, woher soll ich wissen, ob es Yaharaya nicht vielleicht nützt, wenn ich sterbe? Kann ich ihr mein Leben anvertrauen?«

Cimmaraya entdeckte auf den Gesichtern der meisten Goblins Unruhe, aber Kraw wirkte aufgeregter als die übrigen.

»Und außerdem – kann ich Yaharayas Geschicklichkeit trauen? Yaharaya, hast du bei der Handhabung deiner Axt schon einen Fehler begangen?«

»Schon lange nicht mehr«, antwortete Yaharaya.

»Aber es wäre möglich?«

»Selbst Minotauren«, erklärte die Kriegerin, »sind nicht vollkommen.«

»Und deine Axt ... Bist du sicher, daß der Kopf fest genug an den Griff gebunden ist?«

»So sicher wie nur möglich. Bei einer Schlacht muß ich mich darauf verlassen können.«

»Und doch verbleibt ein leiser Zweifel.«

»Aye. Klinge und Griff könnten sich trennen, wenn ich es mir am wenigsten wünsche.«

»Nun, da bleibt viel Raum für Zweifel«, meinte Ayesh, »denn die Welt hängt oftmals vom Zufall ab. Doch Scaraya sagt, daß du eine Axt mit Geschick handhabst, daher will ich meine Unsicherheit beiseite schieben. Was geschehen soll, wird geschehen.« Sie schloß die Augen. »Fertig?«

Yaharaya hob die Waffe und grunzte.

»Eins«, sagte Ayesh, und die Kriegerin schwang die Axt. Sie zielte auf die Schulter des Menschen, die Klinge blitzte und die Bänder flatterten durch die Luft. Alle Goblins und selbst Cimmaraya zuckten zusammen.

Die Klinge verhielt. Die Bänder legten sich gegen Ayesh' Wange, die sich sowenig wie ein Stein gerührt hatte.

Yaharaya hob die Axt.

»Zwei«, befahl Ayesh. Die Klinge fuhr herab. Die Bänder flatterten und küßten Ayesh' Gesicht. Diesmal berührte die Schneide die Stelle, an der Schulter und Hals des Menschen zusammentrafen. Eine dünne Blutlinie stieg auf. Ayesh ließ sich nicht anmerken, ob sie etwas gefühlt hatte.

Das war nicht geplant, dachte Cimmaraya. Aber es wirkte natürlich gut. Die Goblins wagten kaum zu atmen.

Wieder machte sich Yaharaya bereit.

»Drei.« Jetzt fiel die Waffe senkrecht nach unten. Ein Goblin schrie auf – Cimmaraya konnte nicht sehen, wer gerufen hatte. Die Klinge hielt inne, und die Bänder fielen Ayesh über das Gesicht.

»Das Wichtigste für diese Probe ist die Konzentration«, erklärte Ayesh. »Ihr sollt das, was geschieht, nicht unbeachtet lassen, es darf aber auch nicht störend wirken. Atmet.«

Sie stand auf. »Aufstellen, mit dem Gesicht zu mir. Kraw ...«

Der Goblin zuckte zusammen, als er seinen Namen hörte.

»Ist er beunruhigt, Kraw?« erkundigte sich Ayesh. »Bisher hat ihn noch kein Minotaurus getötet. Ist das nicht ein hoffnungsfrohes Zeichen? Kraw stellt sich an diese Seite, Styr, Murl, Wlur, Bler ...«

Sie wies ihnen Plätze an und setzte Gur an den Schluß. Yaharaya stellte sich hinter Kraw und drehte die Axt um, so daß sie mit dem stumpfen Ende zuerst fallen würde. Ayesh hatte gesagt, daß sie nicht an der Geschicklichkeit von Über-dem-Gras zweifle, daß sich aber doch versehentlich die Klinge und der Stiel lösen *könnten*. Daher sei es besser, bei einem Unfall den geringsten Schaden zu erleiden.

»Fertig, Kraw?« fragte Ayesh.

Der Goblin zitterte.

»Fertig, Yaharaya? Eins.«

Die Kriegerin senkte die Waffe. Bei der Berührung der Bänder fuhr Kraw fast aus der Haut. Er zitterte noch stärker, ballte die Fäuste und bemühte sich, ruhig sitzen zu bleiben.

»Sind deine Hände verschwitzt, Yaharaya? Ja, trokne sie. Fertig? Zwei...«

»Nein!« kreischte Kraw. Er warf sich auf Ayesh, die hintenüberfiel. »Nicht töten! Du stirbst, bevor du Kraw auf diese Weise tötest!«

Ayesh sah ein wenig unbeholfen aus, als sie mit einem Sprung auf die Beine kam. Sie schwankte ein wenig, als sei sie schwindlig. Kein Wunder. Tana hatte erzählt, daß der Vorraum von Fels-im-Wasser voll von Blut war, und ein Teil dieses Blutes stammte von Ayesh.

Kraw schwang die Fäuste wild umher und Ayesh zuckte zusammen, als ein Hieb eine verbundene Hand traf.

»Kraw!« rief Gur. »Hör sofort auf!«

»Wachen«, befahl Cimmaraya. Zwei Minotauren packten den strampelnden Goblin und zerrten ihn durch die Tür.

»Laßt die Tür auf«, wies Ayesh sie an. Cimmaraya bestätigte die Worte durch ein Nicken.

»Styr, ist sie bereit für die Probe?« fragte Ayesh. Der Goblin nickte, und Ayesh sagte: »Eins...«

»Sie wollen uns ermorden!« kreischte Kraw aus dem Korridor.

Die Axt fiel. Bänder flatterten gegen Styrs Wange. Sie zuckte nicht einmal. Ebensowenig regte sie sich beim zweiten oder dritten Schlag, obwohl Kraw die ganze Zeit über lärmte.

Ayesh lächelte und sprach: »Diamantgeist, Styr. Sie ist für würdig befunden.«

Ihr folgten Murl, Wlur und Bler.

Nuwr sprang auf die Füße und kreischte, bevor Yaharaya noch in ihre Nähe gekommen war. Die Wachen ergriffen sie und trugen sie hinaus. Jetzt brüllten schon zwei Goblins vor der Tür.

Ayesh lächelte Scaraya an und formte lautlos die Worte: »Schon zwei erwischt.«

Cimmaraya verdächtigte Tlik. Sein Gesicht blieb unbewegt, als sich der Abstand zwischen der Axt und seinem Platz verringerte, aber er wirkte zappelig und schien sich angestrengt um Beherrschung bemühen zu müssen. Schweiß glänzte ihm auf den Brauen.

Zum Schluß blieben nur Tlik und Gur übrig.

Yaharayas Atem kam stoßweise. Das Fell im Nakken und an den Schultern war naß und verklebt. Cimmaraya nahm an, daß es anstrengender war, die Axt aufzuhalten, als sie einfach hinabsausen zu lassen.

»Tlik«, sagte sie von ihrem Platz am anderen Ende des Raumes, »welches Ende erwartet Verräter?«

»Gewöhnlich ein schlimmes«, antwortete er mit schriller Stimme.

»Kraw und Nuwr haben ihren Trank nicht genommen. Sie wollten uns hintergehen«, sagte Cimmaraya.

»Drei haben nicht getrunken«, warf Ayesh ein.

»Prüft mich«, verlangte Tlik. Seine Stimme klang brüchig.

»Dein Benehmen verrät dich bereits«, stellte Cimmaraya fest.

»Lehrerin Ayesh, prüft mich.«

»Nun gut«, meinte Cimmaraya. »Ich denke, Enthauptung ist gerecht bei einem so schwerwiegenden Verbrechen. Yaharaya ist müde, und sie könnte abrutschen. Also, Yaharaya, dreh die Schneide nach unten und prüfe ihn.«

»Eins«, kommandierte Ayesh.

Die Axt fiel. Hielt inne. Die Bänder landeten.

Tlik rührte sich nicht.

»Zwei.«

Wieder fiel die Axt herab.

Wenn überhaupt etwas, dann sah Tlik jetzt noch *friedvoller* aus.

»Drei.«

Die Axt fiel zum dritten Mal. Die Bänder wehten um das Gesicht des Goblins.

Ayesh blinzelte, dann starrte sie Gur an.

»Ihr zweifelt an mir«, sagte Gur. »Sogar an mir.«

Ayesh wirkte verunsichert, und auch Cimmaraya beschlich dieses Gefühl. Gur war ihr allererstes Versuchstier gewesen. Sie war begierig auf den Trank und liebte die ruhige Befreiung, die ihrem Geist zuteil wurde. Ganz bestimmt nicht Gur ...

»Prüft mich«, sagte Gur.

»Gur, das ist nicht nötig«, mischte sich Tlik ein. »Ich ...«

»Sei still, Tlik. Ich bin Studentin, genau wie die anderen Goblins. Ich will nicht, daß Lehrerin Ayesh jemals an mir zweifelt. Also halte deinen Mund.« Sie verneigte sich vor Ayesh. »Prüft mich so, wie Ihr Tlik geprüft habt.«

Ayesh blickte unsicher von Scaraya zu Cimmaraya, die nicht wußten, was sie sagen sollten. »Nun gut«, meinte Ayesh schließlich.

Die Zahlen wurde gesprochen. Die Axthiebe fielen.

Gur bleib reglos.

Tlik senkte den Kopf. Er zitterte unaufhörlich. »Tötet uns nicht«, sagte er.

»So!« rief Cimmaraya.

Ayesh hob die Hand und sagte ruhig: »Erzähle er es uns, Tlik.«

»Wir planen keine Rebellion. Es ist wahr, es ist wahr, Kraw, Nuwr und ich verschworen uns und spuckten den Trank aus. Aber es war keine Rebellion!«

»Was war es dann?« fragte Cimmaraya. »Warnen wir euch denn nicht oft genug, daß ihr den Trank einnehmen müßt? Und trotzdem ...«

»Ruhig, Cimmaraya«, unterbrach sie Ayesh. Sie

wandte sich an Tlik. »Wenn keine Rebellion, was denn dann?«

»Die dritte Tugend«, erklärte der bebende Goblin. Er hielt sich die Schultern, als sei ihm kalt. »Selbständigkeit. Wir wollten ausführen, was Ihr lehrt. Wir wollten nicht länger von den Kräutern der Minotauren abhängen, sondern uns auf uns selbst verlassen. Wenn uns die Kräuter den Diamantgeist bescheren, was haben wir dann erreicht?«

Ganz plötzlich sah Cimmaraya, wie Ayesh von einer Welle der Erschöpfung oder Verzweiflung überkommen wurde. Der Mensch setzte sich vor Tlik in den Staub und senkte den Kopf. »Und er hat die Probe bestanden«, sagte sie leise.

»Und doch merke ich jetzt, wie mich die Schatten überwältigen!« jammerte Tlik. »Ich habe Angst, was aus mir werden wird und aus Kraw und Nuwr! Sie sind unschuldig! Es war meine Idee!«

Ayesh legte die Hand auf den Nacken des zitternden Goblins. »Beherrsche er seine Angst, Tlik. Lasse er sich nicht von ihr beherrschen.«

»Ich versuche es!« schrie er. »Aber mein Kopf ist mit Schrecken angefüllt!«

»Sie vergehen«, tröstete ihn Ayesh, »so wie Staub im Wind verfliegt. Atme er. Denke er nur daran, daß er lebt. Diamantgeist erfüllt ihn, Tlik. Sei er nur geduldig. Verlange er nicht, daß sich alles mit einem Mal ändert.«

»Es ist noch genügend Trank vorhanden«, sagte Scaraya. »Ich werde ihn holen.«

Ayesh nickte und sprach: »Keine Bestrafung, Scaraya. Sie leiden genug.«

Scaraya antwortete: »Aye, das sehe ich.«

Ayesh beschloß, daß der Unterricht wie immer enden mußte. Sie würden ein wenig miteinander ringen, dann kam die Musik. Ayesh selbst rang nicht mit ihnen. Sie ließ die Goblins einander beurteilen.

Tlik erhielt den Trank, der auch Kraw und Nuwr die Kehlen hinuntergegossen wurde. Als sie sich ausreichend beruhigt hatten, gesellten sie sich zu den anderen Goblins.

»Meine Flöte?« fragte Ayesh, nachdem die Übungen beendet waren. Tlik hatte sich angewöhnt, die Flöte allabendlich auszuleihen und sie täglich zum Unterricht mitzubringen. Er reichte sie Ayesh, die auf die Flöte in ihren verbundenen Hände starrte.

Der Mensch holte tief Luft und seufzte tief.

»Tlik«, sagte sie. »Kann er die Melodien spielen, die ich ihn lehrte?«

Er nickte schüchtern.

»Nun, dann komme er her und spiele.«

Tlik sah sich um, als sei er nicht ganz sicher, ob ihm an einem solchen schwierigen Tag ein so großes Glück beschieden sein könne. Er zitterte immer noch ein wenig, als er vortrat, um die Flöte entgegenzunehmen.

Nach einer Weile fragte Ayesh: »Nun, will er nicht spielen?«

»Ich bin nicht bereit«, erklärte Tlik, »so wie ich ohne den Trank nicht bereit war.«

»Er ist bereiter, als er ahnt.«

»Lehrerin Ayesh, *Ihr* müßt spielen.«

Sie schüttelte den Kopf. »Nie wieder. Es ist ein Instrument für zehn Finger, ich aber besitze nur acht.«

Die Goblins starrten sie an. Niemand wagte zu fragen, wie das geschehen war.

In den folgenden Tagen schälte sich eine neue Gewohnheit heraus. Zhanrax brachte Tana und Ayesh täglich zum Klassenzimmer in den Minen. Wenn der Unterricht begann, zog er sich in die Schatten zurück und pflegte seinen Kummer. Jeden Tag versuchte Cimmaraya, sich etwas einfallen zu lassen, um ihn zu trösten, aber welche Worte sollten ihm helfen?

Am Ende jeden Tages sagte Scaraya zu Ayesh: »Nun,

sind sie bereit für eine Vorführung? Wann können wir sie der Versammlung zeigen?« Ayesh murmelte, wie weit sie noch zu gehen hatten, aber Scaraya schien für alles – außer verheißungsvollen Ansichten – blind. Cimmaraya sorgte sich, das Scaraya ihre Sachlichkeit einbüßte.

Immer wieder wollte Cimmaraya tröstliche Worte zu Zhanrax sagen. Es fiel ihr aber nichts ein, und so brachte sie ihm immer nur einen Abschiedsgruß dar.

Dann gingen sie alle nach Hause – alle, außer den Goblins, für die der Klassenraum mit dem schmutzigen Fußboden das einzige Zuhause war, das sie hatten. Bei Nacht war es ihnen nicht gestattet, sich in den umliegenden Gängen aufzuhalten. Teilweise geschah es zu ihrem eigenen Schutz.

Teilweise.

In diesen dunklen Tagen gab es einen lichten Moment.

Eines Tages, gegen Ende des Unterrichtes, brachte Tlik Ayesh ein Geschenk.

»Ein hölzerner Kasten?« fragte sie und drehte ihn in den noch immer verbundenen Händen. Er hatte die Länge und Breite ihres Unterarms.

»Das Geschenk ist *in* dem Kasten«, sagte Tlik, der völlig außer sich vor Freude war. Verschwörerisch grinste er Cimmaraya an.

Auch die übrigen Goblins grinsten. Tana ebenfalls. Scaraya auch. Zhanrax, mit ernstem Gesicht, schien wenigstens interessiert.

Ayesh öffnete den Deckel.

Die Flöte war aus Kupfer. Die Töne waren auf silbernen Federn angebracht, wie bei der oneahnischen Flöte. Schriftzeichen der Minotaurensprachen zogen sich von einem zum anderen Ende.

»Ich habe sie entworfen«, verkündete Tlik, »aber Cimmarayas Stamm förderte das Metall und formte es.«

»Juwelen-in-Hand waren bei der Metallverarbeitung schon immer geschickt«, erklärte Cimmaraya und hoffte, daß es nicht eingebildet klang.

Tlik zog die zweite Flöte hinter dem Rücken hervor. »Sie haben zwei gemacht! Ich muß Eure nicht mehr ausleihen, Lehrerin Ayesh!«

»Sie hat nur acht Töne und Löcher«, stellte Ayesh fest, als sie das Instrument untersuchte.

»Damit ein Mensch mit acht Fingern darauf spielen kann«, sagte Tlik.

Ayesh erstarrte kurz. Auch Tlik regte sich nicht. Dann lächelte sie, und der Goblin lächelte ebenfalls.

»Damit auch ein Minotaurus darauf spielen kann«, fügte er hinzu. Er lachte. »Wenn ein Minotaurus lernen kann, wie man sie bläst.«

Ayesh setzte das Instrument an die Lippen und spielte mit steifen Fingern eine Tonleiter.

»Das klingt beinahe wie die Herztöne«, sagte sie, »aber noch nicht ganz richtig.«

Tlik lächelte. »Das sind die Goblintöne. Und ich werde Euch das erste Goblinlied spielen, wenn Ihr wollt.«

Cimmaraya konnte Ayesh' Gedanken beinahe erahnen, als diese das Instrument betrachtete: Die Minotaurenbauweise einer Goblinausgabe nach oneahnischem Vorbild. Ayesh wunderte sich sehr.

Das war es, was sie im Unterricht lernten, dachte Cimmaraya. Etwas, das gleichzeitig menschlich, goblinhaft und minotaurisch war.

War es etwas Gutes?

»Es wäre mir eine Ehre, ihn spielen zu hören, Tlik«, sagte Ayesh.

»Aye, Tlik«, fügte Cimmaraya hinzu, »spiel uns eine Melodie.«

Der Goblin verbeugte sich. Die Melodie, die er spielte, war unbeschreiblich schön. *Fast* jedenfalls, denn sie hatte einen seltsamen Unterton. Einen etwas spitzen, ängstlichen Unterton.

Cimmaraya fielen die Worte ein: Goblins werden immer Goblins bleiben.

Am Schluß des Liedes klatschte Scaraya Beifall und rief: »Das ist unsere Vorführung! So werden wir der Versammlung zeigen, daß unsere Arbeit Früchte trägt!«

Ayesh schloß die Augen. »Bitte, Scaraya! Es ist noch zu früh!«

»Sie hat recht«, stimmte Cimmaraya zu.

Aber Scaraya winkte ab. »Ihr würdet ewig zögern!«

Zum Schluß ließ sich Scaraya nicht von der Idee abbringen. Tlik, mit seiner menschlichen Lehrerin an der Seite, spielte zwei der neuen Goblinlieder vor der Versammlung. Auch Cimmaraya war da, um zuzuhören und zu sehen.

Der Goblin spielte sicher und klangvoll. Inzwischen nahm er nur noch ein Viertel des Kräutertrankes, hielt sich aber völlig gelöst unter den strengen Blicken der elf Stämme. Cimmaraya sah, wie stolz Ayesh auf ihn war. Sie sah auch, daß die wahre Schwierigkeit die Versammlung selbst war.

Zhanrax, Deoraya und die anderen Mitglieder von Fels-im-Wasser starrten böse auf Betalem, die zurückstarrte.

Soviel zu Deorayas Hang zum Unparteiischen.

Zwischen den orthodoxen und den liberalen Häusern herrschte Spannung, eine wirre, heiße Spannung. Es gärte im Inneren. Cimmaraya hörte in letzter Zeit überall Geflüster. Betalems Angriff spaltete die Häuser von innen. Ein Teil der Orthodoxen war wütend, daß Betalem so weit gegangen war, und der andere war wütend, weil die Notwendigkeit der Attacke angezweifelt wurde. Inzwischen war die Hälfte der Liberalen böse über das, was Betalem getan hatte, und die andere Hälfte fragte sich, ob dieses Theater mit den Goblins eine Blutsfehde wert war. Oder einen Krieg.

Der Mensch hatte seine Finger geopfert, um die

Dinge auf die Spitze zu treiben. Da sie nicht orthodox war, wußte Cimmaraya nicht genau, wie sie die Gefühle ihres Volkes zu Ayesh' Tat bewerten sollte. Viele Minotauren von Fallende-Steine starrten den Menschen an, aber sie hatten auch vorher gestarrt.

Nur ihr Vater und Scaraya waren unbeeindruckt von den neuesten Entwicklungen. Myrrax schien über allem zu stehen, obwohl Cimmaraya annahm, daß es sich nur um die Maske des Häuptlings handelte, die er manchmal trug. Die Spannung schien über Scaraya hinweg zu gehen, ohne sie zu beeindrucken. Die liebe Scaraya konnte so blind sein. Als Tlik sein Spiel beendete, lächelte sie.

Scaraya war nicht nur ein politischer Niemand, auch das allgemeine Getuschel glitt an ihr vorüber.

Cimmaraya spürte, wie sich die Zugehörigkeit der Häuser verschob. Sie selbst war auch keine Politikerin, aber wenigstens begriff sie besser als Scaraya, was vor sich ging.

Tliks Vorführung endete mit Stille. Brennender Stille. Abgesehen von Scarayas stolzem Lächeln hätte Tlik ebensoviel Zustimmung ernten können, wenn er wie eine tollwütige Ratte über den Boden gesprungen wäre, die Zähne gebleckt und den Dolch gezogen hätte.

Ayesh schien das zu spüren. Cimmaraya vermutete, daß der Mensch die Minotaurenpolitik zu verstehen begann. Tlik ebenso. Ayesh verbeugte sich vor ihrem Schüler. Er erwiderte die Geste und beide sahen sich vorsichtig um. Aber sie hätten sich keine Sorgen machen müssen, wenigstens nicht im Augenblick.

Die Minotauren widmeten dem Versuch keine Aufmerksamkeit mehr. Ayesh und Tlik waren zur Zeit unwichtig. Für die Minotauren von Mirtiin zählte nur das böse Blut, das zwischen ihnen aufwallte.

KAPITEL 18

Der Versammlungsraum mußte der ruhigste Raum in Mirtiin sein, dachte Myrrax. Überall in den Hallen mochten Äxte auf Dreizacke prallen und Kämpfer vor Schmerz oder Wut brüllen. Aber hier, tief im Berg, am Ende des großen Labyrinthes lagen die mit Vorhängen bedeckten Wände der Elf still und ruhig.

Myrrax saß nicht auf dem Thron, sondern wanderte um ihn herum. Gäbe es mehrere solcher Tage während seiner Regierungszeit, wäre der Teppich bis auf den Stein durchgetreten. Daß er noch so dick war, zeugte vom Erfolg seines Herrschertums. Bisher hatte es wenig Gelegenheiten für ihn gegeben, sich zu sorgen und zu quälen.

Hauptmann Tekrax trat ein.

»Neuigkeiten?« fragte Myrrax.

»Wir wurden nicht überrascht«, erklärte der Hauptmann. »Aufstände brachen aus, wo und wann Ihr vorausgesagt hattet, und Häuser, die Ihr mir nanntet, stehen als treue Verbündete zu uns. Nur Schatten-in-Eis, Ameisen-darunter und Goldene-Hörner bleiben fest bei ihrem Widerstand. Aber Goldene-Hörner könnten noch umkippen.«

»Zerbrochene-Becher?«

»Wir sind von ihren Hallen abgeschnitten. Ob sie mit oder gegen Betalem kämpfen, oder ob sie weiterhin unparteiisch bleiben, kann ich nicht sagen. Aber Ihr wißt, was man über Moyaraya flüstert. Von Anfang an hielt sie die Tätowierungen des Menschen für eine Art heilige Verwandtschaft. Auch war sie von der Geste des Menschen sehr beeindruckt.«

»Ich hatte keine Ahnung, daß nur ein Finger zwischen Moyaraya und der Treue zu Mirtiin lag.«

»Wie ich schon sagte, ist uns der Zugang zu Zerbrochene-Becher versagt. Ich kann nicht wirklich sagen, ob sie kämpft und auf wessen Seite.«

Das war die immer wiederkehrende Schwierigkeit bei Kämpfen im Labyrinth. Wenn der Feind Knotenpunkte besetzte, hielt er auch die Verständigung in den Händen. Boten konnten nicht feststellen, was in gewissen Gängen geschah.

»Welche Kreuzungen beherrscht Betalem?«

»Den Kern und die Außenbereiche Ameisen-darunter, den Kern von Schatten-in-Eis, den Kern und die Außenbereiche von Zerbrochene-Becher, wenigstens den Kern von Goldene-Hörner und Außenbereiche von Fels-im-Wasser«, berichtete der Hauptmann.

»Sie wird nicht lange bei Fels-im-Wasser bleiben. Deoraya und ihre Schwestern kämpfen eine Blutfehde. Und sie haben Zhanrax. Ich möchte ihm nicht gegenüberstehen, wenn er sich im Blutrausch befindet.«

»So viel ich weiß, ist er nicht bei seiner Mutter. Der Krieger, den ich in die Minen schickte, berichtete, daß Zhanrax dort unten kämpft.«

»Wie sieht es dort aus? Sind die Goblins geschützt? Ist der Mensch in Sicherheit?«

»Ich weiß nur, was ich bereits sagte. Der Weg war wegen des Kampfes versperrt. Mein Krieger sah Zhanrax und Eure Tochter.«

»Geht es Cimmaraya gut?«

»Sie *kämpft* gut und wütend. So erzählt mein Krieger.«

»Sie konnte noch nie gut mit einer Axt umgehen.«

»Vielleicht hat Zhanrax Einfluß auf sie.«

Myrrax schnaubte und wanderte weiter.

»Betalem beherrscht auch die Außengänge von Sonne-auf-Schöpfen, obwohl jenes Haus gegen sie ist. Und sie hat den Großen Gang besetzt.«

Myrrax drehte sich um, um seinen Hauptmann anzusehen. »Sie besetzte den Großen Gang? Warum hat er das nicht gleich gesagt?«

»Es ist nicht so wichtig, Mirtiin. Sie verbraucht ihre Kräfte, um ihn zu halten.«

»Das bedeutet Rückzug! Tekrax, sie darf nicht entkommen!«

»Wir sind sicher, daß wir sie haben«, beruhigte ihn Tekrax.

»Nichts ist sicher, solange die Äxte klingen, Hauptmann. Wir wissen nicht, ob wir den Kampf gewinnen. Und noch weniger weiß ich, ob Betalem gefangen wird. Den Großen Gang besetzt! Das ist das Wichtigste, Tekrax.«

»Ich gebe es weiter!«

»Er soll noch mehr tun, Hauptmann! Ich will die Wachen, *alle* Wachen, durch Juwelen-in-Hands Hallen schicken. Wir müssen ihr den Rückzug abschneiden. Wenn sie stirbt, können wir unsere Sache vor Stahaan vertreten. Wenn Betalem aber lebt und flieht, wird sie Gynnalems Ohr haben, noch bevor wir ein Wort sagen können. Dann ist alles verloren, Hauptmann!«

Tekrax verneigte sich. »Meine Hochachtung, Mirtiin. Ich möchte Euch daran erinnern, daß es nicht Euer Kampf ist. Die Stämme bekämpfen sich.«

»Dann vermeidet, wenn möglich, Einmischung, aber der äußere Anschein wird immer unwichtiger. Schlagt zu, wenn es nötig ist. Bringe er sie her, Hauptmann, oder töte er sie. Betalem darf Mirtiin nicht lebend verlassen, sonst bricht ein Krieg, ein wirklicher Krieg und nicht nur eine kleine Rebellion über uns herein!«

»Möchtet Ihr, daß ich Euch unbewacht zurücklasse, Mirtiin? Wenn Ameisen-darunter ausbrechen, sind sie nahe genug ...«

Myrrax zog die Axt heran, die neben dem Thron lehnte. »Ich kann mich allein schützen.«

»Gegen ein ganzes Haus?«

»Nehme er die ganze Wache, Tekrax. *Geh!* Dies ist wichtiger!«

Der Hauptmann wandte sich zum Gehen. Da erschien eine Gestalt in grün-goldener Kleidung im Türeingang. Phyrrax.

»Was will er hier, Über-dem-Gras?« fragte Tekrax.

»Eine Audienz bei Mirtiin. Ich habe eine Frage.«

»*Er* hat eine Frage?« brüllte Myrrax. »Bei Lemeyas Hörnern, Mirtiin schneidet sich und blutet, während wir hier reden! Und er hat eine Frage?«

»Ich sehe, daß dies ein ungeeigneter Augenblick ist, ja?« antwortete Phyrrax.

»Soll ich diesen Trottel hinauswerfen?« fragte der Hauptmann.

»Nein, nein«, meinte Myrrax. »Laß ihn. Wenn die Sache nicht wichtig ist, werde ich selbst ihm den Schädel spalten.«

Als er an Phyrrax vorbei schritt, sagte Tekrax: »Ich sehe, daß deine Axt noch nicht blutbesudelt ist, Über-dem-Gras.«

»Hauptmann«, erwiderte Phyrrax, »ich biete dir eine Weisheit an: Oftmals wird ein Minotaurus beim Kämpfen *verletzt*.«

Tekrax schnaubte. Im Gang brüllte er den Kriegern zu: »Zu mir! Wir warten nicht, bis der Kampf zu uns kommt! Wir gehen ihm entgegen!«

Man hörte Hufe durch die Halle stapfen, dann war es still im Versammlungsraum.

»Nun?« fragte Myrrax.

»Denkt Ihr, daß Tekrax meinen Auftrag erraten hat?«

»Wenn das so ist, dann gab ich ihm aber kein Zeichen, obwohl ich ihn ungern täusche. Er ist sowohl tapfer wie auch treu.«

»Wie steht der Kampf?«

»*Er* ist es, der mir Nachrichten bringen soll.«

»Nicht, wenn der Kampf so hitzig geworden ist«,

antwortete Phyrrax und schüttelte den Kopf. »Dem gehe ich so gut wie möglich aus dem Weg.«

»Zum größten Teil sieht es gut aus«, erklärte Myrrax. »Alles war, wie er es vorausgesagt hat, bis hin zu Fels-im-Wassers Treue.«

»Das war leicht zu erraten. Blut steht zwischen ihnen und Betalem. Es war viel schwieriger zu erraten, ob Goldene-Hörner und Sonne-auf-Schöpfen fallen würden.«

»Wie kommt es, daß ihm die meisten Häuser vertrauen, Phyrrax?«

»Das hat nichts mit Vertrauen zu tun, Mirtiin. Sie halten mich für einen Narren.«

»Wie sieht er unsere Aussichten?«

»Ganz gut. Ich glaube, Zerbrochene-Becher kämpft mit uns. Ich hörte, daß Moyaraya Betalem letzte Nacht Schriften zitiert hat, um zu beweisen, daß der Mensch nicht *flakkach* ist. O ja, es sieht gut für uns aus, wenn Betalem nicht entwischt.«

»Sie besetzt den Großen Gang.«

»Oh, schlechte Nachrichten.«

»Aye. Ich habe die Wachen ausgesandt, um sie aufzuhalten.«

»Und wenn sie es nicht schaffen, Mirtiin?«

Myrrax legte die Axt beiseite und stützte sich auf den Thron. Er starrte in den dunklen Eingang, als könne er so einen Blick in die ungewisse Zukunft erhaschen.

»Wenn sie versagen«, sagte er, »dann wird alles noch schlimmer. Viel schlimmer.«

KAPITEL 19

Die Axt, die auf Scarayas Kopf niedersauste, war das erste Anzeichen, das Ayesh von dem Hinterhalt erhielt. Es geschah auf dem Weg zum Unterrichtszimmer. Sie hatten das Treppenhaus gerade verlassen und betraten den Hauptflur. Scaraya ging vorn, ihr folgten Cimmaraya und Zhanrax, und Tana und Ayesh bildeten den Schluß.

Verschiedene Türöffnungen befanden sich in dem kreisförmig angelegten Gang, und aus einer davon schnellte die Axt.

»Scaraya!« schrie Ayesh. Der Name des Minotaurus war lang, und die Axt hatte nur eine geringe Strecke zu fallen.

»Nein!« schrie Cimmaraya. Der Angreifer, ein Minotaurus in den grau-orangenen Farben von Ameisendarunter trat aus der Tür.

Scarayas Schädel war hart. Sie stand still, sah den Angreifer aber mit weit aufgerissenen Augen an, als habe ihr der Schlag den Verstand geraubt und sie wisse nicht, was vor sich ging.

»Sie ist unbewaffnet!« brüllte Cimmaraya. Aber der Minotaurus hob die Axt erneut.

Auch Zhanrax hatte die Waffe gezogen und erhob sie.

Zwei weitere Angreifer, die ebenfalls zu Ameisendarunter gehörten und mit Äxten bewaffnet waren, tauchten aus seitlichen Eingängen auf. Ayesh drehte sich um. Auch hinter Tana und ihr erschienen jetzt zwei Ameisen-darunter. Sie hielten Dreizacke in den Händen. »Tana!« warnte sie ihn. »Schau nur!«

Ayesh hörte Zhanrax und einen anderen Minotaurus grunzen. Sie vernahm das klatschende Geräusch, als eine Axt auf Fleisch traf, aber sie hatte keine Zeit, sich umzudrehen. Tana und sie hatten selbst Schwierigkeiten.

»Ihre Gedanken befassen sich mit den Dreizacken«, erinnerte sie den Jungen. Er nickte zum Zeichen, daß er begriffen hatte.

Der Vorteil beim Kampf gegen jemanden, der bewaffnet war, lag darin – so hatte Ayesh gelehrt – daß dieser Kämpfer sich auf die Waffe konzentrierte. Diese Minotauren glaubten, das Schlachtfeld liege innerhalb der Reichweite der Dreizacke. Sie dachten an den Angriff und die Verteidigung nur in Verbindung mit den Waffen.

Für einen Ringer war es schwer, folgendes zu lernen: Kämpfe nicht gegen die Waffe, sondern gegen den, der die Waffe führt. Tana kannte die Worte, konnte er sie aber in die Tat umsetzen? Er hatte mit Goblins gekämpft, die hölzerne Waffen trugen, aber nie gegen Minotauren, ob bewaffnet oder nicht.

Hinter Ayesh erklang ein wütendes Schnauben: Cimmaraya. War sie verletzt? Kämpfte sie? Genau wie Scaraya war auch sie unbewaffnet, und Ayesh hatte sie sagen hören, sie könne nicht gut mit einer Axt umgehen.

Die Dreizack-Träger schenkten Tana und Ayesh nur die halbe Aufmerksamkeit, da die beiden unbewaffnet und leichte Opfer waren. Zhanrax war der Krieger. Sie achteten darauf, daß er ausreichend beschäftigt wurde.

Axt traf auf Axt.

Ayesh nutzte den Moment, sprang auf die Gegner zu und duckte sich unter den Metallspitzen hindurch. Sie trat zu – nicht gegen den unempfindlichen Huf, sondern gegen die darüberliegenden zarten Knochen.

Der Minotaurus brüllte und versuchte, den Dreizack zu heben, um sie aufzuspießen. Aber der Schaft traf gegen die niedrige Decke. Es gab nicht genug Platz für einen schnellen Angriff.

Ayesh griff nach dem empfindlichen Fell auf der Innenseite des Schenkels und riß daran. Wieder brüllte der Gegner. Dann trat sie nach dem anderen Bein.

Inzwischen war der zweite Dreizack-Träger unaufmerksam. Tana sprang vor und packte den Schaft der Waffe so plötzlich, daß Ameisen-darunter sie beinahe fallen ließ. Der Gegner wurde nach vorn gerissen, schwankte und konnte sich nicht gegen den Tritt wehren, den ihm Tana zwischen die Beine versetzte.

Der Schritt war geradezu meisterhaft. Mit der ganzen Kraft des Körpers traf der Huf sein Ziel.

Ameisen-darunter war zu verletzt, um brüllen zu können. Tana mußte gewußt haben, daß es sich um einen männlichen Minotaurus handelte, der jetzt so starke Schmerzen litt, daß er kaum atmen konnte. Er ließ die Waffe fallen. Tana packte einen Finger und drehte ihn, um den Gegner zuerst auf die Knie zu zwingen, dann auf den Bauch.

Ayesh' Minotaurus bemühte sich, den Dreizack zu drehen, um Tana treffen zu können, aber Ayesh rammte ihm die Faust in die Nieren. Er stöhnte.

Ayesh grinste. Nur Tana war es zu verdanken, daß sie wußte, *wo* sich die Nieren eines Minotaurus befanden. Sie zielte, um zwischen die Beine des Gegners zu treffen. Erst als jener nur grunzte, wußte sie sicher, daß es sich um einen weiblichen Minotaurus handelte.

Ein weiblicher Minotaurus, der aus seinen Fehlern lernte. Die Waffe war hinderlich. Sie ließ den Dreizack fallen und packte Ayesh' Hals mit den Händen.

Es waren sehr kräftige Hände.

Ayesh' sah rote Ringe vor den Augen, als sie nach dem Finger suchte, denn sie verdrehen wollte. Seltsamerweise war er nicht dort, wo er sein sollte.

Allmählich wurde ihr schwarz vor Augen.

Sie versuchte, zu treten, aber der Minotaurus hielt sie

einfach ein Stück von sich weg. Ayesh baumelte in der Luft. Sie fühlte sich, als würde sie gehängt. Sie tastete nach dem Finger der anderen Hand und fand ihn.

Die Schwärze vertiefte sich. Ihre Hände fühlten sich taub an.

Schwach zog sie an dem Finger, der sich nicht rührte.

Der Boden hob sich, kam ihr entgegen. Der Griff lockerte sich, und langsam konnte sie wieder sehen.

Der Minotaurus war unter ihr in die Knie gesunken. Tana trat wieder und wieder nach dem Kopf der Feindin.

Der dritte Tritt traf nicht. Die Gegnerin war bereits zusammengebrochen.

Der Kopf des ersten Minotaurus war nur noch eine rote Masse. Tanas Hufe waren blutbefleckt. Er atmete schwer und schnaufend.

Dann schritt er auf etwas unsicheren Beinen zu der verletzten Kämpferin und holte zu einem neuen Tritt aus.

»Diamantgeist«, würgte Ayesh. »Sie kämpft nicht mehr. Genug. Genug.«

Er hielt den Fuß erhoben.

»Du bist wütend«, krächzte Ayesh. »Das ist richtig. Wut kann auch Diamant sein. Aber wenn du sie jetzt tötest, geschieht es aus Haß, und Haß ist Goblingeist.«

Er stand still und betrachtete die gefallene Feindin. Dann setzte er den Fuß sanft auf den Boden.

»Kleiner Bruder?« rief Zhanrax. »Ist alles in Ordnung?«

Tana nickte.

Die am Boden Liegende regte sich. Ein Auge öffnete sich.

»Aus dem Hinterhalt angreifen? Aus dem Hinterhalt angreifen, wenn wir nur eine einzige Axt haben? Würdest du das tun und es dennoch *wagen*, weiterzuleben, Ameisen-darunter? Würdest du meinen kleinen Bruder

angreifen und weiterleben, um davon zu berichten?«
Mit beiden Händen hob er die Axt.

»Zhanrax«, bat Tana. »Nicht!«

Aber die Axt senkte sich bereits. Der Schlag spaltete den starken Nacken mit einem Geräusch, das Ayesh eigentlich nie mehr hatte hören wollen. Sie kniff die Augen zusammen.

Cimmaraya weinte.

Ayesh ging zu ihr, die neben Scarayas zerfetztem Körper kniete. Cimmaraya hielt eine blutige Axt in den Händen, die mit den orange-grauen Bändern von Ameisen-darunter verziert war. Ayesh nahm an, daß sie die Axt von dem ersten Angreifer genommen hatte, nachdem Zhanrax ihn tötete.

»›Da ich mich nicht bewaffne, wer soll mir ein Leid zufügen?‹ Das hat sie immer gesagt.« Cimmarayas Hand umklammerte die Axt, während sich die andere Hand in Scarayas blutiges Fell wühlte.

»Närrin, Närrin, Närrin, Scaraya! O du weise und sanfte Närrin!«

»Auch bewaffnet«, sagte Ayesh, »hätte sie nichts tun können. Es war keine Zeit dafür. Keine Möglichkeit.«

Cimmaraya schüttelte Scarayas Körper. »Ameisen-darunter werden büßen! Bis zum letzten! Ich schwöre, sie werden sterben!«

»Wäre es nicht besser«, sagte Ayesh sanft, »Scarayas Werk weiterzuführen?«

»Wie denn?« fragte Cimmaraya bitter. »Weißt du nicht, daß alles mit ihr stirbt? Alles, was wichtig war, trug sie im Kopf!«

»Bist du denn nicht ihre Schülerin?«

»Ruhig!« verlangte Zhanrax.

Sie schwiegen.

In weiter Ferne hörten sie den Widerhall von klirrenden Waffen und die kehligen Schreie kämpfender Minotauren.

»Die Wachen werden angegriffen!« rief Zhanrax.

Cimmaraya meinte besorgt: »Die Goblins...«

Tana rannte los, den Geräuschen der Schlacht entgegen. Die Hufe wirbelten den Staub der dunklen und verwundenen Gänge auf.

Ayesh folgte ihm.

Der Kampf tobte in dem breiten Gang vor dem Raum der Goblins. Die sechs Schatten-in-Eis- und Goldene-Hörner-Krieger drehten sich nicht einmal um, als sie Tanas Hufe trappeln hörten. Einer von ihnen rief den gleich starken Juwelen-in-Hand- und Über-dem-Gras-Verteidigern zu: »*Jetzt* werdet ihr aufgeben!«

Sie halten uns für Verstärkung, dachte Ayesh und sah über die Schulter, um sicher zu gehen, daß die Hufschläge, die sie hinter sich hörte, wirklich zu Zhanrax und Cimmaraya gehörten, und nicht zu Kämpfern der feindlichen Stämme.

Als sich Ayesh wieder der Schlacht zuwandte, schwebte Tana in der Luft. Er landete einen geflügelten Seitentritt am Hinterteil eines Schatten-in-Eis. Bevor die Gegner noch recht wußten, daß er nicht zu ihnen gehörte, trat er bereits den nächsten Feind nieder.

Ayesh schrie »Eeyeh!« zu Tanas Sieg und eilte, ihm zu helfen. Jetzt hatte sich die Lage verändert. Die Minotaurenverteidiger trieben die Angreifer zurück und beschäftigten sie so sehr, daß keiner sich abwenden konnte, um Tana anzugreifen.

Ayesh flog auf den Rücken eines Minotaurus und trat, genau wie Tana, zu. Das Ergebnis war ein wenig anders. Der Minotaurus grunzte nur und Ayesh dachte: *Hufe und das Gewicht eines Bullen sind manchmal von Vorteil.*

Zhanrax und Cimmaraya donnerten heran. Ein Verteidiger sah nach hinten, da er wieder Verstärkung erwartete. Beim Anblick von Zhanrax ließ Schatten-in-Eis die Axt sinken. »Wir ergeben uns! Wir ergeben uns!« rief er. Die übrigen Kämpfer schauten über die Schultern, dann ließen auch sie die Waffen fallen.

Wären die Minotauren Ameisen-darunter gewesen, hätte Zhanrax sie sicher getötet. Ayesh schien, als brauche der große Minotaurus seine ganze Willenskraft, um die Axt langsam zu senken.

»Sucht Seile und bindet sie fest!« sagte er. Einer der Wächter eilte davon.

»Die Goblins?« fragte Cimmaraya.

»Sind heil und gesund«, antwortete ein Über-dem-Gras. »Sie sitzen im Zimmer. Wir haben ihnen befohlen, sich nicht zu rühren.«

»Haben sie heute morgen den Trank genommen?«

»Aye«, nickte der Wächter. »Wir gaben ihn den Goblins, bevor wir angegriffen wurden.« Er sah den breiten Gang hinab. »Wir müssen noch mehr Feinde erwarten. Ihre Verbündeten, Ameisen-darunter, versuchten, am anderen Ende hereinzukommen, aber der Gang war zu schmal. Sie haben den langen Umweg genommen.«

»Ameisen-darunter?« fragte Zhanrax und wog die Axt in der Hand. »Sollen sie ruhig in großer Zahl anrücken. Ich sehne mich nach einem Schlachtfest.«

»Sei nicht so gierig, Fels-im-Wasser«, mahnte der Wächter. »Es sind zwanzig oder mehr.«

»Bevor ich aufhöre, meine Axt zu schwingen, werden es bedeutend weniger sein.« Zhanrax schaute das schmale Ende des Ganges hinunter. Dort wurde noch immer gekämpft, auch wenn inzwischen ein Schatten-in-Eis Anführer den Rückzug befahl, nachdem er gesehen hatte, daß sich seine Leute vor der Tür des Goblinraumes ergeben hatten.

»Wenn wir doch nur unseren Vorstoß so vorantreiben könnten, wie sie sich zurückziehen«, seufzte ein anderer Krieger. »Aber es gibt Seitengänge, Verengungen und viele Möglichkeiten, Wege abzuschneiden, zu flankieren und aus dem Hinterhalt anzugreifen.«

»Sie ziehen sich zurück, um den Angriff von Ameisen-darunter abzuwarten«, bemerkte der erste Wächter.

»Wie viele sind wir?« fragte Cimmaraya, während

ein Wächter mit Stricken zurückkehrte, um die Gefangenen zu fesseln.

»Ihr seid nicht genug«, sagte einer der Feinde, ein Schatten-in-Eis. »Bindet uns sanft. Schon bald wird euch das gleiche Seil fesseln, wenn ihr dann noch atmet.«

»Bindet ihn stramm«, befahl Zhanrax. »Es ist mir gleichgültig, ob ihm die Hände abfallen.« Er stand Nase an Nase mit Schatten-in-Eis. »Deine Verbündeten legten einen Hinterhalt und ermordeten eine von uns, obwohl wir zu sechst nur eine Axt trugen. Man ließ uns keine Wahl.«

»Ermordet?« fragte der Wächter. »Wer ...?« Dann blickte er von Cimmaraya zu Zhanrax und sagte leise: »Scaraya.«

»Es ist gut, daß sie tot ist«, sagte Schatten-in-Eis. »Sie war der Grund unserer Leiden.«

Ayesh bemerkte, wie sich Cimmarayas Kiefer verkrampften. »Alles, was du in deiner Dummheit nicht begreifst, Schatten-in-Eis«, sagte sie, »das haßt du auch. Ich glaube, du haßt viel. Vielleicht haßt du alles.«

»Wir müssen Eisen-in-Granit berichten, wie sie starb«, sagte Zhanrax und sah zu dem schmalen Ende des Ganges hinunter. »Sie werden, genau wie ich, nach dem Blut von Ameisen-darunter lechzen.«

»Ich komme und lechze nach dem Blut von Schatten-in-Eis«, erklärte Cimmaraya.

»Cimmaraya!« rief Ayesh.

»Du verstehst den Ruf der Blutrache nicht, Mensch«, antwortete Cimmaraya.

»O doch. Leider muß ich gestehen, daß ich ihn sehr gut kenne.«

Der letzte Gefangene wurde gefesselt und in die Mitte des Ganges gebracht, wo alle aneinander gebunden und gefesselt wurden.

»Noch einmal frage ich, wie viele wir sind?« forschte Zhanrax.

»Sechs an diesem Ende, sechs an jenem«, antwortete der Wächter. »Dann noch deine Leute – also vierzehn. Fünfzehn, wenn ihr den Jungen mitzählt.«

»Der Junge hat sich als Soldat bewährt«, warf Ayesh ein.

»Er trägt keine Axt.«

»Er braucht keine. Und du hast mich ausgelassen. Das macht sechzehn.«

»Fünfzehn und ein Drittel«, gab der Wächter zu. »Nun, der Angriff wird von zwei Seiten erfolgen. Am schmalen Ende können sie zu dritt nebeneinander kommen. Hier haben alle zwanzig Platz, auszuholen.«

»Wir haben die Goblins«, meinte Ayesh. »Sie werden das schmale Ende bewachen.«

Der Minotaurus schnaubte. »Bei allem Respekt, Mensch, und zugegeben, daß du ihnen Manieren beigebracht hast: Goblins wiegen nicht einmal ein Drittel von uns. Ich werde nicht kämpfen, wenn niemand außer Goblins meinen Rücken deckt.«

»Selbst wenn die Goblins wie Heu niedergemäht werden, gibt uns das Zeit. So wäre es am besten. Hole sie, Ayesh. Du und die Goblins, ihr werdet das schmale Ende, die Minotauren das breite Ende bewachen«, verkündete Zhanrax.

Wieder schnaubte der Wächter. »Dadurch gewinnen wir ein paar Sekunden. Drei Minotauren könnten das schmale Ende halten, bis der erste von ihnen fällt. Ich würde eher ...«

»Auf Patrouille bin ich der Hauptmann«, unterbrach ihn Zhanrax, »und ich beanspruche dieses Recht auch jetzt. Wir tun, was ich sage.«

Das Stampfen von Hufen aus einem entlegenen Korridor beendete das Gespräch.

Anfangs erfolgte am schmalen Ende des Ganges kein Angriff. Ayesh bemerkte, daß ein paar der Goblins beunruhigt waren. Sie schauten über die Schultern nach hinten, den breiten Gang hinunter, von wo das Krachen der Waffen und lautes Gebrüll zu hören waren.

»Den Blick voraus, Styr«, sagte Ayesh.

»Aber wenn sie da hinten durchbrechen ...«

»Das ist etwas, mit dem wir uns befassen, wenn es geschieht. Sieh nach vorn. Wir bewachen dieses Ende. Wenn ich ihnen nichts anderes befehle, ist das ihre einzige Aufgabe. Wir bewachen diese Seite.«

Die Goblins, die ein Ende des versteckten Seils hielten, nickten. Bevor Ayesh noch eine Bewegung wahrnehmen konnte, flüsterte Gur: »Sie kommen.«

»Sie sollen warten auf den rechten Augenblick«, sagte Ayesh. »Erinnern sie sich daran, wie Tana brüllt, wenn man ihm die Nüstern verdreht?«

Kler kicherte.

»Sie wissen, wie sie zuschlagen sollen, und Wissen ist Macht. Aber es braucht auch Beherrschung. Warten sie auf den rechten Moment.«

Als die Minotauren in den hellen Gang stürmten, erblickte Ayesh die erwarteten sechs – und drei weitere. »Sie haben Helfer aufgelesen«, flüsterte sie. »Aber wir sind in der Überzahl.«

Mok wimmerte leise.

»Diamantgeist«, erinnerte Ayesh die Goblins. »Kämpft wie die, die ihr sein werdet, nicht wie die, die ihr einst wart.«

Als sie sahen, wer ihnen gegenüber stand, fingen die ersten Minotauren an zu grinsen. Sie brüllten und rasten los, als wollten sie die Goblingruppe einfach niedertrampeln.

Wären sie weitergestürmt, wäre ihnen das sicher auch gelungen. Dreihundert bewegliche Pfunde auf Hufen waren schwer zu packen. Aber die Goblins wichen nicht zur Seite, und der Anführer der Minotauren, der eine Falle witterte, verlangsamte die Schritte und streckte die Arme aus, um die übrigen Krieger zu warnen. Mißtrauisch beäugte er die Wände und den Boden, ging aber dennoch weiter.

Als die ersten drei Gegner nahe genug herangetreten waren, sprangen ihnen drei Goblins in die Gesichter. Sofort rissen die Minotauren die Waffen hoch, aber die Goblins waren schneller. Sie packten die empfindliche Stelle zwischen den Nüstern der Minotauren und hängten sich mit dem ganzen Gewicht daran.

Und für einen Augenblick vergaßen die Minotauren alles, bis auf den Schmerz an dieser Stelle. Sie taten, was auch Tana immer getan hatte, und genau wie er handelten sie unbewußt. Sie ließen sich auf den Boden fallen, um das Gewicht der Goblins loszuwerden. Das nutzten die restlichen Goblins, um ihnen Staub in die Augen zu werfen und die Finger, die die Waffen hielten, zurückzubiegen. Drei Äxte fielen zu Boden. So schnell wurde ein Drittel der Angreifer geblendet und entwaffnet.

Die herumwirbelnden Hufe der liegenden Minotauren waren gefährlich. Ein Tritt, der ihm beinahe den Kopf zerschmetterte, erwischte Murl. Aus der zweiten Reihe der Angreifer sauste eine Axt herab, um ihn zu töten.

Ayesh fühlte sich bei dem Anblick von Goblinblut krank. Einst hätte sie gejubelt.

Die stehenden Minotauren hielten die freien Hände vor die Nüstern, um sich zu schützen, während sie vorrückten. Die Goblins warfen sich auf die empfindlichen Knöchel und traten gegen die verletzlichen Knie.

Mok und Nuwr verdrehten die Finger eines liegenden Minotaurus, damit er stillhielt. Gur mühte sich, eine Axt aufzuheben und auf den starken Nacken herabsausen zu lassen.

Staub wirbelte auf.

Zwei weitere Minotauren krachten zu Boden, da ihre verletzten Knie sie nicht länger tragen konnten. Gur hob die Axt und ließ sie wieder und wieder herabfallen. Minotauren stolperten und blinzelten mit staubverklebten Augen. Blindlings schwangen sie die Waffen. Einer schlug den Arm eines Gefährten ab. Auch Ayesh blinzelte, um deutlich sehen zu können. Sie trat gegen Knöchel, gegen Knie ...

Jetzt brüllten die Minotauren vor Schmerz und Enttäuschung. Alle neun Feinde lagen auf dem Boden. Gur hatte vier Gegner geköpft. Ein oder zwei Goblins hielten die anderen mit schmerzhaften Griffen, die ihnen den Arm oder das Handgelenk zu brechen drohten, fest.

Ayesh konnte durch die entstandene Staubwolke nicht sehen, wie sich der Kampf am anderen Ende des Ganges entwickelte. Wurden die Goblins dort gebraucht? Würden die Feinde es schaffen?

Gur stellte sich über einen Minotaurus und mühte sich erneut, die Axt zu heben.

»Warte«, befahl Ayesh. Zu dem Minotaurus sagte sie: »Ergibst du dich?«

»Einer *flakkach*? Niemals!«

»Ergebe dich, oder stirb!«

»Dann sterbe ich!«

Es gibt keinen anderen Weg, dachte Ayesh. Der andere Kampf tobte noch immer. Wenn sie sich nicht ergaben, bedeuteten diese Minotauren eine neue Bedrohung, sobald man ihnen erlaubte, aufzustehen.

»Sein Fuß«, sagte sie zu Gur. »Er kann nicht angreifen, wenn er nicht stehen kann.«

Gehorsam begab sich der Goblin vom Hals zum Knöchel und schlug darauf ein, um dem Minotaurus das Stehen unmöglich zu machen. Ayesh wurde übel. Wenn es doch einen anderen Weg gäbe ...

»Wirst du aufgeben?« fragte sie die nächste Feindin.

Sie weigerte sich. So wurde auch sie verkrüppelt.

Schluß damit, dachte Ayesh. *Ihre Weigerungen saugen unsere Kraft auf, sonst nichts.* »Tlik ...« Sie sah so viel von Tlik durch den Staub, daß sie bemerkte, daß er aus einer Kopfwunde blutete. »Tlik und Bler, Wlur und Kraw ... Wer ist sonst noch verletzt?«

»Murl ist tot«, antwortete Gur.

»Ich weiß«, sagte Ayesh. »Wer sonst lebt und ist verletzt?«

Falls noch andere Goblins verwundet waren, gaben sie es nicht zu.

»Na gut. Die vier, die ich gerade genannt habe, und Gur und Nuwr bleiben hier und halten diese sturen Biester davon ab, irgendwo hinzugehen. Ihr anderen folgt mir. Wir gesellen uns zu den Kämpfern.«

Zhanrax und die Seinen hielten nur knapp stand. Vier Goblins und Ayesh reichten aus, um das Blatt zu ihren Gunsten zu wenden.

Nachdem er die Hälfte seiner Kämpfer verloren hatte, ließ der Ameisen-darunter Hauptmann die Axt fallen und ergab sich.

Zhanrax tötete ihn. Der Kampf ließ nicht nach, bis der letzte Ameisen-darunter-Krieger tot war.

»Deine grauhäutigen *flakkach* haben gut gekämpft«, sagte Zhanrax. »Jedenfalls die, die überlebt haben.«

»Bis auf einen haben alle überlebt«, berichtigte ihn Ayesh. »Sechs bewachen die Schatten-in-Eis und Goldene-Hörner, die sich nicht ergeben wollen. Wir hatten neun Gegner, nicht, wie erwartet, sechs.«

Zhanrax wirkte überrascht. Dann wischte er die Klinge der Axt ab und sprach: »Nie erwartete ich, den Tag zu erleben, an dem ich Goblins zu meinen Verbündeten zählen würde. Aye, aber vielleicht haben sie mehr Gutes in sich, als ich ahnte.«

Die Schärpe, die er benutzte, war so blutig, daß die Axt nicht sauber, sondern das Blut nur verschmiert wurde.

»Ameisen-darunter versuchten, sich zu ergeben«, meinte Ayesh.

»Das konnte ich nicht zulassen.«

»Es gibt Goblins, die Goblins sind«, bemerkte sie, »und Goblins, die keine sind.«

Er starrte sie ausdruckslos an.

»Ein finsterer Tag«, seufzte ein Juwelen-in-Hand, »wenn unbewaffnete Goblins Minotauren besiegen. Was haben wir falsch gemacht?«

Ayesh fiel auf, daß ihr die Beine zitterten. Sie war müde und wollte kein Blut mehr sehen. In diesem Gang floß überall Blut.

»Geht zu den Goblins«, wandte sie sich an Juwelen-in-Hand, »und nehmt die Niederlage der Minotauren an, die keine Gnade von einem Goblin bekommen möchten.«

Wer könnte es auch begreifen, dachte sie, *das Wunder, von einem Goblin Gnade zu erhalten.*

KAPITEL 20

Als Cimmaraya das heiße Wasser über die Pasten, Blätter und Blüten schüttete, fiel ihr auf, daß es nicht den richtigen Grünton hatte. Sie sog den Dampf ein.

Zhanrax schaute ihr über die Schulter.

Von der anderen Seite meldete sich Phyrrax: »Nun?«

Rillaraya, die neue Matriarchin von Eisen-in-Granit fragte: »Hast du es richtig gemacht?«

Cimmaraya blickte auf die hell erleuchteten Gärten hinter dem Tisch. Bienen schwebten über den Blüten. Vögel sangen so lieblich, wie in der Welt dort oben. Wenngleich die Gärten tief unter dem Berg lagen, war alles, soweit es die Vögel betraf, in schönster Ordnung in den Gefilden, die sich hinter Scarayas Vorraum befanden.

Aber nichts war in Ordnung. Scaraya war tot. Es war nicht länger ihr Vorraum, sondern Rillarayas. Cimmaraya und Zhanrax benutzten Scarayas Räume nur aufgrund des guten Willens der neuen Matriarchin von Eisen-in-Granit, die die Gärten erhalten und das Goblinvorhaben weiter geführt haben wollte. Aber so viel ging schief. Größere Gefahren drohten. Und Cimmaraya konnte den Trank nicht richtig brauen.

Sie schüttelte den Kopf. »Dies ist auch nicht richtig.« Während der Prozedur mit brodelnden Flüssigkeiten, schweren Mörsern und Stößeln, den getrockneten Blättern und Blumen ... war irgendwo etwas schiefgegangen.

»Vielleicht wirkt es auch so«, sagte Phyrrax. »Bist du sicher, daß du alles so gemacht hast, wie es das Buch sagt?«

Cimmaraya schüttelte gereizt den Kopf. »Nein! Die Notizen, die mich Scaraya schreiben ließ, verteilen sich auf verschiedene Bücher. Ich bin nicht sicher, ob ich alle Punkte gefunden habe. Und es wäre auch gleichgültig, Phyrrax. Die erste Anweisung lautet: ›Beginne mit gleich großen Portionen der roten und der grünen Paste.‹« Sie deutete auf die Überreste der sich auflösenden Paste im Sieb. »Diese Pasten hat sie angefertigt, lange bevor ich zu ihr kam. Ich glaubte zu wissen, wie sie hergestellt werden, aber nun bemerke ich, wie wenig ich weiß. Vom ersten Schritt an ist etwas schiefgegangen.«

»Wäre es nicht besser, alles, von dem du sicher bist, daß es stimmt, sofort aufzuschreiben?« fragte Phyrrax.

Cimmaraya funkelte ihn böse an. »Als ob du für Wissenschaft etwas übrighältst!«

»Das stimmt, Cimmaraya«, nickte Phyrrax und breitete die Hände aus. »Bitte unterstell mir kein Interesse. Ich sagte nur, was mir in den Sinn kam. Als Beobachter, sozusagen.«

»Er hat recht«, stimmte Rillaraya zu. »Kennzeichne die Notizen in den großen Büchern, dann lasse ich sie herausschreiben.«

»Wenn dazu Zeit ist, dann ist dazu Zeit!« zischte Cimmaraya.

»Nun«, seufzte Zhanrax und goß die blasse Flüssigkeit in eine Flasche, »du kannst es morgen noch einmal versuchen.«

Es hörte sich so einfach an. »Scaraya hat *Jahre* gebraucht, um die Formel zu finden! Sie vergiftete drei Goblins, bevor sie die Mischung entdeckte, die Gurs Geist beruhigte. Wir haben keine Jahre, und wir können uns nicht leisten, die Goblins durch unsere Fehler zu vergiften!«

Er blickte sie lange an. In den letzten Tagen hatte sich eine große Gelassenheit in ihm niedergelassen. Es schien, als habe sich vor dem Kampf seine ganze Wut aufgestaut. Während der Schlacht war sie wie eine Flutwelle aus ihm herausgebrochen, eine Flutwelle, die Ameisen-darunter in ein gefallenes und gedemütigtes Haus verwandelt hatte, gleich den Häusern von Goldene-Hörner und Schatten-in-Eis. Jetzt, nach dem Sieg, war er ruhig, fast schläfrig geworden.

Zhanrax war furchtbar zu seinen Feinden, aber sanft zu ihr. Es gab viel Gutes an ihm.

»Was sein wird, wird sein«, sagte Rillaraya. »Ich vertraue dir, Mirtiins Tochter. Du wirst die Formel entdecken und Erfolg mit diesen Goblins haben. Oder aber später, mit anderen Goblins.«

»Ich bin dankbar für dein Vertrauen, Eisen-in-Granit«, sagte Cimmaraya, »wenngleich ich immer daran denken muß, daß die Zeit vergeht und wir keine zweite Gelegenheit erhalten werden.«

»Massenhaft zweite Gelegenheiten«, mischte sich Phyrrax ein. »Das Universum besteht doch aus ihnen. Waren nicht die ersten Welten, die Lemeya gebar, öde und unfruchtbar? Trotzdem leben wir hier in einer lebendigen Welt!«

»Komm«, sagte Zhanrax und hob die Flasche. »Die Goblins müssen ihren Trank bekommen.«

»Es schmeckt ölig«, stellte Mok fest. Heute klang seine Stimme rauh, ein wenig wie die eines wilden Goblins.

Bler und Nuwr nickten zustimmend.

»Ist das falsch?« fragte Ayesh.

»Ich *liebe* es ölig!« sagte Mok.

»Aber vorher hat es anders geschmeckt«, meinte Tlik und reichte Cimmaraya die hölzerne Schale. »Auch fühle ich nicht die Wärme im Hals, die ich anfangs immer verspürte.«

Wärme in der Kehle, dachte Cimmaraya. *Wodurch wurde sie hervorgerufen?* Sie nahm an, durch Carlinall. Zuviel Hexenbalsam konnte diese Wirkung verhindern. Sollte sie einmal ohne Hexenbalsam arbeiten?

»Es schmeckt besser«, sagte Kler.

Kraw grinste. »Schmeckt besser.«

»Es wirkt aber anders«, meinte Gur.

»Es wirkt fast gar nicht«, erklärte Tlik.

Kraw schubste ihn. »Wen stört's?«

»Kraw«, schalt Gur, »hör auf damit.«

Heute hörten sich die Stimmen aller Goblins rauher an, selbst die von Tlik und Gur.

»Jawohl, Kraw!« rief Rip. »Nicht *schubsen!*« Beim letzten Wort versetzte er Kraw einen Stoß, der ihn hintenüberwarf. Kraw rollte sich im Fallen ab, sprang auf die Beine und nahm eine Kampfhaltung ein.

»Niemand übt ohne Erlaubnis«, sagte Ayesh.

»Ich will nicht üben«, sagte Kraw. »Werde ihm den Kopf zertreten!«

»Versuch's doch!« höhnte Rip.

Die anderen Goblins ergriffen Partei; einige verspotteten Rip, einige Kraw, und die restlichen folgten Gurs Beispiel und riefen, daß alle schweigen sollten.

Die Stimmen wurden lauter und krächzender.

Ayesh ging zu ihrem Platz nach vorne und klatschte dreimal in die Hände. Das war das Zeichen, die Plätze einzunehmen. Nur Tlik und Tana nahmen sofort ihre Plätze ein, verneigten sich und knieten nieder. Tlik sah nach vorne, wie es verlangt wurde, aber Tana konnte nicht umhin, den Blick zu den Goblins schweifen zu lassen.

Bler schritt an ihren Platz, blieb aber stehen und beobachtete den Streit.

Wieder klatschte der Mensch in die Hände. Die Stimmen wurden nur noch lauter.

Gur schlug Rip auf den Hinterkopf. »Ich bin die Anführerin! Ich sage dir, was zu tun ist, und du wirst mir folgen!«

Rip duckte sich unterwürfig, warf Kraw aber noch immer böse Blicke zu.

»Geht jetzt alle auf eure Plätze!« befahl Gur.

Sie gingen. Gur nahm nicht den üblichen Platz in den beiden Reihen der Schüler ein, sondern kniete sich an das Ende des Raumes, mit Ayesh zur linken und den Goblins zur rechten Seite.

»Will sie ihren Platz nicht einnehmen?« fragte Ayesh.

»Ich muß sie im Auge behalten!« krächzte Gur.

Ayesh sah Cimmaraya an, die nur hilflos die Hände hob. Die Formel zeigte ihre Wirkungslosigkeit. Vielleicht hatte sie bis zum Ende des Tages das fehlende Kraut, den falschen Schritt oder die Fehlmenge entdeckt.

»Regenbogen Meditation«, sagte Ayesh.

Die Goblins zappelten, obwohl sie sich bemühten, still zu sitzen. Alle, außer Tlik. Beim Namen der Meditation schloß er die Augen und begann ohne Anleitung. Ayesh erklärte den anderen: »Zuerst Rot. Seht einen roten Punkt. Hellrot. Er wird größer. Rot ist um sie alle herum ...«

»Rips Blut«, murmelte Kraw.

Die Goblins kicherten.

»Noch einmal«, befahl Ayesh. »Rot. Vor ihren Augen sehen sie einen roten Punkt ...«

»Ein Loch in Kraws Schädel«, sagte Rip.

Noch mehr heiseres Gekicher.

Mit kühler, geduldiger Stimme sagte der Mensch »Wir fangen noch einmal an ...«

Sie brauchte ein halbes Dutzend Versuche, um die Goblins auf die Meditation einzustimmen. Endlich schwiegen alle. Nachdem Ayesh sie durch die Farben des Regenbogens und die Farbe des Unsichtbaren geführt hatte, waren sie ruhig. Als sie sich erhoben und die Übungen abzählten, klangen auch die Stimmen beherrschter. Gur stellte sich wieder an den gewohnten Platz.

Cimmaraya sagte sich, daß noch nicht alles verloren sei. Wenn die Goblins noch so weit beherrscht werden konnten, daß sie mit der Morgenarbeit *begannen*, dann hatte das Ritual einen starken Einfluß auf sie. So bald würden sie das, was Ayesh ihnen beigebracht hatte, nicht verlernen.

»Laß uns zurückgehen, um es erneut zu versuchen«, sagte sie zu Zhanrax. »Ich werde eine neue rote Paste mischen.«

Als sie zu Eisen-in-Granit zurückkehrte, fand sie Phyrrax und Rillaraya, die die großen Bücher nach Notizen durchsuchten, die sich auf den Trank bezogen. Die meisten Bemerkungen hatte Cimmaraya selbst geschrieben, von Scaraya diktiert. Jetzt wühlten fremde Hände darin herum. Rillaraya hatte das Recht dazu, ermahnte sich Cimmaraya, denn alles, was einst Scaraya gehört hatte, gehörte nun ihr. Und doch ...

»Über-dem-Gras«, sagte sie und versuchte gar nicht erst, ihren Ärger zu verbergen, »wie kommt es, daß du dich so sehr für die Wissenschaft interessierst?«

»Neugier und eine vorübergehende Liebhaberei«, antwortete Phyrrax und zuckte die Achseln. »Rillaraya sucht. Ich halte die Seiten.«

»Aye«, nickte Rillaraya und verzog die Lippen zu einem Grinsen. »Er meinte, ich solle suchen, und ich sagte, ich werde es tun. Er öffnet die Seite und hält sie fest.«

»Er steckt seine Nüstern überall hinein«, knurrte Zhanrax.

»Überall, wo sie hinein paßt und willkommen ist, mein Freund.«

Zhanrax schnaubte. »Deoraya wäre es lieber, wenn du Fels-im-Wasser nicht betreten würdest.«

»Oh«, meinte Phyrrax. »Aber erfreue ich denn nicht alle, die ich besuche? Ein sanfter Scherz, um das Herz zu erleichtern?«

»Sie würde dich gern um *dein* Herz erleichtern«, grollte Zhanrax. »Oder besser gesagt, sie würde es dir gern herausreißen.«

»Wie schade, daß man mich nicht zu würdigen weiß.«

»Wie schade, daß du so viel redest.«

»Haltet den Mund! Beide!« sagte Cimmaraya.

Rillaraya, Zhanrax und Phyrrax sahen ein wenig erstaunt drein.

»Ich muß arbeiten«, erklärte Cimmaraya. Das war die einzige Entschuldigung, die sie anbot. Dann arbeitete sie.

Der Trank des nächsten Tages war nicht besser. Auch der folgende nicht, obwohl Cimmaraya die ganze Nacht bei Eisen-in-Granit blieb und auf einer Bank schlief, wenn sie nicht mehr konnte. Viermal stellte sie eine neue Paste her. Viermal wurde sie enttäuscht.

Sie ging nicht mehr in das Klassenzimmer. Sie schickte Zhanrax mit den Tränken und arbeitete weiter, bevor er mit dem nächsten, enttäuschenden Bericht zurückkehrte.

»Es sind Goblins, wie Goblins nur sein können«, sagte er eines Tages. »Der Mensch konnte den Unterricht nur mit Drohungen beginnen. Sie saßen nicht still, bis ich Wächter rief, die sich hinter jeden Goblin stellten. Waffen gehorchen sie mehr als ihr.«

Cimmaraya rieb sich das Fell zwischen den Augen. »Was soll ich tun? Was habe ich unversucht gelassen?«

»Die Musik, die Tlik spielt, beruhigt sie oftmals.«

»Wenn wir doch nur Tlik verzehnfachen könnten.« Sie schnaubte.

»Ein Erfolg bei elf Versuchen.« Sie schüttelte den Kopf.

Cimmaraya war allein und zerstieß Zundersamen in einem Mörser, als zwei Wachen, ein Juwelen-in-Hand und ein Über-dem-Gras, Ayesh von draußen hereintrugen.

»Ich kann gut laufen!« schimpfte der Mensch, und einer der Wachen sagte: »Aye, und bei jedem Schritt Blut verlieren.«

Die Wade des Menschen war dunkelrot.

»Legt sie hier her«, befahl Cimmaraya und räumte die Bank.

»Es ist nicht so schlimm, wie es aussieht«, meinte Ayesh.

Cimmaraya feuchtete ein Tuch an und wischte das Blut aus der Wunde. Ayesh zuckte zusammen. Zwei Halbkreise waren zu sehen:

Eine Bißwunde. »Es blutet stark, ist aber nicht sehr tief. Was ist geschehen?«

»Gur wurde ein wenig aufsässig.«

Cimmaraya hielt inne. »Gur war es? Gur?«

»Während der Übungen spielten die Goblins verrückt, und sie schlug ihnen auf die Köpfe. Ich versuchte, mit ihnen *und* ihr zu reden.«

»Sie verändern sich«, bemerkte eine der Wächterinnen. Sie hob die Axt. »Jetzt verstehen sie diese Sprache am besten.«

»Nein!« sagte Ayesh. »Es liegt nur daran, daß man sie ruhig halten muß. Sie sind nicht völlig zurückgegangen. Und seht euch Tlik an. Er hat sich im Griff, sogar ohne einen Trank, der kaum mehr als gefärbtes Wasser ist.«

Cimmaraya spannte die Schultern an.

»Verzeihung«, sagte Ayesh. »Ich weiß, daß du dir Mühe gibst.«

Cimmaraya setzte Wasser auf, um es zu kochen. »Ich mache dir einen Umschlag. Dadurch verhindern wir Wundbrand.«

»Es tut mir leid«, meinte Ayesh.

Cimmaraya sagte: »Es ist Zeit zu gehen.«

Die Wachen hielten die Worte für eine Verabschiedung. Sie schnaubten über ihre offensichtliche Undankbarkeit. Sie erklärte es ihnen nicht. Sollten sie denken, was sie wollten; es war gut, daß sie den Raum verlassen hatten.

»Eigentlich meinte ich dich«, sagte Cimmaraya, als

die Wachen verschwunden waren. »Du könntest Mirtiin verlassen.«

Ayesh schnaubte. Es war ein recht eindrucksvolles Schnauben aus einer unauffälligen Nase. »Du vergißt etwas. Ich bin Zhanrax' Haustier.«

Cimmaraya öffnete eine Schublade, in der sich getrockneter Hexenbalsam befand. »Ich kann Zhanrax überreden.«

Wieder schnaubte Ayesh. Es lag ein Ausdruck in dem Geräusch – war es Hohn? Oder Belustigung? Sie sagte: »Ich wette, daß du das kannst.«

»Du verstehst nicht, wie sich die Dinge entwickelt haben«, meinte Cimmaraya.

»O doch, ich verstehe«, sagte Ayesh. »Ich war ein Geschenk an dich. Unter Menschen hätten es Blumen getan.«

»Blumen tun es auch bei Minotauren.«

»Nun, Menschen *essen* sie aber nicht.«

»Ich meine«, erklärte Cimmaraya mit übertriebener Geduld,»daß du nicht weißt, was sich in Mirtiin entwickelt hat. Bald wird es Krieg geben.«

»Schon wieder?«

Jetzt schnaubte Cimmaraya. »Vor ein paar Tagen, das war doch kein Krieg. Das war ein Machtkampf innerhalb von Mirtiin, ein politischer Streit. Er beschämte jene, die Mirtiin teilen wollen. Wir sind stärker, als wir es vor diesem Kampf waren.«

»Nun«, meinte Ayesh, »es geht uns auf jeden Fall besser ohne Betalem. Finde ich.«

»Es macht viel aus, *wie* wir uns von ihr befreiten. Wäre sie getötet worden, wäre alles viel besser. Aber inzwischen ist sie bis nach Stahaan gekommen und hat Gynnalem Bericht erstattet.« Cimmaraya goß heißes Wasser über die Blätter und streute Wandersaatasche darüber.

»Wer ist das?«

»Was mein Vater für Mirtiin ist, ist sie für Stahaan.

Und mehr. Sie ist auch die Hohepriesterin. Betalem war hier als ihre Vertreterin.«

»Sie wird sich nicht über Betalems Worte freuen.«

»Nein, sicher nicht. Wann immer Mirtiin seinen eigenen Weg finden möchte, einen Weg, der nicht zu Stahaan führt, fangen sie einen Krieg an. Gynnalem wird ihre Armee zur Belagerung schicken.«

»Aber warum?«

»Stahaan möchte, daß sich Mirtiin auf ewig vor ihm verneigt. Stahaan war die erste Halle. Sie waren schon immer die Halle, die in Glaubensdingen ausschlaggebend ist. Wenn Hurloon nahe genug läge, um Krieg zu führen, würde Stahaan auch gegen sie ziehen.«

»Also hat Stahaan große Macht?«

»Seitdem Mirtiin in diesen Bergen entstand, hat Stahaan viermal, viermal während vieler ·Generationen, einen Krieg geführt. Und Mirtiin hat viermal verloren.« Cimmaraya verteilte die dampfende Mischung auf ein trockenes Tuch und legte es über Ayesh' Wunde.

»Au!«

»Mirtiin wurde immer besiegt«, fuhr Cimmaraya fort, »weil es von innen gespalten war. Jetzt sind die Häuser, die Stahaan unterstützen, geschwächt und beschämt. Die Häuser, die immer unparteiisch waren, haben sich für Mirtiin entschieden. Diesmal könnten wir gegen Stahaan standhaft bleiben. Oder ...« Sie goß heißes Wasser über das Tuch.

Ayesh zuckte zusammen.

»Oder alles kann sich zum Bösen wenden. Wie es auch früher immer geschehen ist. Sollte Stahaan noch einmal siegen, würdest du sterben. Und ich auch. Alle, die Betalem als Feinde des Tempels bezeichnet, würden sterben.« Sie wickelte einen Verband um das Bein des Menschen. »Kannst du stehen?«

Ayesh schwang die Beine über den Rand der Bank und versuchte, ob sie ihr Gewicht tragen konnten.

»Vertraust du dem Geschick deines Vaters, Mirtiin zusammenzuhalten?« fragte Ayesh.

»Er hat uns bisher über dunkle und wilde Flüsse gesteuert«, erklärte Cimmaraya. »Aber Mirtiin ist immer gefallen.«

»Ich weiß«, nickte Ayesh. »Aber *diesmal* ...«

»Er ist mein Vater. Denke, was du willst.«

Ayesh blickte sie lange und durchdringend an. »Wie die Tochter, so der Vater. So wie ich glaube, daß du bald den Trank wiederentdeckst, so traue ich deinem Vater zu, daß er die Hallen von Mirtiin vereint halten kann.«

»Du wagst viel.«

»Ich bin jetzt eine Lehrerin«, meinte der Mensch. »Damit trage ich Verantwortung für meine Schüler.«

»Solche wie da sind ...«

»Tlik kann auf sich selbst aufpassen. Und Tana – Tana hätte unter dem Dach des Lichts stehen und das Recht verlangen können, ringen zu dürfen.« Sie schaute auf die Kräuter. »Finde jenen Trank und wir können die anderen zurückgewinnen. Sie könnten in den Reihen der Verteidiger von Mirtiin stehen und Stahaan die Nase blutig hauen. Das würde ihnen einen Schreck einjagen, was?«

Cimmaraya riß die Augen auf und bleckte die Zähne zu einem Minotaurengrinsen. »Das würde es.«

»Du wirst ihn finden«, bekräftigte der Mensch. »Ich weiß es.«

KAPITEL 21

Vor dem Eingang zum Tempel bückte sich Myrrax, um den Wandbehang vom Boden aufzuheben. Scharfe Klingen hatten die Göttin Lemeya zerfetzt. Dann war der ganze Vorhang von starken Händen aus der Halterung gerissen worden. »Eine der ersten Erinnerungen an meine Kindheit«, sagte Myrrax, »ist der Eindruck, wie ich mit meiner Mutter vor diesem Bildnis stehe. Wir warteten auf eine Audienz bei der Priesterin. Meine Mutter sagte: ›Hier ist der Anfang aller Anfänge.‹«

Er senkte den Kopf und hielt sich den zerfetzten Teppich vor die Augen. Er dachte, wollte es aber nicht aussprechen: ›*Wo haben wir gefehlt?*‹

»Es gibt noch schlimmere Verbrechen im Inneren«, sagte Hauptmann Tekrax. Er hielt die Hälfte des roten Vorhangs zur Seite – eine unnötige Geste, da die andere Hälfte abgerissen worden war. »Gesegnet seien die Mütter.«

»Mögen die Mütter gesegnet seien«, antwortete Myrrax.

Der zweite Wandteppich lag ebenfalls auf dem Boden. Tekrax hatte recht. Es gab viel schlimmere Verbrechen.

Myrrax starrte auf das, was von dem Brunnen der Asche übrig geblieben war. Die zerbrochenen Steine trugen die Spuren der Spitzhacken. Sämtliche Steine, die einst den oberen Rand des Brunnens gebildet hatten, fehlten.

»Wo?« fragte Myrrax. »Sag mir nur nicht ...«

Tekrax blickte in die Tiefe des Brunnens, in die Finsternis, in die seit Generationen die Asche der Bewohner von Mirtiin geschwebt war – tiefer, tiefer, tiefer und tiefer, bis zum Herzen des Berges, zum Kern der Welt. »Wir haben die Steine nicht gefunden«, erklärte er. »Wir können nur vermuten, daß sie hineingeworfen wurden.«

Myrrax kniete neben dem rauhen, zerstörten Kreis der verbliebenen Steine. Er küßte den scharfkantigen Rand. *Meine Mutter küßte diese Steine,* dachte er, *und ihre Mütter vor ihr, bis zu den ersten von Schatten-in-Eis, am Anfang von Mirtiin.* Aber das stimmte nicht. Seine Mütter hatten nicht diesen Stein geküßt, sondern den, der fehlte, der hinabgeworfen worden war, unwiederbringlich.

Lange kniete Myrrax und starrte in die Dunkelheit.

Anfangs war ihm das Geräusch nicht aufgefallen, das Knirschen von Stein auf Stein. Die Abwesenheit des Lichts im anderen Raum hatte er auch nicht bemerkt.

Er stand auf und schritt in das Zimmer, in dem einst die Lampe der vergänglichen Flammen gebrannt hatte. Die feinen Metallscheiben waren auseinandergerissen, verbogen und verbeult worden. Der Schaft, der die größten Scheiben gedreht hatte, knirschte und bebte in der Steinfassung. Die Kupferröhren, die Öl auf die beweglichen Dochte gießen sollten, waren in alle Richtungen gebogen worden. Myrrax versuchte, sie wieder gerade zu biegen. Aber die Röhre zerbrach ihm in der Hand. Er stand und blickte darauf hinab und spürte, wie sich die Muskeln um Augen und Lippen anspannten.

»Bringt sie zu mir!« sagte er. »Bringt sie *hierher!*«

»Bei allem Respekt, Mirtiin«, meinte Tekrax, »ist es sinnvoll, sie jemals wieder an diesen heiligen Ort zu bringen? Wären Eure Ankündigungen nicht besser im Versammlungsraum angebracht?«

»Sie werden für ihre Verbrechen an dem Ort antworten, an dem sie begangen wurden!« sagte Myrrax und spielte mit der zerbrochenen Röhre. »Hierher! Holt sie her!«

Die Hände der vier jungen Minotauren waren vorne zusammengebunden, und die Füße hatte man gefesselt, so daß sie nur schlurfend hinter den Wachen den Tempel betreten konnten.

Myrrax stand vor dem zerstörten Brunnen der Asche. Er schaute jeden der Vier drohend an, als er oder sie eintrat. Drei hielten die Köpfe hoch erhoben. Nur Journaraya schien zu fühlen, was sie angerichtet hatte. Sie sah ihn nicht an.

»Sehe ich Stolz in seiner Miene, Keerax? Robaraya? Sage er mir, Vedayrax, ist Juwelen-in-Hand nicht bekannt für seine vielen Generationen von Verbrechern? Sieht er deshalb so überheblich drein?«

»Wenn wir stolz sind«, erklärte Keerax, »ist es deshalb, weil wir endlich beendeten, was mit Betalems Vertreibung aus Mirtiin begann. Alles, was noch von Stahaan blieb, befand sich in diesem Tempel, und wir haben ihn gereinigt.«

»Gereinigt«, flüsterte Myrrax. »Gereinigt.« Er ließ die Fingerspitzen über den geborstenen Brunnenrand gleiten. »Gereinigt!« Er biß die Zähne zusammen. »Würde er die Asche der eigenen Mutter fortwischen und es ›reinigen‹ nennen? Würde er auf den Namen des eigenen Hauses spucken und das eine Verbesserung nennen?«

Journaraya wandte des Kopf. Die anderen drei sahen trotzig drein.

»Wer hat sie geboren, Robaraya?«

»Ihr wißt, wer es war, Mirtiin.«

»Ich weiß es nicht. Ich glaubte, es sei ihre Mutter, eine Eisen-in-Granit. Das ist ein gutes Haus, aber keines, das die Steine Mirtiins verachtet!«

»Steine Mirtiins?« fragte Keerax. »Die Steine dieses

Tempels gehören Stahaan. Was wir getan haben, haben wir *für* Mirtiin getan!«

»Tatsächlich?« fragte Mirtiin. »Mir scheint, daß Schatten-in-Eis in letzter Zeit zu viel für Mirtiin tun wollte. Sein Haus schloß sich Betalem an, die Verwandte aufhetzte, Verwandte zu töten – und das im Namen von Mirtiin.«

»Ich kämpfte *gegen* mein Haus«, antwortete Keerax. »Ich schwang meine Axt für Mirtiin, nicht für Stahaan und seine verfluchte Priesterin.«

»Und doch kämpfte er an diesem Tag für Stahaan«, stellte Myrrax fest. »Er hat einen harten Schlag für Gynnalem ausgeführt. Späher berichten, daß Stahaan eifrig bemüht ist, die Ernte früh einzubringen. Gynnalem rüstet auf. Ich möchte euch ihr mit der Nachricht von dem, was ihr getan habt, entgegen schicken. Sie wäre weise, euch mit Maulbeerblättern zu krönen und den Hauptmannstitel für treue Dienste zu verleihen!«

»Wir hassen Stahaan!« rief Robaraya. »Wir hassen alles, was Stahaan ist!«

»Und der Wandteppich, den ihr wie einen Feind zerhackt habt ... haßt ihr auch unser aller Mutter?«

»Ich verehre Lemaya«, antwortete Robaraya, »Aber der Teppich wurde in Stahaan gefertigt.«

»Aye, vor ewigen Zeiten«, sagte Myrrax.

»Von Stahaan Webern! Die Steine für den Brunnen der Asche stammten nicht aus unseren Minen, sondern aus der schwarzen Tiefe Stahaans. Wessen Hände schufen die Lampe der vergänglichen Flammen? Nicht Mirtiin Hände! Es wurde alles vor langer Zeit in Stahaan gefertigt!«

»Wenn wir frei sein wollen«, mischte sich Vedayrax ein, »dann laß uns völlig frei sein. Laß uns den Tempel neu gestalten!«

Myrrax trat vor Journaraya und nahm ihre Nüstern in die Hände. Sie schaute ihn an. »Sie hat nicht gesprochen, Über-dem-Gras. Brennt in ihr nicht das Feuer, das in den Gefährten lodert? Sehnt sie sich nicht danach, alles, was aus Stahaan ist, zu vernichten?«

Traurig blickte Journaraya auf den Brunnen der Asche. »Meine Mutter ...«, sagte sie.

»Oh, ihre Mutter. Ja. In den Hallen ihres eigenen Hauses wurde sie von Ameisen-darunter getötet. Sie ist noch nicht lange tot.« Er packte die dünne Kette, die um Journarayas Hals hing und zog das Fläschchen unter der Tunika hervor. »Sie trägt sie dicht an ihrem Herzen. Ihre Mutter, und die Mütter ihrer Mutter.«

Myrrax zog und zerriß die Kette. Journaraya zuckte zusammen.

»Unwürdig«, sagte Myrrax. »Sie ist ihrer nicht würdig.« Er schritt zum Brunnen der Asche und hielt das Fläschchen darüber. »Im selben Atemzug verehrt und verachtet sie ihre Mutter, nicht wahr, Journaraya?«

»Laßt sie in Ruhe!« rief Robaraya.

»Es macht nichts!« schrie Keerax. »Laßt sie ihn in den Brunnen werfen. Sie gehören zur Vergangenheit. Was war, ist vorbei. Wir werden unsere eigene Schriften schreiben. Die *Zukunft* gehört Mirtiin!«

»Die Zukunft!« schnaubte Myrrax. »Bevor er seine Verbrechen beging, waren die Häuser vereint. Endlich waren die Risse verheilt. Endlich einmal waren wir bereit, uns Stahaan zu stellen und aus Mirtiin *Mirtiin* zu machen!«

»Halbe Sachen«, spottete Keerax.

»Die Häuser werden sich hinter uns stellen, wenn sie es begreifen«, warf Vedayrax ein. »Ihr seid es, der hinter der Zeit zurückbleibt, Myrrax. Hört meine Worte: Ihr werdet nicht mehr lange regieren!«

Journarayas Fläschchen noch immer in der Hand haltend, sagte Myrrax sehr leise: »Es könnte etwas Wahres in deinen Worten liegen.« Er entfernte sich von dem Brunnen.

»Ich möchte sie nicht so verletzen, wie sie andere verletzt hat, Jounaraya.« Er legte ihr das Fläschchen in die gefesselten Hände und schloß ihr die Finger. Journaraya beugte den Kopf und weinte.

»Habe ich euch nicht gesagt, ihr sollt Geduld haben?« fragte Myrrax. Er sah die anderen Minotauren an. »Habe ich euch nicht alle darum gebeten?«

»Wir werden Stahaan nach unseren Regeln bekämpfen«, meinte Keerax. »Mirtiin wird auf eigenen Füßen stehen! Warum sollten wir für einen halben Sieg kämpfen? Wenn wir Stahaan abwerfen, dann müssen wir auch alle *Steine* Stahaans entfernen!«

»Stahaan schenkte uns das Leben!« erklärte Myrrax.

»Vor langer Zeit«, erwiderte der junge Schatten-in-Eis. »Jetzt sind wir erwachsen. Jetzt sind wir frei!«

Erschöpft rieb sich Myrrax das Fell zwischen den Augen. »Für einen kurzen Moment. Für eine Spanne von Tagen sind wir frei.«

Die Audienzen, die Myrrax im Verlauf des Tages gewährte, verliefen, wie er es vermutet hatte. Zuerst stand ihm Eisen-in-Granit gegenüber.

»Ich zweifele nicht daran«, sagte Rillaraya, »daß ihr es für ein schwerwiegendes Verbrechen haltet.«

»Schwerwiegend ist kaum das richtige Wort«, sagte Myrrax. »Der Tempel ist entehrt. Selbst wenn das kein Verbrechen gegen Mirtiin wäre, wäre es ein Vergehen gegen unsere Vorfahren. *Unsere* Vorfahren, ihre und meine. Die Asche aller Häuser vermischt sich im Brunnen.«

»Und dennoch«, warf Rillaraya ein, »könnte man es nicht als wohlgemeinte Geste ansehen?«

Myrrax schnaubte.

»Hört auf mich, Myrrax. Auch ich bin bestürzt über die Schmach, die unseren Müttern angetan wurde. Aber haben Robaraya und ihre Freunde nicht recht, wenn sie sagen, daß Mirtiin neu geboren wurde? Jetzt können wir den Tempel für Mirtiin aufbauen, nicht als Echo Stahaans.«

»Das ist es nicht, was ihr am meisten auf dem Herzen liegt«, stellte Myrrax fest. »Was fordert sie für die Verbrecherin?«

»Gnade, umfassende Gnade. Zwinge sie nur, das, was sie zerstört haben, wieder aufzubauen. Sie sollen mit Mühe die neuen Steine, Steine aus Mirtiin, für den Brunnenrand holen.«

»*Gnade?*« fragte Myrrax. »Weiß sie, wonach die anderen Häuser rufen werden?«

»Die anderen Häuser haben sich auch schon früher geirrt, nicht wahr?«

»Ich spreche für Mirtiin«, erklärte Myrrax. »Ich zwinge sie nicht, Gänge zu beschreiten, die sie nicht freiwillig gehen würden. Ich kann sie nicht Wege entlangjagen, die ich nicht selbst betreten würde. Gnade? Nach diesem Vergehen – Gnade?«

»Es muß sein, Mirtiin. Es ist gerecht. Auch wenn sie uns alle verletzt haben, wollten sie doch nur, daß Mirtiin eigenständig wird und sich ein für alle Mal von Stahaan abwendet. Ja, Gnade!«

»Andere Häuser werden jedoch den Tod verlangen!«

»Es sind unsere Kinder, Mirtiin. Wir haben Euch zur Seite gestanden. Eisen-in-Granit, Über-dem-Gras, Juwelen-in-Hand ... haben wir je gewankt? Haben wir Euch jemals im Stich gelassen? Laßt uns mit unseren Kinder auf unsere Weise verfahren.«

»Verbrechen verlangen Vergeltung.«

»Wenn Ihr Blut vergießen müßt, um Rachedurst zu stillen, dann gebt ihnen Keerax.«

»Deine Nichte verschonen«, sagte Myrrax und spürte, wie ihm das Blut in den Kopf stieg. »Über-dem-Gras und Juwelen-in-Hand sollen leben, aber Schatten-in-Eis wird geopfert. Hat sie vergessen, welches Blut in meinen Adern strömt?«

»Dann begnadigt alle«, sagte Rillaraya. »Darum habe ich zuerst gebeten. Es sind unsere Söhne und Töchter.

Verschont sie, Myrrax, denn wir haben immer zu Euch gehalten.«

»Und wenn ich sie nicht verschone?«

»Ich wollte Euch nicht drohen. Aber wenn Eure eigenen Kinder für etwas sterben müßten, das Ihr nicht gerecht findet ...«

»Ist es gerecht, den Tempel zu entweihen?«

»Den Tempel zu erneuern, heißt, Mirtiin zu erneuern.«

Myrrax atmete tief durch. Schließlich sagte er: »Ich werde darüber nachdenken.«

Als nächste traten Dzeanaraya und Aanaraya ein, um für Fallende-Steine und Ameisen-darunter zu sprechen.

»Es ist gut, daß sie mit Dzeanaraya kommt«, sagte Myrrax zu Ameisen-darunter. »Das zeugt von geschlossenen Wunden.«

»Nein«, antwortete Aanaraya, »wir kommen, weil wir gemeinsam verletzt wurden. Bei einer so ernsten Angelegenheit müssen wir vergangene Dinge beiseite legen, um mit einer Stimme zu sprechen.«

»Wir alle wurden verletzt«, erklärte Myrrax.

»Wurden wir das?« fragte Dzeanaraya. »War nicht Eisen-in-Granit hier und hat um das Leben der vier Verbrecher gefleht? Will ihr Haus unseren Müttern keinen Respekt erweisen?«

»Eisen-in-Granit ehrt die Mütter.«

»So wie sie die Mütter mit einer *flakkach*-Horde geehrt haben?«

»Das wurde ausgekämpft und entschieden«, erwiderte Myrrax. »Frieden.«

»Es wurde ausgekämpft und entschieden, bevor wir wußten, wohin es uns führen würde«, entgegnete Dzeanaraya. »Alles, was heilig ist, wurde von diesen vieren entweiht. Ich kämpfte für Mirtiin, um Mirtiin zu sein, um stolz zu sein, nicht für ein entweihtes Mirtiin. Wenn niemand außer Stahaan uns rein und den Schriften folgend halten kann, dann müssen wir uns Stahaan beugen.«

»Aber ein reines Mirtiin könnte ein Mirtiin sein, hinter dem wir stehen würden«, fügte Aanaraya hinzu. »So sprechen wir, Mirtiin: rein. Opfert diese Vier. Laßt sie in der Versammlung sterben, damit alle sehen können, daß wir uns nicht von Sie-die-die-Erste-war abgewandt haben.«

»Würde sie das befriedigen, Ameisen-darunter?«

Aanayraya antwortete: »Vielleicht, Mirtiin, es wäre ein Schritt voran.«

Myrrax schnaubte. »Gebt uns Blut, Mirtiin, und wir *könnten* uns den anderen Häusern anschließen. Sie fragt viel, Aanaraya, wenn man den Zustand ihres Hauses bedenkt.«

»Sie fragt aber nicht allein«, mischte sich Dzeanaraya ein.

Myrrax sprach: »Ich werde es mir überlegen.«

»Überlegt gut, Mirtiin«, meinte Aanaraya. »Viel hängt davon ab.«

Myrrax warf ihr einen bösen Blick zu. »Mirtiin hängt davon ab. Glaube bloß nicht, daß ich das nicht weiß.«

Die letzte Audienz hatte er selbst einberufen. Seine Tochter verneigte sich vor ihm.

»Ich sagte ihr nicht, sie solle den Menschen mitbringen.«

»Mirtiin, vieles ist zur Zeit in Unordnung. Ihr müßt schwere Entscheidungen treffen, und da sie wahrscheinlich den Menschen betreffen, wollte ich sie mitbringen.«

»Sie brachte sie her, damit ich meine Meinung ändere«, stellte Myrrax fest.

»Ich weiß nicht, was Ihr mir befehlen wollt«, antwortete Cimmaraya. »Ich weiß nicht, ob ich Eure Meinung ändern möchte.«

»Aber ich kenne sie, Tochter. Bei ihrer Mutter war es

auch immer so. Sie wollte einen Freund an der Seite haben, damit er ihr beisteht, wann auch immer ich sie tadelte.« Er starrte den Menschen an. »Warum ist sie so verbunden?«

Der Mensch schaute verlegen auf die Verbände. Zwei waren um ein Bein gewickelt, einer um die linke Hand und ein weiterer um den rechten Arm. Sie sagte: »Die Goblins beißen seit einer Weile.«

Myrrax schnaubte. »Was ich ihr sagen muß, ist die bessere Wahl, auch wenn der Tempel nicht entweiht worden wäre. Die Tränke, die Scaraya braute, sind nicht wieder herzustellen.«

»Ich brauche mehr Zeit«, entgegnete Cimmaraya.

»Will sie, daß ich ihre Altersgenossen töte? Acht der Elf bitten mich, Robaraya, Keerax, Journaraya und Vedayrax zu töten. Acht der Elf möchten, daß ich Mirtiin mit Blut heile.«

»Verschone sie!« sagte Cimmaraya. »Vater, Vedayrax ist mein Vetter!«

»Alle, die miteinander verwandt sind, möchten, daß sie begnadigt werden, außer Schatten-in-Eis. Keerax wird von keinem Haus geliebt. Selbst die eigenen Tanten wünschen ihm den Tod.«

Cimmaraya sagte leise: »Was werdet Ihr tun?«

»Sie erben den Himmel«, erwiderte Myrrax.

Cimmaraya schauderte.

»Was?« fragte der Mensch. »Was bedeutet das?«

»Sie werden verstoßen«, erklärte Cimmaraya. »Sie dürfen die Hallen nie wieder betreten.«

»Wenn sie sterben«, fügte Myrrax hinzu, »wird ihre Asche das Herz von Mirtiin nie erreichen. Sie werden ausgestoßen.«

»Das ist Gnade«, sagte der Mensch.

»Kalte Gnade«, warf Cimmaraya ein.

»Es befriedigt niemanden, aber mir fällt keine andere Lösung ein, die die Einigkeit unserer Hallen weniger stören würde. Aber es reicht nicht aus. Ich muß jenen, die nach Tod und Reinheit rufen, noch mehr geben.«

Cimmaraya schüttelte den Kopf. »Nein.«

»Es ist der einzige Weg, Tochter. Ich werde den Menschen freilassen. Sie hat *purrah* entweiht, aber nicht aus freiem Willen. Das ist Entgegenkommen genug. Bitte mich nicht um mehr!«

»Sie werden für Euch kämpfen!« rief Cimmaraya. »Die Goblins stehen dicht davor, das zu werden, wovon Scaraya träumte.«

»Sie lassen nach. Das verraten mir die Verbände des Menschen.«

»Was meint er?« fragte der Mensch. »Was plant er?«

»Die Goblins«, erklärte Myrrax, »müssen geopfert werden. Das wird die Wunde heilen, die Mirtiin ausblutet.«

»Nein, das wird es nicht«, erwiderte Ayesh. »Ihr werdet die Treue Eurer stärksten Verbündeten verlieren! Die Häuser haben so hart dafür gearbeitet ...«

»Ich habe mich entschieden.«

»Vater, gebt uns mehr Zeit. Gebt uns wenigstens eine Woche! Ich habe die Formel bald gefunden.«

»Ich habe mich entschieden.«

»Das ist verrückt!« sagte Ayesh. »Ihr werft Eure beste Gelegenheit fort, Mirtiin. Wenn wir Erfolg haben, wenn die Goblins Mirtiin unterstützen, wenn ein Angriff von außen erfolgt – würde das nicht die Häuser vereinen? Würde das nicht beweisen, daß Mirtiin durch diesen Versuch gestärkt wurde?«

Er blinzelte und sah sie an. Diese Möglichkeit hatte er nicht bedacht. Sicher, wenn er die Goblins tötete, würde er sich seine treuesten Anhänger zu Feinden machen, aber ...

»Ich sehe ihre Verbände, Mensch. Welche Hoffnung haben wir? Ich glaube, daß mit jedem Tag, der vergeht, die Goblins eine größere Gefahr werden.«

»Sie sind unsere größte Hoffnung«, widersprach

Ayesh. »Wir können es schaffen. Wir können Euch Goblins geben, die als Eure Verbündeten kämpfen. Nicht wahr, Cimmaraya?«

Seine Tochter zögerte, dann nickte sie. »Eine Woche. Ich stehe kurz davor.«

»Gynnalem stellt ihre Armee zusammen«, mahnte Myrrax.

»Fünf Tage«, sagte Ayesh.

»Drei«, antwortete Myrrax. »In drei Tagen werde ich das Urteil für die Entweihung des Tempels verkünden. Damit das Urteil Gewicht hat, müssen alle Neuigkeiten gemeinsam verkündet werden. Zehn gute Goblins, oder zehn tote Goblins. Gebt mir das eine oder das andere innerhalb von drei Tagen.«

KAPITEL 22

Alles oder nichts in drei Tagen. Wie Ayesh bald erkannte, war es von Cimmaraya zuviel verlangt. Sie hörte sogar auf, überhaupt noch zu schlafen, und die Belastung zeigte sich in der Entscheidung, die sie am zweiten Tag traf.

»Ich will, daß du den Goblins erzählst, was auf dem Spiel steht«, sagte sie, als sie im Gang vor dem Klassenraum standen. Sie hielt ein Tablett mit kleinen Fläschchen anstelle der üblichen Flasche.

»Was? Es ihnen sagen?«

»Wenn sie es wissen, können sie sich besser konzentrieren.«

Ayesh schüttelte den Kopf. »Sie konzentrieren sich sowieso kaum noch. Cimmaraya, der Goblingeist wird von *Furcht* überschattet. Sollten wir versagen, müssen die Goblins sterben. Ihnen mitzuteilen, was auf dem Spiel steht ...«

»Ich bestehe darauf«, sagte Cimmaraya. »Ich verändere mein Vorgehen ab heute. Ich gebe ihnen kleine Schlucke des Trankes, immer zwei oder drei Portionen. Aber sie müssen mitarbeiten wollen.«

»Nein.« Ayesh schüttelte den Kopf. »Cimmaraya, obwohl sie unbeherrscht sind, *wollen* sie, daß der Trank hilft. Solange sie sich erinnern, wie es ist, beherrscht zu sein, sehnen sie sich nach dem Zustand.«

»Sage es ihnen.«

»Das werde ich nicht.«

Also mußte Cimmaraya es ihnen selbst mitteilen, und sie betrat mit ihren Fläschchen den Raum. Alle Goblins außer Tlik sprangen wie graue Affen herum, als Cimmaraya und Ayesh eintraten. Sie hüpften sich gegenseitig auf den Rücken, stritten laut miteinander, zogen sich an den Ohren und kreischten. Tlik saß auf seinem Platz und meditierte, obwohl er hin und wieder zusammenzuckte, wenn jemand ein Steinchen nach ihm warf.

»Hört mir zu«, sagte Cimmaraya.

Tlik öffnete die Augen und blickte sie an. Die anderen blieben bei ihren unruhigen Spielen, bis Gur aufhörte, mit Bler zu ringen und sagte: »Paß auf!« Als sich Bler entspannte, stellte ihr Gur ein Bein und grinste. »Du mußt *immer* aufpassen!«

Cimmaraya sprach: »Ich habe drei Tränke, die ihr kosten sollt. Ich will, daß ihr jeden kostet und euch zuerst darauf besinnt, wie er schmeckt. Die Proben reichen nicht aus, euer Befinden zu ändern. Das kommt später.«

»Aufhören, Nuwr!« schrie Rip und schüttelte sich Staub aus den Haaren.

Nuwr kicherte. Erfolglos warf Ayesh den beiden böse Blicke zu.

»Wenn bis morgen Abend kein Trank gefunden ist, der euch beruhigt«, erklärte Cimmaraya beiläufig, »dann ...«

»Cimmaraya!« unterbrach sie Ayesh. »Das ist unklug.«

»... dann werdet ihr alle die Axt zu spüren bekommen. Also wer möchte als erster kosten?«

Es drängten keine Freiwilligen vorwärts. Die Goblins murmelten vor sich hin und beobachteten Cimmaraya und die Äxte, die an den Gürteln der Wachen hingen.

Tlik erhob sich.

»Ja«, spottete Wlur. »Tlik wird es versuchen. *Er* hat keine Angst. Sie *mögen* ihn. Er kann sich gut verstellen, so als sei er kein Goblin.«

»Ich kann dich verprügeln, Tlik«, prahlte Rip. »Irgendwann werde ich es dir zeigen. Werde Tlik zum

Schreien bringen.« Er grinste und schlug die Zähne aufeinander.

Cimmaraya schien nur wahrzunehmen, daß sie den ersten Freiwilligen hatte. Tlik versuchte aus jedem Fläschchen, das sie ihm reichte, und sie nickte, während er berichtete, wie der Inhalt schmeckte. Ein Trank war zu bitter. Einer roch richtig, war aber ein wenig zu geschmacklos. Der letzte schmeckte zu stark nach Hexenbalsam.

»Der nächste?« fragte Cimmaraya.

»Tut, was sie sagt«, knurrte Gur, »oder ich werde euch alle schlagen. Kostet und sagt es ihr.«

Einer nach dem anderen kosteten die Goblins. »Iih«, sagte Kraw beim ersten Mal, und »Es stinkt!« beim zweiten. Die meisten Berichte fielen ähnlich aus, obwohl Cimmaraya versuchte, mehr zu erfahren.

Ayesh befahl Tana, den Unterricht zu beginnen. Im Gang sagte Cimmaraya: »Nun, Tlik hat mir geholfen. Der zweite Trank riecht richtig, schmeckt aber bitter.«

»Tlik wäre jederzeit so hilfsbereit gewesen«, sagte Ayesh. »Und er meinte, im zweiten Trank fehle Tang. Der erste war bitter.«

Cimmaraya kratzte sich am Kopf und fragte: »Bist du sicher?«

»Machst du dir Notizen? Was ist mit denen, die Phyrrax gemacht hat? Benützt du sie?«

»Er schrieb nur die ab, die ich bereits habe.«

»Er hat sie *geordnet*.«

»Er hat nicht mit Scaraya zusammengearbeitet. Er hat nur Teile des Ganzen. Er weiß nicht, wie sie dachte!« Das Tablett mit den leeren Flaschen zitterte in ihren Händen. »Ich *kenne* ihre Denkweise!«

»Du mußt schlafen«, sagte Ayesh sanft.

»Keine Zeit! Keine Zeit! Ich halte den Faden des Gedankens, der zu der Antwort führt. Wenn ich schlafe, könnte der Faden verlorengehen.«

»Vielleicht träumst du die Lösung.«

»Eine vergebliche Hoffnung. Nein, nur durch Versuche, Proben ...«

»Ich war nie ein Wissenschaftler«, erklärte Ayesh, »aber die Ergebnisse nicht einmal aufzuschreiben ...«

»Keine Zeit! Keine Zeit!« rief Cimmaraya und ging den Gang hinab. »Bleib ruhig, Ayesh. Ich kehre mit neuen Proben zurück.«

Ayesh verschränkte die Arme und atmete tief aus. Dann kehrte sie zum Klassenzimmer zurück und löste Tana ab, der die Hälfte der Klasse dazu gebracht hatte, Aufwärmübungen zu machen. In diesen Tagen war schon die Hälfte sehr gut. Die übrigen schnatterten, als teilten sie einander Geheimnisse mit.

Als Cimmaraya zurückkehrte, folgte ihr Zhanrax, der ein zweites Tablett trug. »Diesmal gibt es sechs Versuche«, meinte Cimmaraya. Wieder kosteten die Goblins die Tränke, und wieder waren Tliks Bemerkungen die hilfreichsten. *Alle* Goblins stimmten überein, daß diese Proben fast wie der ursprüngliche Trank rochen und schmeckten, aber sie konnten sich nicht einigen, welcher ihm am nächsten kam.

»Gurs Hände zitterten, als sie den dritten nahm«, bemerkte Cimmaraya, »genau wie sie vorher zitterten, als Ayesh anfangs zu unterrichten begann. Vielleicht wurde es von der ersten oder zweiten Probe hervorgerufen?«

»Erste und zweite rochen gut«, nickte Gur. »Schmecken gut.«

»Ich fand, die vierte und sechste waren die besten«, warf Tlik ein.

Gur wirbelte herum. »Was weißt *du* schon? Du brauchst es doch nicht einmal! Wenn wir anderen zerstück-stück-stückelt werden, trifft es dich nicht!«

Tlik sah Ayesh an.

»Ich weiß nicht, ob das stimmt«, sagte sie. Sie sah von Tlik zu Gur. »Myrrax hat nicht gesagt, daß er Tlik verschonen wolle.«

»Sie mögen ihn«, stellte Mok fest.

Styr rief: »Sie denken, er ist ein Minotaurus! *Er* denkt, er ist ein Minotaurus.«

Tlik wandte sich an Ayesh: »Lehrerin, darf ich die Flöte spielen?«

Ayesh fiel auf, daß die anderen Goblins grinsten. Das einzige, was sie alle an Tlik noch mochten, war die Flötenmusik. »Spiele.«

Selbst als er ging, um die Flöte zu holen, warfen Mok und Nuwr mit Steinen nach ihm.

»Wartet!« sagte Gur und hob die Hand. Sie schaute die Wachen neben der Tür an. »Kann nicht aufhören, an Axt zu denken. Minotauren sagen, daß wir von Axt getroffen werden. Will keine Musik, wenn wir Axt sehen müssen.«

Cimmaraya drehte sich zu den Wachen um. »Wartet im Gang.«

Gur grinste, aber Zhanrax warf ein: »Nein!«

Die Wachen warteten.

»Cimmaraya, das ist nicht dein Ernst? Die Wachen entlassen?«

»Sie warten draußen vor der Tür«, erwiderte Cimmaraya, »und wenn es den Goblins bei der Besinnung hilft ...«

»Gur«, mischte sich Ayesh ein, »du hattest doch vorher keine Schwierigkeiten mit den Wachen.«

»Vorher«, sagte Gur, »wollten sie auch nicht stückeln!« Die anderen nickten und wiederholten im Chor: »Wollten nicht stückeln!«

»Wir haben nicht mehr viel Zeit«, sagte Cimmaraya und berührte Zhanrax' Arm. »Wir müssen alles versuchen.« Sie befahl den Wachen, draußen zu warten. Diesmal ließ Zhanrax sie gehen.

Nachdem auch Cimmaraya fort war, blieb Zhanrax im Raum, um die Klasse zu beobachten. Den Goblins schien *seine* Axt nichts auszumachen, jedenfalls nicht, nachdem Tlik zu spielen begonnen hatte. Das einzige, mit dem man sie eine Weile ruhigstellen konnte, war Musik.

Anschließend lief der Unterricht geraume Zeit ruhig ab. Ayesh fragte sich, ob vielleicht eine oder mehrere der Proben gewirkt hatten. Kein Goblin warf mit Staub oder Steinchen um sich. Das Geschnatter war verstummt. Alle setzten sich und versuchten, zu meditieren, als sie es ihnen befahl, wenngleich nur Tlik völlig still saß.

Am Ende des Unterrichts schienen die Goblins beinahe gelassen.

»Sie macht Fortschritte«, stellte Zhanrax später im Gang fest. Die Wachen waren in das Klassenzimmer zurückgekehrt, und die Goblins hatten keine Einwände gemacht. »Findest du nicht, daß sie Fortschritte macht?«

Ayesh zuckte mit den Schultern, und der große Minotaurus schnaubte.

Tana sagte: »Ich mache mir Sorgen um Tlik. Ich würde nicht gern in einem Raum mit den übrigen schlafen.«

»Ich mache mir um alle zehn Sorgen«, erklärte Ayesh. Sie gingen vom Bergwerkskorridor zur Treppe hinüber. »Morgen ist der letzte Tag, außer ...«

»Cimmarya arbeitet ohne Unterbrechung«, sagte Zhanrax.

»Sie sollte schlafen«, meinte Ayesh, »und wenn es nur für ein oder zwei Stunden ist. Sie muß ihre Gedanken klären.« Sie blieb stehen. »Schicke mich zu ihr, Zhanrax. Laß mich diese Nacht bei Eisen-in-Granit verbringen. Ich werde sie bewachen. Ich mache Notizen, werde die Cimmaraya ihrer Scaraya sein.«

»Nein. Du gehörst Fels-im-Wasser.«

»Zhanrax, was auch immer du dir von meiner Gefangennahme erhofft hast, jetzt hast du es. Oder nicht? Ist dir Cimmaraya denn nicht wohlgesonnen?«

Er schüttelte die Schultern – eine Geste, die Ayesh nie

zuvor gesehen hatte. Sie nahm an, daß sie Verlegenheit bedeutete. »Laß mich zu Eisen-in-Granit gehen.«

Er dachte nach, dann sagte er: »Na gut. Wenigstens für heute Nacht. Aber später ...«

»Und laß mich meine Sachen mitnehmen. Mein Bündel, meine Besitztümer.«

»Nein.« Zhanrax lächelte. »Alles, was dir gehört, bleibt bei mir. Auf diese Weise bin ich sicher, daß du zurückkommst, wenn ich es verlange.«

»Zhanrax«, mischte sich Tana ein, »du schuldest ihr ...«

Zhanrax brachte seinen Bruder mit einem kurzen Schnauben zum Schweigen. »Erzähle mir nicht, Tana, daß ich *flakkach* verpflichtet sei!«

Den Rest des Weges legten sie schweigend zurück.

Auch Ayesh ermüdete, nachdem sie Cimmaraya stundenlang beobachtet hatte, wie sie in die Flamme des Destillierkolbens starrte, und ihr Kopf im Takt des Atems auf und ab nickte.

»Du mußt schlafen«, sagte Ayesh zum hundertsten Mal.

»Du hast gesagt, du wolltest mir bei der Arbeit helfen«, widersprach Cimmaraya, »aber statt dessen singst du die gleiche, endlose Leier.«

»Alles was *du* tust, ist, in das Feuer zu starren. Cimmaraya, schlaf nur für eine Stunde. Du mußt deine Gedanken ordnen! Morgen mußt du die Lösung haben!«

»Keine Zeit«, erwiderte Cimmaraya und schloß die Augen. »Keine Zeit für Schlaf.«

Schon vor einiger Zeit hatte der Kolben aufgehört zu kochen, aber jetzt bildeten sich wieder Blasen in dem Glas.

»Oh! Was habe ich getan! Wasser wird hineingelaufen sein!« Cimmaraya packte den heißen, dampfenden Kolben und ließ ihn fallen. Glas splitterte, und die heiße Flüssigkeit lief über den Tisch.

Cimmaraya wandte sich den Schränken zu.

»Was hast du vor?«

»Ersetzen, was ich zerbrochen habe. Ich muß neu mit dem Destillieren beginnen.«

»Nein«, sagte Ayesh. »Ich mache das. Ich habe dich beobachtet. Du wartest, bis die Mischung aufhört zu kochen, dann ziehst du diese Flüssigkeit hier heraus.« Sie deutete auf eine kleinere Glasflasche. »Dann leerst du das erste Glas, gießt das Gemisch hinein und wiederholst es noch einmal.«

Cimmaraya blinzelte. »Aye, das stimmt.«

»Leg dich hin«, befahl Ayesh und wies auf die Bank.

»Ich werde nicht schlafen.«

»Auch wenn du nicht schläfst, leg dich hin. Ich wecke dich in einer Stunde.«

»Zweimal destillieren«, mahnte Cimmaraya.

»Das ist es doch, was ich gerade sagte, oder nicht?«

Cimmaraya nickte. Sie legte sich auf die Bank. Kaum waren hundert Herzschläge vergangen, wurden die halb geöffneten Augen schläfrig.

Ayesh beobachtete den Destillierkolben und gähnte dann und wann. Tagsüber waren die Räume von Eisen-in-Granit die hellsten von ganz Mirtiin. Nachts schienen sie irgendwie die dunkelsten zu sein. Die Lampe auf dem Tisch verbreitete einen orangefarbenen Schein.

Sie öffnete einige der beschrifteten Kräutergefäße, während sie darauf wartete, daß der Kolben zu kochen begann. Sie lugte in diesen oder jenen Topf. Sie roch an Kleekraut und Bärenfluch. Der Geruch von Pfefferminz weckte sie ein wenig, daher roch sie mehrmals daran. Der Hexenbalsam roch seltsam. Sie hielt den Topf ins Licht und sah, daß mehrere Blätter Bienenbalsam darin lagen. Sie holte sie heraus, war aber nicht sicher, ob sie alle erwischt hatte.

Hätte Scaraya zugelassen, daß ihre Kräuter sich vermischten? Ayesh zweifelte daran. Sie glaubte auch nicht, daß Cimmaraya über die wahre Formel stolpern würde, oder rechtzeitig einen brauchbaren Ersatz finden konnte. Sie hatte Scarayas Energie, aber wenig von ihrer Arbeitshaltung.

Ich lasse nicht zu, daß sie die Goblins töten, dachte Ayesh. *Nicht ohne Kampf.* Dann hielt sie kurz inne und bedachte das Ungewöhnliche daran. Mok, Rip, Kraw, Bler, Nuwr, Kler, Styr, Wlur und Gur – einige von ihnen konnte sie kaum unterscheiden, da sie sich oft sehr ähnelten – Goblins, die Diamantgeist übten, oder Goblins, die sich im Goblingeist verloren, waren leicht zu verwechseln. Natürlich, Tlik war anders. Und Gur war die Anführerin, ob sie nun vernünftig oder goblinhaft war.

Es waren *ihre* Goblins. Und sie würde kämpfen, um sie am Leben zu erhalten, um ihnen noch eine Möglichkeit zu geben.

Ein stechender Schmerz zuckte ihr durch das Bein und sie blickte auf die Verbände. Goblins beißen hier und da und dort. Aber trotzdem würde sie kämpfen, um ihnen die Möglichkeit zu geben, zu beweisen, daß der Diamantgeist in ihnen steckte und darauf wartete, wieder entdeckt zu werden.

So vieles konnte sich in kurzer Zeit ändern.

Cimmaraya erwachte mit einem Schnarchen. Dann brüllte sie laut auf.

»Blechsalz!« schrie sie. »Blechsalz!«

Sie sprang hoch und stieß die Bank um.

»Blechsalz! Blechsalz!«

Sie riß Schranktüren auf, wühlte und suchte.

Rillaraya und eine ihrer Schwestern trampelten mit gezückten Waffen in den Raum. »Was ist los? Was ist?«

»Blechsalz!« schrie Cimmaraya und warf die hölzernen Kästchen durcheinander bis sie das Gesuchte fand. Freudestrahlend hielt sie es hoch. »Die rote Paste wurde immer mit Blechsalz gemacht! Ich hatte es vergessen!«

Sie begann mit der Arbeit und Ayesh öffnete das

große Buch. Sie schrieb: ›Erste Zutat der roten Paste: Blechsalz.‹ Zu Cimmaraya sagte sie: »Erzähl mir alles, Cimmaraya. Sag es mir Schritt für Schritt, alles, was wir wissen müssen.«

»Keine Zeit!« beharrte Cimmaraya.

Aber Ayesh blieb hartnäckig. So zählte Cimmaraya, während sie arbeitete, sämtliche Schritte auf, deren sie sicher war und alle, die sie erraten hatte. Sie erklärte auch die Eigenschaft von Blechsalz, wie Scaraya es ihr gesagt hatte. Und Ayesh bemühte sich, keine wichtige Einzelheit auszulassen.

»Blechsalz!« jubelte Cimmaraya. »Es verlangsamt die Wirkung der Kräuter, aber es regelt sie auch.«

»Verlangsamt sie?«

»Wenn die Goblins es ein paar Tage lang nicht getrunken haben, wird die gesamte Wirkung sich erst nach zwei Tagen zeigen.«

»Zwei Tage!«

»Aber wir wissen, daß es wirkt! In einigen Stunden sind sie ruhig genug, um vernünftig zu reden. Nach zwei Portionen in zwei Tagen hast du deine Studenten wieder, Lehrerin Ayesh!«

Ayesh lächelte unsicher.

Zwei Tage.

Die Goblins erschienen ihnen seltsam gedämpft. Als Cimmaraya, Tana, Ayesh und Zhanrax den Klassenraum betraten, zankten und schnatterten sie nicht miteinander. Sie standen oder saßen auf ihren Plätzen.

Alle außer Tlik. Er wartete bei den Wachen nahe der Tür. Er flüsterte Ayesh zu: »Irgend etwas stimmt nicht!«

»Wir haben den Trank!« verkündete Cimmaraya. »Er ist gelungen. Ich weiß, daß wir es schaffen!«

»Gut«, sagte Gur ausdruckslos. »Gut, gut, gut.«

Ayesh sagte leise zu Tlik: »Was ist los?«

»Ich weiß nicht«, meinte Tlik. »Sie benehmen sich ...

seltsam. So, als hätten sie ein Geheimnis. Niemand will mit mir sprechen.«

»Du bist das schwarze Schaf«, sagte Ayesh. »Tlik, wahrscheinlich haben wir den Trank.«

»Und wenn nicht?« fragte Tlik und warf den Äxten der Wachen einen Blick zu.

»Wenn nicht, dann haben du und ich einen Kampf am Hals. Ich werde nicht aufgeben.«

Tliks finstere Miene hellte sich ein wenig auf. Nur ein wenig.

»Bleibe heute vorne, bei mir und Tana«, sagte Ayesh. »Bald wird alles wie früher sein. Verlaß dich darauf.«

Er nickte.

Zhanrax und Tana reichten inzwischen Schüsseln mit dem Trank herum. Alle Goblins tranken, und Ayesh beobachtete sie sorgfältig. Zhanrax brachte auch Tlik eine Schale.

»Braucht er nicht«, höhnte Gur. »Er ist was Besonderes.«

»Das stimmt«, nickte Ayesh. »Es gibt keinen Grund für ihn, davon zu trinken, oder?«

»Ist schon gut, Zhanrax«, sagte Cimmaraya. »Tlik hat gezeigt, daß er nichts braucht.«

»Schlucken sie?« erkundigte sich Ayesh.

Tlik nickte.

Laß es wirken, betete Ayesh.

Schon bald zitterten alle Goblins außer Tlik.

»Ein gutes Zeichen?« fragte Zhanrax. »Oder sind sie vergiftet?«

»Ein gutes Zeichen«, sagte Ayesh. »So haben sie oft gezittert, wenn ich sie unterrichtete.«

»Aber nicht so bald schon«, meinte Cimmaraya. »Es hat sonst immer Tage gedauert.«

»Meditation!« rief Gur. »Lehrerin Ayesh, helft uns, mit dem Zittern aufzuhören! Meditation!«

Ayesh nickte und klatschte dreimal in die Hände. Die zitternden Goblins knieten nieder.

»Es wirkt!« rief Mok. »Der Trank wirkt!«

»Ja«, stimmte Bler zu. »Besser! Es ist besser!«

»Lehrt uns!« schrie Rip.

»Wartet!« sagte Gur. »Die Äxte! Machen mich immer noch unruhig, alle Äxte. Weg mit den Äxten!«

Cimmaraya wandte sich den Wachen zu. »Verschwindet!« befahl sie.

»Er auch!« sagte Gur und deutete auf Zhanrax.

»Geh«, nickte Cimmaraya.

Zhanrax schüttelte den Kopf. »Nein, ich ...«

»Zhanrax, geh. Es ist alles in Ordnung.«

»Weit weg!« schrie Gur und zitterte erbärmlich. »Will sie nicht ssss-ehen!«

»Den Gang hinunter, bis zum Ende!« bestimmte Cimmaraya.

»Wenn es aber Ärger gibt ...«

»Sie haben Angst. Es gibt keinen Ärger. Geht!«

Die Wachen gingen. Auch Zhanrax zog sich zurück.

»Den ganzen Weg, den Gang hinunter. Geht *fort*, wenn ihr möchtet. Der Trank wirkt. Es ist alles in Ordnung.«

Die Goblins legten die Hände in den Schoß.

»Schließt die Augen«, befahl Ayesh.

Sie folgten der Anweisung. Auch Ayesh schloß die Augen, öffnete sie aber wieder, als sie eine Bewegung vernahm. Es war Kraw. Er war zur Tür geschlichen und lugte hindurch.

»Äxte weg?« fragte Gur.

»Sie sind fort«, sagte Cimmaraya. »Jetzt hört auf eure Lehrerin.«

»Äxte weg«, sagte Kraw grinsend. Er zitterte nicht mehr. Gur auch nicht. Ayesh bemerkte, daß keiner der Goblins zitterte. Einer nach dem anderen erhob sich.

»Äxte weg«, wiederholte Gur. »Gut.« Sie hielt etwas in der Hand, das im Lampenlicht schimmerte.

Die anderen Goblins zogen ähnliche Gegenstände hervor – kurze Klingen, die über die Daumen herausragten. »Löffel«, sagte Tlik und rückte näher an Ayesh heran.

»Scharfe Löffel«, erklärte Mok.

»Werden schneiden und schlitzen«, verkündete Gur. »Minotauren uns nicht zerstückeln. Nein. Goblins werden schneiden!«

»Wachen!« schrie Ayesh.

Cimmaraya rief: »Zhanrax!«

Neun Goblin kreischten und griffen an.

»Bekämpft den Goblin, nicht die Waffe!« brüllte Ayesh.

Tanas Huf traf Styr mitten im Sprung. Sie schrie. Der messerscharfe Löffel flog durch die Luft.

Nuwr und Bler hatten sich auf Tlik gestürzt. Er sprang zur Seite und wich zurück. Bei einer Übung hätte ihm Ayesh geraten, stehenzubleiben, aber im Augenblick war es ihr nicht wichtig. Er sollte tun, was er konnte, um am Leben zu bleiben.

Mok und Gur teilten sich auf und versuchten, Ayesh von zwei Seiten anzugreifen. Ayesh drang mit Tritten auf Gur ein, um sie zurückzutreiben. Sie spürte, wie Mok auf sie zukam, aber als sie sich nach ihr umwandte, wich der Goblin aus.

»Hört auf!« rief Ayesh. »Gebt dem Trank Zeit, zu wirken. Ihr werdet euch wieder gut fühlen!«

»Minotauren stückeln! Wir sagen *nein!*« rief Gur.

Tana brüllte. Aus den Augenwinkeln sah Ayesh, daß Rip an Tanas empfindlicher Nase hing. Tana bekämpfte den Drang, sich hinzuknien. Styr hielt sich die verletzte Seite und stach auf Tanas Knie ein.

Cimmaraya lag auf dem Boden. Wlur hielt sie bei der Nase, während Kraw und Kler sie mit den Waffen bearbeiteten. Sie hatten blutbedeckte Hände.

»Cimmaraya!« brüllte Ayesh. »Kämpfe!«

Cimmaraya stieß einen Schmerzensschrei aus.

Hufe dröhnten draußen im Gang. Ayesh stürmte auf Gur zu, trat ihr *fest* gegen den Kopf und wirbelte dann herum, um Moks Klinge auszuweichen. Mok wich zurück.

Wieder brüllte Tana. Er schlug nach Rip, der noch immer an seiner Nase hing. Jeder Schlag mußte Tana mehr schmerzen als Rip, aber der Minotaurus weigerte sich, dem Schmerz nachzugeben. Wieder trat er nach Styr. Sie heulte auf und rollte sich ab.

Als die Wachen in den Raum stürmten, hielten die drei Goblins bei ihrem blutigen Werk an Cimmaraya inne. Sie standen auf. Als Zhanrax und die Wachen bereits im Raum waren, riefen sie: »Wegrennen!«

Rip ließ Tanas Nase los. Mok ließ den geschärften Löffel fallen. Nuwr und Bler schleuderten Tlik die Waffen entgegen. Sieben Goblins rannten durch die Beine der Minotauren und liefen den Gang hinunter. Jetzt brüllten sie alle: »Wegrennen! Wegrennen!«

Zwei Wächter setzten ihnen nach. Ein dritter hob die Axt über Tlik.

»Nein!« schrie Ayesh.

Die Axt fiel.

Tlik wich aus und rollte sich weg.

»Nein!« rief Ayesh noch einmal und stellte sich zwischen Tlik und die Wächterin. Der Minotaurus zögerte.

»Er hat mit uns gekämpft!«

»Cimmaraya!«

Der Minotaurus senkte die Waffe. Sie und Ayesh wandten sich um, während Zhanrax neben Cimmaraya kniete. Ihr weißes Fell war blutbesudelt. Auch Tana kniete sich neben sie. Seine Beine waren ebenfalls blutverschmiert. Er ließ den Kopf hängen.

»Mutter der Mütter!« flehte Zhanrax. »Nein!«

Er schloß die Augen und trommelte sich mit den Fäusten gegen die Flanken.

Sein qualvolles Brüllen hallte durch die Minen von Mirtiin.

KAPITEL 23

Alle drei waren an Händen und Füßen gefesselt, und die Stricke waren so fest, daß sie nur knien konnten. Selbst wenn sie frei gewesen wäre, hätte Ayesh vor Mirtiins Thron gekniet. Selbst nach zwei Tagen und der fortwährenden Sehnsucht, endlich stehen zu können, hätte sich Ayesh jetzt freiwillig hingekniet.

Seitdem die Wachen sie hereingetragen hatten, hatte Myrrax geschwiegen. Ayesh verrenkte sich den Hals, um ihn sehen zu können. Sie bemerkte, daß Tlik den Blick nicht vom Boden hob. Auch Kler hielt den Kopf gesenkt. Ihr Körper zitterte und sie weinte leise vor sich hin.

»Hat sie nichts zu sagen?« fragte Myrrax schließlich.

»Was soll ich sagen?« antwortete Ayesh. »Sie war Eure Tochter. Ich trauere, genau wie Ihr.«

Myrrax schnaubte. Es hörte sich wütend an. »Sage mir, Ayesh von Oneah, ist es wahr, wie ich hörte, daß Menschen Vieh durch den Hals ausbluten lassen?«

Ayesh senkte den Kopf und schloß die Augen.

»Ist es wahr?«

»Einige Menschen«, nickte sie.

»Warum wird das getan?«

»Um das Blut mit Milch zu vermischen, zum Essen.«

»Gibt es keinen anderen Grund?«

»Mirtiin, warum fragt Ihr mich?«

Mit leiser und noch tieferer Stimme sagte er: »Gibt es keinen anderen Grund, Ayesh von den Menschen?«

»Auf diese Art wird manchmal Vieh geschlachtet.«

»Das dachte ich mir«, nickte Myrrax. »Dieses Ausbluten wird auch von den Goblins durchgeführt, wenn sie den Menschen Vieh stehlen. Ich habe mich gewundert, wo die Goblins das gelernt haben.«

»Mirtiin ...«

»Hat sie das Fleisch des Viehs gegessen, Ayesh von den Menschen?«

Sie antwortete nicht. In der Stille hörte sie weit entfernt das Dröhnen der Maschinen unter dem Versammlungsraum. Unter ihnen lagen die großen Wasserräder und Schächte. Darunter lagen die Minen. Irgendwo da unten huschten noch immer drei Goblins von einem Schatten zum anderen. Ayesh wußte nicht, um wen es sich handelte. Tekrax, der Hauptmann der Wachen hatte ihr mitgeteilt, daß sie Gur getötet hatte, daß Bler an Tanas Tritten gestorben war und daß drei weitere Goblins gefangen und getötet worden waren.

Welche schrecklichen Dinge würden die drei Überlebenden als Nahrung finden? Wie konnten sie unter den Minotaurenhallen am Leben bleiben?

»Menschen und Goblins sind Fleischfresser«, bemerkte Mirtiin. »Hat sie Fleisch gegessen?«

Ayesh knirschte mit den Zähnen. »Warum tut Ihr das, Mirtiin?«

»Sage sie mir, hat sie Fleisch gegessen?«

»Nicht, seit ich in Euren Hallen weile.«

Mirtiin schnaubte. »Es wurde ihr auch nicht angeboten!«

»Ich verachte, was geschehen ist!« sagte Ayesh. »Macht mich nicht dafür verantwortlich! Wenn Ihr uns töten müßt, um den allgemeinen Rachedurst zu stillen, dann tötet uns! Aber Ihr wißt, was Ihr tut! Ich hätte alles gegeben, um Cimmaraya zu retten, wenn ich gekonnt hätte.«

»Niemand dürstet mehr nach Rache als ich«, sagte Myrrax. »Auf der ganzen Welt gibt es nicht genug Goblins zum Töten!«

»Nun, inzwischen gibt es zwei weniger«, warf eine bekannte Stimme ein. »Bevor Tekrax mich eintreten ließ, teilte er mir mit, daß zwei weitere Goblins in den Minen gefangen wurde. Nun lebt nur noch einer.«

»Phyrrax?« fragte Ayesh.

»Er hätte nicht kommen sollen«, sprach Mirtiin. »Er hat Hauptmann Tekrax viel offenbart, wenn er sich zu dieser Zeit Eintritt verschafft.«

»Tekrax offenbart genausoviel, wenn er mir erlaubt, einzutreten. Habe ich Euch nicht gesagt, daß er wahrscheinlich schon alles erraten hat?« Er trug etwas in der Hand. Ayesh blinzelte.

Jetzt sprach Tlik zum ersten Mal. »Meine Flöte!«

»Ein kunstvoller Gegenstand, der zugleich Goblin, Mensch und Minotaurus gehört«, sagte Phyrrax. »Oh, welche Verheißung liegt darin. Eine verlorene Verheißung.«

Der Thron knirschte, als er sich drehte. Der Häuptling sah Phyrrax an. »Was möchte *er*, was ich tun soll, Phyrrax?«

»Laßt den Menschen frei. Sie hat nichts damit zu tun.«

»Und Tlik!« sagte Ayesh. »Er kämpfte an meiner Seite.«

So leise, daß er sicher war, niemand außer ihr habe ihn verstanden, flüsterte Tlik: »Und Kler.« Kler weinte immer noch lautlos vor sich hin.

Lange Zeit schwieg Myrrax. »Jetzt, wo die Macht mich verläßt, erfahre ich, was Macht *ist*. Ich kann sie am Leben lassen, ich kann sie töten. Aber in ein paar Tagen wird es mir nicht mehr bestimmt sein, darüber zu richten.«

»Ihr seid Mirtiin«, sagte Phyrrax.

»Und Mirtiin lebt für immer, auch wenn Myrrax stirbt.«

»Es gibt noch Hoffnung ...«

Myrrax brachte ihn mit einer Handbewegung zum Schweigen. »Gynnalems Späher erscheinen immer zahlreicher in unseren Bergen. Meine eigenen Späher kehren nicht immer zurück. Ihre Krieger sind nahe. Kann er nicht schon ihre Hufschläge fühlen, Über-dem-Gras? Die Steine Mirtiins erbeben unter ihnen.«

Sehr leise, die Augen zu Boden gesenkt, sagte Phyrrax: »Es ist, wie Ihr sagt, Myrrax. Mirtiin wird für immer leben.«

»Aber für kurze Zeit bin ich Mirtiin. Ich fühle, wie die Häuser unter meinen Füßen zerbrechen, Phyrrax. Was sagen sie, außer, daß unter meiner Herrschaft nichts als Verderben über sie kam? Und, irren sie sich?«

Phyrrax wies auf die Gefangenen. »Seid gnädig.«

»Solange ich noch gnädig sein kann. Daran erkenne ich, daß ich noch immer Macht habe. Ayesh, sie wird frei sein. Sie kennt die Labyrinthe zu gut, um frei gelassen zu werden, aber ich vertraue darauf, daß sie nie zurückkehrt. Ich schenke ihr das Leben.«

»Und Tlik«, sagte Ayesh.

»Er ist ein Goblin.«

»Nein«, widersprach der Mensch. »Nicht mehr.«

»Ist seine Haut nicht grau? Wenn nicht Goblin, was ist er dann?«

Tlik antwortete: »Ich bin, was ihr aus mir gemacht habt. Was ihr alle aus mir gemacht habt.«

Myrrax schwieg lange Zeit.

»Tlik soll leben.«

»Und Kler«, sagte Tlik.

Myrrax schlug auf den Thron. »Soll ich mich unendlich gnädig zeigen? Meine Tochter ist tot. Er weiß, Goblin Tlik, daß sie selbst, diese Kler, Cimmaraya die Kehle durchtrennte! Kler stirbt!«

»Seid gnädig!« bat Tlik.

»Ich *war* gnädig«, erklärte Myrrax. »Ich will aber dennoch Gerechtigkeit.«

Kler heulte auf. »Warum? Wenn Ihr mich töten wollt, Minotaurus, warum habt Ihr mich dann nicht so gelassen wie damals, als ich gefangen wurde. Warum habt Ihr mich *damals* nicht getötet?« Sie weinte laut.

»Es ist nicht gerecht!« warf Tlik ein. »Ihr habt sie wieder zur Vernunft gebracht! Ihr habt sie zu einer Kreatur gemacht, die das Verbrechen, für das sie sterben soll, nie begangen hätte. Und dafür wollt Ihr sie *jetzt* töten!«

Leise sagte Phyrrax: »Wir mußten wissen, ob der Trank wiedergefunden wurde. Wir mußten wissen, ob er wirkt.«

»Dann rette sie!« flehte Ayesh. »Tlik hat recht. Es ist ungerecht. Sie tötete aus Furcht!«

Bedächtig sagte Myrrax: »Wenn ich alle Verbrechen verzeihen würde, die aus Angst begangen werden, welche Verbrechen sollte ich dann noch bestrafen?«

»Das ist grausam! Es ist grausam, ihr die Vernunft wiederzugeben, damit sie jetzt für etwas leidet, wovon sie sich abgestoßen fühlt!«

»Wir können sie nicht hier behalten«, sagte Myrrax. »Um wenigstens noch ein paar Tage lang an der Macht zu bleiben, muß ich dafür sorgen, daß kein *flakkach* in Mirtiin lebt.« Er seufzte. »Wäre sie, wie er ist, Goblin Tlik, dann würde ich sie begnadigen. Aber ohne den Trank ist sie jene, die meine Tochter ermordete. Schlimmer noch, sie kennt die Minen von Mirtiin und einige Hallen. Das ist ein gefährliches Wissen, wenn es unter *flakkach* gerät. Ich wage zuviel mit dir und Ayesh. Ich sollte auch euch töten, das sollte ich.«

»Es tut mir leid!« rief Kler. »Es tut mir leid!«

Leise sagte Myrrax: »Goblin Kler, sie soll keinen schmerzhaften Tod erleiden. Sie muß sterben, aber ich werde sie nicht rachsüchtig töten lassen. Für das, was sie ... Cimmaraya angetan hat, werde ich ...«

Die Worte fielen ihm schwer.

»Vergebe ich ihr.«

»Und doch wollt Ihr sie ermorden!« rief Tlik.

»Trotzdem kann ich nicht mehr tun«, sagte Myrrax. Er winkte Tekrax. Ayesh und Tlik wurden losgebunden.

»Bindet sie wenigstens los!« bat Tlik.

Als Kler aufstand, sah Ayesh, wie Tlik die Wachen, die Tür und Kler beobachtete ...

»Nein«, sagte sie. »Versuche es nicht, Tlik.«

Kler sah Tlik an, der unentschlossen wirkte. Wieder kniete sie vor dem Thron nieder. »Ich bin Euch dankbar für Eure Gnade, Mirtiin.«

Tlik biß sich auf die Lippen.

»Sie gehört dir«, sagte Phyrrax und hielt ihm die Flöte entgegen.

Tlik nahm sie nicht. Ayesh verstaute sie schließlich.

»Führe sie aus den Hallen«, befahl Mirtiin dem Hauptmann, »und lasse sie unter freiem Himmel laufen.«

Tekrax zog Kler auf die Füße.

»Diese nicht«, meinte Myrrax.

»Komm jetzt, Tlik«, sagte Ayesh.

»Diamantgeist«, flüsterte Tlik Kler zu. »Bis zum Schluß.«

Kler nickte kurz. »Diamantgeist.«

»Führe uns über Fels-im-Wasser zurück«, bat Ayesh Tekrax. »In jenem Haus befinden sich noch Sachen von mir.«

»Nein«, sagte Myrrax. »Keine Umwege. Keine Schwierigkeiten.«

»Aber meine Flöten!« sagte Ayesh. »Mein Bündel!«

»Führe sie auf dem kürzesten Weg«, befahl Myrrax, »und sorge dafür, daß sie verschwinden!«

Kalter Nebel und sanfter Regen. Ayesh hatte das Wetter nach so vielen Tagen in Mirtiin beinahe vergessen. Und obwohl der Nebel alles, außer den am nächsten liegenden Berggipfeln in Schatten verwandelte, und das Licht grau und dämmrig war, so erschien ihr doch die Welt wunderschön und hell.

Sie lag auf einem Berggipfel auf dem Bauch. Die Tannennadeln waren weich, und die Luft roch frisch und rein. Aber sie hatte den Blick nicht auf die Freiheit und die weite Welt gerichtet. Sie schaute zurück, nach Mirtiin.

»Es wäre Wahnsinn, zurückzukehren«, sagte Tlik.

»Zhanrax hat Dinge, die mir gehören«, meinte Ayesh. »Wertvolle Dinge.«

»Wenn uns eine Patrouille entdeckt ... Hast du schon einmal gesehen, wie sie mit den Schleudern umgehen? Wie genau sie auch über große Entfernung treffen?«

Ayesh dachte an die Mirtiin Minotauren, als sie sie zum ersten Mal gesehen hatte. Damals, am ersten Tag, hatten sie Stahlsteingeschosse neben den Goblinleichen aufgesammelt. »Aye, das habe ich. Und wir müssen uns nicht nur vor Mirtiins Kriegern vorsehen, sondern auch vor Stahaans Spähern. Der Verstand zieht mich fort von Mirtiin. Und doch ...«

»Wenn du eine Flöte haben willst, Lehrerin Ayesh, dann nimm meine.« Er hielt sie ihr entgegen.

»Die gehört dir«, sagte sie.

»Und für wen soll ich spielen? Alle, die Ohren hatten, um zu hören, sind tot, Lehrerin – außer dir.«

»Nenne mich Ayesh, nur Ayesh.« Sie schaute wieder zu dem Felsen hinüber, in den Mirtiins Tor gehauen war. »Ich habe meine eigenen Flöten, Tlik. Zwei Flöten. Ich will sie haben. Komm mit mir, wenn du willst. Warte, wenn du möchtest. Oder warte nicht. Wie du willst.«

»Ich gehe, wohin du gehst«, antwortete Tlik. Leise fügte er hinzu: »Weil ich muß.«

»Die Frage ist, wie wir hineinkommen.«

»Das ist die erste von vielen Fragen«, sagte der Goblin. »Nachdem wir eingetreten sind, müssen wir uns einen Weg suchen.«

»Ich kenne den Weg.«

»Jeder Minotaurus, der uns sieht, kann uns töten. Glaubst du nicht, daß sich die Nachricht inzwischen verbreitet hat? Die Hallen sind frei von *flakkach*, bis auf den, der sich in den Minen versteckt. Wenn man mich sieht, bin ich tot. Und was sie bei deiner Rückkehr denken ... kannst du sicher sein, daß auch die Minotauren, die einst das Klassenzimmer bewachten, dich jetzt nicht angreifen würden?«

»Es muß einen Weg geben«, sagte Ayesh.

Sie dachte noch immer darüber nach, als das Netz über sie fiel. Erst als sie von seinem Gewicht zu Boden gedrückt wurde, bemerkte sie, daß andere Lebewesen in der Nähe waren. Das Gewebe war stark und fest. Während sie mit Tlik dagegen ankämpfte, wurden sie von starken Händen ergriffen.

Götter und Hiebe, dachte sie. *Ich hatte vergessen, wie leise sich diese Minotauren bewegen können.*

Die Gewänder leuchteten rot, und für einen wilden Augenblick dachte sie: *Hurloon!* Aber es handelte sich um rote Seide, nicht um Wolle, und die meisten der Minotauren trugen Dreizacke, keine Äxte. An den Füßen trugen sie fellgepolsterte Schuhe, wie die Mirtiin Späher. Aber sie waren nicht aus Mirtiin.

Ayesh sagte: »Stahaan.«

KAPITEL 24

Gynnalem, erste Priesterin und Erzmatriarchin von Stahaan, Sprecherin des Steins, Höchst Verehrte Lebende Mutter, stand auf einem Bergkamm, der den Eingang zu den Hallen von Mirtiin überblickte. Der Eingang war ein schmaler Schlitz hoch in den Klippen, und der Vorsprung, der dorthin führte, würde Angreifer zwingen, einzeln näher zu kommen. Mirtiin konnte nicht durch einen Sturmangriff genommen werden. Die einzige Hoffnung lag in einer Belagerung, wenngleich auch das nicht ohne Schwierigkeiten durchzuführen war. Minotauren zur Unterwerfung auszuhungern, würde ihre Herzen verhärten, sogar die Herzen derer, die Stahaan gerne unterstützen würden.

Diese Schwierigkeit hatten auch Gynnalems Vorgängerinnen gehabt. Sie alle hatten die Gewänder der Erzmatriarchin mit Leichtigkeit getragen, alle, bis zurück zum Anbeginn der Zeiten. So sagten es die Schriften.

Hatte jemals eine Sprecherin des Steins andere als heilige Gedanken gehabt, so war das nicht in den Schriften festgehalten worden.

Gynnalem stapfte unruhig herum, und die Erde unter ihren Hufen fühlte sich weich an. Nicht einmal auf die Erde konnte man sich verlassen. Dinge verschoben sich, und darin lag eine Gefahr.

Alles hing von Entscheidungen ab, die sie fällen würde, Entscheidungen, die sie viel lieber jemand anderem überlassen hätte.

General Eltarekst räusperte sich. Gynnalem hatte nicht vergessen, daß er und General Finnarekst hinter ihr standen und auf Befehle warteten. Fortwährend hatte sie ihre erwartungsvollen Blicke im Rücken gefühlt.

Sie zog die Gewänder eng zusammen. Worte wollten über ihre Lippen strömen, Worte des Herzens. *Findet einen sicheren Weg,* dachte sie. *Findet einen Weg, der uns ohne Gefahr durch das Labyrinth bringt. Findet die Antwort auf die Unregelmäßigkeiten von Mirtiin, die Antwort, die den Boden fest und hart macht. Beeilt euch damit. Laßt es möglich werden.*

In den Tiefen von Stahaan, in der Finsternis des Kerns des Herzens aus Stein, lag sie wach und fürchtete Augenblicke wie diesen. Wenn sie nahten, waren sie immer schlimmer, als sie gefürchtet hatte.

Finnarekst sagte: »Wir erwarten Euren Befehl, Höchst Verehrte Mutter.«

Gab sie ihnen die falschen Befehle, würden sie lächeln, nicken, anscheinend zustimmen und dann fragen, ob sie auch eine andere Handlungsweise in Betracht gezogen hatte, eine, die mehr mit ihren Erwartungen und Traditionen übereinstimmte.

Die Gewänder der Höchst Verehrten Lebenden Mutter waren weich, seidig und dennoch so schwer wie Ketten.

Macht ein Ende, ein für alle Mal, wollte sie sagen. *Bringt mir ein Feuer, heißer und reiner als jedes Feuer, das es je gab. Bringt mir Flammen, die Teppiche und Wandbehänge verzehren. Zeigt mir ein Feuer, das Fleisch fressen und Stein vernichten kann. Gebt mir einen Sturmwind, der Berge verschluckt und Mirtiin zu nichts als zu Erinnerung macht. Dann bringt mir ein Feuer, das auch die Erinnerung frißt. Entzündet mir Flammen, die von hier bis Hurloon brennen und auch jene Berge vernichten. Die Flammen sollen alle, die nicht für Stahaan sind, aufspüren und von der Erde vertreiben. Dann wird der Boden unter meinen Füßen für immer fest sein.*

Nicht, weil sie Mirtiin oder Hurloon haßte, sondern weil sie Schwierigkeiten haßte. Sie haßte diese großen

Momente, die ihre Lehrerin, Pyhrralem, so geliebt hatte: Vor Generälen zu stehen und über die Schicksale anderer zu entscheiden – der Krieger aus Stahaan und der Krieger, die Stahaan ablehnten. Gynnalem stand lieber auf einem Berg und fühlte die Sonne auf den Schultern und den Wind in ihrem Fell.

Aber sie war Stahaan. Sie mußte so handeln, weil... weil...

Weil es nichts anderes für sie gab. Weil noch nie eine Verehrte Mutter den Titel abgelehnt hatte, um sich danach allein in die Sonne zu stellen, die Augen weit geöffnet, die Ohren nur dem Wind lauschend, grasend der Sonne nach Süden folgend. Statt dessen mußten Gynnalems Ohren täglich dem Gemurmel der Schriftgelehrten und dem Jammern der geliebten Mütter lauschen, die sie baten, über haarfeine Unterschiede ihrer Meinungen zu urteilen.

Alles das, diese Falle aus Macht und Titeln, war nur geschehen, weil sie Worte geliebt hatte, ihre Geschichte und ihren Klang. Sie war eine zu gute Studentin gewesen. Bevor Pyhrralem gestorben war, hatte sie sie ernannt und lebenslang in den Käfig aus Schriften und Traditionen gesperrt.

Sie hatte so lange so viele Worte gehört, daß sie ihnen nicht länger glaubte. Wind, Sonne, Steine und Stille. Das waren Dinge, an die sie glauben konnte. Das waren die wahren Zeichen von Sie-die-zuerst-da-war.

Gynnalem schnaubte vor Enttäuschung und stieß mit dem Knauf ihres goldenen Dreizacks gegen den Boden.

Beide Generäle kamen näher und salutierten. »Wir sind bereit, Höchst Verehrte Mutter«, meldete Eltarekst, und Finnarekst fügte hinzu: »Wie sollen wir sie besiegen?«

»Sanft«, antwortete Gynnalem. »So sanft wir können. Jene, die unsere Macht bedrohen, sind ebenfalls unsere Schwestern. So befiehlt es das Kapitel der Wissenden Heiligkeit.«

Oh, wenn sie doch einfach weggehen könnte. Das waren die beiden wichtigsten Begehren: Einerseits, Mirtiin mit Blut und Zorn zu besiegen, die Luftschächte zu zerstören, die großen Spiegel zu zerschmettern, sie auszuhungern und zu ersticken, bis sie versprachen, niemals mehr von dem engen Pfad abzuschweifen, den Stahaan vorschrieb. Andererseits sehnte sie sich danach, einfach fortzugehen und Mirtiin sich selbst zu überlassen.

»Sie machen gefährliche Versuche mit Goblins«, hatte Betalem erzählt. »Sie mißachten Schriften und dulden *flakkach* in den heiligen Hallen.« Gynnalem hätte gern gesagt: »Na und?« Aber bei Betalems Worten waren ihre heiligen Schwestern aufgestanden und hatten nach Krieg gerufen. Sie waren wie eine plötzliche Flutwelle, die einen unterirdischen Fluß mitreißt. Gynnalem mußte entweder mit der Strömung schwimmen oder ertrinken.

»Eltarekst.«

Er nickte und salutierte.

»Postiere er seine Truppe gut sichtbar nahe den Öffnungen der Luftschächte, aber nicht so nahe, daß ihre Wachen angreifen. Lasse er Bäume auffällig fällen als Vorbereitung zum Füllen der Schächte.« Diesen Befehl, den traditionsgemäßen Befehl, hatte er erwartet.

»Zu Befehl, Höchst Verehrte Mutter.«

»Finnarekst, stelle er seine Kriegsschar so auf, daß sie nahe genug ist, um die Spiegel zu zerstören. Aber zeige er nur seine Stärke. Rücke er nicht vor. Befehle er seinen Soldaten, Steine zu sammeln, als wollten sie einen Angriff vorbereiten, um die Spiegel zu zerbrechen. Dann warte er. Nicht angreifen, außer wenn er attackiert wird. Auch dann nur jene töten, die ihn angreifen.«

General Finnarekst nickte. »Sehr weise, Höchst Verehrte Mutter.«

Nicht weise. Das war es, was seit dem ersten Krieg

gegen das aufständische Mirtiin immer schon getan worden war.

»Beide werden sie alles tun, um die Furcht der Mirtiin zu verstärken. Aber sie drohen nur.« Sie entließ die beiden und beobachtete, wie sie auf die rot gekleideten Truppen zugingen. Die rot-weißen Banner von Stahaan flatterten im Wind.

So stark ihre versammelten Truppen auch schienen, Gynnalem wußte, daß die Belagerung lange dauern würde, wenn Mirtiin sich nicht sofort ergab. Es gab keine Möglichkeit, eine schnelle Lösung herbeizuführen. Wenn sie die Luftschächte sperrten, würde es heiß und stickig in Mirtiin werden, aber niemand mußte ersticken. Wenn die Spiegel zerschmettert wurden, vergingen lange Monate, bevor Mirtiin verhungerte. Die günstigste Gelegenheit zum Ergeben lag in der Zeit *vor* diesen Maßnahmen, wenn die Minotauren von Mirtiin – in der Angst, daß die Spiegel zerschlagen und die kostbaren Gärten in Finsternis gehüllt wurden – Verhandlungen dem Kampf und das Aufgeben der Schlacht vorzogen.

Laßt uns alles mit Drohungen erreichen, dachte sie. *Wenn es nur schnell vorbei ist.* Sie hielt diese Möglichkeit aber nicht für wahrscheinlich.

Jemand kletterte den Abhang hinauf und verneigte und wiegte sich vor Gynnalem wie eine Kurtisane.

Betalem.

Hier stand das Orthodoxe aus Fleisch und Blut, das Gynnalem beengte und alle Fragen für sie entschied.

Während Mirtiin Fragen stellte, die von den Orthodoxen am liebsten unbeantwortet blieben, stellten Betalem und ihre Leute überhaupt keine Fragen. Nein, das stimmte nicht. Sie fragten, ob die Waschungen aus dem Kapitel der Wissenden Reinheit durch die zweimal im Jahr stattfindende Ruhezeit aus dem Kapitel der Wissenden Heiligkeit widerrufen wurden. Sie fragten, ob *Nartoon* immer von zeitweiliger Bedeutung war oder manchmal auch mit dem Wort *Nirteyan* gleichgesetzt werden konnte. Schriften, die auf die möglichst enge Art ausgelegt wurden, waren die ganze Wahrheit, nach der sie strebte.

Verdammt sollte sie sein. Wäre Betalem großzügiger, gäbe es Frieden. Leider war sie bei den Schwestern wegen ihrer Unbeugsamkeit sehr beliebt.

»Sie sind gefangen!« rief Betalem. »Wir haben sie!«

»Mirtiin?« fragte Gynnalem. Konnte es schon vorüber sein? »Scaraya? Gefangen?«

»Nein, nein, die nicht«, keuchte Betalem. »Der Mensch! Der Goblin! Es sind diejenigen, die ich im Versammlungsraum von Mirtiin sah, und trotzdem ließ man sie am Leben!« Sie verzog die Lippen zu einem Grinsen. »Von Mirtiin geduldet, aber nicht von Stahaan!«

»Bringe mich zu ihnen!«

Die Käfige waren dafür gedacht, daß ein Minotaurus in der Enge weder liegen noch stehen konnte. Aber für einen einzelnen Menschen oder Goblin waren sie äußerst bequem. Betalem ging sofort daran, das zu ändern.

»Steckt den Menschen zu dem Goblin!« befahl sie dem Wächter. Dann blickte sie sich um, ob Gynnalem der Anweisung zustimmte.

Gynnalem griff nicht ein, wenngleich sie nicht einsah, warum man den Gefangenen Unbequemlichkeiten bereiten mußte. Irgendwann würden die beiden getötet werden. Das war unumgänglich. Aber sie sollten nicht gefoltert werden. Was konnten sie schon wissen, das diese Anstrengung rechtfertigte?

Der Goblin saß mit dem Rücken zu ihr und schien ungewöhnlich ruhig für seine Rasse. Vielleicht war er verwundet.

»Sei vorsichtig, wenn du den Menschen packst«, riet Betalem der Wache. »Sie spielt falsch.«

Die Wachen schnaubten und einer von ihnen wies auf die umstehenden Minotauren, die ihre Waffen polierten oder abwarteten. »Welches Spiel würde ihr helfen, hier herauszukommen?«

Als der Wächter den Käfig öffnete, blickte der Mensch Gynnalem an. Sie hatte dunkle Augen, die sehr verständig dreinblickten. Sie sah nicht aus, als erwäge sie eine Flucht. Auch wirkte sie nicht völlig besiegt.

»Her mit dir«, sagte der Wächter. Er lehnte den Dreizack außen an den Käfig und streckte die Hand aus, um den Menschen beim Haar zu packen. Der Mensch faßte nach dem Handgelenk des Kriegers und machte eine Bewegung, die den Minotaurus aufbrüllen und zurückweichen ließ.

Der zweite Wächter richtete den Dreizack auf den Menschen.

»Sagt mir, was ich tun soll«, sprach der Mensch, die Augen auf Betalems Gesicht gerichtet. Sie sprach die Muttersprache. Und sie sprach sie gut, wenn man bedachte, daß der Mund völlig falsch geformt war. »Behandelt mich nicht wie ein Tier.«

»Aber du bist ein Tier!« rief Betalem. »Du hast die Hallen von Mirtiin mit deinem Gestank verdorben, und jetzt braucht es eine Armee aus Stahaan, um sie zu säubern.«

Der erste Wächter hatte seine Waffe ergriffen. Er zielte auf den Menschen.

»Ich bin kein Tier«, wiederholte die Gefangene. Sie warf Betalem einen drohenden Blick zu – eine eindrucksvolle Geste für eine Kreatur, die sich zwei Dreizacken gegenüber sah.

Gynnalem sprach: »Sie ist nicht so, wie ich mir einen Menschen vorgestellt habe.« Aber sie hatte noch nie zuvor mit einem Menschen gesprochen. »Hat sie keine Angst, wenn sie an den nahen Tod denkt?«

»Daran erkennt Ihr, daß sie ein Tier ist«, mischte sich Betalem ein. »Ein Minotaurus ist klug genug, die Gedanken zu sammeln, wenn der Tod bevorsteht. Ich zweifele nicht daran, daß dieser Mensch immer noch an Flucht denkt, wie abwegig das auch sein mag.«

»Ich weiß, daß ich sterben muß«, antwortete der Mensch »aber der Zeitpunkt ist noch recht ungewiß.«

»Dein Schicksal ist entschieden«, sagte Betalem. »Du wirst den Tod des *flakkach* sterben, der *purrah* entweihte.«

»Ich bin kein *flakkach*«, erklärte der Mensch und streckte die Hände aus. An jeder Hand befanden sich nur vier Finger. »Erstes Kapitel der Wissenden Reinheit: ›Daran erkennst du den Unterschied: Der fünfte Finger ist *flakkach*.‹«

Gynnalem blinzelte. »Wie geschah es, daß sie zwei Finger verlor?«

»Ich nahm ihr den einen«, antwortete Betalem, »und Scaraya den anderen.«

»Kennt sie die Schriften?«

»Natürlich. Ich wäre kein *flakkach*, wenn ich die Wahl hätte.«

Vor Staunen riß Gynnalem die Augen weit auf. In diesem Menschen steckte weitaus mehr, als Betalem angedeutet hatte.

»Wenn wir zugestehen, daß deine Hände nicht länger *flakkach* sind«, sagte Betalem, »dann wird die Höchst Verehrte Mutter vielleicht deine Hände verschonen und nur den Rest dem Tode übergeben.« Aus den Augenwinkeln schielte sie zu Gynnalem, um zu sehen, ob diese lächelte.

Der Mensch schnaubte verächtlich. Gynnalem hatte nicht gewußt, daß Menschen dazu fähig waren.

»Setzt sie in den anderen Käfig«, befahl Betalem den Wachen. »Worauf wartet ihr noch?«

Einer der Krieger öffnete den Käfig des Goblins, während der andere den Menschen mit dem Dreizack anstieß. Der Mensch trat heraus und zögerte kurz, als erwäge er eine Flucht. Ein Stahlstein hätte ihm den

Schädel zerschmettert, bevor er noch fünfzig Schritte gerannt wäre. Das mußte ihm bewußt sein. Er kletterte in den Käfig zu dem Goblin.

Um Platz für den Menschen zu schaffen, erhob sich der Goblin. Anscheinend war er nicht verwundet. Wie sollte man sich dann seine Ruhe erklären? Normalerweise schnatterten gefangene Goblins und warfen sich gegen die Gitterstäbe.

»*Diese* Kreatur«, erklärte Betalem, »spielte in der Versammlung ein Instrument. Goblinmusik – kann sich die Höchst Verehrte Mutter das vorstellen? Im innersten Raum!«

»Trommel?«

»Nein, Flöte. Eine Flöte, die von Mirtiin-Händen geschaffen wurde. Das ist eines der Verbrechen, die ich Euch berichtete, Höchst Verehrte Lebende Mutter.«

Wahrscheinlich hatte sie davon erzählt, aber immer, wenn Betalem sich über die unzähligen Verbrechen Mirtiins ausließ, war es schwierig, ihr lange zuzuhören. »Erzähle sie es erneut. Ich dachte, Goblins spielen nichts außer Trommeln.«

»Ich habe die Flöte!« Betalem zog sie aus dem Gewand: Eine Kupferflöte.

Gynnalem nahm sie entgegen. Die kunstvolle Schrift auf dem Instrument sagte aus, daß es sich um die Arbeit von Juwelen-in-Hand handelte. Dieses Haus, zusammen mit Über-dem-Grass, konnte auf eine lange Geschichte von Ketzerei und Ungehorsam zurückblicken. Die Einzelteile der Flöte waren sehr fein zusammengefügt worden, und die eingeprägten Noten sahen klar und kunstvoll aus. Gynnalem verspürte Bewunderung für die Minotauren, die ihre Verbundenheit mit diesem großen Verbrechen bekundeten. Sie mußten gewußt haben, wie es enden würde – wie alle diese Aufstände geendet hatten. Und doch hatten sie den Namen ihres Hauses auf das Instrument gesetzt.

Sie hielt dem Goblin die Flöte hin. »Spiele er für mich.«

Der Goblin sah das Instrument an, nahm es aber nicht entgegen.

»Komm«, sagte Betalem. »Die Sprecherin des Steins möchte das Ausmaß deines Verbrechens kennenlernen.«

»Tliks Musik ist kein Verbrechen«, sagte der Mensch und nahm die Flöte. »Er spielt, wie kein Goblin vor ihm je gespielt hat. Er ist der erste einer neuen Rasse.« Sie reichte dem Goblin die Flöte, aber er blickte nur auf seine Hände nieder. »Spiele!« befahl Betalem. »Gynnalem hat es angeordnet!«

Immer noch starrte die Kreatur auf die Flöte.

»Wachen!«

Auf Betalems Ruf hoben sie die Waffen, bereit, den Goblin für seinen Ungehorsam zu durchbohren.

»Nein«, sagte Gynnalem. »Nicht töten!«

»Nein«, stimmte Betalem zu, »aber er muß Gehorsam lernen!« Sie befahl einem Wächter, nach dem Bein des Goblins zu stoßen. Gynnalem machte sich nicht die Mühe, die Anweisung zu unterbinden. Schließlich war es nur ein Goblin.

Die Kreatur zuckte nicht einmal zusammen. Er blieb still.

»Hast du ihn getroffen?« erkundigte sich Betalem. »Stich noch einmal zu!«

»Nein!« rief der Mensch. »Er ist verletzt. Du hast deinen Willen bekommen!«

Gynnalem sah das Blut an der Waffe kleben und sagte: »Er wurde getroffen und bestraft. Genug.« Sie starrte dem Goblin ins Gesicht. Die ganze Zeit über hatte er nur die Flöte angestarrt, nun begegneten seine Augen ihrem Blick.

Welche Ruhe. Welcher Geist – und das in den Augen eines Goblins. Was war in Mirtiin geschehen? War es vielleicht so gefährlich, wie Betalem befürchtete?

Oder war es ein Wunder?

Betalem ließ sich nicht beirren. »Aber er weigert sich, zu spielen, Verehrte Mutter. Ich werde schon *Musik* aus ihm herausholen. Wenn er nicht Flöte spielen will, bringe ich ihn zum Singen!« Sie entriß einem Wächter den Dreizack und stieß nach dem Goblin. Er schwieg. Gynnalem sah Blut durch die Beinkleider der Kreatur dringen.

»Tlik!« rief der Mensch und schüttelte den Goblin an der Schulter. »Schreie! Heule! Gib ihr, was sie will.«

Betalem stieß wieder zu.

»Aufhören«, befahl Gynnalem. Als Betalem die Waffe noch einmal hob, sagte Gynnalem: »Ich befehle ihr, aufzuhören oder zu sterben!«

Der zweite Wächter richtete den Dreizack auf Betalem.

»Höchst Verehrte Mutter, ich diene Euren Belangen!«

Wenn doch nur alle, die ihr auf diese Art dienten, tot umfallen würden. Dann würde Gynnalem ihre Belange besser kennen.

Das graue Gesicht des Goblins blieb eine unbewegliche, graue Maske. Normalerweise kreischte und zeterte ein Goblin nach so einer Behandlung. Dieser hier blieb jedoch still stehen, blutete, hielt die Kupferflöte fest und starrte Gynnalem noch immer an.

»Mirtiin ist es, das uns plagt. Diese Kreaturen sind nur wichtig, weil sie dazu dienen, Mirtiin in den Schmutz zu ziehen.«

Sie wandte sich ab, um zu gehen.

Betalem ließ den Dreizack fallen und folgte ihr.

»Habt Ihr gesehen, wie sie diesen Goblin verändert haben?«

»Ich sah es.«

»Ein Goblin, der nicht kreischt und schnattert, ein Goblin, der Schmerzen erträgt... Das ist gefährlich, Höchst Verehrte Heilige Mutter. Stellt Euch vor, diese Kreaturen würden die Berge bevölkern.«

»Die Schriften sagen, daß Goblins von Furcht beherrscht werden müssen«, sagte Gynnalem. »Will sie mir erzählen, daß dieser Goblin nicht so ist?«

Betalem blieb stehen. »Ich ... natürlich wollte ich nicht ... Höchst Verehrte Heilige Mutter, denkt nicht, daß ich ketzerisch rede!«

»Wo liegt denn dann das Ketzerische?« fragte Gynnalem. »Schriften und Goblin scheinen sich nicht auf einer Ebene zu treffen.«

Weiter wagte selbst Gynnalem nicht laut zu sprechen, obwohl sie in ihrem Herzen seit langem wußte, daß nicht alle Dinge den Worten der Schriften entsprachen, wie oft Stahaan auch behauptete, daß es so war.

»Die Ketzerei liegt bei Eisen-in-Granit, Höchst Verehrte Mutter. Bei Scaraya.«

»Dann wird Scaraya sterben«, antwortete Gynnalem, da das von ihr erwartet wurde.

»Ich hoffe, daß sie bereits tot ist. Aber es gibt andere, die ebenfalls sterben müssen. Ich werde sie Euch nennen, wenn die Zeit gekommen ist. Sehr viele müssen sterben, damit Stahaan geehrt wird und die Gebote der Schriften eingehalten werden. Auch gibt es Bücher, die man verbrennen muß. Mirtiins Tochter schrieb alle Taten Scarayas nieder. Diese Ketzereien müssen vernichtet werden.«

»Möge es bald vorbei sein.«

In dieser Angelegenheit schalte sich Sie-die-die-Erste-war großzügig ein.

Der Hauptmann von Mirtiins Leibwache schritt unbewaffnet in das Lager von Stahaan, flankiert von Minotauren, die Dreizacke hielten – für den Fall, daß seine Absichten unehrlich waren.

»Tekrax«, erklärte Betalem, als sie ihn sah. »Mirtiins rechte Hand.«

Hauptmann Tekrax kniete nieder und berührte den Boden vor Gynnalems Füßen mit den Lippen. »Ich grüße Euch untertänigst, Stahaan, Quelle des Lebens, des ersten Herdes, des ersten Brunnens, Sprecherin des Steins.« Er blickte auf. »Höchst Verehrte Lebende Mutter, Eure Soldaten stehen vor unseren Toren. Stammen nicht alle Minotauren von der einen Mutter ab? Trotzdem steht Eure Armee bereit, als wolle sie unsere Hallen vernichten. Höchst Verehrte Mutter, was hat Mirtiin getan, um Euch zu erzürnen?«

Betalem schnaubte. Gynnalem sprach: »Stahaans Priesterin wurde aus Euren Hallen vertrieben.«

»Höchst Verehrte Mutter, ich möchte Euch sagen, daß Mirtiin Euch nicht erzürnen wollte. Mirtiin rebelliert nicht.«

Wieder schnaubte Betalem und sagte: »Was ist mit Mirtiins Verstößen gegen die Schriften? Was ist mit dem *flakkach*, den wir gefangen haben, der weiterleben durfte, obwohl er die Hallen von Mirtiin sah? Was ist mit den Widerstandskämpfen, die gegen mich, die Priesterin und Vertreterin Stahaans, stattfanden?«

Gynnalem fiel auf, daß der Hauptmann Betalem nicht ansah, sondern weiterhin sie selbst anschaute.

»Es gab Mißverständnisse«, sagte er.

Betalem schnaubte zum dritten Mal. Am Rande des Lagers ertönten laute Stimmen, Jubel – nein. Kein Jubel. *Spottgeschrei.*

Der Hauptmann verneigte sich tiefer. »Wir bestreiten nicht, daß schwere Verbrechen begangen wurden. Finster waren die Tage, in denen diese Dinge geschahen. Sehr finster. Aber ich sage Euch, Höchst Verehrte Mutter der Lebenden Mütter, daß Mirtiin diese Verbrechen nicht gegen Euch beging.« Er sah zu ihr auf. »Es waren die Taten von Myrrax, der Mirtiin *war*. Jetzt nicht mehr.«

Das Geschrei wurde lauter und kam näher. Die Krieger im Lager waren auf den Beinen und scharten sich um eine sich nähernde Gruppe. Die Minotauren schüttelten die Waffen. Einige lachten und grölten.

»Er kommt in Ketten, der Euch erzürnte, Stahaan. Sprecherin des Steins, bestraft nicht ganz Mirtiin für die Verbrechen eines einzelnen!«

»Eines einzelnen?« rief Betalem empört. »Eines einzelnen!«

Die Menge der Krieger teilte sich, und Gynnalem sah Myrrax, der zwischen vier Mirtiinwachen einherschritt. Myrrax trug nicht die Farben der elf Häuser, nicht einmal das Violett seines Geburtshauses Schatten-in-Eis. Er trug auch nicht Rosa und Türkis für Juwelen-in-Hand; die Farben des Hauses, in das er eingeheiratet hatte. Nein. Als wolle ihn niemand haben, trug er einfaches Grau.

An seiner Haltung erkannte Gynnalem sofort, daß er nicht besiegt worden war. Er stand da, stolz und ungebeugt. Dies war Myrrax' Vorhaben – allein einzustehen für eine Bestrafung, die sonst ganz Mirtiin zu tragen hätte.

Es war ein Geschenk. Und Gynnalem wollte es gern annehmen.

»Er war es nicht allein!« beharrte Betalem. Und Gynnalem wußte, daß andere ebenso denken würden und daß es in Mirtiin mehr Tote geben mußte, bevor Stahaans verletzter Stolz geheilt wäre. Scaraya mußte sterben. Und Myrrax' Tochter. Vielleicht auch andere. Und natürlich, um den heiligen Geboten zu dienen, mußten der Mensch und der Goblin auf sehenswerte Art sterben.

Aber dann wäre es vorbei, und alles konnte weitergehen, wie zuvor.

Nicht, daß *dies* ein vollkommen angenehmer Gedanke war. Es würde wieder Debatten über einzelne Worte der Schrift geben, über die Auslegung der Kapitel, die einander zu widersprechen *schienen* – segne uns, Große Mutter, denn unsere Augen sehen Fehler, wo keine sind.

Doch der verhaßte Alltagstrott war besser. Dann

konnte wenigstens ein Teil des Tages mit eigenen Gedanken verbracht werden.

Die Mirtiin-Wachen führten Myrrax näher.

»Er ist willkommen, Myrrax.«

Er verneigte sich tief. »Stahaan, ich bin in Eurer Hand.«

KAPITEL 25

Ayesh und Tlik, die wie Vögel im Käfig hockten, konnten das Gerichtsverfahren gut beobachten, obwohl sie sich mit Sitzen und Stehen abwechseln mußten, da nicht beide sitzen konnten. Betalem hatte angeordnet, daß der Käfig im Hintergrund des Versammlungsraumes aufgehängt wurde, hoch über der Wand, an der die schwarz-blauen Banner von Fels-im-Wasser hingen. Ayesh verstand die Geste nur zu gut. Den Widerhall konnte sie deutlich an Deorayas Miene ablesen.

Ayesh war überrascht, mit welcher Leichtigkeit sie dem Verfahren folgte und studierte die Strategie des Vorgehens. Minotauren, die ihr einst fremd gewesen waren, konnte sie inzwischen leichter und leichter verstehen.

Noch bevor sämtliche Mirtiin Minotauren die Versammlung betreten hatten, erhob sich ein Schatten-in-Eis, um zu Gynnalem zu sprechen.

»Stahaan«, sagte sie, »ich möchte Euch untertänigst fragen, warum unsere Äxte und Dreizacken von uns genommen wurden, als wir diesen Raum betraten? Schaut uns an, Erste der Mütter. Wir gehören zu Schatten-in-Eis, einem Haus, das dem Tempel immer treu zur Seite stand.«

Von ihrem erhöhten Sitz auf dem Mirtiin-Thron sah Gynnalem zu Myrrax hinab, der in Ketten vor ihr kniete. Die Wachen, die um ihn herumstanden, waren noch immer seine eigenen Leute. Hauptmann Tekrax hielt ein Seil, das an den Ketten befestigt war. Aber die Mirtiin-Krieger waren unbewaffnet, und in der Nähe

standen die Stahaan, die die Dreizacken bereit hielten.
»Bis die Schuldigen gerichtet sind«, sagte sie ruhig, »ist jeder verdächtig.«

Betalem, die vor dem Thron auf- und abschritt, sagte: »Was getan wurde, war nicht das Werk eines einzelnen. Der Tempel ist zerstört. Haus kämpfte gegen Haus, und Haus kämpfte gegen Tempel. Kann ein Minotaurus das alles tun?« Sie sah Schatten-in-Eis an. »Euer Haus verteidigte den Tempel. Aber waren alle Mitglieder Eures Hauses treu ergeben?«

»Aye«, erklärte Schatten-in-Eis. »Ich sage Euch, Höchst Verehrte Mutter, daß wir immer treu zu Euch standen. Alle, die das Violett unseres Hauses tragen. Als Ihr unsere Waffen nahmt, nahmt Ihr uns auch die Abzeichen, die wir so stolz tragen. Wir sind das Haus, das Euch immer ergeben war.«

»Und wir auch«, warf Ameisen-darunter ein, die auch aufgestanden war. »Vertraut uns, laßt uns unsere Waffen zu tragen, damit wir Euch dienen können.«

Gynnalem schüttelte den Kopf, und Betalem breitete die Arme mit großer Gebärde aus. »In dieser Versammlung wird beschlossen, wer die Axt behalten darf... und den Kopf. Setze sie sich, Ameisen-darunter. Auch sie, Schatten-in-Eis. Setzt euch und denkt an die Verbrechen, die in Mirtiin begangen wurden. An *alle* Verbrechen.«

Sie liebt die Rolle des Inquisitors, dachte Ayesh. Aber Gynnalem wirkte um so überlegener, je mehr sich Betalem ereiferte.

Ayesh wandte sich ab. Sie sagte zu Tlik: »Willst du mal stehen?«

Er nickte und biß sich auf die Lippen, während er sich an den Stäben hochzog. Seine Beine zitterten. Ayesh setzte sich und betrachtete die Verbände, die sie ihm angelegt hatte. »Ich wünschte, ich könnte deine Wunden säubern und die Verbände wechseln, Tlik.«

Über die Schulter sprach er: »Du würdest mich der

Axt gut geheilt übergeben. Du kümmerst dich immer um alle Einzelheiten, Lehrerin Ayesh.«

»Ayesh. Wir sind nicht länger Student und Lehrerin«, erinnerte sie ihn. »Und wir sind noch nicht tot.« Sie berührte die Verbände. »Tut das weh?«

»Ein wenig.«

»Vielleicht entzündet es sich nicht. Die Wunden waren tief, aber sauber.« Sie schaute auf die Flöte in seiner Hand. »Es wäre leichter gewesen, du hättest für sie gespielt. Es gibt Zeiten des Widerstandes, aber es gibt auch Zeiten ...«

»Ayesh«, unterbrach er sie, »ich werde ihr *nicht nachgeben*. Ich war ein Blatt auf dem Fluß der Minotauren. Ist das nicht Grund genug? Ich habe Gewalt über meine Ängste. Ist das nicht Grund genug, das zu tun, wovor ich Angst habe?«

»Aber wenn du vergeblich handelst ...«

»Was ist denn jetzt *nicht* vergeblich?« Er rüttelte an den Stäben des Käfigs.

Ayesh konnte ihm keine Hoffnung machen, denn wenn sie aus dem Käfig blickte, sah sie kein freundliches Gesicht. Wenn Tana da gewesen wäre. Aber er war zu jung für die Versammlung. Er hatte noch keinen Namen.

»Gynnalem wird keine Verteidigung anhören«, sagte Betalem. »Die Höchst Verehrte Mutter der Lebenden Mütter hat kein Ohr für Entschuldigungen oder Erklärungen. Beschuldigungen. Beichten. Diese Dinge soll sie hören. Aber jeder, der ihr eine Entschuldigung anbietet, erzürnt sie.«

Sie sah zu Gynnalem hinüber, die kurz nickte.

Der Thron drehte sich langsam, und ihr Blick schweifte über die anwesenden Häuser. Aber es war Betalems Blick, der brannte. Gynnalem schien gelangweilt. Der Thron hielt an, als sie Fels-im-Wasser ansah. »Was haben die Minotauren dieses Hauses zu sagen?« fragte Gynnalem.

Mehrere Herzschläge lang bewegte sich niemand. Dann erhob sich Deoraya. »An unserem Herd wurden wir von jenen überfallen, die wir als Gäste eintreten hießen.«

Gynnalem nickte. »Wer hat sie angegriffen, Fels-im-Wasser? Welches Haus?«

»Kein Haus, Höchst Verehrte Mutter. Die Priesterin Betalem und ihre Wachen griffen uns an.«

Betalem stampfte mit dem Huf auf. »Als sie *flakkach* beherbergten, griff ich an! Mit gutem Grund!«

Gynnalem hob die Hand. »Ruhe, Priesterin. Sie kann nicht Anklägerin und Zeugin zugleich sein!«

»Aber ich handelte mit ...«

»Ruhe!«

Betalems Mund schloß sich nicht, aber sie schwieg.

»Beschuldigungen und Beichten. Hat Betalem das nicht gewollt?« Sie lächelte. Ayesh glaubte, daß ihr Betalems Unbehagen Freude bereitete. »Beschuldigungen und Beichten. Ich möchte keine Bitten oder Beschönigungen. Was Verbrechen ist, muß auch als Verbrechen aufgedeckt werden.«

Dann nickte sie Deoraya zu. »Sie hat ein schweres Verbrechen offenbart, Fels-im-Wasser. Nicht einmal der Tempel darf die Heiligkeit von Herd und Gastfreundschaft entehren. Hat sie noch mehr zu sagen?«

Deoraya schüttelte den Kopf und setzte sich wieder. Gynnalem sah sie lange Zeit an, dann wandte sie sich Zhanrax zu. Betalem warf mit bösen Blicken um sich. Schließlich drehte sich der Thron dem nächsten Haus – Ameisen-darunter, zu. »Hat dieses Haus Verbrechen zu melden?«

Die orange und grau gekleidete Matriarchin erhob sich. »Schwere Verbrechen und viele.«

»Spreche sie, denn Stahaan hört zu.«

»Dieser Myrrax«, sagte die Matriarchin und deutete auf ihn, »dieser, der einst Mirtiin war, unterstützte Wissenschaft, die auf Ketzerei beruht!«

»Seine Verbrechen sind wohlbekannt«, sagte Gynnalem. »Erzähle uns, was unentdeckt blieb.«

»Er unterstützte die Versuche von Eisen-in-Granit, die von Scaraya und Cimmaraya, seiner eigenen Tochter, durchgeführt wurden. Sie verbündeten sich, um Goblins über ihren elenden Zustand zu erheben. Warum? Damit wir noch gefährlichere Feinde bekommen, als wir sie bereits haben? Goblins plagen uns von Zeit zu Zeit, aber wenn sie verständiger werden, würden sie uns doch noch schlimmer zusetzen.«

»Das ist bekannt«, erwiderte Gynnalem gelangweilt. »Seine Verbrechen sind finster. Er wird bestraft. Was Scaraya und Cimmaraya angeht ... erzähle sie, wer noch nicht gestraft ist, obwohl ihn böse Taten beflecken. Eine göttliche Hand hat jene beiden Geschöpfe bestraft.«

»Es ist eine Schande«, erklärte die Ameisen-darunter Matriarchin, »daß jene Asche nicht aus dem Brunnen geholt werden kann. Leider vermischt sie sich mit der Asche meiner würdigen Mutter.«

Jetzt stand Zhanrax auf. Ayesh konnte sein Gesicht nicht sehen, aber die Hände waren zu Fäusten geballt. Deoraya versuchte, ihn zurückzuhalten, aber er rief: »Du bist es, mit deinen Angriffen auf die eigenen Vettern, die Schande über unsere Mütter bringt!«

Allgemeines Stimmengewirr erhob sich. Einige Minotauren stimmten zu, andere beschimpften Zhanrax.

»Ameisen-darunter spricht«, sagte Gynnalem. »Ich möchte sie zu Ende anhören.«

Als wieder Ruhe eingekehrt war, sagte Ameisen-darunter: »Wenn Ihr nach ungestraften Verbrechen fragt, dann werde ich Euch von Fels-im-Wasser berichten. Der da, der dort steht, Zhanrax, brachte den menschlichen *flakkach* her. Er gab ihm Schutz in seinem Haus.«

»Das ist nicht das Recht eines Sohnes«, entgegnete Gynnalem. »Das Haus, in dem er lebt, ist nicht das seine, in dem er Schutz gewähren könnte.«

»Richtig«, nickte Ameisen-darunter. »Es war seine Mutter, Deoraya, die dem Menschen ihren Herd gewährte.«

Deoraya stand auf. »Der Mensch bat in der rechten Art um Schutz! Mirtiin erkannte es als richtig an! Wie konnte ich da anders handeln als ...«

»Keine Ausreden!« rief Betalem. »Und keine Entschuldigungen. Diese Versammlung behandelt *Verbrechen!*«

»Ein anderer Sohn deines Hauses, der Tana genannt wird, wurde von dem Menschen in menschlichen Künsten unterrichtet. Genau wie die Goblins. Wer weiß, wie stark sein junger Geist verseucht ist? Wer weiß, ob er je wieder rein werden kann?«

»Tana ist ein *Kind!*« widersprach Deoraya. »Er hat noch nicht einmal einen Namen.«

»Ich wiederhole«, sprach Betalem und sah Deoraya fest in die Augen, »zum letzten Mal: Wir erhören keine Entschuldigungen und keine Verteidigung. Erzählt der Sprecherin des Steins nur, wer welche Verbrechen begangen hat. Beschuldigt. Beichtet. Das ist alles, was sie hören möchte.«

»Hat sie noch mehr zu sagen?« fragte Gynnalem Ameisen-darunter.

Die Matriarchin schüttelte den Kopf und nahm Platz.

Dann wandte sich der Thron Flammen-in-Leere zu. Ceoloraya stand auf, um jene anzuklagen, die bereits genannt worden waren.

Die Führerin von Goldene-Hörner sagte: »Es gab drei Häuser, die Myrrax bei seinen Untaten unterstützten. Man kann nicht nur Scarayas Eisen-in-Granit nennen. Krieger von Über-dem-Gras und Juwelen-in-Hand beschützten die Goblins und den Menschen, *beschützten* sie vor jenen, die der Gerechtigkeit halber den *flakkach* schlachten wollten.« Sie warf den betreffenden Häusern böse Blicke zu. »Dann verschlimmerten sich die Verbrechen noch. Sie ließen die Goblins entkommen! Erst heute, eine Stunde vor der Versammlung, wurde der letzte Goblin in den Gängen von Mirtiin gefangen, unweit dieses Raumes.«

Tlik richtete sich ein wenig auf und drückte das Gesicht gegen die Gitterstäbe.

»Der Kopf dieses Goblins war mit den Wirren unseres Labyrinths angefüllt. Welche Geheimnisse er wußte! Geheimnisse, die aus den Hallen gedrungen wären, wenn der Goblins ein wenig weiter gekommen und geflohen wäre. Nun bleiben diese Geheimnisse im Kopf des Goblins, wenngleich der Körper und der Kopf getrennt wurden.«

Leise sagte Tlik zu Ayesh: »Ich möchte mich setzen.« Seine Beine zitterten.

Ayesh erhob sich, um ihm Platz zu machen.

»Welch eine Greueltat, die Geheimnisse unserer Hallen an unsere Feinde zu verraten. Diese Häuser, mit allen Insassen, sind Verräter! Eisen-in-Granit! Über-dem-Gras! Juwelen-in-Hand! Alle verdienen es, den Himmel zu erben!«

Die beschuldigten Häuser murmelten unwillig.

»Schlimme Taten, schwere Verbrechen«, sagte Betalem. »Und sie verdienen schwerste Strafen. Weiter jetzt! Gesteht! Beschuldigt! Berichtet es unser Höchst Verehrten Mutter!«

Endlich hatte Gynnalems Blick einmal die Runde gemacht. Sie verhielt vor Fels-im-Wasser und sprach: »Aber ich hörte nur Beschuldigungen. Will niemand etwas gestehen?«

Ayesh betrachtete die haarigen Gesichter. Die meisten Minotauren hielten die Augen gesenkt, die Mienen blieben ausdruckslos. Aber hoch in den oberen Reihen von Über-dem-Gras hockte Phyrrax, der sich mit übertriebener Neugier umschaute, als warte er darauf, daß jemand ein Geständnis ablegen würde. Und als sei er allein seiner eigenen Unschuld sicher.

Übertreibe es nicht, du Narr, dachte Ayesh.

»Natürlich werden einige gestehen«, sagte Gynnalem. »*Gnade liebt Geständnisse.*«

»Ich werde beichten«, erklärte Deoraya. Sie erhob sich. »Unser Haus gewährte dem Menschen Schutz. Und als Betalem verlangte, daß wir sie ausliefern sollten, hielt uns unser Stolz davon ab. Wir werteten die Ehre höher als die Frömmigkeit.«

In ihrer Stimme schwang eine Mischung aus Stolz und Ergebenheit, als sei ihr gerade bewußt geworden, was Ayesh bereits erkannt hatte – daß alle Häuser irgendeiner Tat für schuldig befunden würden. »Wir erzürnten den Tempel.«

»Das stimmt«, nickte Gynnalem und wandte sich an Ameisen-darunter. »Was hat dieses Haus zu gestehen?«

Die Matriarchin stand auf. »Wir waren immer treu ergeben, Stahaan. Dem Tempel, Stahaan und den Schriften.«

Betalem schritt zu ihr hinüber und kniff die Augen zusammen. »Aber habt ihr denn die Goblins nicht geduldet? Als der Mensch in diesen Raum gebracht wurde, wie viele von Mirtiins Wachen hat dein Haus voller Zorn niedergemacht? Als der Goblin ...« Sie zeigte auf den Käfig. »Als jener *flakkach* in diesen Raum gebracht wurde, um Musik zu machen, die heilige Musik der Mütter zu *verhöhnen*, wie viele Äxte erhob dein Haus gegen diese Entweihung? Sogar als ich, eure Priesterin, euch anflehte?«

»Wir ... wir wußten nicht, wie viele uns beistehen würden! Es war klug, abzuwarten und erst zuzuschlagen, wenn wir sicher sein konnten ...«

»So spricht das *Buch des Wissens:* ›Vorsicht in Gelangen der Gerechtigkeit ist keine Tugend, und Zorn, der einem Sakrileg gilt, kein Fluch.‹ Dein Haus zitterte und schwankte, während Fehlherrschaft über Mirtiin lag! Ich mußte euch zureden, den gerechten Zorn und die Gerechtigkeit zu finden!«

Ameisen-darunter öffnete den Mund; dann schaute sie zu Boden, ohne ein Wort zu sagen.

»Streitet sie das Verbrechen ab?« fragte Gynnalem. »Wagt sie zu behaupten, daß sie nicht bereit war?«

Ameisen-darunter schüttelte den Kopf. »Ich gestehe. Wir waren nicht entschlossen genug. Wir erhoben die Äxte zu spät. Viel zu spät.« Sie blickte auf. »Aber ist das nicht ein weniger schweres Verbrechen?«

»Die Führung der Priesterin zu mißachten? Ein weniger schweres Verbrechen?«

Ameisen-darunter hob die Hand vor das Gesicht. »Ein schweres Verbrechen! Das ist es!« stimmte sie zu und setzte sich wieder auf den steinernen Sitz.

Gynnalem wandte sich zum zweiten Mal an die Häuser, und jeder Stamm gestand eine Sünde gegen Stahaan ein. Als sie zu Eisen-in-Granit gelangte, erhob sich Rillaraya.

»Ich beichte, daß ich heute morgen, als die Wachen Stahaans kamen, um Scarayas Bücher zu verbrennen, in meinem Herzen Widerstand leistete, obwohl ich sie hereinbat. In meinem Herzen öffnete ich die Tür nur wegen der Waffen, die sie trugen. Aber es gibt kein wahres Buch außer der Schrift. Stahaans Bücher und Schriften enthalten alles, was man wissen muß. Scarayas Entdeckungen waren Ketzerei.«

»Verbrannte Bücher«, sagte Ayesh leise. »Sie lassen sie alles zerstören, was Mirtiin unterschied.«

Tlik meinte: »Hast du mir nicht eben gesagt, man solle nichts Vergebliches tun?«

»Sie hätten kämpfen können.«

»Schau doch, wie sie ihre Einigkeit zeigen, diese Minotauren von Mirtiin«, sagte Tlik. »Sie hätten einander umgebracht, ohne daß Stahaan diesen Krieg begann. Der Geist eines Goblins ist furchtsam, aber sage mir nicht, daß der eines Minotaurus anders ist.«

»Wahre Worte«, nickte Ayesh und ließ den Kopf hängen. »Die Minotauren sind den Goblins gar nicht so unähnlich.«

»Sind Menschen nicht genauso?«

»Aye. Furcht leitet alle, die nicht sie beherrschen.«

»Wir sterben auch«, sagte Tlik, »aber wir sterben klüger.« Er schnaubte.

Ayesh schwieg.

»Müßten nicht gerechterweise alle sterben?« sagte Betalem, nachdem sie und ihre Herrin allen Häusern Geständnisse entlockt hatten. »Sollten diese Felsen nicht vor Scham zerfallen?« Sie blickte Myrrax an. »Aber es werden nicht alle sterben, denn hier ist Einer, dessen Taten *noch* schlimmer sind als alle anderen. Steh auf, Myrrax ohne Haus.«

Er erhob sich. Ayesh umklammerte die Gitterstäbe des Käfigs. Er stand so gerade und hielt sich so gut, daß er auch ohne die farbenprächtigen Gewänder mehr wie ein Herrscher aussah als Gynnalem, die auf dem Thron hockte. Auf *seinem* Thron. Wie konnte es Zweifel geben, daß es sich um seinen Thron handelte? Auch Gynnalem wußte es. Sie sah ihn nicht an.

»Schwer sind seine Verbrechen, Myrrax. Grauenvoll seine Sünden. Seine Verbündeten starben vor ihm, aber er ist es, der die Qualen des Todes wahrlich verdient.« Sie leierte die Worte fast herunter, als lese sie sie ab.

»Das ist wahr«, sagte er und blickte ihr in die Augen.

»Oh, tapfer und edel scheinst du hier zu stehen«, sagte Betalem. »Stark, ohne Furcht. Nicht einmal der Tod wird dich berühren – das denkst du doch? Denn ein Geheimnis liegt in deinem Herzen. Aber ich weiß von einem Verschwörer, der noch unbekannt ist ...«

Myrrax bewegte sich kaum merklich und wandte sich Tekrax zu, dem er einen schnellen Blick zuwarf.

Betalem bemerkte es. Auch Gynnalem. Alle Minotauren bemerkten die Geste, und alle Minotauren verstanden sich darauf, Feinheiten zu erkennen.

Ein winziger Hauch von Qual überflog Myrrax' Gesicht. Und plötzlich wußte Ayesh, warum.

Tekrax offenbart sehr viel, in dem der mir gestattet, hereinzukommen, hatte Phyrrax gesagt. *Sagte ich Euch nicht, daß er wahrscheinlich alles erraten hat?*

Betalem und Stahaan wußten nicht, wer der unbekannte Verschwörer war. Es war nur eine Falle: Myrrax zu sagen, daß Betalem es wußte und dann aufpassen, wen er ansah.

Tekrax offenbart sehr viel, in dem er mir gestattet, hereinzukommen.

Ayesh war sicher, daß Phyrrax der unbekannte Verschwörer war. Aber Myrrax hatte ihn nicht angesehen.

Sagte ich Euch nicht, daß er wahrscheinlich alles erraten hat?

Tekrax offenbart sehr viel, in dem er mir gestattet, hereinzukommen.

Myrrax hatte sich nicht dem Verschwörer zugewandt, auf dessen Enttarnung Betalem gehofft hatte, sondern dem Minotaurus, der den Namen des Verschwörers kannte. Er hatte den angesehen, von dem er dachte, er habe das Geheimnis verraten. Und der Hauch von Qual war ein Zeichen: Mit diesem besorgten Blick hatte Myrrax seinen treuen Hauptmann verraten.

Wie verwirrend. Ayesh war sicher, daß sie es nicht völlig verstanden hätte, wenn sie nicht unter Minotauren gelebt hätte. Kein Wunder, daß die Menschen glaubten, Minotauren könnten Gedanken lesen!

Betalem deutete auf Hauptmann Tekrax. »Im Namen von Sie-die-die-erste-unter-den-lebenden-Müttern ist, ergreift ihn!« Ihre Krieger legten dem Hauptmann Ketten um Handgelenke und Knöchel.

Und Myrrax sprach voll ehrlichem Bedauern: »Es tut mir leid, mein Hauptmann.«

Tekrax' Mund war zusammengepreßt. In seinen Augen lagen Furcht und Staunen. Er sah im Raum umher.

Ayesh schaute zu Phyrrax hinüber, dessen Mund und Augen weit aufgerissen waren.

Jetzt wird ihn Tekrax verraten, dachte sie, *um sich selbst zu retten.*

Tekrax blickte Gynnalem an. »Es stimmt«, sagte er. »Von Anfang an flüsterte ich ihm ins Ohr. Ich kannte Scarayas Versuche, bevor Myrrax davon wußte, und ich drängte ihn, sie zu unterstützen.«

Ayesh blickte Tlik an. Er hörte kaum zu, und er wirkte nicht, als habe er etwas verstanden. Wieder schweifte ihr Blick zu Phyrrax, und sie bemerkte, daß er *sie* ansah.

Vier kannten oder vermuteten die Wahrheit: Myrrax, Phyrrax, Tekrax und Ayesh. Der Häuptling und der Hauptmann würden das Geheimnis mit in den Tod nehmen. Aber Phyrrax war sich des Menschen nicht sicher.

Sie wagte nicht, ihm ein Zeichen zu geben. Sie drehte sich um und hörte, wie Tekrax sich selbst anklagte.

»Mirtiin stand schon immer im Schatten von Stahaan. Wird das immer so bleiben? Vereint mit vernünftigen Goblins, die einer Verbindung wert sind, könnten wir diese Berge zu den unseren machen! Unsere Herdtraditionen wären unsere eigenen! Wir würden der Göttin auf unsere Art dienen. Unsere Wissenschaft, die schon immer ein Segen war, den Stahaan nicht nachvollziehen konnte, diese Wissenschaft würde erblühen! Wir würden Gärten schaffen, wie sie noch kein Minotaurus je sah! Wir würden *frei* sein!«

»Hört seine Beichte!« sagte Betalem. »Und sagt mir, bedeutet es Freiheit, vom Brunnen der ersten Mütter abgeschnitten zu werden? Ist es Freiheit, ohne Stahaan, ohne die Quelle, ohne die ersten Steine zu leben?«

»Nein!« schrie ein Goldene-Hörner. Die orthodoxen Häuser, dann auch alle übrigen, stimmten ein: »Nein! Nein!« Sogar Phyrrax schrie.

Es gab ein Sprichwort Meister Hatas: *Um das Ertrin-*

ken zu vermeiden, muß man zum Meer werden. Bisher hatte es Ayesh immer verwirrt.

»Nein! Nein!« rief Phyrrax. Zhanrax stand auf und brüllte ebenfalls. Deoraya auch. Und die Matriarchen aller Häuser brüllten: »Nein!«

Aber Ayesh erkannte, daß tief in ihren Herzen jeder und jede dieses »Nein!« gegen etwas anderes ausstieß.

Um das Ertrinken zu vermeiden, muß man zum Meer werden.

»Nein!« rief Ayesh. »Nein!« rief sie bei dem Gedanken an das, was jetzt geschehen würde.

Das Geschrei ließ nach.

»Tötet mich«, sagte Tekrax, »aber Mirtiin wird leben!«

»Genug!« brüllte Betalem.

In die darauf folgende Stille sagte Gynnalem: »Holt die Henker.« Sie hörte sich widerwillig an. Oder gelangweilt. Ayesh wußte nicht, was schlimmer war: Ein halbherziges Todesurteil oder ein gleichgültiges.

Betalem Ruf: »Henker!« enthielt die feurige Begeisterung, die Gynnalems Stimme fehlte.

Die Türen öffneten sich und sechs weißgekleidete Minotauren traten ein, die mit Dreizacken bewaffnet waren. Vor den Gesichtern trugen sie weiße Masken.

Niemand sprach, während die Henker zur Mitte des runden Raumes schritten.

Dann nahmen sie Aufstellung: Zwei hinter Myrrax, zwei hinter Tekrax. Jeweils ein Henker stellte sich vor die Gefangenen.

»Ich kann das nicht sehen«, sagte Tlik und schloß die Augen.

»Hast du in den Goblinhöhlen nicht Schlimmeres gesehen?« fragte Ayesh.

»*Doch!*« antwortete er. »Aber damals war ich anders.«

»Alle sollten auf diese Art sterben!« rief Betalem. »Alle Bewohner der Hallen von Mirtiin, jedes Haus ist verbrecherisch! Aber nur diese beiden werden getötet, denn Stahaan ist mächtig. Denkt daran, ihr, die ihr Ketzer duldet, die ihr *flakkach* beherbergt, die ihr die Schrift mit Füßen tretet – Stahaan zeigt Gnade, wo sie es für richtig hält. *Wie sie es wünscht* – nicht, weil sie genötigt ist.«

Sie nickte den Henkern zu.

Ayesh schloß die Augen. Dumpfe Geräusche waren zu hören, das Knirschen von Knochen. Dann ein lautes, blubberndes Schnauben, dann noch eines.

Etwas Schweres fiel auf den Boden. Dann noch etwas. Sie hörte Schneiden, Hacken, Stoßen.

»Ist das Gnade?« flüsterte sie.

Als sie schließlich die Augen öffnete, war der Fußboden mit hellem Blut bedeckt. Die Henker legten die Gewänder ab. Jetzt trugen sie nur noch Masken und Lendentücher. Sie legten die Gewänder über die Leichen und rieben sie über den blutigen Boden. Als die Kleidung blutdurchtränkt und rotgefärbt war, hielten die Henker sie hoch.

»Gelobt sei die Gerechtigkeit von Sie-die-die-Erste-war!« rief Betalem. »In ihrem Namen werden Ketzer vernichtet und Ketzerei vergessen!«

Ein Schatten-in-Eis erhob sich und schrie: »Stahaan! Gerechtigkeit!«

»Gerechtigkeit!« hallten gedämpfte Rufe nach. »Stahaan!«

Dann erhob sich Phyrrax, und Ayesh wußte, daß er nach etwas völlig anderem rief, als er den Schrei begeistert aufnahm »Gerechtigkeit!«

»Was ist mit dem *flakkach?*« fragte ein Ameisen-darunter. Sie wies auf den Käfig. »Sie leben immer noch.«

Gynnalems Thron drehte sich, und Stille senkte sich über den Raum.

Alle Augen richteten sich auf Ayesh und Tlik.

Betalem sagte: »Die Schrift sagt uns, daß *flakkach* die Hallen nicht betreten und weiterleben darf.«

»In Wahrheit sagt die Schrift, daß *flakkach purrah* nicht entweihen und weiterleben darf«, verbesserte Gynnalem.

Betalem verbeugte sich leicht. »Ganz wie Ihr sagt, Höchst Verehrte Lebende Mutter. Ich wollte nur verdeutlichen, daß hier alle Anwesenden eine Lektion lernen können. *Flakkach* hat diese Versammlung betreten. Sie dürfen sie nicht lebend verlassen.«

Gynnalem sah Ayesh an. Kein Zweifel. Was fühlte die Sprecherin des Steins? Ihre Miene war ausdruckslos, aber Ayesh vermochte das Gefühl nicht abzuschütteln, daß Gynnalem Reue oder Bedauern verspürte. Ihre Augen blickten matt, und die vollen Lippen hingen schlaff herab.

»Was schlägt die Priesterin vor?«

Betalem lächelte und sah Deoraya an. »Ich möchte an diesem *flakkach* eine Lektion vorführen, die nicht so schnell vergessen wird.«

KAPITEL 26

Im Versammlungsraum herrschte lange Zeit Stille. Ayesh konnte nicht sagen, wie lange. Die Wachen am Eingang waren fünfmal ausgewechselt worden.

Es war so still, daß sie den eigenen Herzschlag und das Zischen der Öllampen an der Wand hörte. Tliks trockener Atem war ebenfalls zu vernehmen.

Sie maß die Zeit an ihrem Durst. Die Kehle fühlte sich rauh und trocken an, wie Papier. Die Zunge schien geschwollen und teigig zu sein.

Eine Weile war sie hungrig gewesen. Die Minotauren hatten Ayesh und Tlik seit der Gefangennahme nicht gefüttert, ihnen aber Wasser gegeben, bis Betalem ihr Urteil gefällt hatte.

»In den Höhlen, in denen ich geboren wurde«, sagte Tlik, »gab es einen Riß in der Wand, wo der Stein so ausgehöhlt war, daß er Wasser auffangen konnte. Es tropfte und tropfte und tropfte, immer ein kühler Tropfen nach dem anderen.«

»Laß das«, sagte Ayesh.

»Nachdem ich dort getrunken hatte, saß ich und schaute zu und lauschte dem Tropfen. Tropf, tropf. Ich kann es auch jetzt hören. Durch diesen vielen Felsmassen hindurch höre ich es.«

»Du träumst von dem, was du nicht haben kannst.«

»Ich träume von dem«, erwiderte Tlik, »nach dem ich mich mit meiner ganzen Seele sehne.« Er leckte sich die rissigen Lippen. Dann brachte er ein halbes Lächeln zustande. »Du wolltest in die Hallen von Mirtiin zurückkehren, Ayesh. Nun, da sind wir. Für lange Zeit.«

Ayesh versuchte zu schlucken, um die ausgedörrte

Kehle anzufeuchten, aber der Mund war einfach zu trocken. »Wenigstens sterben wir bewußt«, sagte sie. »Besser bewußt sterben, als voller Angst.«

»Ich bin nicht ohne Angst«, erklärte Tlik heiser. »Ich will nicht sterben.«

»Noch leben wir.«

Tlik schüttelte den Kopf. »Nur zur Folter. Zur Abschreckung.«

In der Tat hatte Betalem geplant, sie zu abschreckenden Beispielen zu machen – jetzt, und auch noch lange Jahre nach ihrem Tod.

Was den flakkach *angeht, so wird er bleiben, wo er ist,* hatte sie gesagt. *Nach einer Weile werden sie in dem Käfig sterben, aber sie bleiben in diesem Raum. Sie sollen niemals wieder herauskommen.*

Werden sie denn nicht stinken? hatte ein Schatten-in-Eis gefragt.

Es wird Gestank sein, der mit einer Lektion verbunden ist, hatte Betalem geantwortet und Deoraya angesehen. *Der Mensch wird für immer nahe dem Haus hängen, das ihn hergeholt hat, damit alle daran erinnert werden, daß sie das Wort der Schrift nicht mißachten dürfen.*

Lange Zeit saß Tlik still und starrte auf die Flöte in seiner Hand. Er hob sie an die rissigen Lippen, die platzten, als er sie spitzte.

Der erste Ton klang bitter und unsicher. Der zweite aber war süß und rein.

Wasser, dachte Ayesh. *Es klingt wie Wasser.*

»Aufhören!« rief eine der Wächterinnen.

Tlik beachtete sie nicht.

»Sofort aufhören!« Sie kam näher und wedelte mit dem Dreizack. »Das ist ein heiliger Raum! Hier darf keine andere Musik als Minotaurenmusik gespielt werden. Aufhören, sonst bekommst du meine Waffe zu spüren!«

Tlik hielt inne und lachte leise, dann spielte er weiter.

»Genug!« brüllte die Wache.

»Ach, hör auf, Hyralem«, sagte ihre Gefährtin, die noch an der Tür stand. »Nichts würde ihnen besser gefallen, als wenn du sie schnell zum Tode befördern würdest.«

»Es ist ein Sakrileg!« sagte Hyralem.

»Schon bald wird der Goblin vor Durst schweigen«, antwortete die andere Wächterin. »Hör auf, sonst erzürnst du noch die Höchst Verehrte Lebende Mutter.«

Hyralem schlug mit dem Schaft der Waffe gegen den Käfig, der zu schaukeln begann. »Dann spiele, Schurke!« sagte sie. »Ich habe Durst.« Sie schaute über die Schulter zu Ayesh und Tlik. »Ich werde trinken, bis mein Bauch anschwillt. Ich werde trinken, bis kein Tropfen mehr hineingeht. Ich denke, ich werde mir auch den Kopf waschen.«

Tlik spielte lauter.

Hyralem schlug noch einmal gegen den Käfig und schritt dann an der Wächterin vorbei aus dem Raum, den gerade ein anderer Minotaurus betreten hatte.

Ayesh blinzelte. Ihr Blick trübte sich. Selbst die Augen fühlten sich trocken an.

»Höre ich Musik?« fragte der Minotaurus. Er trug grüne und goldene Gewänder. Es war Phyrrax. Er sagte noch etwas, aber Ayesh konnte es nicht verstehen.

»Tlik! Hör auf!«

Er hielt inne.

»Fremde Musik, *flakkach*-Musik im Versammlungsraum?« fragte Phyrrax.

»Man kann es nicht unterbinden«, erklärte die Wache, »ohne ihnen eine Gnade zu erweisen.« Dann starrte sie auf den Käfig und bemerkte, daß die Musik aufgehört hatte.

»Aber *flakkach*-Musik«, sagte Phyrrax tadelnd.

Tlik spielte einen scharfen Ton.

Ayesh sagte: »Pst!«

Die Wache stimmte zu. »Bis zum letzten Atemzug erregen sie Ärgernis, nicht wahr?«

Phyrrax lachte. »Sie werden auch noch lange danach Ärgernis erregen. Ich hoffe, du mußt hier nicht wachen, wenn sie zu verwesen beginnen, mein Freund.«

Die Wächterin schnaubte. »Wenn sie zu stinken beginnen, wird es in Mirtiin eine Weile keine Versammlungen geben, und dann sind auch keine Wachen nötig, um jemandem den Eintritt zu verwehren.«

»Oh, ich verstehe, was du meinst«, sagte Phyrrax. »Unsere Höchst Verehrte Mutter, Sprecherin des Steins, ist ebenso klug wie weise.«

»Natürlich. Sie-die-die-Erste-war spricht durch Stahaan. Gynnalem handelt immer untadelig.«

Phyrrax sah zum Käfig. »Kann ich sie mir mal ansehen? Ich habe sie damals gesehen, als sie nach Mirtiin kamen, und ich würde gern beobachten, wie solche Kreaturen sterben.«

»Es ist nicht verboten«, meinte die Wache. Dann fügte sie streng hinzu: »Du wirst sie doch nicht bemitleiden?«

»Um der Mütter willen!« entrüstete sich Phyrrax. »Ihnen Mitleid zu zeigen würde Stahaan beleidigen!«

»Dann geh«, meinte die Wache.

Phyrrax schritt auf den Käfig zu und sagte mit lauter Stimme: »O nein, arme Wächterin! Sie stinken schon jetzt!«

Die Wache lachte. Tlik fauchte Phyrrax an, und Ayesh sagte: »Ruhig, Tlik!«

Aber Tlik entgegnete: »Wie schnell sie sich alle der neuen Herrin zuwenden. Wie Hunde! Wie Goblins!« Dann knurrte er: »Merkst du, wie ich den Namen Goblin anwende? Was bin ich denn?«

»Ruhig, ruhig«, beschwichtigte ihn Phyrrax mit leiser Stimme. Er sah Ayesh an. »Noch ist nicht alles gerettet.«

»Aye«, stimmte sie zu. »*Wir* sind nicht gerettet.«

»Strengt sich die Wache an, uns zu belauschen?«

Ayesh sah auf. »Sie scheint nicht sehr aufmerksam zu sein.«

Tlik wirkte verwirrt. »Will er uns helfen?« Dann, zu Phyrrax gewandt: »Willst du?«

Phyrrax schüttelte den Kopf. »Goblin, es tut mir leid, aber ich muß dir sagen, daß ich kein Kämpfer bin. Ich bin ein Unruhestifter, ein Unsteter, ein Aufrührer. Kein Krieger. Im Gang stehen zwei Wachen, und hier drinnen sind gewöhnlich auch zwei. Ich kann nichts tun.«

»Du kannst Helfer suchen«, sagte Ayesh.

»Alle ducken sich. Alle haben Angst, die Köpfe zu heben, weil Betalem sie ihnen abschlagen könnte.«

Ayesh schloß die Augen. »Phyrrax, warum bist du gekommen, wenn du uns nicht helfen willst?«

»Um euch zu warnen«, erklärte er. »Betalem wird zu euch kommen, wenn ihr dem Tode nahe seid. Sie wird euch Wasser anbieten. Vielleicht sogar das Versprechen der Freiheit vorgaukeln. Natürlich würde sie es nicht halten. Aber sie wird euch mit vielen Dingen reizen, damit ihr ein Geheimnis verratet, das sie vermutet.«

»Welches Geheimnis?« flüsterte Tlik.

»Betalem weiß nicht, wonach sie fragen muß. Sie weiß nur, daß ihr vielleicht ein Geheimnis habt.«

»Ich schon«, sagte Ayesh.

»Welches Geheimnis?« erkundigte sich Tlik noch einmal.

Phyrrax sprach: »Hör zu, Ayesh. Du mußt sterben, bevor du es ihr erzählst. Alles Wertvolle, das du nach Mirtiin gebracht hast, wird vernichtet, wenn du nicht schweigst.«

»Was?« quengelte Tlik. »*Was?*«

»Daß die Verbrechen, die Hauptmann Tekrax gestand, in Wahrheit die Verbrechen von Phyrrax waren«, erklärte Ayesh. »Er war es, der Scarayas Versuche unterstützte. Er war es, der die Worte in Myrrax' Ohr und die Träume in seinen Kopf legte. Jetzt fällt mir etwas ein, was Zhanrax sagte, als er mich fing. Phyrrax, auch wenn er dauernd das Gegenteil behauptete, hatte Zhanrax auf die Idee gebracht.«

Über die Schulter warf Phyrrax der Wache einen Blick zu.

»Was ich nach Mirtiin brachte, stirbt sowieso«, sagte Ayesh. »Stahaan hat gewonnen.«

»Samenkörner gehen nicht unbedingt dann auf, wenn sie gepflanzt werden«, meinte Phyrrax. »Tlik und du, ihr werdet sterben. Aber ich habe Scarayas Formel, die inzwischen abgeschrieben und in fünf Häusern versteckt ist. *Fünf*, und nicht drei, wie Stahaan denkt. Stahaans Feinde vermehren sich, selbst während sie uns beschämt. Beim nächsten Mal ...«

»Wir sterben«, warf Tlik ein. »Wir sterben. *Später* sind die Mirtiin-Minotauren wieder mächtig, aber jetzt müssen der Mensch und der Goblin, der *flakkach*, sterben.« Er versuchte, eine Grimasse zu ziehen, aber er brachte nur ein Seufzen zustande. »Was kümmert unser Schicksal euch Minotauren? Wir sind nur eure Werkzeuge.«

Ayesh bat: »Hilf uns, Phyrrax.«

»Ich sagte doch ...«

»Willst du immer nur im Schatten arbeiten? Hilf uns, Phyrrax. Wir haben viel für dein Vorhaben getan.«

»Wenn ich etwas unternehme, dann gefährde ich die Zukunft. Eines Tages wird es einen neuen Mirtiin geben, dessen Ohr meine Worte aufnimmt. Wir haben die Formel. Ich sorge dafür, daß Tana deine Lehren nicht vergißt und sie weitergibt, wenn sich Stahaans Griff lockert.«

»Menschen und Goblins pflastern den Weg deiner Träume. *Eurer Träume.*«

»Sind nicht auch Minotauren für diesen Traum gestorben?« fragte Phyrrax. »Tlik, ich bitte dich um ein Opfer. Irgendwann werden alle Goblins in diesen Bergen wie du sein.«

»Meine Träume sterben mit mir«, entgegnete Tlik. »Warum dann nicht auch deine?«

»Tlik!« flüsterte Ayesh heiser.

Tlik schwieg, schaute aber böse drein.

»Unternimm wenigstens etwas«, bat Ayesh. »Erinnere Zhanrax an Cimmaraya. Frag ihn, was ihm ihr Andenken wert ist.«

»Er wird nicht kommen«, sagte Phyrrax. »Du warst ihm gleichgültig. Du warst nur ...«

»Ayesh war ein Geschenk«, sagte Tlik. »Ein Haustier, das Cimmarayas Herz erringen sollte.«

»Er wird kommen«, behauptete Ayesh.

Phyrrax schüttelte den Kopf.

Tlik starrte auf die Flöte in seinen Händen. »Zhanrax ist nicht feinfühlig«, sagte er. »Worte werden ihn nicht rühren.« Er streckte die Flöte durch die Gitterstäbe. »Bringe sie ihm. Sage ihm, daß ich – nein, daß Ayesh sie zum Gedenken an Cimmaraya schickt. Sie hat sie angefertigt.«

Ayesh blickte ihn an. Mit zitternder Hand hielt er das Instrument. Diese Flöte gab ihm immerhin ein wenig Gewalt über die Wächter, und doch gab er sie her.

»Diamantgeist«, sagte Ayesh anerkennend.

Tlik wandte den Blick nicht von Phyrrax' Gesicht.

»Nimm sie«, bat Ayesh, »und wir werden unsere Geheimnisse mit in den Tod nehmen.« Sie sah Tlik an. »Oder nicht?«

Tlik zögerte, dann nickte er.

Phyrrax nahm die Flöte. »Wache!« brüllte er. »Ich habe deine Ohren gerettet!«

Sofort wurde die Wächterin mißtrauisch. »Hast du ihnen etwas versprochen? Vielleicht Wasser?«

Phyrrax lachte. »Was ist schon ein Versprechen, das man *flakkach* gibt?« Er sah zum Käfig. »Sind sie Minotauren, daß mein Wort ihnen etwas gilt?«

»Lügner!« krächzte Tlik.

Die Wache lachte.

Zaghaft rüttelte Tlik an den Stäben des Käfigs. Dann sah er Ayesh an und flüsterte: »Würde er uns wirklich betrügen?«

»Würdest du ihn wirklich betrügen?«

Tlik starrte auf die Tür, durch die Phyrrax gegangen war und schwieg.

Das Delirium des Durstes war wie der Schlaf. Ayesh' Augen standen offen, aber sie war meistens nicht in der Lage, etwas zu sehen. Sie schwebte in Träume hinein und wieder heraus, in denen Gletscher ihre kalten Fluten verströmten und der Schnee zu vielen Tropfen aus kaltem, kaltem Wasser wurde.

Tlik war in dem engen Käfig über ihr zusammengebrochen. Heiß und trocken ging sein Atem über ihre Schulter.

»Tlik?« krächzte sie. Sie versuchte, ihn zu bewegen. Warum war er so schwer? Er rührte sich nicht.

Die Beine, die sie unter dem Körper gekreuzt hatte, schmerzten, wo sich das Metall in ihr Fleisch bohrte. Da sie sich nicht bewegen konnte, ertrug sie den Schmerz. Schon bald würde es vorbei sein.

Sie schloß die Augen. Sie träumte.

Sie befand sich im Luftschacht unter dem Dach des Lichts. Der Steinschacht preßte sich gegen die Rippen, wenn sie Luft holte. Ihr Atem ging schnell und flach.

Xa-On war gefallen. Sie war die letzte Kämpferin der letzten Stadt, die wie eine gefangene Ratte in diesem Luftschacht steckte. Die trockene Zunge glitt über rissige Lippen, und sie dachte an Wasser, das in Strömen herabfloß und den Schacht füllte. Sie würde ertrinken; sie würde freudig ertrinken, wenn sie wenigstens einen Schluck Wasser vor dem Tod zu sich nehmen könnte.

Sie träumte von Sturmwolken, die dunkel und schwer vom Regen waren, der niemals fiel. Die Wolken schwollen an. Sie wurden größer und größer. Sie verdeckten die Sonne, aber der darunterliegende Boden war heiß und mürbe. Kein Tropfen fiel.

Es donnerte sogar. Es klang wie das Krachen von aufeinandertreffenden Waffen, wie Äxte oder Dreizacken. Es dröhnte, wie eine tiefe, tiefe Stimme in einem großen Raum widerhallt, aber noch immer fiel kein Regen.

Und dann fiel *doch* Regen. Tropfen fielen ihr auf die Wangen, an den spröden Lippen vorbei. Wasser rann auf die geschwollene Zunge.

Sie öffnete die Augen.

»Aufwachen!« dröhnte Zhanrax' tiefe Stimme. Er hielt ihr einen Schwamm über das Gesicht und drückte das Wasser aus. Dann tauchte er ihn in einem Krug und ließ auch über Tliks Gesicht Wasser laufen. »Trink!«

Tlik schluckte und keuchte. Er schlug die Augen auf.

»Nur ein Schluck für jeden«, sagte Zhanrax und benetzte Ayesh das Gesicht. »Wenn ihr soviel trinkt, wie ihr wollt, werdet ihr krank.« Noch einmal drückte er den Schwamm über Tlik aus, dann hob er den Goblin aus dem Käfig und setzte ihn auf den Boden.

Tlik konnte nicht stehen. »Nur noch einen Schluck«, bettelte er.

»Später«, sagte Zhanrax. Er hob Ayesh hoch. Ihre Beine zitterten.

»Ich wußte, daß du kommen würdest.« Sie grinste schwach.

»Dieser Käfig entehrt mein Haus«, antwortete er.

Ayesh schnaubte, so gut sie konnte.

Zhanrax warf einen großen Jutesack auf den Boden. »Kriecht hinein«, befahl er. »Ich trage euch auf den Schultern hinaus und bete zur Mutter der Mütter, daß mich kein Stahaan anhält, um meine Last zu untersuchen. Beeilt euch! Ganz Mirtiin schläft, aber wir müssen unter freiem Himmel sein, wenn diese Körper gefunden werden.«

Erst dann fiel Ayesh auf, daß seine Arme blutbefleckt waren. Auch die Axt war rot beschmiert. Sie schaute zum Eingang, wo die Wachen tot am Boden lagen.

»Wasch dich lieber«, sagte sie.

»Das werde ich tun. Klettert in den Sack.«

Sie half Tlik, sich zu erheben und in den Sack zu klettern.

»Hast du meine Sachen gebracht?« fragte Ayesh.

»Was?«

»Mein Bündel.« Ihr schmerzte die Kehle beim Sprechen. »Die Besitztümer, die du mir abgenommen hast, als du mich gefangennahmst.«

Er schüttelte den Kopf.

»Dann müssen wir zu Fels-im-Wasser gehen, um sie zu holen.«

»Keine Zeit!«

Ayesh verschränkte die Arme und machte keine Anstalten, in den Sack zu klettern.

»Bist du dreifach verrückt geworden?« Deoraya packte sich bei den Hörnern, als wolle sie sie vom Kopf reißen. »Habe ich dich aufgezogen, damit du ohne Verstand handelst?«

Zhanrax stand an der Eingangstür und sah hilflos zu, wie Ayesh ihr Bündel untersuchte, um zu sehen, ob alles vorhanden war. Tlik schlürfte Wasser aus einer Schüssel, die ihm Zhanrax gegeben hatte.

»Sie zu befreien, war Wahnsinn!« sagte Deoraya. »Gynnalem wird wissen, daß du es getan hast, um dieses Haus vor Schande zu bewahren.«

»Ich habe es auch um Cimmarayas willen getan.«

»Mutter der Mütter«, seufzte Deoraya und breitete die Arme aus, »warum hast du mir keine Töchter geschenkt?« Dann schrie sie: »Zhanrax, Stahaan wird dich töten!«

»Nicht, wenn man mich nicht' findet.«

»Und hier werden sie dich nicht finden?«

»Komm«, mahnte er Ayesh. »Es ist alles da. Beeilung!«

Ayesh schloß das Bündel. Tlik schlüpfte wieder in den Sack und streckte den Kopf heraus. »Hast du auch *meine* Flöte, Zhanrax?«

»Meine«, erinnerte ihn der Minotaurus. »Du hast sie mir gegeben.«

»Hast du sie?«

»Ja, ja«, nickte Zhanrax ungeduldig.

»Wohin?« fragte Deoraya. »Wohin wirst du sie bringen?«

»Ich lasse sie frei.«

»Und wohin gehst *du* dann? Wie kann dich dieses Haus schützen, Zhanrax? Stahaan ist in ganz Mirtiin. Niemand wird mir beistehen, wenn ich dich schütze!«

Zhanrax sagte sehr leise: »Ich erbe den Himmel.«

Deoraya holte tief Luft. Ayesh sah ihren Augen an, daß sie wußte, daß dies der einzige Weg war. Zhanrax konnte nicht in Mirtiin bleiben und leben. Aber sie schüttelte den Kopf und wies auf Ayesh. »Von dem Tage an, als diese Kreatur unsere Räume betrat, war ich verflucht! *Flakkach!* Elender *flakkach!*«

Von der Tür zum Inneren Raum ertönte eine Stimme. »Ich komme auch mit.«

Tanas Augen wirkten rot und verschlafen. Er trug ein Bündel mit Kleidungsstücken.

»Nein!« schrie Deoraya.

Zhanrax sagte: »Das geht nicht, kleiner Bruder. Ich gab dir ein Geheimnis zu hüten, und das mußt du tun.«

Deoraya sah Zhanrax fragend an, aber er antwortete nicht.

Eine der Abschriften, dachte Ayesh. *Cimmarayas Formel.*

»Lehrerin Ayesh«, sagte Tana und verneigte sich, »sind meine Studien beendet? Habt Ihr nicht mehr, was Ihr mich lehren könnt?«

»Student Tana«, antwortete Ayesh und verbeugte sich ebenfalls, »seine Studien sind nicht beendet, aber er muß auf einen neuen Lehrer warten.«

Tana runzelte die Stirn. »Wer sonst kann mich Diamantgeist lehren?«

»Ich weiß es nicht«, antwortete Ayesh.

»Laßt mich mitkommen.«

»Wenn der Schüler bereit ist, erscheint der Lehrer.«
Er blinzelte mißtrauisch.

»Tana«, begann Ayesh, »hast du je geglaubt, ein Mensch werde dich unterrichten? Du hast das Ende der seltsamen Tage in Mirtiin noch nicht erlebt.«

»Mögen uns die Mütter schützen!« sagte Deoraya und tastete nach ihrem Fläschchen. Dann warf sie die Hände in die Luft. »Gehe, wer gehen will, und bleibe, wer bleiben will, aber steht nicht herum, während Stahaan sich sammelt und kommt, um uns alle zu töten!«

Tana grinste verlegen.

Samenkörner gehen nicht unbedingt dann auf, wenn sie gepflanzt werden, dachte Ayesh. Sie schüttelte den Kopf. »Ich würde Tana gerne mitnehmen, aber es geht nicht. In kurzer Zeit wird es keinen Tana mehr geben, sondern Tanarax wird an seine Stelle treten, ein Minotaurus, der erwachsen ist. Ein Minotaurus mit Diamantgeist.« Sie tippte sich gegen die Stirn und hob die Hand, als wolle sie auch gegen die seine klopfen. Aber er war zu groß. »Ein Lehrer.«

»Wer weiß«, warf Zhanrax ein, »vielleicht wird er eines Tages Mirtiin sein?«

Viele Hufe donnerten in dem mit Teppichen belegten Gang vorbei. Unverständliches Gebrüll war zu hören.

»Alarm!« rief Deoraya. »Ihr könntet in dem Durcheinander entkommen, aber sie werden es schnell bemerken. Geht! Geht!«

Ayesh zog einen Kristall aus dem Bündel und drückte ihn Tana in die Hand. »Das Dach des Lichts«, sagte sie. »Behalte es und erinnere dich daran.«

Tana ließ den Kopf hängen.

Deoraya öffnete die Tür und sah zu beiden Seiten, während Ayesh in den Sack kletterte. Drinnen war es dunkel. Zhanrax wuchtete sie und Tlik auf die Schultern und Deoraya sagte zum letzten Mal: »Geht!«

KAPITEL 27

Tlik lag mit dem Kopf neben dem kalten Bach und schaute in den Himmel. Sein Bauch war mit Wasser gefüllt.

»Du wirst krank werden«, hatte Zhanrax gewarnt.

»Es ist mir egal.« Tlik hatte getrunken, bis er zu platzen glaubte. Das kalte Wasser ließ seine Zähne schmerzen. Und er hatte noch immer Durst.

Jetzt endlich war das Feuer in seiner Kehle erloschen. Er wollte nichts mehr trinken. Eigentlich war ihm ein wenig übel, und er hatte Kopfschmerzen. Es war eine angenehme Übelkeit und ein angenehmer Schmerz.

Neben ihm, am Ufer, rollte sich Ayesh auf den Bauch und wusch sich das Gesicht. Dann fragte sie Zhanrax: »Sind wir außerhalb der Reichweite der Patrouillen?«

Zhanrax schnaubte ausnahmsweise nicht, warf ihr nur einen bösen Blick zu – beinahe einen Goblinblick. »Außer Reichweite? Eher außerhalb ihrer Aufmerksamkeit als ihrer Reichweite. Minotauren gehen so weit sie wollen. Ist das mit Menschen nicht auch so? Können Minotauren nicht auch so weit wie die Menschen gehen?«

»Aye, Menschen leben überall auf der Welt. Anders als Minotauren. Na und? Ich habe nur eine einfache Frage gestellt.«

Sie sind beide so stolz auf das, was sie sind, dachte Tlik und schloß die Augen.

»Denke daran«, grollte Zhanrax, »daß Minotauren ihre Grenzen selbst wählen.«

»Ich meinte nur ...«

»Du hast gefragt, ob wir in Sicherheit sind. Hätten sie

Lust, uns zu verfolgen, würde es uns nicht retten, wenn wir ein Dutzend Meere überqueren würden. Aber Gynnalem wird sich langweilen. Wenn die Krieger einen oder zwei Tage suchen, wird es ihr gleichgültig sein. Stahaan hat andere Sorgen.«

»Was hast du zu essen mitgenommen?« fragte Tlik. »Jetzt, wo ich keinen Durst mehr habe, bin ich hungrig!«

»Willst du dich nicht am Gras und an den Blumen laben?« fragte Zhanrax. »Sie-die-die-Erste-war, breitet ein Festmahl auf dem Boden aus, und doch essen Menschen und Goblins nicht davon. Gibt es ein besseres Zeichen dafür, daß ihr *flakkach* und niedere Kreaturen seid?«

»Bei den Zitzen von Ka«, seufzte Tlik und rollte die Augen. »Dann hast du nicht daran gedacht, etwas mitzubringen?«

Zhanrax schnaubte und hob den Jutesack auf. Er war leer. Außer seiner Axt, der Schleuder, einem Beutel Stahlsteine und den Kleidern, die er trug, schien er nichts bei sich zu haben. Natürlich mußte Tliks Flöte irgendwo sein. »Ich gehe jetzt.«

»Wohin?« fragte Ayesh. »Willst du nicht mit uns reisen?«

Jetzt schnaubte er. »Ein Mirtiin-Minotaurus, der freiwillig in der Gesellschaft von *flakkach* reist?«

»Du bist kein Mirtiin mehr«, erinnerte ihn Ayesh. »Hast du nicht gesagt, du erbst den Himmel?«

Zhanrax blickte in den leuchtendblauen Himmel. Obwohl ein kalter Wind blies, waren nur wenige leichte Wolken zu sehen. »Aye, das tue ich. Ich erbe den Himmel.« Er schaute zu ihr hinab. »Aber nicht mit dir. Ich habe dich zum Andenken an Cimmaraya gerettet. Ich holte dich aus dem elenden Käfig, um der Ehre meines Hauses willen. Sollte sich der heilige Raum mit dem Gestank eurer verwesenden Körper füllen? Stell dir nicht vor, daß mehr dahinter steckt. Ich bin ein Sohn

Mirtiins. Auch im Exil wahre ich die Sitten. Und ich halte mich nicht in der Gesellschaft von *flakkach* auf.«

»Also gehst du allein?«

»Überall in den Höhlen sind Goblins«, warnte Tlik. »Ein einzelner Minotaurus ...«

Wieder schnaubte Zhanrax. Er stopfte den leeren Sack in den Gürtel und ging davon, dem Strom folgend, der sich auf den Wald zuschlängelte.

»Warte!« schrie Tlik. »Meine Flöte!« Er sprang auf. Wasser schwappte in seinem Bauch herum, und ihm war übel. »Zhanrax!« rief er. »Meine Flöte!«

Der Minotaurus beachtete ihn nicht und ging weiter.

»Steh auf«, sagte Tlik. »Wir folgen ihm.«

»Warum? Laß ihn gehen.«

Sie beobachteten, wie er zwischen den dunklen Fichten verschwand.

Tlik stand auf. »Wir finden seine Spur.«

Ayesh schüttelte den Kopf.

»Wir müssen ihn suchen!« beharrte Tlik.

»Nein. Was soll's?«

Tlik knirschte mit den Zähnen, sammelte dann aber seine Gedanken. Es half nicht, mit ihr zu streiten. Sie würde befehlen oder schimpfen, bis sie ihren Willen hatte. Genau wie die Minotauren. Tlik und die anderen Goblins waren nur Barken gewesen, Behältnisse für Träume. Minotaurenträume von Frieden und Wohlstand. Ayesh' Träume von der Lehre Oneahs. Was war mit Goblinträumen?

Goblins waren unwichtig. »Goblingeist«, nannte Ayesh die Angst. Aber hatten Menschen sie denn nicht? Und Minotauren?

»Schon gut«, sagte Tlik und tat, als gebe er nach, »aber wir müssen dem Bach sowieso folgen.« Er bedeutete ihr, voranzugehen.

Oh, jetzt, da er ihr die Führung überließ, stand sie auf und folgte Zhanrax. Hinter ihr, so daß Ayesh es nicht sehen konnte, schüttelte Tlik den Kopf.

Er hatte seine Ängste gemeistert. Konnten Menschen und Minotauren nicht sehen, daß er ihnen gleichgestellt war?

Nein, das konnten sie nicht. Außer Tana. Der hatte sich Ayesh' Klasse ganz unten angeschlossen – der neue Student unter den alten Schülern, nicht der Minotaurus, der seinen Platz über den Goblins als Geburtsrecht ansieht. Tana stand Goblins nicht nur ›unvoreingenommen‹ gegenüber. Mühelos sah er sie als Gefährten an.

Mit dem Trank, mit Tana und hundert Minotauren, die wie er waren, könnte Tlik seine eigenen Träume verwirklichen. Er würde nicht zulassen, daß Kreaturen – weder Menschen noch Minotauren – auf Goblins herabsahen. Goblins würden auch nicht niederknien. Sie würden große Städte wie in Oneah bauen. *Größere*. Aber es würden Goblinstädte sein.

Der Tag ging zur Neige, als Tlik und Ayesh eine Wiese entdecktem, auf der wilde Erdbeeren wuchsen. Die Früchte waren winzig und hart, aber eßbar. Tlik versuchte, auch die Blätter zu essen, und schon bald folgte Ayesh seinem Beispiel und pflückte und kaute Blätter, Stengel und Beeren.

Der Himmel färbte sich orange, als sie zum Bach zurückkehrten, und Ayesh löste die Verbände um Tliks Beine. Es schmerzte ein wenig. Die Wunden hatten sich bereits zusammengezogen und bluteten nicht sehr, als sie gereinigt wurden. Dann legte Ayesh Erdbeerblätter darauf und bedeckte sie wieder.

Tlik hörte etwas – Füße, die leicht über den Boden huschten?

»Was ist das?«

Er starrte in den Schatten der Bäume. Ayesh starrte auch, aber er wußte, daß sie nur bei hellem Tageslicht gut sehen konnte.

Ein Ast knackte. Ayesh schloß die Augen.

»O Götter«, stöhnte sie. »Nicht jetzt.«

Er spähte weiterhin in die Schatten, bis er sie entdeckte. »Goblins.«

Er fand, daß er das so sagte, als sei er ein Mensch. Er schämte sich, fühlte sich aber von ihnen abgestoßen. Er wollte allein sein.

»Wird es ihnen denn nie langweilig?« sagte Ayesh. »Zu schleichen und im Hinterhalt zu liegen, zu rauben und zu morden?«

»Sie kennen nichts anderes«, antwortete Tlik. Dann schrie er: *»Ounyit! Klirr moinay ketchtkin!«*

Ayesh sah ihn an, und ein zweifelnder Ausdruck huschte über ihr Gesicht.

»Ich sagte, sie sollten fortgehen; daß du meine Gefangene bist.«

In seiner eigenen Sprache antwortete sie recht fließend: »Ich weiß, was du gesagt hast.«

Ayesh steckte voller Überraschungen.

Er zuckte die Achseln. »Das werden sie begreifen.«

Aber die Goblins würdigten seine Warnung nicht. Fünf von ihnen sprangen mit Dolchen mit schwarzen Klingen aus dem Unterholz. Alle stürzten sich auf Ayesh. Tlik war unwichtig; ein Mitstreiter, mit dem sie sich anlegen würden, wenn Ayesh besiegt war.

Aufhören! dachte Tlik. *Ich könnte euch erheben, euch besser machen!* Aber er wußte, daß es zwecklos war, die Worte laut zu sagen.

Als sie fast bei ihr waren, ging Ayesh in die Hocke. Tlik ließ einen der Goblins an sich vorbeirennen und stellte ihm ein Bein. Der Gegner fiel auf den Boden. Tlik wirbelte herum, um einen anderen in die Rippen zu treten. Er wollte schreien: *Ich will euch nicht weh tun!* Doch das würden sie als Schwäche oder Angst auslegen.

Ayesh wich aus und packte den Arm, der mit einem Dolch nach ihr stieß. Sie drehte ihn. Es knackte – ein Geräusch, das Tlik Übelkeit verursachte. Der Goblin kreischte, erschlaffte und hielt sich den Arm.

Tlik wich einer Klinge aus. Der Goblin, den er zu Fall gebracht hatte, war aufgestanden. »Unsere!« zischte er.

Tlik trat ihm ins Gesicht.

Er hörte Ayesh stöhnen. Eine Klinge war durch die gesteppte Jacke gedrungen. Sie packte den Dolch und zog ihn heraus. »Götter!« schrie sie.

Der Goblin, der Ayesh verletzt hatte, schlug mit bloßen Händen auf sie ein. Sie schlug ihn gegen die Kehle. Er fiel auf die Knie, die Hände gegen die zerschmetterte Luftröhre gedrückt.

Der Goblin, den Tlik in die Rippen getreten hatte, hielt sich die Seite, warf aber den Dolch nach ihm. Er wich mit Leichtigkeit aus.

Die Gegnerin kreischte. Er kreischte zurück.

Dann erhob sie die leeren Hände, um ihre Niederlage einzugestehen und grinste verlegen. Sie erinnerte Tlik an Kler. Kler, die als letzte gestorben war.

Sie drehte ihm den Rücken zu.

Diejenigen, die sich noch bewegen konnten, humpelten zurück in den Wald.

Ein Wort bildete sich in Tliks Kehle: *Wartet!* Er sprach es nicht aus, ging aber einen Schritt hinter den Goblins her.

»Tlik!« sagte Ayesh. Er sah sie an.

Ayesh zitterte am ganzen Körper. »Hilf mir«, sagte sie. Dann fiel sie zu Boden.

Daß sie in jener Nacht nicht starb, als sie zitternd unter den Büschen lag, wohin er sie geschleppt hatte, war ein gutes Zeichen. Aber morgens wurde sie nicht völlig wach. Das war schlecht.

Er zerrte sie zum Bach. Im weichen Boden sah er Fußabdrücke – Zhanrax war dort gegangen. Er biß sich auf die Lippe. Inzwischen hatte der Minotaurus viele Meilen zwischen Tlik und die Flöte gelegt.

Wenn er sich nicht um Ayesh kümmern müßte ...

Aber er mußte sich um sie kümmern.

Er tauchte einen Stoffetzen ins Wasser und wrang ihn über ihrem Gesicht aus. Er wiederholte es. Noch einmal. Sie öffnete die Augen und blinzelte im grellen Sonnenlicht.

»Yusha!« rief sie. »Mashala! Khairt!« Sie starrte blicklos vor sich hin. Oder sie sah Geister.

»Wohin soll ich dich bringen?« fragte Tlik. »Wo lebt ein menschlicher Heilkundiger?«

Sie blinzelte wieder in die Sonne. »Hata? Telina Hata?«

»Ayesh, auch wenn deine Augen offen sind, du träumst. Ich bin es, Tlik!«

Wieder blinzelte sie. Dann schien sie ihn zu erkennen. Er lächelte.

»Goblin!« schrie sie in Voda. Sie trat nach ihm und er flog in die Büsche.

»Ayesh!« rief er und richtete sich auf. »Hör zu. Du bist vergiftet worden!«

Sie setzte sich hin, schwankte aber von einer Seite zur anderen.

»Ein Heilkundiger!« sagte er und kam vorsichtig näher. »Du mußt mir sagen, wo ein Heilkundiger ist!«

»Bleib mir vom Leibe, du Schuft!« rief sie. Dann versuchte sie, sich aufzurichten, fiel aber wieder hin.

»Ayesh«, sagte er sanft. »Lehrerin Ayesh, bitte.«

Er legte sie auf den Rücken.

»Heiler«, murmelte sie in der Sprache der Minotauren. »Heiler, im Gebäude der Ringer.«

»Nein, hier ist nicht Oneah.«

Wieder blinzelte sie. Die Augen schienen klarer zu schauen.

»Badstadt. Der Älteste Laik.«

»Badstadt, aye.« Er wußte, wo das war. »Wie finde ich das Haus?« Er konnte ja nicht einfach die Nachbarn fragen.

Sie zitterte wieder. »Tlik?«

»Ja, ja. Schon gut.« Er legte ihr die Hand auf die

Stirn. Das Zittern schien nachzulassen. »Sage mir, wie ich das Haus erkenne.«

»Zwei Türen auf dem schwarzen und weißen«, sagte sie. »Hände.«

»Was?«

»Zwei Hände. Schwarze Hand. Weiße Hand.«

»Was sagtest du über die Türen?«

»Schwarz und Weiß. Zwillinge. Hände ...« Die Augen wurden starr.

»Ayesh, das ergibt keinen Sinn.« Er schüttelte sie vorsichtig.

»Hände.«

Dann verlor sie das Bewußtsein.

Als er sie weckte, zwang er sie, aufzustehen. Sie konnte sich nicht allein halten, aber wenn Tlik voranschritt, setzte sie ebenfalls einen Fuß nach vorn, um nicht zu stürzen. So bewegten sie sich Schritt für Schritt voran.

Es würde eine lange Reise bis nach Badstadt werden.

»Durstig«, sagte sie in Voda, als sie ein kleines Stück gegangen waren. Sie tastete blindlings umher. »Wasser.«

»Bald sind wir wieder am Strom«, sagte er. Sie drehte den Kopf zur Seite und versuchte, ihn anzusehen.

»Olf«, entschied sie. »Bürger Olf.« Sie weinte. »Es tut mir leid. Es tut mir leid, was ich gesagt habe.«

»Pst.«

»Du bist nicht Olf. Zu klein.«

Eine Weile taumelten sie schweigend weiter, dann sagte sie: »Oneah! Oh, diese Städte!« Sie weinte wieder. »Oh, die Städte der Sonne! Jetzt sind sie die Asche der Sonne.«

Sie blieb stehen.

»Weitergehen«, mahnte Tlik. »Ich kann dich nicht tragen.«

Aber sie weigerte sich. »Trümmer! Trümmer!« schrie sie. »Alles in Trümmern! Alles, was schön war, ist vernichtet!« Sie leckte die Tränen auf. »Mich dürstet, Meister Hata. *Aisaka ni kraleensec. Tan kraleensec...*«

»Da vorne gibt es Wasser«, unterbrach sie Tlik.

Ayesh schwieg, bis sie ein Geröllfeld überquerten. Die Steine am Abhang rutschten unter Tliks Füßen weg und polterten in die Tiefe. Das Geräusch klang fast musikalisch.

Musik, dachte Tlik, *o Musik*.

Er trug Ayesh' Bündel auf dem Rücken. Zwei Flöten befanden sich darin. Wenn er eine Flöte wirklich so dringend brauchte, und jetzt, da Zhanrax' Spur immer kälter wurde, immer schwerer zu finden sein würde...

Nein. Die Flöten gehörten Ayesh. Die Minotauren hatten ihm viel gestohlen. Ayesh, obwohl sie nicht erkannt hatte, wie er wirklich war, hatte ihm nicht die Freiheit genommen und ihn nicht dem geopfert, was *sie* haben wollte. Sie hatte aus eigennützigen Gründen gegeben, aber sie hatte gegeben. Es wäre nicht recht, ihr die Kupferflöte zu stehlen.

Sie wandte sich ihm zu. »Tlik?«

Er lächelte. »Du erkennst mich.«

»Der Älteste Laik und der Älteste Alik sind Heiler.«

Sie keuchte. »Mich dürstet.«

»Bald bekommst du Wasser. Erzähle mir von den Heilern.«

»An ihrer Tür ... zwei Hände.«

»Eine schwarze und eine weiße Hand«, fügte er hinzu.

»Ja.« Jetzt weinte sie wieder. »Du hast deine Flöte abgegeben.«

»Aye«, nickte er. Das Geröll glitt ihr unter den Füßen weg, und Tlik mußte sich anstrengen, sie aufrecht zu halten. »Aye, ich gab sie hin.«

»Ich habe die, die du mir gegeben hast. Ich schenke sie dir.«

»Bedeutet sie dir nichts?« fragte er.

»Au, mein Arm! Er brennt.«

»Das ist nicht so schlimm. Geh weiter.«

»Willst du die Flöte nicht?« Sie blieb stehen, verlor das Gleichgewicht und fiel auf ein Knie. Steine polterten den Abhang hinab. »Bedeutet das so wenig?«

»Sie gehört mir nicht. Zhanrax hat meine Flöte.«

Aber sie schien ihn nicht zu hören. »Sie sind tot! Alle starben, damit du eine Flöte bekommst.«

»Steh auf. Du mußt weitergehen.«

»Scaraya! Cimmaraya! Myrrax! Wie viele noch? Und du willst sie nicht?« Wütend griff sie an die Schultern, um die Riemen des Bündels zu lösen. Überrascht stellte sie fest, daß es nicht dort war. Dann blinzelte sie und sah es auf Tliks Rücken hängen.

»Bitte steh auf«, bat er und hielt ihr die Hand hin.

Sie schlug sie weg.

»Goblin!« schrie sie. Sie hielt sich den Arm und schrie in neuem Schmerz, den die Berührung der Wunde auslöste. »Undankbarer!« kreischte sie. »Elender Schuft!«

Dann verlor sie das Bewußtsein.

Du hast die falschen Namen genannt, dachte er, als er sich mühte, sie über das letzte Stück des Geröllfeldes zu ziehen. Dahinter lag festerer Boden, der sich dem Tal zu neigte. Wenn es dunkel genug war, würde er sie nach Badstadt bringen.

Scaraya, Cimmaraya, Myrrax. Aye, sie starben. Und was war mit Gur, Murl, Mok, Rip, Wlur und Kler? Sie hatte nicht an sie gedacht. Waren ihre Opfer weniger groß?

Bei Einbruch der Nacht erreichten sie Badstadt. Neben dem reglosen Körper wartete er im Unterholz und beobachtete die Laternen der Wächter, die innerhalb der Einfriedung herumgingen. Er empfand es als Segen, daß Menschen im Dunkeln ungeschickt und tölpelhaft wurden. Mit Leichtigkeit konnte er zwischen ihnen hindurchschlüpfen.

Als die Wächter die gegenüberliegende Mauer erreichten, zerrte Tlik einen umgestürzten Baum bis an die spitzen Pfähle der Stadtbefestigung und lehnte ihn dagegen. Dann ging er zu Ayesh zurück und band sich den schlaffen Körper mit den Tuchstreifen auf den Rücken, mit denen sie ihm die Verbände angelegt hatte.

Er konnte mit dieser Last kaum gehen. Als er zu klettern begann, zitterte der ganze Baum im Gleichmaß mit seinen Händen und Füßen.

Ich werde hier sterben, dachte er, *wegen dieses Menschen. Und was bedeute ich ihr schon? Warum lasse ich sie nicht hier, damit man sie morgen findet? Warum behalte ich ihre Flöten nicht? Ich brauche sie nötiger.*

Dann verwarf er diese Gedanken. *Diamantgeist*, ermahnte er sich. Wie sehr er sie auch hin- und herwarf, sie regte sich nicht. Das Gift tötete sie. Er mußte sie zu den Heilern bringen – *jetzt*.

Oben auf der Mauer band er sie los und ließ sie mit den Tuchstreifen herab. Das letzte Stück mußte er sie fallen lassen. Dann lehnte er sich über die Palisade und schubste den Baum weg, damit die Wachen ihn nicht bemerkten. Er sprang zu Ayesh hinunter.

Hereinzukommen war leicht, dachte er. *Bei den Zitzen von Ka, hoffentlich finde ich einen Ausgang, bevor die Menschen mich töten.*

Dann versteckte er Ayesh hinter ein paar Tonnen. Er schlüpfte durch die dunklen Straßen und Gassen, hielt sich aber immer im Schatten. Das Mondlicht war schwach. Nur der Glitzermond war zu sehen, aber Tlik vermutete, daß die Menschen trotz ihrer Tageslicht-Augen ihn sehen würden, wenn er im Freien stand.

Aus ein paar Fenstern leuchtete das gelbe Licht von Kerzen, aber die meisten Häuser lagen finster da. Die meisten Menschen schliefen.

Er hatte die halbe Stadt durchsucht, bis er die Tür mit den Händen entdeckte: eine schwarze, eine weiße.

Tlik lief zu Ayesh zurück. Ihre Füße verursachten Geräusche, als er sie über das Pflaster zerrte. Hoffentlich war das Gehör der Menschen so schlecht wie ihre Sehfähigkeit!

Niemand hielt ihn an oder löste Alarm aus.

Er legte Ayesh vor die Tür und klopfte leise, bis ihm einfiel, daß Menschen ein so leises Geräusch nicht hören konnten. Und wenn sie schliefen, mußte er sie wecken.

Er holte tief Luft und zuckte selbst zusammen, als er *laut* gegen die Tür klopfte.

Dann drehte er sich um und rannte auf den schützenden Schatten zu.

Kurz bevor er die sichere Dunkelheit erreichte, blickte er über die Schulter. Ein weißhaariger Mensch stand am offenen Fenster des Hauses. Er zielte mit einer Armbrust auf Tlik. Das Metall des Bolzens glänzte im sanften Licht des Mondes.

KAPITEL 28

Ayesh träumte von grünen Libellen, von Zephirfalken, Basilisken und blauen Erpeln. Sie träumte von sprechenden Paradiesvögeln und einer Vogeldame, die sich danach sehnte, zu schwimmen und nicht zu fliegen. Sie träumte von Schwefelgeruch. Die ganze Zeit über sprach eine Stimme in Voda zu ihr.

»In einem aus Sternen gebauten Haus lebten Ostermann und seine schönen Gefährtinnen Scintyl und Fallah. Sie waren zusammen, seit die Sonne erschaffen worden war; so lange, daß selbst die Götter graue Haare und Krähenfüße um die Augen bekamen, aber der alte Ostermann und seine Gefährtinnen waren noch immer jung und schön. Die Götter wußten, daß etwas Seltsames vorging. So schickten sie den Ameisenfürsten, den Kleinsten unter ihnen, als Spion in Ostermanns Haushalt ...«

Ayesh träumte von einem zwergischen Waffenschmied, der eine vornehme Menschenfrau liebte. Sie träumte von einem nordischen Paladin, der einen bösen Zauberer überlistete, ein Schwert zu entzaubern. Sie träumte von magnetischen Bergen, von einer Glocke, die Tote zum Leben erwecken konnte, von Seeschlangen, die singend auf den Wellen tanzten. Sie hatte Durst. Sie wollte aufwachen und trinken, aber sie konnte nicht. Sie träumte, und die Stimme fuhr fort, sie durch ihre Träume zu leiten.

»Vor sehr langer Zeit lebte eine junge Frau an den Küsten eines weit entfernten Meeres. Sie besaß die außergewöhnliche Fähigkeit, mit Tieren zu reden ...«

Und immer der Geruch nach verdorbenen Eiern.

»Es war einmal ein weiblicher Goblinhäuptling, der noch böser als die ...«

»Tlik«, stöhnte Ayesh. »Wasser.«

»Laik, komm her, sie erwacht! Bring Wasser!«

Ayesh blinzelte. Ihre Augen fühlten sich schwer an, und sie sah nur verschwommen. Der Älteste Alik, ein riesiger verschwommener Umriß, beugte sich über sie.

Sie faßte sich in den Mund und zog das schwarze Blatt heraus. Sie ließ es zu Boden fallen.

»Ah, sie erwacht, sie erwacht!« dröhnte der Älteste Laik. »Ein zweites Mal von den Toten zurückgekehrt! Entweder hat sie Glück, oder mein Geschick ist groß!« Er lachte. »Oder beides!«

Ayesh setzte sich auf.

»Du solltest dich noch nicht aufrichten«, sagte Laik und drückte sie auf das Bett zurück.

»Ach, laß sie doch«, warf Alik ein. »Du weißt, wie dickköpfig sie ist.« Er reichte ihr eine hölzerne Schüssel. »Hier.«

Ayesh roch an dem Wasser, um sicher zu sein, daß es kein Trank oder eine Tinktur war. Dann trank sie.

»Tlik«, sagte sie und rieb sich die Augen. Ihr Blick wurde klarer und sie erkannte den dicken Alik und den dünnen Laik, die vor ihr standen. »Der Goblin, der mich gebracht hat ...«

Laik sah Alik an. »Habe ich es dir nicht gesagt, Bruder?«

»Aye, aye, jetzt muß ich es glauben«, nickte Alik.

»Ich sah deinen Goblin«, erzählte Laik. »Spät in der Nacht klopfte jemand. Ich ging zur Tür, aber niemand rief seinen Namen. Ich ergriff die Armbrust, die neben der Tür steht. Dann donnerte jemand mit Getöse gegen die Tür. Ich sah aus dem Fenster. Was sah ich – einen Goblin, der sich davonschleichen wollte. Aber die Straße ist breit und bietet wenig Schutz. Obwohl er sich verstecken wollte, konnte ich ihn gut im Dunklen sehen. Ich hob die Armbrust und zielte ...«

»Nein!« rief Ayesh.

»Aye, ich zielte«, fuhr Laik fort. »Aber dann kam mir etwas an ihm seltsam vor. Ich weiß nicht, was es war. Er benahm sich nicht wie ein Goblin, obwohl die Ohren – das konnte ich genau sehen – spitz zuliefen.«

»Was hast du getan?« fragte Ayesh. Sie packte den gebräunten Arm des alten Mannes. »Sage mir, Heiler, was hast du getan?«

»Ich ließ ihn gehen. Ich löste nicht einmal Alarm aus, um die Wachen zu rufen.«

Ayesh schloß die Augen und legte sich zurück. »Götter, bin ich dankbar! Großmütige Götter, welch ein Segen!« Sie wandte sich Laik zu. »Ich danke dir, daß du nicht auf ihn geschossen hast.«

»Er hätte nicht getroffen«, mischte sich Alik ein. »Er ist ein schlechter Schütze.«

Laik runzelte die Stirn. »Vielleicht hätte ich Glück gehabt.«

»Pech wäre es gewesen«, widersprach Ayesh. »Von allen Goblins, die je gelebt haben, verdient dieser Mitleid. Und Dankbarkeit.«

»Ich dachte mir, daß es besser war, nicht geschossen zu haben«, erzählte Laik, »als ich zur Tür ging um zu sehen, was er angestellt hatte. Ich fand dich dort liegen. Zuerst erkannte ich dich nicht im Finsteren. Ich fragte mich, ob er einen Goblin gebracht hatte, damit ich ihn heile.«

»Ich habe noch nie gehört, daß sich ein Goblin so um einen anderen kümmert«, meinte Alik.

»Aye«, stimmte Laik zu, »aber noch weniger um einen Menschen!«

Alik verschränkte die Arme. »Gibt es darüber eine Geschichte? Wirst du sie uns erzählen?«

»Aye«, sagte Ayesh und richtete sich auf. »Das werde ich.« Sie erblickte ihr Bündel an der Wand liegen; es war fest verschnürt. Sie lächelte. »Ich sehe, meine Besitztümer wurden nicht untersucht.«

»Wir lernen dazu«, sagte Alik, und Ayesh lachte.

»Komm«, meinte Laik. »Es wird Abend. Laßt uns essen. Kannst du aufstehen?«

Wie zuvor gaben sie ihr Bohnensuppe in einer Kupferschüssel.

»Hast du die ganze Zeit unter Goblins gelebt?« fragte Laik.

»Niemand könnte so lange bei den Goblins sein und noch leben«, widersprach Alik. »Sie hat sich irgendwo versteckt, wo Goblins sie nicht finden konnten.«

»Das hast du schon während des Heilens vermutet«, sagte Laik. »Aber ich frage dich noch einmal: Wo würden Goblins einen Reisenden nicht finden? Ihre Nasen führen sie zu jedem hohlen Baum oder jeder engen Schlucht.«

»Ich war ...«, begann Ayesh, während sie eine dicke Scheibe Brot kaute.

Alik und Laik beugten sich vor und erwarteten die nächsten Worte. Sie fragte: »Was wißt ihr von Minotauren?«

»Einige sagen«, meinte Alik, »daß sie Menschenfleisch fressen.«

»Glaubst du das?«

»Sie leben in Höhlen«, mischte sich Alik ein. »Genau wie Goblins. Und Goblins essen Fleisch. Auf jeden Fall zweifle ich nicht daran, daß sie blutrünstige Kreaturen sind. Wenig Männer in diesen Bergen sind Minotauren begegnet und haben es überlebt, um davon zu erzählen.«

»Menschenfleisch?« fragte Laik. Er schüttelte den Kopf. »Glaubst du denn jede Geschichte, die man dir erzählt, Bruder? Sie grasen. Haben sie denn nicht Köpfe und Zähne wie das Vieh? Also grasen sie. Sie sind nicht bösartiger als Rinder und nur deshalb so geheimnisvoll, weil sie scheu sind.«

»Ihr habt beide unrecht«, meinte Ayesh. »Und trotzdem ein wenig recht.«

»Nun, wenn du es besser weißt«, sagte Alik, »dann kläre uns auf!«

Ayesh kratzte die Schüssel aus und bemerkte, wie dunkel es im Raum wurde. Badstadt lag bereits im Schatten der Berge. Bald würde die Sonne untergehen.

»Ich werde euch alles erzählen, wenn ich zurückkehre«, versprach sie.

»Nicht schon wieder!« stöhnte Alik. »Wenn wir dich das nächste Mal heilen, erzählst du uns deine Geschichten, *bevor* du etwas zu essen bekommst!«

Ayesh lachte. »Ich werde nicht lange bleiben.« Sie ging in den anderen Raum und suchte in ihrem Bündel, bis sie die Goblinflöte gefunden hatte.

»Sei vor Anbruch der Dunkelheit zurück«, sagte ein Wächter am Tor. »Niemand darf bei Nacht in die Stadt. Es gibt zu viele Goblins.«

»Aye«, nickte ein zweiter. »Und achte auf die Späher. Sie durchstreifen die Wälder nach Goblins. Rede, wenn man dich anspricht. Wenn sie dich nicht deutlich sehen können, halten sie dich vielleicht für einen Feind.«

Ayesh schaute zu den spärlichen Wäldern hinüber. Hier unten boten die Bäume wenig Schutz. »Sind in den letzten Tagen ein paar Goblins getötet worden?«

»Ein oder zwei Herumtreiber«, antwortete der erste Wächter.

»Nicht genug, um einen Unterschied zu machen«, ergänzte der zweite.

Ayesh zog die wattierte Jacke enger um den Körper. Es war schon recht kühl im Schatten der Berge. Der Sommer hatte die nördliche Gegend schon fast verlassen.

»Tlik!« rief sie durch den Wald. »Tlik, bist du hier?«

Auf der anderen Seite der Stadt sah sie die Späher aus Badstadt, die über die Abhänge schritten. Sie trugen Armbrüste.

»Tlik?« Das Gewirr aus knorrigen Fichten und Eichen sah wie der beste Schutz aus, wenn sich jemand verstecken wollte, um zu warten. In der Mitte befand sich eine Schlucht, die mit Felsbrocken übersät war.

»Tlik!«

Vielleicht hatte er sie aufgegeben.

Das Herz wurde ihr schwer. Wenngleich sie sich nicht genau an das erinnern konnte, was sie im Fieberwahn gesprochen hatte, wußte sie, daß sie ihn undankbar genannt hatte.

»Tlik! Wo bist du?« Sie spähte suchend umher. »Was ich gesagt habe, tut mir leid, Tlik. Bist du da?«

Was, wenn ihn die Späher getötet hatten? Aber er war ruhig genug und hatte die Geduld, sie vorbeigehen zu lassen, ohne vor Schreck davonzurennen, wie man es von einem Goblin erwartete. Sie seufzte und schaute auf den gegenüberliegenden Hang. Dort gab es keine Stelle für ein Versteck. Die fernen Berggipfel waren schneebedeckt und färbten sich orange, als die Sonne versank. Sie mußte bald zurück zum Stadttor.

Ich habe ihn verletzt, dachte sie. *Ich habe ihn mit Worten verwundet, die ich nicht meine, und nun ist er fort.*

»Hier«, meldete sich eine Stimme aus den Büschen.

Lächelnd drehte sie sich um. »Wo? Tlik, zeige dich!«

»Die Späher könnten mich sehen.«

»Dann komme ich zu dir. Wo steckst du?«

»Nein. Bleib da.«

»Oh, Tlik«, seufzte Ayesh. »Was ich gesagt habe, tut mir leid. Es war das Gift. Ich wußte nicht, was ich sage.«

»Ist es falsch, mich undankbar zu nennen?« fragte der Goblin. »Welchen Grund habe ich, dankbar zu sein?« Die Stimme klang eisig.

»Wie meinst du das?«

»Ich habe keine Welt mehr, Lehrerin Ayesh. Einst war ich ein Goblin unter Goblins. Jetzt bin ich allein und denke nicht mehr wie ein Goblin. Sollte ich mich jetzt in Gegenwart von Menschen aufhalten?« Er schwieg eine Weile. »Schau sie dir an, dort drüben, wie sie mit Waffen nach uns suchen. Glaubst du, daß sie meine Gesellschaft wünschen?«

Ayesh sah hinüber und ließ den Kopf hängen. »Ich mag deine Gesellschaft«, sagte sie.

Lange Zeit antwortete er nicht. »Diese Geste habe ich nicht erwartet.«

»Keine Geste«, widersprach Ayesh. »Ich meine es ehrlich.«

Er schwieg.

»Bei meinem Volk würdest du sterben«, sagte er schließlich. »Bei deinem Volk würde ich sterben. Wir müssen uns trennen. Aber in mir leuchtet der Diamantgeist. Du hast mich viel gelehrt. Dafür bin ich dankbar.«

»Ich habe deine Flöte mitgebracht«, sagte sie und hielt die Flöte in die Richtung des Unterholzes.

»Die gehört mir nicht«, sagte Tlik. Dann fügte er hinzu: »Ich glaube, daß ich auch unter Goblins eine Weile einsam sein werde.«

»Tlik«, sagte sie, »wie kannst du nur erwägen, zu diesem Leben zurückzukehren?«

»Ich bin ein Goblin«, antwortete er. »Unter Menschen kann ich nicht leben, und alleine kann ich auch nicht leben. Aber ich werde sie lehren. Ich werde unter furchtsamen Goblins leben, und nur ich allein werde keine Angst kennen.«

Ayesh schüttelte sich. »Denke doch an die Hurloon. Ich könnte dich zu ihnen bringen. Sie sind großzügig. Ich weiß, daß sie dich aufnehmen würde.«

»Mich dort hinbringen? An einer Leine, damit die Menschen mich auf der Reise nicht töten? Und wie würden die Hurloon mich behandeln? Was wäre ich bei ihnen?« Er fauchte. »Ich bin ein Goblin, kein Haustier. Ich bin ein Goblin! Wirst du das nie verstehen?«

»Tlik, bedenke, was du da sagst?«

»Ich habe viel nachgedacht, während du bei dem

Heiler warst, Ayesh. Ich muß unter meinen Leuten leben.«

»Dein Herz wird täglich schmerzen«, sagte Ayesh. »Es bedeutet Freiheit, vom Goblingeist zum Diamantgeist zu gelangen. Sich zurückzuwenden ...«

»Mein Diamantgeist *ist* Goblingeist!« In seiner Stimme lag eine Wildheit, die ein wenig bedrohlich klang. »Eines Tages wird es noch andere von uns geben. Es ist mir gleich, wie lange es dauert. Ich werde Diamantgeist lehren.«

»Nein«, sagte Ayesh. »Wenn du unter Goblins lebst, mußt du dich wie ein Goblin benehmen. Und wenn du inmitten von Goblingeist lebst, wirst du auch so denken.«

Sie legte die Flöte auf den Boden.

»Nein«, sagte er. »Behalte sie.«

»Sie gehört dir. Sie wurde für Goblins gemacht.«

Ein paar leise Töne drangen aus dem Dickicht. Ayesh riß die Augen auf.

Tlik lachte. »Während du geheilt wurdest, habe ich Zhanrax eingeholt und nach meiner Flöte gefragt. Da er schlief, hat er nicht geantwortet und ich hielt das für Zustimmung.«

Sie wußte nicht, was sie sagen sollte.

»Behalte deine Flöte«, sagte Tlik. »Eines Tages, wenn ein Kind, das die Welt mit neuen Augen sieht, fragt: ›Was ist ein Goblin?‹, zeigst du ihm die Flöte. Spiele darauf, bevor es irgend etwas anderes über mein Volk hört. Das wird ein Anfang sein.«

Dann, nach ein paar Herzschlägen, sagte er: »Auf Wiedersehen, Ayesh von Oneah.«

»Auf Wiedersehen, Tlik von den Goblins«, antwortete Ayesh. »Auf Wiedersehen, Diamantgeist deiner Rasse.«

Es raschelte in den Büschen und er war fort.

Lauschend stand sie da, bis die Schatten länger wurde und der erste Stern am Himmel schien.

KAPITEL 29

»Ich lebte unter Minotauren.«

Beide Brüder sahen sie streng über den Frühstückstisch hinweg an. »Komm schon, Oneah. Wir haben uns angestrengt, dich zu heilen, und als Bezahlung erwarten wir die Wahrheit.«

Ayesh lachte. »Die Wahrheit ist eine bewegliche Sache, Ältester Alik. Hast du dich nicht angestrengt, mir das beizubringen?«

»Das stimmt, das stimmt. Aber was jetzt mit dir in den Bergen geschah, ist eine frische und neue Erinnerung. Und das liegt der Wahrheit am nächsten.« Er schüttelte den Kopf. »Minotauren?«

»Mirtiin Minotauren. Ich habe früher bei den Hurloon gelebt. Aber diese Minotauren hier sind ... anders.«

»Ich entschuldige mich«, sagte Laik. »Es mag beleidigend sein, wenn ich zweifle, aber die Minotauren dieser Berge laden bestimmt keine Gäste ein!«

»Oder wenn sie es tun«, sagte Alik, »unterhalten sie sie auf grausame Art. Komm, Oneah. Erzähle uns eine Geschichte, die wir glauben können, keine Dummheit, die die gefühllosen Menschenkühe sanft erscheinen läßt!«

»Ihr beleidigt ein großes Volk«, sagte Ayesh. »Ich sage die Wahrheit. Ich lebte unter Minotauren.«

Dann erzählte sie ihnen langsam, mit vielen Unterbrechungen und Erklärungen die ganze Geschichte, um sie von dem zu überzeugen, was sie anfangs nicht glauben wollten. Als sie geendet hatte, spielte sie ihnen ein Goblinlied auf der Kupferflöte vor.

»Nun«, sagte Alik. »Nun.« Es schien, als fiele ihm nichts anderes mehr ein.

»Daß sie Pflanzenkenner sind, hätte ich raten können«, meinte Laik. »Hätte ich doch nur Scaraya getroffen. Wir hätten einander viel beibringen können. Schade, daß ich ihr nie begegnet bin, wenn ich draußen nach Kräutern suchte.«

»Ist es wahr?« fragte Alik. »Ist es wirklich wahr?«

»Ich frage dich«, meinte Ayesh und erhob sich, »wie du sonst erklären willst, daß ein Goblin die Einfriedung überwand und mich nach Badstadt brachte? Wie sonst erklärst du dir, daß ein einzelner Goblin den Wachen trotzt, um mich zu retten, obwohl er nichts dabei gewinnt?« Sie ging in den anderen Raum und brachte ihr Bündel mit. Sie leerte es aus und ordnete ihren Besitz.

»Man könnte eine Geschichte daraus machen«, sagte Alik.

Ayesh hielt inne, um ihn anzusehen. »Könnte? Es *ist* eine Geschichte, so wie ich sie erzählte. Aye, und sie ist es wert, erzählt zu werden. Sollten die Leute, die so nahe bei den Minotauren leben, nicht ein wenig über sie wissen?«

»Wer wird es glauben?«

»Ich werde es so oft erzählen, daß die Leute es glauben müssen.« Sie fuhr fort, ihre Sachen zu ordnen. Die üblichen Dinge der Reisenden befanden sich unter ihren Besitztümern: ein Stück Öltuch, Stahl und Zunder, die sie nie benützte, ein Klappmesser.

Die wichtigen Dinge waren das Gedichtbuch, Meister Hatas Schärpe, die beiden Flöten und das Zunderkästchen des rauchlosen Lichts. Ayesh betrachtete die Dinge prüfend. Dann nahm sie vorsichtig und ehrfürchtig die silberne Flöte aus Oneah in die Hand.

»Ältester Laik, ich möchte sie dir schenken.«

»Nein, nein!« rief er ablehnend. »Du hast beim ersten Mal genug für zwei Heilungen bezahlt!«

»Aye«, stimmte Alik zu, »und dann noch diese wunderbare Geschichte. Ich bin zwar nicht sicher, was ich verändern muß, um sie weiter ...«

»Du mußt sie nicht ändern!« sagte Ayesh. »Hat denn niemand Ohren, die Wahrheit zu hören?«

»Aye, eine Wahrheit, die nett und schön verpackt ist«, sagte Alik.

»Nimm sie«, forderte Ayesh Laik auf.

Unsicher nahm er sie entgegen. »Silber? Und so fein gearbeitet!«

Er schüttelte den Kopf. »Ich kann nicht einmal spielen«, erklärte er.

»Du wirst spielen.« Sie öffnete das Zunderkästchen und sprach das Wort. Die Flamme erwachte. Sie schickte die Flamme die Flöte hinauf und zeigte Laik, wie er die Finger halten mußte. »Denke an die Melodie und spiele.«

»Aber ich weiß nicht, *wie!*«

»Stelle es dir vor«, sagte Ayesh. »Wenn du wüßtest, wie man spielt, was würdest du tun?«

Laik setzte die Flöte an die Lippen und spielte die ersten Noten eines Liedes. Erstaunt hielt er die Flöte auf Armeslänge entfernt und bewunderte sie. »Oneah, das ist ein Geschenk, als hätte ich einen König geheilt!«

»Nein. Wenn schon, dann einen Kaiser, die Kaiserin und den Hofstaat. Ich habe eine solche Kostbarkeit noch nie gesehen«, warf Alik ein. »Nicht einmal in Nul Divva.«

»Zuviel«, sagte Laik und streckte Ayesh die Flöte entgegen.

»Ich werde sie nicht mitnehmen«, sagte Ayesh. »Sie ist ein Geschenk, keine Bezahlung.«

»Aber warum?«

»Du hast den Goblin gesehen und trotzdem nicht geschossen.« Sie suchte die restlichen Sachen zusammen und legte sie in das Bündel zurück. »Er lebt. Und dafür bin ich dankbar.«

Die Taverne war voller, als sie es bei Ayesh' erstem Besuch, vor vielen Wochen, gewesen war. Ein halbes Dutzend Gespräche waren im Gange.

»Ash!« sagte eine junge Frau, die neben dem Feuer stand. »Ash! Die Frau aus Oneah!«

»Ayesh«, verbesserte Ayesh und bemühte sich, den Raum zu überblicken.

»Ich bin Juniper«, sagte das Mädchen. »Wir haben uns auf der Straße kennengelernt.«

»Ich erinnere mich.«

»Olf und Tull sagten, Ihr wäret tot. Seid Ihr nicht nach Norden, in die Berge gegangen? Die Goblinhöhlen durchlöchern jeden Berg wie ein Stück Käse.«

»Ich ging dorthin. Aye, es gab Goblins. Und Minotauren.«

»Minotauren!« erklang eine Stimme von einem der Tische. »Wenn Ihr sagt, Ihr hättet ein paar dieser Blutsäufer gesehen und lebt noch, um es zu erzählen, dann lügt Ihr!«

Ayesh hatte sich an die Dunkelheit gewöhnt. Es war Bürger Olf. Ein halbes Dutzend Bürger saß neben ihm.

»Ich habe sie nicht nur gesehen. Ich lebte unter ihnen.«

Olf grölte. »Eine Frau lebte unter Minotauren und hat überlebt. An dem Tag, an dem das geschieht, wird das gesamte Eis des Cryverngipfels schmelzen.«

»Dann ist das geschmolzene Eis längst ins Meer geflossen«, sagte Ayesh. Sie stemmte die Hände in die Hüften. »Kommt her und nennt mich noch einmal eine Lügnerin.«

Olf schüttelte den Kopf. »Ich sah Euch kämpfen«, sagte er. »Ich bin zwar kein Feigling, aber ich werde Euch nicht Lügnerin schimpfen. Nein, ganz sicher nicht. Vergebt mir, Reisende. Ich habe getrunken, und meine Zunge sitzt locker. Ich wollte Euch nicht beleidigen.« Er rückte ein Stück beiseite. »Kommt, setzt Euch, und ich spendiere Euch einen Wein. Laßt uns Eure magische Flöte sehen.«

Ayesh zögerte, dann setzte sie sich neben Olf. Sie zog die Goblinflöte aus der Jacke.

»Ist sie das?« fragte eine Frau. »Olf, hast du nicht gesagt, sie wäre aus Silber? Aye, auch Juniper sagte das, nicht wahr?«

»Geschichten verändern sich«, mischte sich ein Bürger ein. »Das Lamm dieses Sommers ist das Schaf des nächsten Jahres, und das Schaf des nächsten Jahres ist eine Kuh. So sagt man doch.«

»Nein, nein«, sagte Olf. »Das ist nicht die Flöte. Nicht die Wunderflöte.«

»Aber diese Flöte ist wunderbarer, als du denkst«, sagte Ayesh. Sie spielte eines von Tliks Liedern.

»Das ist seltsame Musik«, meinte Juniper, die hinter ihr stand.

»Aye, und nicht das Wunder, an das ich mich erinnere«, brummte Olf. »Reisende, ich meine die Silberflöte und das Kästchen mit der Flamme. Das ist *Magie*.«

»Ach, das«, sagte Ayesh. »Ich habe sie verschenkt. Das hier ist magischer.« Wieder spielte sie.

»Nein, nein«, meinte Olf. »Das ist gewöhnliche Musik!«

Ayesh hörte auf zu spielen. »Es ist Musik, die von einer Frau, von Minotauren und ...«

Sie brach ab. Jetzt hatten sich ihre Augen ganz an das Licht der Taverne gewöhnt, und sie konnte die erwartungsvollen Gesichter der Menschen am Tisch erkennen. Gesichter aus Badstadt. Die Gesichter von Städtern, die täglich in Angst vor den Goblins lebten. Und mit gutem Grund, denn die Goblins hier wußten nichts von Diamantgeist und konnten sich darunter auch nichts vorstellen. Es waren furchtsame Goblins, ähnlich jenen, die über die Ringer von Oneah unter dem Dach des Lichts hergefallen waren.

Sage das Wort Goblin und sie hören nicht mehr zu,

dachte sie. *Erzähle, daß du einen würdigen Goblin kennst und sie treiben dich aus der Stadt.*

Sie schaute den Menschen in die Augen, die im Feuerschein glänzten. Belustigte Mienen waren zu sehen. Sie glaubten nicht ganz, daß Ayesh mit Minotauren gelebt hatte. Niemand hatte je mit Minotauren gelebt.

Warum veränderten sich die Geschichten von Oneah? Sie hatte ihre wahre Erzählung, ihre Erinnerungen an so viele entlegene Küsten getragen. Und immer, wenn sie diese Geschichten von anderen hörte, war alles verändert. Alles, nur nicht die Erkenntnis, daß Oneah einzigartig gewesen war.

Sie können nur Geschichten aus einer Welt glauben, die sie kennen oder kennen wollen.

Nun, hatte Alik gesagt, *wer wird das glauben? Man könnte eine Geschichte daraus machen.*

Rings um den Tisch sahen die Bürger sie mit glänzenden Augen an.

»Ich habe jahrelang Geschichten erzählt«, sagte Ayesh, »und wenige gehört. Bürger Olf, habt Ihr eine Lieblingsgeschichte? Eine, die Euch am Herzen liegt?«

»Ich kenne viele Geschichten«, antwortete Olf.

»Er kennt viele dreckige Geschichten!« rief eine Bürgerin.

Im Feuerschein konnte man es schlecht feststellen, aber anscheinend errötete Olf. »Ein paar«, murmelte er.

»Was ist denn mit Helden?« erkundigte sich Ayesh.

»Helden«, wiederholte er nachdenklich und rieb sich die Stirn. »Meint Ihr von solchen wie Tembrook, dem König der Goldenen Lande? Solche?«

»Die ist gut«, meinte ein Bürger.

»O ja, die gefällt mir auch«, sagte Juniper.

»Dann meine ich diese Art von Erzählung«, nickte Ayesh. »Erzählt Ihr sie mir, Bürger Olf?«

»Nun, sie fängt an ... Wie fange ich richtig an?« Seine Augen nahmen einen abwesenden Ausdruck an. »Es war einmal ein goldenes Land auf einer Ebene, und eine Stadt dort war aus purem Gold. Das Königreich wurde ›Die Goldenen Lande‹ genannt, und der König, der dort herrschte, hieß Tembrook. Die Gesetze seiner Herrschaft waren gerecht, aber streng, damit die Bösen schnell bestraft werden konnten.

Auf der anderen Seite der Ebene stand ein schwarzer Turm, in dem ein Zauberer hauste...« Olf breitete die Hände aus, als wolle er den Turm berühren. »... und er ragte hoch in den Himmel auf.«

Rings um den Tisch nickten die Köpfe zustimmend, während Olf erzählte. Alle sahen Olf mit den Blicken an, die Ayesh herbeigesehnt hatte, wenn sie von Oneah erzählte. Gesehnt hatte sie sich danach, aber nicht immer waren sie ihr zuteil geworden.

Als Olf damit geendet hatte, wie die wahre Gerechtigkeit sogar einen bösen Zauberer besiegen konnte, wollte ein anderer Mann eine Geschichte zum besten geben. Ihm folgte eine Frau.

Und Ayesh lauschte, wie sie noch zuvor gelauscht hatte.

Als es spät geworden war und die Augenlider auch bei den aufregendsten Geschichten immer schwerer wurden, sagte Olf: »Aber nun habt Ihr uns nicht erzählt, wo Ihr wirklich gewesen seid, was Ihr wirklich getan habt und wie Ihr wirklich in diesen vielen Wochen gelebt habt.«

»Ich lernte eine Geschichte«, sagte Ayesh.

»Wollt Ihr sie nicht erzählen?« fragte Olf. Auch die anderen nickten zustimmend, obwohl sich die Nacht dem Morgen näherte.

»Aye«, murmelte jemand. »Wir möchten sie hören.«

»Ich habe noch nicht genug gelernt«, sagte Ayesh und wünschte ihnen eine gute Nacht.

Das Feuer brannte innerhalb der Steinmauer, und Ayesh spielte leise, sehr leise, auf der Kupferflöte.

Juniper verschränkte die Arme. »Als ich Euch zum ersten Mal traf, Ash, sagtet Ihr, Ihr wäret eine Bardin.«

Ayesh unterbrach ihr Spiel. Die herumsitzenden Bürger waren nicht alle junge Leute, wie damals im Sommer, während jener ersten Nacht, in der sie hier im Lager geweilt hatte. Einige, wie Juniper, hatten auch zur ersten Gruppen gehört. Aber die meisten waren älter. Sie hielten die Lanzen und Messer lässig und erfahren und lehnten sich bequem gegen das Innere der Mauer.

Der Holzstoß war hoch genug, um die ganze Nacht ein Lagerfeuer auf dem Steinpodest in Gang zu halten. Oben auf der Mauer gingen Bürger Olf und zwei andere Männer mit den Armbrüsten auf und ab. Sie schritten locker aus, wie sie es in der damaligen Nacht nicht getan hatten.

Im Wald hinter der Mauer knackten Zweige und raschelten Blätter. Goblins schlichen umher und warteten.

Der Glitzermond stand hoch am Himmel. Ayesh blinzelte. Er bewegte sich so schnell, daß sie, wenn sie ihn lange genug beobachtete, sehen konnte, wie er das Sternenfeld überquerte. Der Nebelmond, der spät aufging, näherte sich dem ersten Viertel. Sie erinnerte sich, daß Olf damals gesagt hatte: *Halbmond ist Handelszeit.*

»Hört Ihr mir zu?« fragte Juniper.

»Ich habe dich gehört«, sagte Ayesh. »Und ich bin eine Bardin.«

»Aber ich dachte, eine Bardin macht mehr als nur Musik. Ich glaubte, daß eine Bardin, eine echte Bardin, auch Geschichten erzählt. Aber Ihr erzählt nie etwas. Ihr hört immer nur zu.«

»Ich versuche, eine neue Art von Geschichten zu erlernen«, sagte Ayesh. »Ich muß viele Erzählungen anhören, bevor ich weiß, wie ich meine weitergeben soll.«

»Oh«, sagte Juniper, als glaubte sie ihr nicht. Als habe Ayesh ihr etwas erzählt, wie es Ältere oftmals tun, was nur Ältere verstehen und als fehle den Jungen dieses Verständnis.

Mit leiser Stimme sagte Ayesh: »Nun, wie wäre es damit: Ich erzähle dir eine Geschichte, die ich noch immer lerne.« Sie schaute die herumsitzenden Bürger an, die Leute, die die Wahrheit, wie sie sich wirklich zugetragen hatte, nicht hören wollten. Aber was war, wenn sie die Teile ausließ, die sie am meisten stören würden?

Juniper kniete nieder. »Ja! Erzählt sie mir.«

»Es ist die Wahrheit«, erklärte Ayesh. »Aber wenn du manchmal an mir zweifelst, dann sage es nur, und ich werde die Geschichte beenden.«

»Handelt sie ...«, begann Juniper, senkte dann die Stimme und sah erst zu einer, dann zu der anderen Seite. »Handelt sie von den Minotauren?«

»Aye«, nickte Ayesh lächelnd. *Nur von Minotauren*, dachte sie.

»Das dachte ich mir«, sagte Juniper mit verschwörerischem Grinsen. »Dann erzählt sie mir von Anfang bis Ende. Ich habe Ohren dafür, Ash.«

»Ich wünschte, du hättest Ohren für meinen Namen«, sagte Ayesh. Dann erzählte sie von ihrer Zeit bei den Minotauren.

Sie erzählte die wahre Geschichte und ließ nur eine Sache aus.

Goblins.

Sie erzählte die Geschichte ohne die Goblins zu erwähnen.

Ayesh erwachte von lautem Geschrei. Auf allen Seiten wurden Lanzen hochgerissen, und Männer und Frauen zückten die Messer. Heisere Stimmen grölten und kreischten.

Goblins stürmten die Mauer.

Ayesh beobachtete, wie ein Bolzen eine graue Kehle durchdrang.

Ein Goblin landete neben Ayesh und hieb mit der schwarzen Klinge nach ihrem Gesicht.

Genug, dachte sie. *Ich habe für ein ganzes Leben genug getötet.*

Sie packte den Arm des Goblins und verdrehte ihn. Der Dolch fiel zu Boden, und der Goblin heulte auf.

Ein Junge ergriff den Dolch, und bevor Ayesh ein Wort sagen konnte, schlitzte er die graue Kehle von einem Ohr bis zum anderen auf. Als der Goblin zusammensackte, grinste der Junge Ayesh an.

Sie erkannte ihn. Es war Ilif, Junipers Freund.

»Ich habe einiges gelernt, seitdem wir uns kennengelernt haben«, sagte er. Dann kletterten weitere Goblins über die Mauer und er drehte sich um, um nach ihnen zu treten und mit dem erbeuteten Dolch zuzustechen.

Ayesh sah auf den Goblin. »O Tlik«, sagte sie leise und hoffte, daß er weit, weit weg von diesem Ort war.

Sie mußte einer Goblinklinge ausweichen, die auf ihre Schulter zielte. Sie wirbelte herum und landete einen tödlichen Schlag auf dem Kopf der Kreatur.

»Wir haben sie in die Flucht geschlagen!« brüllte Bürger Olf.

Er jagte einen Bolzen in den Rücken eines davonstürmenden Goblins.

Am nächsten Morgen wanderte Juniper neben Ayesh zum Meer, fröhlich ihr Bündel schwenkend. Schließlich schrie Bürger Olf: »Das sind nicht nur Seidenstoffe, die du da trägst, Mädchen, sondern auch Glas aus Nul Divva! Sei vorsichtig. Paß auf!«

Juniper hielt das Bündel ruhig und drückte es an den Körper.

»Wohin werdet Ihr gehen?« fragte sie.

Ayesh zuckte die Achseln. »Die Welt ist groß.«

»Aber gibt es niemanden, der auf Euch wartet? Niemanden, der Euch vermißt?«

Das Tal hatte sich geöffnet, und von hier konnten sie

das Meer und die steinige Küste sehen, die in Reichweite der Mondschwimmer verödet lag. Von der offenen See kam ein Schiff mit vollen Segeln herein.

»Ich weiß nicht«, sagte Ayesh.

»Was heißt das?« fragte Juniper. »Wenn jemand auf Euch wartet, wenn Ihr jemanden zurückgelassen habt – das müßt Ihr doch wissen?«

»In meinem Leben gab es viele Abschiede«, erklärte Ayesh. »Wer fühlt meine Abwesenheit? Vieles kann sich schon innerhalb weniger Tage ändern, Juniper. Ist das nicht eine der Lektionen, die meine Geschichte lehrt?«

Juniper blieb stehen und drehte sich nach den Bergen um. »Ich würde sie gern eines Tages treffen«, seufzte sie.

»Wen?«

»Die Minotauren.«

»Wenn du die Minotauren außerhalb ihres Labyrinths triffst, werden sie dir sicher nichts tun. Du mußt die Hallen betreten, um *purrah* zu verletzen. Aber wenn es sich um Stahaan handelt, möchte ich dir eine solche Begegnung nicht wünschen.«

»Der Kapitän eines Schiffes hat nach Euch gefragt«, berichtete Juniper und ging weiter. »Letztes Mal, als wir bei Halbmond handelten.«

»Tatsächlich? Welches Land?«

»In diesem Land.«

»Nein, aus welchem Land?«

Juniper zuckte die Schultern. »Ich weiß nicht. Jemand hat es erzählt.«

Wieder blieb sie stehen. »Denkt Ihr wirklich, daß er aufwachsen und herrschen wird?«

»Wer?«

»Tana natürlich.«

»Mädchen, dein Geist macht solche Sprünge und vollführt Drehungen, daß es kein Wunder ist, wenn ich nicht folgen kann. Ja, ich glaube schon. Oder aber er wird andere Minotauren unterrichten, und einer von ihnen kann eines Tages herrschen. Obwohl Herrschaft ein falsches Wort ist. Mirtiin herrscht nicht. Er reitet und versucht, sie zu leiten.«

»Orvada«, murmelte Juniper. »Ich glaube, er kam aus Orvada.«

»Rauchte er Pfeife?«

»*Ihr* habt die Geschichte erzählt«, entgegnete Juniper, »aber ich glaube nicht, daß Ihr erwähnt habt, daß Minotauren rauchen. Wäre Tana nicht auch zu jung dafür?«

»Götter und Hiebe, Mädchen! Wenn du einen Gedanken schon nicht über einen geraden Pfad führen kannst, könntest du dann nicht wenigstens nur einem folgen?«

Das Schiff im Hafen stammte nicht aus Orvada. Soviel konnte Ayesh erkennen. Wenn sie an Bord ging, wenn sie auf die Suche ging, dann hatte sie das ganze Meer von Voda vor sich. Und selbst wenn sie ihn fand ... er hatte sie mitgenommen und ihre Geschichten angehört, mehr nicht. Das war nichts, was einem zuviel Hoffnung gab.

»Seht doch«, sagte Juniper. »Sie lassen die Boote herunter.« Voller Sehnsucht fügte sie hinzu: »Ich wünschte, ich könnte Euch begleiten. Es muß wundervoll sein, die Welt zu sehen.«

»Aye«, nickte Ayesh. »Aber es ist auch schön, ein Heim zu haben. Und sich endlich ausruhen zu dürfen.«

Die Matrosen in den Booten tauchten die Ruder ein. Juniper, die sie beobachtete, seufzte schwer. Auch Ayesh seufzte, aber aus anderen Gründen.

EPILOG

Nachdem sie geholfen hatte, das Frühstücksgeschirr abzuwaschen und fortzuräumen, ging Aleena zum Tisch zurück, wo ihr Vater saß und die Sense schärfte. Sie setzte sich neben ihn und stieß einen übertrieben lauten Seufzer aus.

»Es hat keinen Zweck, Tochter«, sagte er. »Du hast deine Pflicht für diesen Tag, und ich gebe dir keine andere.«

Aleena antwortete nicht. Es schien nutzlos, zu widersprechen.

Ihre Mutter hängte das Geschirrtuch auf und sagte: »Heute ist doch der letzte Tag, Aleena. Führe sie nur noch einen Tag lang herum, und morgen kannst du mir helfen, die Kartoffeln für den Keller auszugraben.«

Aleena lächelte. Das war eine wichtige Arbeit, viel besser, als die Geschichtenerzählerin und ihren Gemahl den Nachbarn vorzustellen. »Kann ich nicht schon heute Kartoffeln ausgraben?« fragte sie. »Corey könnte sie herumführen.«

»Corey muß die Garben binden und aufstellen«, sagte der Vater.

»Was hast du denn gegen die Geschichtenerzählerin?« warf die Mutter ein. »Redet sie unfreundlich mit dir?«

»Nein«, antwortete das Mädchen. »Aber sie könnte sich doch selbst umsehen.«

»Sie ist unser Gast«, mahnte der Vater. »Wir werden ihr jede Ehre erweisen. Willst du denn ihre neuen Geschichten nicht hören?«

»Aber sie hat noch keine erzählt!« rief Aleena. »Alles,

was sie tut, ist *zuhören*. Und ihr Mann spricht noch weniger. Außerdem müssen die Rüben eingebracht werden und die Kartoffeln, und das Korn muß gedroschen werden ...«

Ihre Mutter lächelte, als habe sie verstanden. »Denkst du, daß es eine unwichtige Arbeit ist, Tochter, die Geschichtenerzählerin den Nachbarn vorzustellen?«

Nun, war es das nicht? Und genau das ärgerte sie. Die Geschichtenerzählerin war nicht unfreundlich, aber sie herumzuführen war so leichte Arbeit, wenn so viele andere Dinge erledigt werden mußten. *Ehrbare* Dinge, bei denen Aleena zeigen konnte, wie hart sie zu arbeiten verstand.

»Wenn es so wichtig ist wie das Einbringen der Ernte, warum macht es Vater dann nicht? Oder Onkel Payter?«

»Weil jeder die Pflicht erledigt«, sprach der Vater und prüfte die Schneide der Sense mit dem Daumen, »für die er geeignet ist.«

»Und ich eigne mich nur dazu, diese Fremden herumzuführen und untätig danebenzustehen, wenn die Frau ihre Fragen stellt?«

»Ruhig, Tochter«, mahnte der Vater. »Ich höre Schritte auf dem Weg. Nur noch einen Tag lang, Aleena, und dann wirst du Arbeit bekommen, die dir besser gefällt. Ich lasse dich sogar die Sense schwingen, wenn du magst.«

»O ja!« rief sie. Bisher hatte er immer behauptet, sie sei zu jung dafür.

Es klopfte an der Tür. Die Geschichtenerzählerin und ihr Gemahl waren von den Waschungen am Fluß zurückgekehrt.

Aleena beobachtete die beiden, als sie sie zu Bauer Shohns Haus führte. Dies war ihr dritter Tag mit dem Paar, und noch immer konnte sie nicht fassen, wie fremd ihre Kleidung wirkte. Der Mann trug blaue Seide von einer Art, wie sie Aleena nie gesehen hatte. Die Erzählerin trug die gleiche Farbe, aber die Hose und Jacke waren in kleinen Vierecken genäht – wie eine Steppdecke. Beide waren grauhaariger als Aleenas Mutter, aber nicht so grau wie die Großeltern.

Die Geschichtenerzählerin blickte sich nach allen Seiten um, während sie dahinschritten, und betrachtete die rußgeschwärzten Dächer und rissigen Wände, die zerstörten Schweineställe und umgefallenen Kornspeicher. Überall arbeiteten Männer, Frauen und Kinder daran, alles herzurichten und die Ernte einzubringen.

Auch der Kapitän sah sich um. Er schien ebenso aufmerksam wie seine Frau, aber selten machte er eine Bemerkung über das Gesehene. Aleena entschied, daß sie, wenn die Zeit gekommen war, keinen Mann wählen würde, der so wenig mit Worten umzugehen wußte!

»Gab es eine Zeit«, fragte die Geschichtenerzählerin, »in der diese Insel nicht von Orks heimgesucht wurde?«

»Aye«, nickte Aleena, »aber das war vor Ewigkeiten, bevor ich geboren wurde.«

Der Kapitän lachte. Die Frau meinte: »Das kann noch nicht lange her sein. Wie viele Sommer hast du erlebt, Mädchen?«

»Elf«, sagte Aleena und fügte stolz hinzu: »So viele, daß mein Vater mich morgen die Sense schwingen läßt!«

»Ist das Bauer Shohn?« erkundigte sich die Geschichtenerzählerin, als sie näher kamen. Der Mann stand auf dem Dach und riß die Überreste verbrannter Reetbüschel heraus. Unten banden der Sohn und die Tochter neue Bündel, um das zu ersetzen, was die Orks in Flammen gesetzt hatten.

»Die Geschichtenerzählerin Ayesh und ihr Gemahl, Kapitän Raal«, stellte sie vor. »Das ist Bauer Shohn.«

»Ich heiße euch willkommen«, sagte Bauer Shohn.

»Wir danken Euch«, antwortete die Frau und stellte die Fragen, die sie jedem stellte. Immer führte es zu:

»Welche Geschichte ist von denen, die Ihr kennt, Euch die liebste?«

Aleena ließ die Arme an den Seiten baumeln und versuchte, überaus gelangweilt auszusehen, denn genau das würde sie bald sein, wenn sie wieder eine Geschichte hören mußte, die sie sehr gut kannte.

»Meine liebste Geschichte?« fragte Shohn. »Nun ...«

Er warf einen Blick auf Aleena und sagte: »Willst du Jaylin und Mineena helfen, die Reetbündel zu binden, Willems Tochter?« Er zwinkerte ihr zu.

Aleena lächelte dankbar. Jaylin und Mineena machten ihr auf der Bank Platz, und Aleena begann mit der Arbeit.

Jetzt würde niemand, der zufällig vorbeiging, denken, sie sei faul!

»Laßt mich nachdenken«, sagte Bauer Shohn. »Meine liebste Geschichte. Hm, da wäre diese.« Er räusperte sich. »Als die Welt entstand, gab es viel mehr verschiedene Steinarten als heute. Es gab einen Stein, der dich heilte, wenn man eine Wunde damit berührte, und einen anderen Stein, der soviel Wasser fassen konnte, wie man in ihn hineingoß. Auch gab es einen Kiesel, der die Menschen die Sprache der Tiere verstehen ließ. Man mußte sich den Kiesel nur ins Ohr legen.

Nun pflügte eines Tages ein Bauer sein Feld, und der Pflug schlug gegen etwas Hartes ...«

Während der ganzen Geschichte hörte der Bauer nicht auf, zu arbeiten. Als er zum Ende gekommen war, band er bereits die ersten neuen Bündel fest auf das Dach. Kapitän Raal entzündete seine Pfeife und rauchte.

»Ich danke Euch«, sagte die Frau. »Heute abend, an Bauer Willems Feuer, werde ich Eure Geschichte mit der meinen entgelten.«

Sie besuchten Bauer Emills Haus nahe der Klippen, wo die Orks am schlimmsten gewütet hatten. Bauer Emill baute gerade seine Schafställe, die von Orks zertrampelt worden waren, wieder auf. Er hatte beim diesjährigen Überfall viele Schafe verloren. So war es nicht überraschend, daß seine Lieblingsgeschichte von einem Bauern handelte, der ein großer Orktöter war.

Bei Bauer Glennys Haus war man dabei, das Korn zu dreschen. Das war eine leichte Arbeit, zu der man sich uneingeladen gesellen konnte, und Aleena tat es. Bauer Glenny fiel keine Lieblingsgeschichte ein, aber seine Frau erzählte eine. »Es gab einmal einen Bauern, der säte Korn. Als er aber die Ähren zur Erntezeit sammelte und drosch, fand sich kein einziges Korn in den Hülsen. Statt dessen waren sie mit Goldklümpchen bestückt. Da dachte er: ›Hier ist Reichtum, aber keine Nahrung. Ich muß ein wenig von dem Gold nehmen und in die Stadt gehen, um zu handeln.‹ Also füllte er einen Beutel mit Gold. *Aber was ist, wenn man mich überfällt?* dachte er. Der Sicherheit halber füllte er dann einen zweiten Beutel mit Vipern und Skorpionen. Er band die Beutel an das Ende seines Stabes, legte ihn über die Schulter und machte sich auf den Weg zur Stadt ...«

Sie besuchten die Häuser von Bauer Quincil und Bauer Breck, von Bauer Dacks und Bauer Maurris. Schließlich sagte die Geschichtenerzählerin: »Das reicht. Ich habe gehört, was ich hören mußte und gesehen, was ich sehen mußte.« Der Kapitän nickte.

Auf dem Weg zum Haus ihres Vaters sagte Aleena: »Tut Ihr sonst nichts? Nur zuhören und reden?«

Die Frau lächelte: »Manchmal.«

»Du und die Deinen, ihr liebt die Arbeit«, bemerkte der Kapitän – der längste Satz, den er den ganzen Tag über gesprochen hatte.

»Durch die Arbeit sind wir unseres Gottes würdig, der hart arbeitete, um die Welt zu erschaffen«, sagte Aleena. »Orks lieben Faulheit. Daher sind sie böse.«

»Ah«, meinte Kapitän Raal, und das war alles, was er noch sagte.

Am Abend wurde ein großes Feuer für die Geschichtenerzählerin gemacht, und viele kleinere Feuer darum herum. Die Menschen brauchten Licht, wenn sie zuhörten. Die Frauen brachten ihre Stickereien, die Männer brachten ihr Strickzeug. Kleine Kinder brachten Spielzeuge, die älteren Kinder Schnitzmesser oder Nadeln, um neue Spielsachen zu fertigen.

Als die Geschichtenerzählerin nach draußen trat, um zu erzählen, trug sie ein vielfarbiges Gewand. Aleena hatte noch nie ein so schönes Kleidungsstück gesehen. Sie dachte daran, wie viele Tage es dauerte, ein Tuch so zu färben, zu weben und zu nähen.

»Das ist ein wunderschönes Gewand!« sagte sie. Und, um sicherzugehen, fragte sie ziemlich unverschämt: »Habt Ihr das etwa selbst gemacht?«

»Aleena!« schalt ihre Mutter.

Aber die Erzählerin lächelte. »Ja«, antwortete sie. »Ich habe es tatsächlich selbst gemacht. Das ist das Gewand der Elf, und ich werde dir eine Geschichte darüber erzählen. Aber nicht jetzt. Sie kommt ganz zum Schluß. Die besten Geschichten kommen immer zum Schluß.«

Also kann sie doch mehr als herumstehen und zuhören, dachte Aleena. *Sie kann nähen. Nun, das ist eine ehrenwerte Arbeit.*

»Hier ist eine Geschichte«, sagte die Frau. Ihr Mann setzte sich neben sie und zündete die Pfeife an, während sie begann:

In einem Teil der Hurloon-Berge lebte einst eine Horde von Pradeshzigeunern, die man den ›Bund der Drei‹ nannte, obwohl es viel mehr als drei waren. Warum sie so genannt wurden, konnte niemand erklären.

Eines Tages fragte sich eine wunderschöne Prinzessin, die ganz in der Nähe lebte, warum an die zwanzig Zigeuner einen Namen tragen sollten, der ihre Anzahl so falsch wiedergab. Je länger sie darüber nachdachte, um so neugieriger wurde sie, bis sie schließlich ...

Aleena ging völlig in der Geschichte auf. Und in der nächsten.

Es lebte einmal ein alter Fährmann, dessen Hütte an den Ufern eines großen Flusses stand. Einmal begab es sich, daß viele Wochen und Wochen lang starker Regen vom Himmel fiel, und der Fluß war fast schon bis an die Hütte gestiegen. Die Strömung war so gewaltig, daß der Fährmann froh war, keine Kunden zu haben.

Eines Morgens jedoch klopfte es an seine Tür und eine tiefe Stimme sprach: »Öffne und eile, setz über ohne Weile – ich muß ans andere Ufer!«

Als der Fährmann die Tür öffnete um zu sehen, wer ihn rief, konnte er niemanden entdecken. »Das ist seltsam«, sprach er zu sich selbst. »Ich war ganz sicher, jemanden gehört zu haben.« Nun blickte der Fährmann zufällig nach unten, und was sah er? Da...

Die Geschichten handelten von allen möglichen Kreaturen. Neben einem Messingmann, der nicht größer als eine Ameise war, gab es einen Basilisken, der in einer Staubwolke tanzte, die sieben Ritter für Regen hielten. Es gab einen Steinriesen, der sich in den Nebelmond verliebte und ihn beinahe zur Erde hinabgesungen hätte. Es gab eine Elfenkönigin, die einen fliegenden Teppich fand, balduvianische Bären, die sprechen konnten und einen Seemann, der lernte, Steine vom Himmel regnen zu lassen. Irrlichter lockten mit ihrem Glanz, ein Dickichtbasilisk verfügte über den bösen Blick, und uthdentische Trolle krochen aus der Erde, um nach Schätzen zu suchen...

»Es wird spät«, sagte Aleenas Vater, und zu ihrer eigenen Überraschung sagte Aleena: »Nein!«

»Wir müssen beim ersten Licht des Tages arbeiten«, mahnte der Vater. Aleena sah sich um und bemerkte, daß alle kleinen Kinder bereits fest schliefen.

»Dann ist es Zeit, die beiden letzten und besten Geschichten zu erzählen«, sagte die Frau. »Zuerst die Geschichte der Elf.«

Sie begann:

Vor langer, langer Zeit, in einem Land zwischen dem Meer und den Klippen ...

»Wie bei uns!« warf Aleena ein.

Die Erzählerin lächelte.

... lebte ein König mit seinen elf Prinzen. Das Land, in dem sie lebten, war fruchtbar für jene, die es bearbeiteten, und weder der Herrscher noch die Untertanen waren faul. Sogar der König und die Prinzen arbeiteten den ganzen Tag, wenn es die Jahreszeit verlangte. Aus ihren Namen konnte man ersehen, was für Männer sie waren. Der König hieß Schwingt-den-Hammer. Die elf Prinzen, vom ältesten bis zum jüngsten, hießen Melkt-die-Kühe, Pflügt-das-Feld, Sät-das-Korn, Holt-das-Wasser, Beschlägt-das-Pferd, Bessert-Zäune-aus, Sieht-nach-dem-Feuer, Besorgt-das-Heu, Stapelt-die-Garben, Dichtet-das-Dach und Drischt-das-Korn.

An diesen Namen könnt ihr erkennen, daß es sich nicht um gewöhnliche Prinzen handelte, die faul und in Bequemlichkeit lebten. O nein, das taten sie nicht. Wenn sie sahen, was getan werden mußte, erledigten sie es selbst. Aber sie liebten nicht nur die Arbeit. Auch hatten sie eine Leidenschaft für Schönheit, wie ihr an dem Gewand der Elf sehen könnt. So ein Gewand wurde vom König getragen.

Wie ich euch sagte, lebten sie in einem reichen Land. Sonne, Regen und die Erde belohnten die Arbeit der Prinzen und der Untertanen. Aber etwas stand zwischen ihnen und dem Glücklichsein. In den Klippen lebte ein Stamm von Hügelriesen. Oftmals, wenn ein Hirte seine Schafe zu den guten Weidegründen nahe der Klippen trieb, kamen die Riesen und stahlen die Schafe. Im Winter überfielen die Riesen gar die Dörfer des Landes, brachen in die Scheunen ein und verschlangen das Vieh und die Schweine.

»Wie Orks«, warf Bauer Maurris ein.

In jedem Frühjahr legten der König und die Prinzen die Rüstungen an und kämpften mit den Riesen, aber es schien, daß – wie viele Riesen sie auch töteten – im nächsten Jahr ebenso viele wieder versammelt waren. Das Kämpfen nahm ebenso viel Zeit in Anspruch wie das Pflügen, aber es zeigte weniger Erfolg.

Eines Tages kam nun eine alte Hausiererin zur Burg. Obwohl ihre Tasche klein und ihre Kleidung zerrissen war, belustigte es den König, sie eintreten und ihre Waren ausbreiten zu lassen. Er rief seine Söhne, und alle versammelten sich im Thronsaal, während die alte Frau ihre Güter auf den Steinfußboden legte.

> *Sie hatte einen Fingerhut und einen Kamm,*
> *ein uraltes, muffiges Buch,*
> *eine Kerze und neun Glasperlenketten.*
>
> *Sie zeigte eine Spindel und einen Besen,*
> *das Schiffchen eines Webstuhls,*
> *eine Flasche und eine Grasmatte.*
>
> *Sie hatte einen Spatenstiel,*
> *einen Schürhaken für das Feuer,*
> *drei Steine und elf Nadeln.*
>
> *Sie zeigte ein Heft ohne Klinge,*
> *ein eisernes Sieb,*
> *eine Feile und ein paar Blechdosen.*

»*Ist das alles?*« *fragte König Schwingt-den-Hammer. Er hatte erwartet, daß ihre Angebote ärmlich waren, aber nicht, daß sie so enttäuschend aussahen.*

»*Für den, der ihn sieht, liegt dort ein Schatz*«, *sagte die alte Frau.*

Die elf Prinzen lachten bei diesen Worten, aber der König betrachtete die Waren genau. »*Was, frage ich sie, ist in den Dosen?*«

»*Nichts außer Luft und Dunkelheit*«, *antwortete die Hausiererin.*

»*Wovon handelt das Buch?*« *fragte der König.*

»Es ist in einer Sprache geschrieben, die es nicht mehr gibt.«

Prinz Melkt-die-Kühe, der Älteste, sagte: »Es gibt nichts Wertvolles, Vater, und wir haben heute noch zu arbeiten.«

Aber König Schwingt-den-Hammer hieß ihn schweigen und fragte: »Was ist in der Flasche?«

»Aduns Balsam«, antwortete die Frau. »Eine Mischung unbekannter Herkunft. Trinkt sie, und sie könnte Euch töten. Wenn nicht, wird sie Euch allwissende Weisheit bescheren.«

»Ich kaufe sie«, sagte er und als sie sich auf einen Preis geeinigt hatten, entkorkte er die Flasche.

»Wenn nicht Weisheit, dann den Tod«, erinnerte sie ihn.

Die Prinzen baten ihn, nicht zu trinken, aber König Schwingt-den-Hammer sagte: »Welchen Nutzen hat ein König, wenn er nicht weise ist?« Und er trank ein Drittel des Inhalts. Er starb nicht, jedenfalls nicht gleich.

Die Hausiererin begann, die Sachen einzupacken, aber der König lächelte und sagte: »Nicht so schnell, bitte sehr. Jene drei Steine, die so gewöhnlich aussehen, was verleiht ihnen Wert, damit zu handeln?«

»Nichts weiter«, antwortete sie. »Aber wenn man sie mit der Zunge berührt, verjagen sie jede Furcht.«

Aleena sah, wie Bauer Shohn nickte und lächelte.

Der König meinte: »Ich habe Verwendung dafür.«

»Welche Verwendung?« erkundigte sich Pflügt-das-Feld, der Zweitälteste. »Sind Eure Söhne nicht schon tapfer genug?« Es stimmte, daß seine Söhne im Kampf ausgesprochen tapfer waren.

»Eine andere Verwendung«, erwiderte der König und zahlte der Frau den Preis, den sie forderte.

Als die Hausiererin gegangen war, erklärte der König, daß er zu den Hügelriesen gehen und sie überzeugen wollte, die Steine mit der Zunge zu berühren. »Denn alles Böse entspringt aus Furcht«, sagte er, »und wenn die Hügelriesen keine Angst mehr haben, können wir einander trauen und einen Frieden vereinbaren.«

Die Söhne hielten das für einen schrecklichen Gedanken, und es sah ihrem Vater nicht ähnlich, so etwas vorzuschlagen. Offenbar hatte ihn die schlechte Wirkung des Trankes bereits ergriffen. Aber er ließ sich nicht davon abbringen, die Hügelriesen aufzusuchen.

»Er zieht in den Tod«, sagte Melkt-die-Kühe.

»Schlimmer!« rief Beschlägt-das-Pferd. »Was ist, wenn er Erfolg hat? Hügelriesen, die ohne Furcht sind, werden nicht weniger böse sein! Nie wieder werden wir sie in die Flucht schlagen können! Sie werden unbesiegbar sein!«

»Nun«, meinte Melkt-die-Kühe, »ich bin der älteste, ich will sehen, was ich tun kann.«

Am nächsten Tag sandte der König einen Boten zu den Klippen. Der Bote wagte nicht, zu dicht an die Klippen heranzugehen, sondern rief aus der Ferne, daß der König gegen Mittag erscheinen würde, um mit dem Anführer der Riesen zu reden.

»Und der König sagt, daß die Riesen wohl beraten sind, ihm zuzuhören!« rief der Bote, bevor er davonlief.

»Wohl beraten, ihm zu lauschen?« sagte die Anführerin der Hügelriesen. »Er wird einen Trick anwenden wollen. Man darf Menschen nicht trauen. Wir sollten ihn töten.« Die übrigen Riesen stimmten zu.

Bevor König Schwingt-den-Hammer zu den Hügelriesen ging, berührte er einen der Steine mit der Zunge. Tatsächlich, alle Furcht wich von ihm. Er marschierte bis dicht vor die Klippen. Melkt-die-Kühe weigerte sich, den Stein zu berühren. Obwohl seine Beine vor Angst zitterten, blieb er in der Nähe seines Vaters.

»Nun denn«, sprach die Anführerin der Riesen, »welchen Handel bietest du uns?«

Der König und der Prinz zogen die Schwerter, und die Hügelriesen wichen ein Stück zurück. Aber nicht weit. Sie waren sehr zahlreich, und ihnen gegenüber standen nur der König und ein Prinz. »Wir würden euch Tribut anbieten«, sprach der König, »aber bevor wir über die Zahl der Schafe und Schweine reden, die wir euch bringen, berühre diesen Vertrauensstein mit der Zunge. Wenn du das tust, können

*wir eine Vereinbarung treffen, die uns alle zufriedenstellt.«
Er berührte den Stein selbst mit der Zunge, damit die Riesin sah, daß er nicht vergiftet war und hielt ihn ihr entgegen.*

Die Anführerin der Hügelriesen war mißtrauisch. Sie hatte noch nie von einem ›Vertrauensstein‹ gehört. Aber ihr gefiel der Gedanke, daß ihre Nahrung in Zukunft ohne Arbeit zu ihr gelangen würde. Gerade, als sie den Stein nehmen wollte, riß ihn Melkt-die-Kühe aus der Hand seines Vaters und schleuderte ihn auf den Boden. Er rief: »Nein! Lauft! Rettet Euch!« Dann drehte er sich auf dem Absatz um und rannte, so schnell er konnte, zurück zur Burg.

Aber der König blieb stehen. Er wollte den Stein aufheben, aber bevor es ihm gelang, tötete ihn einer der Riesen. »Denk daran«, erinnerte der Riese die Anführerin, »du darfst ihnen nicht trauen!«

Jetzt fühlte sich Melkt-die-Kühe schlecht. Zuerst sagte er seinen Brüdern: »Es war der Trank. Er hat ihn verflucht.« Aber im Laufe der Zeit wurde er unsicher, ob das stimmen konnte. Bald danach, als er das Gewand seines Vaters trug, drängte es ihn zu wissen, ob er das Richtige getan hatte. Zum Trost trank er eine Portion von Aduns Balsam, wenngleich seine Brüder ihn drängten, es nicht zu tun.

»Oh, der Schmerz in meinem Herzen. Ich sehe, daß unser Vater recht hatte«, erzählte er den Brüdern. »Wir müssen die Hügelriesen an den Steinen lecken lassen, damit sie die Angst verlieren.«

»Nein, nein!« riefen die anderen. »Der Trank verdreht deine Gedanken und schickt dich ins Verderben! Hügelriesen ohne Furcht sind viel zu gefährlich.«

»Und Böses entspringt der Angst«, erklärte Melkt-die-Kühe. »Ich bin fest entschlossen.«

Die übrigen zehn Brüder besprachen die Gefahren untereinander. »Keine Bange«, sagte Pflügt-das-Feld. »Ich bin der nächste. Ich gehe mit und halte ihn auf.«

Bei Melkt-die-Kühe und Pflügt-das-Feld geschah alles wie zuvor. Melkt-die-Kühe berührte den zweiten Stein mit der

Zunge, aber sein Bruder weigerte sich. Melkt-die-Kühe näherte sich den Klippen voller Ruhe, aber Pflügt-das-Feld spürte, wie ihm die Beine zitterten.

»Wir brauchen keine Verträge«, erklärte einer der Hügelriesen, als sie sich näherten. »Wir holen uns, was wir brauchen.«

»Ich werde es euch aber noch leichter machen«, sagte Melkt-die-Kühe zur Anführerin. »Berühre diesen Stein mit der Zunge, und wir besprechen, wieviel der Frieden meinen Leuten wert ist.«

Aber gerade, als die Anführerin den Stein nehmen wollte, schlug Prinz Pflügt-das-Feld ihn dem Bruder aus der Hand und schrie: »Lauf weg!« *So schnell er konnte lief er zurück zur Burg.*

Der arme Melkt-die-Kühe wurde – genau wie sein Vater – getötet.

Das Gewand ging an den nächsten Bruder.

Pflügt-das-Feld zweifelte nicht daran, daß das ganze Vorhaben närrisch gewesen war. »Jetzt, da ich König bin«, *teilte er seinen Brüdern mit,* »hat es ein Ende damit!« *Er machte sich daran, den Rest von Aduns Balsam aus dem Fenster zu schütten. Aber bevor es ihm gelang, ergriff der jüngste Prinz, Drischt-das-Korn, die Flasche und trank den Rest des Inhalts.*

»Ah«, *sagte er und berührte den dritten Stein mit der Zunge.* »Jetzt bin ich weise und ohne Furcht, und ich erkenne, daß unser Vater und unser Bruder recht hatten. Ich gehe zu den Hügelriesen und handele den Frieden aus!«

»Nein, daß wirst du nicht tun!« *sagte Pflügt-das-Feld.* »Ich verbiete es!«

Aber der jüngste Prinz rannte zu den Klippen, bevor ihn jemand aufhalten konnte.

»Keine Angst«, *erklärte Pflügt-das-Feld.* »Er muß mir gehorchen. Ich werde der Sache ein Ende machen.« *Und er lief dem Bruder nach.*

Als die Anführerin der Riesen einen Prinz und einen König auf die Klippen zueilen sah, meinte sie: »Wenn immer mehr kommen und wir alle töten, wird es bald keine mehr geben, und wer wird dann Vieh, Schafe und Schweine für uns aufziehen?«

Die anderen Riesen sagten: »Na gut, wir hören ihnen zu. Aber wenn sie falsches Spiel treiben, töten wir sie. Es scheint genug von ihnen zu geben.«

Kurz bevor Prinz Drischt-das-Korn die Riesen erreichte, blieb er stehen, um einen gewöhnlichen Stein aufzuheben. Er hielt den Stein in der einen und den magischen Stein in der anderen Hand.

Vor der Riesin blieb er stehen; sein Bruder, der König, war wenige Schritte hinter ihm. Prinz Drischt-das-Korn hielt der Riesin den Stein entgegen und bot ihr den gleichen Handel wie zuvor an. Gerade, als er sprach, schlug ihm sein Bruder, der König, den Stein aus der Hand. Dann drehte er sich um, rannte weg und schrie: »Rette dich, du Narr!«

»Na gut«, meinte der Prinz. »Nehmen wir diesen Stein.«

Nun war aber Prinz Drischt-das-Korn in solcher Eile davongerannt, daß er nicht einmal ein Schwert mitgenommen hatte. Die Anführerin der Hügelriesen hätte ihn leicht packen und töten können. Aber inzwischen war sie sehr neugierig auf die Steine geworden. Ganz vorsichtig führte sie den Stein an die Zunge.

»Hör zu«, meinte der Prinz. »Wir werden den Hügelriesen einen Tribut an Kühen, Schweinen und Schafen zahlen. Ihr müßt uns nicht mehr überfallen. Wir bitten euch nur, keine Raubzüge mehr auszuführen und uns zu helfen, wenn uns andere Feinde bedrohen.«

Die Anführerin überlegte sich das Angebot.

»Du kannst ihm nicht trauen!« schrie ein Riese.

»Es ist eine Falle!« beharrte ein anderer. »Sie werden sich nicht an den Handel halten.«

Aber die Riesin fragte: »Wie viele Kühe? Wie viele Schweine?« Innerhalb einer Stunde hatten sie einen Friedensvertrag ausgehandelt. Den anderen Riesen gefiel das nicht sehr, bis die Anführerin jeden an dem Stein lecken ließ. Dann stimmten alle zu, daß es so sein sollte, wie der Prinz *vorschlug. Die Hügelriesen würden vom Tribut und nicht von Überfällen leben.*

Leider endete die Geschichte nicht an dieser Stelle. Der junge König Pflügt-das-Feld war wütend, daß man ihn übergangen hatte. Als die anderen Brüder alle den Stein mit der Zunge berührten und dem Frieden zustimmten, geriet er in großen Zorn. Er lief in der Burg umher und schlug mit dem Schwert um sich. In seiner Wut hieb er auch die Hand des jüngsten Bruders ab, die noch immer den Stein hielt. Danach schlug der König auf den Stein ein. Dieser zersplitterte, aber ein kleines Stück flog auf und traf seine Zunge.

Der König ließ das Schwert fallen. Ohne seine Angst erstarb auch der Zorn. Aber nun, da er sah, was er angerichtet hatte, begann er zu weinen. Niemand konnte ihn trösten, und er weinte so viele Tränen, daß die Tropfen zu Rinnsalen wurden und die Rinnsale sich zu einem Bach vereinten und der Bach zu einem Fluß wurde. Er weinte so sehr, daß er innerlich austrocknete und starb. Aber der Fluß fließt bis heute. Jeder, der von seinem Wasser trinkt, erinnert sich daran, welches Unglück aus Furcht entspringen kann, und trauert.

»Und das«, sagte die Erzählerin, »ist das Ende meiner Geschichte.«

Zuerst sprach niemand. Schließlich meinte Aleenas Vater: »Wenn doch die Orks wie Hügelriesen wären.«

Und Aleena fragte: »Könnte es so einen Stein wirklich geben?«

»Es *gab* einst solche Steine«, erklärte Bauer Shohn, »als die Welt noch jung war.«

»Ich möchte um Aufmerksamkeit für eine letzte Geschichte bitten«, sagte die Erzählerin. Sie öffnete einen länglichen, schmalen Sack und zog eine Kupferflöte heraus, wie Aleena noch keine gesehen hatte.

Ihr Gemahl, der Kapitän, räusperte sich. »Diese Geschichte erzähle ich«, sagte er. »Sie wird sich wie ein wundervolles Märchen anhören, und doch ist sie wahr, wie nur etwas wahr sein kann. Es ist die Geschichte eines Landes namens Oneah.«

Dann spielte die Erzählerin ein paar wundervolle Töne auf der Flöte, und der Kapitän begann.

»Es gab einmal ein Volk, das von der Sonne geliebt und gesegnet wurde«, erzählte er. »Es ist nicht mehr. Aber in ihrer Zeit errichteten sie große Städte auf einer Ebene aus schwarzer Erde, und sie nannten das Land *Oneah*.«

Er sprach den Namen mit Musik in der Stimme aus! *Oneah! Oneah!* Noch bevor sie etwas über dieses Land gehört hatte, verzauberte Aleena der Name. Sie schaute die Erzählerin an und merkte, daß ihr ebenso erging. Sicher hatte sie Geschichte schon hundert Mal gehört, aber trotzdem verliehen die Worte des Kapitäns ihrem Blick etwas Träumerisches.

»Es gab Sieben Städte der Sonne in diesem Land«, sagte der Kapitän. »Und die Namen der Städte lauteten Onirrah, Onlish, Onmarakhent, Onnilla, Xa-On ...«

In seiner Stimme lag eine Sehnsucht, die alles übertraf, was Aleena je gefühlt hatte. Sie hörte die Verzweiflung monatelanger Reisen weit vom Land entfernt, den Traum des Landens, den Wunsch, endlich die Sonne auf das Gras scheinen zu sehen ... aber nicht auf irgendein Gras. Oh, Oneah! Der Kapitän sprach die Namen so aus, daß jeder, der ihm zuhörte, sich nach den verlorenen Dingen sehnte.

Aleena entschied, daß er dort gewesen sein mußte. Dieser magische Ort, der einem das Herz vor Sehnsucht schwer machte, mußte der Ort seiner Geburt sein.

Immer, wenn der Kapitän eine Pause einlegte, spielte die Erzählerin sehnsüchtige Melodien auf der Flöte.

»Jetzt erzähle ich euch vom Dach des Lichts, und wie die Sonne die Farben auf der Haut der Ringer leuchten ließ ...«

Aleena träumte von diesem Ort, diesem Wunder, diesem Oneah. Und sie spürte den Verlust, als der Kapitän von den ungenannten Feinden sprach, die über die Grenzen eindrangen. Er redete mit solcher Leidenschaft, daß die Wangen seiner Gemahlin naß von Tränen waren, als er geendet hatte.

Dann spielte die Erzählerin noch ein paar traurige Töne auf der Flöte. Der Kapitän hatte die Geschichte erzählt, aber ihre Musik spiegelte die Gefühle der Worte wieder. Die letzte Note verklang.

Das Feuer flackerte.

Lange Zeit rührte sich niemand.

Schließlich begannen die Familien, ihr Strickzeug, die Stickereien und das Schnitzwerk einzupacken. Sie hoben die Kinder auf, und jeder Bauer brachte der Erzählerin Ayesh und dem Kapitän Raal ein kleines Geschenk. Sie brachten Dinge, die sie oder ihre Frauen selbst angefertigt hatten. Werke der Arbeit. Ayesh und Raal nahmen die Gaben mit Verneigungen an.

Das Feuer brannte herab. Aleena blieb draußen und beobachtete die Glut, auch als ihre Eltern und die beiden Gäste ins Haus gegangen waren. Wäre es nicht wundervoll, in einem solchen Land zu leben? Ach, aber auch die Oneahner hatten Schwierigkeiten gehabt. Wäre es nicht wundervoll, irgendwo zu leben, sogar hier, *ohne Überfälle!* Oft redeten die Leute davon, wie gut es wäre, wenn alle Orks tot wären, aber wäre es nicht genauso gut, wenn die Orks einfach nicht mehr böse wären? Aber war es Furcht oder Faulheit, die sie böse machten?

Schließlich trieben sie die Kälte und vielleicht ein paar zu viele Gedanken an die Orks ins Haus.

»Heute«, versprach der Vater, »kannst du die Kartoffeln ausgraben. Und du kannst mir helfen, das Heu zu ernten.«

»Ich danke dir, Vater. Aber darf ich zuerst die Erzählerin und den Kapitän zum Meer begleiten?«

»Ich dachte, ich müsse das tun«, erklärte der Vater, »da du eine andere Pflicht zu wünschen schienst.«

»Nein!« entgegnete sie. »Ich möchte sie zum Meer bringen.«

Er lächelte. »Wie du meinst, Tochter.«

Während sie durch die benachbarten Bauernhöfe schritten, stellte Aleena der Erzählerin jede Frage, die sie sich ausdenken konnte, nur nicht die, nach der sie sich zu fragen sehnte. »Wieso tragt Ihr derartige Hosen und diese Jacke? Tragen alle orvadischen Männer solche Seidenstoffe wie Euer Gemahl? Seid Ihr schon immer eine Erzählerin gewesen?«

Meine eigene Schöpfung. Ja. Nein.

Rauch lag über den Feldern, und rötliche Flammen leckten an den Ernteresten.

Sie kamen dem Meer immer näher. Das Schiff, das die Erzählerin und ihren Gemahl abholen sollte, war bereits am Horizont zu sehen.

Endlich sagte Aleena: »Ist es wahr?«

»Ist was wahr?« fragte die Frau. »Die Geschichte von Oneah?«

»Oh«, staunte Aleena und sah den Kapitän an. »Ich weiß, daß *die* wahr ist.«

»Was dann?«

»Ist es wahr, daß das Böse durch Furcht entsteht? Könnte etwas so Böses wie ein Ork weniger böse sein, wenn es keine Angst hätte?«

»Ich habe eine wahre Geschichte erzählt«, antwortete die Frau. »Böses beginnt durch Furcht – das ist die Wahrheit.«

Nachdenklich ging Aleena weiter.

Kapitän Raal blieb kurz stehen, um seine Pfeife zu entzünden. Er sprach so selten, daß es Aleena überraschte, als er fragte: »Warum brennen sie die Felder ab?«

Sie wußte nicht, wie sie es erklären sollte. »Sie säen in die Asche.«

»Ah«, sagte die Erzählerin. »Wir machen es genauso.«

Und sie und ihr Mann sahen Aleena so durchdringend an, daß sie wegschauen mußte.

Die Erzählerin lachte leise.

»Wir machen es genauso.«

MAGIC
Die Zusammenkunft

Die Buchreihe zum erfolgreichsten Fantasy-Kartenspiel der Welt!

06/6605

William M. Forstchen
Die Arena
Band 1
06/6601

Clayton Emery
Flüsterwald
Band 2
06/6602

Clayton Emery
Zerschlagene Ketten
Band 3
06/6603

Clayton Emery
Die letzte Opferung
Band 4
06/6604

Teri McLaren
Das verwunschene Land
Band 5
06/6605

Kathy Ice (Hrsg.)
Der Gobelin
Band 6
06/6606

Mark Summer
Der magische Verschwender
Band 7
06/6607

Hanovi Braddock
Die Asche der Sonne
Band 8
06/6608

Heyne-Taschenbücher

Eine Auswahl:

Die Heimkehr
8. Roman
06/5033

Der Sturm bricht los
9. Roman
06/5034

Zwielicht
10. Roman
06/5035

Scheinangriff
11. Roman
06/5036

Der Drache schlägt zurück
12. Roman
06/5037

Die Fühler des Chaos
13. Roman
06/5521

Stadt des Verderbens
14. Roman
06/5522

Die Amyrlin
15. Roman
06/5523

Das Rad der Zeit

Robert Jordans großartiger Fantasy-Zyklus!

06/5521

Heyne-Taschenbücher

Anne McCaffrey

Der Drachenreiter (von Pern) -Zyklus

Eine Auswahl:

Moreta – Die Drachenherrin von Pern
Band 7
06/4196

Nerilkas Abenteuer
Band 8
06/4548

Drachendämmerung
Band 9
06/4666

Die Renegaten von Pern
Band 10
06/5007

Die Weyr von Pern
Band 11
06/5135

Die Delphine von Pern
Band 12
06/5540

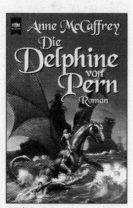

06/5540

Heyne-Taschenbücher

Eine Auswahl:

Ina Kramer
Im Farindelwald
06/6016

Ina Kramer
Die Suche
06/6017

Ulrich Kiesow
Die Gabe der Amazonen
06/6018

Hans Joachim Alpers
Flucht aus Ghurenia
06/6019

Karl-Heinz Witzko
Spuren im Schnee
06/6020

Lena Falkenhagen
Schlange und Schwert
06/6021

Christian Jentzsch
Der Spieler
06/6022

Hans Joachim Alpers
Das letzte Duell
06/6023

Bernhard Hennen
Das Gesicht am Fenster
06/6024

Ina Kramer (Hrsg.)
Steppenwind
06/6025

Das Schwarze Auge

Die Romane zum gleichnamigen Fantasy-Rollenspiel – Aventurien noch unmittelbarer und plastischer erleben.

06/6022

Heyne-Taschenbücher